請找到我

SAY YOU'RE SORRY

MICHAEL ROBOTHAM

邁可・洛勃森 著　陳靜妍 譯

臉譜小說選 FR6522X

請找到我

Say You're Sorry

原著作者 邁可・洛勃森 Michael Robotham
譯　　者 陳靜妍
書封設計 朱陳毅
責任編輯 廖培穎
行銷企畫 陳彩玉、林詩玟
業　　務 李振東、林佩瑜

出　　版 臉譜出版
發 行 人 何飛鵬
事業群總經理 謝至平
編輯總監 劉麗真
城邦文化事業股份有限公司
台北市南港區昆陽街16號4樓
電話：886-2-25007696　傳真：886-2-25001952

城邦讀書花園
www.cite.com.tw

發　　行 英屬蓋曼群島商家庭傳媒股份有限公司城邦分公司
台北市南港區昆陽街16號8樓
客服專線：02-25007718；25007719
24小時傳真專線：02-25001990；25001991
服務時間：週一至週五上午09:30-12:00；下午13:30-17:00
劃撥帳號：19863813　戶名：書虫股份有限公司
讀者服務信箱：service@readingclub.com.tw
城邦網址：http://www.cite.com.tw

香港發行所 城邦（香港）出版集團有限公司
香港九龍土瓜灣土瓜灣道86號順聯工業大廈6樓A室
電話：852-25086231　傳真：852-25789337

馬新發行所 城邦（馬新）出版集團Cite（M）Sdn. Bhd.
41, Jalan Radin Anum, Bandar Baru Sri Petaling,
57000 Kuala Lumpur, Malaysia.
電話：603-90563833　傳真：603-90576622
電子信箱：services@cite.my

二版一刷 2024年9月
ISBN 978-626-315-531-2

售價：490元
（本書如有缺頁、破損、倒裝，請寄回更換）

國家圖書館出版品預行編目資料

請找到我／邁可・洛勃森（Michael Robotham）著；陳靜妍. -- 二版. -- 臺北市：臉譜出版：英屬蓋曼群島商家庭傳媒股份有限公司城邦分公司發行, 2024.09
面；　公分. --（臉譜小說選；FR6522X）
譯自：Say You're Sorry
ISBN 978-626-315-531-2（平裝）

887.157　　113009919

「我很清楚目前所處的這個時刻，就是事件發生前一刻，那最重要的一口氣息。」

強．鮑爾——《腹中之石》

我叫琵琶·韓德利。

我在三年前暑假的最後一個星期六失蹤。雖然很多人（那些不相信我已經死掉的人）以為我消失地無影無蹤或逃家，可是實情並非如此。你們可能在報紙上讀到或這麼聽說，可是我並沒有搭上陌生人的車子，也沒有和網路上認識的狡猾戀童癖私奔。我既沒有被賣給埃及的奴隸交易集團，也沒有被阿爾巴尼亞的幫派脅迫賣淫、或用豪華遊艇偷渡到亞洲。

我一直都在這裡——不在天堂也不在地獄，也不是夾在兩者之間的那個地方。我上主日學時總是不專心，所以一直記不得那個地方叫什麼名字（我是為了蛋糕和甜酒才去的）。

我不知道自己到底在這裡待了幾星期還是幾個月。我努力想記得，可是我對數字不太拿手，老實說是一點也不靈光。你可以問問我以前的數學老師門羅先生，他說教我代數教到頭髮都快掉光了。對了，那當然是胡說八道，他開始教我之前就已經禿得像隻做化療的烏龜。

有追蹤新聞的人都知道我不是一個人失蹤的，我和最要好的朋友塔莎在一起。真希望她現在在這裡，真希望她沒有從那扇窗戶鑽出去，真希望去的是我。

當你讀到失蹤兒童的新聞時，他們總是備受疼愛，父母渴望他們回家，不論實情是否如此。我不是說我們不被愛或沒人想念我們，可是，那並不是故事的全貌。

成績好的孩子是不會逃家的，選美皇后也不會逃家，跟帥哥約會的女生也不會逃家，他們都有留下的理由。可是，那些被霸凌的孩子或近乎厭食症或覺得自己的身體難為情或厭惡父母親吵架的孩子呢？孩子逃家有很多原因，無關乎他們是否被愛或被需要。

我努力不想到塔莎，因為我知道這麼做會讓自己難過。就算在最好的情況下，我的字跡都是很凌亂的，說來奇怪，因為我九歲時曾經贏過寫字比賽，獎品是一支鋼筆，裝在很漂亮的盒子裡，我每次關上盒子都會夾到手。

塔莎和我，我們是一起失蹤的。那年夏天吹著熱風，猛烈的暴風雨來去之快就像……暴風雨。那個八月底的晚上是賓罕夏日祭的最後一天，天氣晴朗，遊樂園的設施不再喧鬧，所有的五彩燈光都已熄滅。

第二天早上才有人發現我們不見了，起先只有我們的家人在找，後來鄰居和朋友也加入，他們在遊戲場、街上、隔著樹籬、越過田野呼喚我們的名字。時間一小時一小時過去，他們打電話報警，安排了正式的搜索。好幾百人聚集在板球場，分成小組搜索農場、森林還有河岸。

到了第二天，參與搜索行動的人數已經高達五百人，加上警方直升機、搜救犬和皇家空軍基地布萊茲．諾頓的士兵。接著，記者帶著衛星天線和轉播車來了，他們把轉播車停在賓罕公園的草地上，付錢給當地人使用他們的廁所。他們在鐘樓前報導，告訴人們沒什麼可報導的，可是還是繼續這麼說，就這樣持續報導了好幾天，每小時在每個頻道出現，因為民眾希望隨時知道這則沒什麼可報導新聞的最新狀況。

他們稱我們為「賓罕女孩」。人們送來的花束堆得像祭壇，路燈也綁上黃色緞帶，還有氣球和填充玩具和蠟燭，就像黛安娜王妃去世時一樣。完全不認識的陌生人為我們祈禱、哭泣，彷彿我們是他們的一份子，彷彿他們從我們身上看到自己人生的悲劇。

我們就像童話故事裡的雙胞胎，像《糖果屋》裡的那對兄妹，或森林裡的娃兒，或是那對穿著同一款式曼聯球衣的索罕女孩[1]。我記得那兩個索罕女孩，因為我們學校曾經寄卡片給她們的家人，表

1 編按：索罕謀殺案（Soham Murders）為二〇〇二年發生在英國的真實案件，兩名十歲的女孩被一名當地中學的職員伊恩．杭特利殺害後棄屍，杭特利的女友也被控參與謀殺。這起案件震驚英國社會，全國上下彌漫著一股獵巫氛圍。最後杭特利被判終身監禁，卻至今都不肯透漏行凶動機。而杭特利的女友則在服完隱匿嫌犯的三年徒刑後，以英國政府給的新身分重新開始生活。

示我們為她們禱告。

我不喜歡這些以前的童話故事：被狼吃掉或被女巫綁架的小孩。在我們念的小學裡，有些家長抱怨《糖果屋》這種書過於恐怖，學校只好下架。我爸爸說這些人是納粹警察，接下來他們會說蛋頭人鼓勵對未出生小雞的暴力行為。

我爸並不以幽默感出名，不過有時也會搞笑。他曾經讓我笑到把茶從鼻子噴出來。

隨著時間一天一天過去，媒體旋風也吹過了賓罕。攝影機進入我們家拍攝我在二樓的臥室。我的胸罩還掛在門把上，床頭櫃放著一個棉條的空盒。由於那些海報還有我收集的水晶還有和朋友的大頭貼，他們說這是典型的少女房間。

通常，家裡這麼亂我媽會瘋掉，可是她一定是沒心思打掃。她看起來連呼吸的力氣都沒有，大部分時間由爸爸說話，就算如此，他看起來還是不太多話，屬於沉默而堅強那一型。

我們的爸媽仔細推敲我們失蹤前幾天的行蹤，像人們幫新生兒做剪貼簿一樣，拼湊片段的資訊，每個細節似乎都很重要。我當時在讀什麼：第六次讀《深夜小狗神祕習題》。我借了什麼DVD：《活人甡吃》。我有沒有男朋友：還用問嗎？

關於我們兩人，每個人都有故事可說，就連從沒喜歡過我們的人也有。我們淘氣、愛玩、受歡迎、認真，而且是優等生。最後那句讓我笑翻了。

人們把我們說得太過完美，言過其實，把我們講成他們眼中的天使。我們的母親很莊重，我們的父親無可責難，這麼完美的父母完全不該受到這種折磨。

塔莎是聰明又漂亮的那一個，她自己也知道這一點。她總是穿著短裙和緊身上衣，不過她就算穿制服也一樣閃閃動人，胸部就像引擎蓋上的裝飾品般宣告著出場。她是個幸運的女人，那對成年女性的胸脯足以讓她當上內衣模特兒，或在汽車展裡倚在跑車引擎蓋上。她會捲起裙頭讓裙子更短，解開襯衫最上面的釦子，成為眾人矚目的焦點。

十五歲女孩的外表差別很大，有些如花朵般盛開，有些只能吹單簧管。我很瘦，臉上長著雀斑，頭很大，長著一頭紊亂的黑髮，尖下巴，睫毛像駱駝的那麼長。我最寶貴的資產要不是還沒出現，就是早被送給了某個比較努力祈禱或有祈禱的女孩。

我的身材不適合低胸洋裝或短裙，我是矯健、竹竿似的跑者，在全國大賽裡贏得我那個年齡組的第二名。爸爸說我是靈巧的雜種小獵狗，直到我指出：拿我跟狗比較並無助於我的自尊。祖母說我的長相很家常，母親說我是書蟲。他們大可以說我長得像長矛柄那麼平凡，可是我也不知道長矛柄長什麼樣子，也許長矛柄擺在我身邊都會變得很好看。

塔莎是醜小鴨變天鵝，我則是醜小鴨變鴨子——我知道，結局沒那麼圓滿，只是更貼近現實。這麼說吧，如果我是恐怖片裡的女演員，你會看我一眼然後說：「她完了。」塔莎則會在淋浴室裡脫光衣服，在關鍵時刻獲救，從此和英雄與他的一口好牙一起過著幸福快樂的日子。

也許圓滿大結局是她應得的，因為現實生活並沒有那麼簡單。塔莎在賓罕半英里外的一座舊農舍長大，狹長的小路只夠一輛車或耕耘機通行。麥克班先生租下農場時原本希望將來有一天能買下，卻始終沒有存夠錢。

記得我媽曾說麥克班先生是白人垃圾，其實我一直沒有聽懂。很多人都租房子住，把孩子送到私立學校，這並不表示他們就比修道院角的有錢人低一等。

我以前就是住在那裡的牧師舊宿舍，本來是教區牧師住的，後來教會需要錢，就把房子和土地賣掉。修道院角的街道並沒有鋪滿黃金，可是我們的鄰居卻一副理當如此的樣子。

我們失蹤後，他們和鎮民一樣在窗戶和車窗貼上海報和貼紙，也辦了燭光守夜，聖馬可教堂和學校都舉辦了特別彌撒。不知道上帝怎麼會對這麼多的禱告充耳不聞。

你們大概很好奇我怎麼會知道警方搜索和守夜的事。一開始的那幾個星期，喬治讓我們看電視、讀報紙。我們被綁在閣樓裡，斜斜的屋頂和天窗上沾滿鳥糞。房間空氣很差，屋頂的屋瓦被曬得很燙，可是還是比現在這裡好多了。當時有真正的床、舊電視，長得像衣架的天線，不過大部分的頻道是雜訊。

第三天我在電視上看到爸媽出現，看起來像被強光照到的兔子。媽媽穿著亞歷山大·麥昆的黑色筆型洋裝和低跟鞋。塔莎知道那個牌子，我對設計師品牌則一無所知。媽媽手上拿著一張照片，她話匣子已經打開，他們沒辦法讓她閉嘴。

她列出我可能穿著的每一件衣服，彷彿我可能像丟麵包屑一樣沿途留下線索讓他們追蹤。然後她停下來瞪著攝影機，一顆淚珠滾到臉頰上，大家等著那顆眼淚落下，沒注意她說了什麼。麥克班夫婦也出席了記者會，麥克班太太沒有化妝……也沒睡。她的眼袋很深，穿著T恤和破牛仔褲。

「好像被貓拖進屋裡的東西，」塔莎說。

「她在擔心妳。」

「她平常就是這個樣子。」

我爸顫抖地吸了口氣，不過開口時很有條理。

「一定有人看到琵琶和塔莎，也許你不確定或是在保護某人。請再思考一次，打電話聯絡警方。你無法想像琵琶對我們有多重要，我們一家人感情很好，被拆散了我們是活不下去的。」

他直視著攝影機說：「如果是你帶走了我們的寶貝，請送她們回家，把她們放在路口，或留在什麼地方讓她們搭公車或火車，放她們走。」

然後她向塔莎和我說話。

「琵琶，如果妳和塔莎在看的話，我們會找到妳們的，堅強一點，我們就快來了。」媽媽的睫毛膏糊掉了，雙眼像熊貓，不過她看起來還是像電影明星，拍照擺姿勢沒人贏得了她。「不論你是誰我們都會原諒你，只要把琵琶和塔莎送回來就好。」

我妹妹菲比穿著她最漂亮的洋裝被帶到鏡頭前，她雙腳內八站著，吸著手指，媽媽得推她一把提醒她開口。

「琵琶，快回來，」她說，「我們都很想妳。」

整場記者會上，塔莎的父親都雙臂交握胸前，不發一語。最後一名記者問道：「麥克班先生，你沒有話要說嗎？」

他先是死命瞪著那名記者，接著鬆開手臂說：「如果她們還在你手上，放她們走。如果她們死了，讓人知道你把她們丟在哪裡。」

然後他又雙臂交握。就這樣，兩句話。

塔莎的媽媽突然痛徹心扉，發出的嗚咽聲如恐懼的動物，如箱子裡喵喵叫的小貓咪。

後來就出現了和麥克班先生有關的傳言，人們開始問：「他有沒有感情？他為什麼會認為她們死了？」

顯然你在記者會上就是該一面顫抖一面哭訴，這好像是不成文的法律，否則人們會認為就是你強暴謀殺了自己的女兒和她最要好的朋友。

記者發問到了尾聲時，我媽媽舉起一張塔莎和我的合照，後來這張照片變得很有名，大家都記得那是我們學校的攝影師奎克先生拍的（他最愛上下其手，嘴巴有薄荷味，喜歡幫人拉衣領、拍裙子、摸胸部）。

在那張照片裡，塔莎和我坐在班上的前排，塔莎的裙子極短，她得夾著膝蓋，雙手壓著大腿才不會走光。坐在她身邊的我頭髮像拖把，臉上的假笑會讓貝克漢的老婆很引以為傲。

大家都記得這張照片：琵琶和塔莎，兩個穿著制服的女孩，賓罕女孩。

我們出現在每一個電視頻道上，我們的父母懇求民眾提供線索。報紙寫了好多好多，一頁又一頁的最新發展，其實並不新，也沒有什麼進展。

崔佛牧師在燭光守夜時帶領大家禱告，他的妻子費麗希提則負責八卦。她整個人就是個大屁股的擴音器，讓我想起那些前後搖晃的小鳥，對著玻璃杯啄啊啄的。

她和牧師有個兒子叫戴米安，他的額頭上應該刻上一個十字，因為他屬於黑暗勢力。那個小混蛋喜歡偷襲女生，彈她們的胸罩肩帶。他從來不敢對我動手，因為我動作比他快，而且我曾經把他的氣喘用吸入器塞進他的鼻孔裡。

那天晚上，在聖馬可教堂舉行的守夜來了很多人，他們得在室外放擴音器才能讓大家都聽見禱告和聖歌。唯一沒有出席的是孩子，家長擔心又發生綁架案，所以把孩子全鎖在家裡，以策安全。

那個週末開始出現哀傷的觀光客，人們從牛津及更遠的地方開車過來，在街上遊蕩，參觀教堂，瞪著我們的學校和舊牧師宿舍。

他們看著記者氣喘吁吁地對著攝影機播報、振振有詞、揭開舊傷疤、扯出過去失蹤的女孩，以謠言與臆測填補時段。

接著這些觀光客帶著失望的神情離開，因為賓罕沒有他們想像中邪惡，只是一個青少年失蹤沒有回家的地方。

1

外頭真冷，有些地方居然冷到零下二十六度，在這個季節真的很不尋常。早晨走在海德公園時，我覺得自己像極了探索南極大陸的史考特爵士，不過我只是蛇湖旁的歐盧林，臃腫得像參加冰上舞蹈的參賽者。

四天前開始下起鵝毛大雪，融雪結冰後又蓋上一層新雪，影響交通。街道寂靜無聲，高速公路的積雪來不及清理，市政府也沒有足夠的卡車灑粗鹽，不過這種氣候需要的不只是粗鹽，還需要人人咬緊牙關。

機場關閉、航班取消、汽車棄置路旁，數萬人受困，機場和高速公路休息站成了難民營，擠滿被迫離開家園的難民，他們蜷縮在一片銀色的錫箔保溫毯底下。

根據電視台的氣象報告，一團濃密的冷空氣正在格陵蘭島和冰島上方盤旋，阻擋來自大西洋的高速氣流，同時，北極震盪將來自北極和西伯利亞的冷風「高速增壓」。

通常我不太介意下雪，一白遮三醜，白雪使倫敦更美麗，像極了童話故事或錄音室裡的城市。可是今天查莉要來倫敦找我，然後我們要一起去牛津四天，所以我需要火車準時運轉。這個週末是我們父女聯絡感情的時間，只不過她的看法不太一樣。

她認識了一個叫雅各的男生。

「妳就不能找個叫愛德華的嗎？」我問查莉，她用媽媽那裡學來的眼神不爽地看了我一眼。

我對雅各的了解僅止於他所穿的內褲品牌，因為就在他的股溝下方張揚著。也許他是個善良的男孩，也許他會開口說話，但我只知道他比查莉大五歲。他們被抓到鎖上房門待在查莉的房間裡，辯稱只是在接吻，可是查莉的上衣釦子解開了。

「你得說說她，」茱麗安對我說，「不過下手輕一點，我們可不想讓她造成陰影。」

「什麼樣的陰影？」

「不要害她從此對性敬而遠之。」

「這應該是額外的好處吧。」

茱麗安並不覺得好笑，她擔心查莉變成毫無自信的女孩，接下來走上飲食失調、牙齒崩壞、面容枯槁、成績低落、嗑藥和賣淫之路。當然我是誇大其辭，可是至少茱麗安還會徵求我的意見。

我們沒有離婚，只是分居，偶爾會提到離婚（從來都不是由我提起），不過還沒到簽字的地步。我們一起撫養兩個女兒，一個是聰明又討人愛的七歲小女孩，另一個是伶牙俐齒、陰晴不定的少女。

我在八個月前搬回倫敦，和兩個女兒見面的機會不多，讓我既難過又惋惜。我的人生幾乎繞了一大圈：住在倫敦北區，開了新的診所。五年前，茱麗安和我一起住在肯頓區和櫻草花丘之間，夏天開著窗戶時聽得到倫敦動物園裡獅子和土狼的叫聲，彷彿是沒有廂型車的非洲獵遊。

我現在住的一房公寓讓我想起大學時代住的地方——廉價、家具不搭的暫時落腳處、冰箱放滿印度泡菜和酸辣醬。

對於過去，我努力不沉溺於其中，只敢小心翼翼地輕撫，如同呵護睪丸上令人憂心的腫塊般，在證明是良性之前，這腫塊都具有致命的威力。

我恢復執業了，門口的銅牌寫著：臨床心理學家喬瑟夫・歐盧林，後面加上各種英文字母縮寫。大部分的病患由皇家檢察署轉介，不過我一星期兩天為國家衛生署工作。

今天我已經見了一名變裝癖的汽車業務員、一名患有強迫症的花匠和一名有情緒管理問題的夜店保鏢。他們並不特別危險，只是活得很辛苦。

我的祕書布朗茵敲敲門，她是派遣公司派來的，嚼口香糖的速度比打字還快。

「預約兩點鐘的病患已經來了，」她說，「我想問今天能不能提早下班？」

「妳昨天已經提早下班了。」

「對。」

她沒再說什麼就離開了。

進門的是二十九歲的曼蒂，金髮、過重、皮膚很糟、眼神超齡。她之所以會被送到這裡是因為她把兩個小孩鎖在哈克尼區的公寓裡，自己和男友上夜店跳舞、在他家過夜。她對警方的說詞是，她覺得六歲的女兒已經可以照顧四歲的弟弟。對了，兩個小孩都沒事，鄰居發現他們像小雞般啄著散落地毯的餅乾屑和糞便。

曼蒂看著我的眼神充滿控訴的意味，好像她的小孩被送到寄養家庭是我的責任。我們在接下來的五十分鐘裡討論她的過去，我聆聽她的藉口，同意下週再見。然後我記下會談的內容。

結束時已經三點多了，查莉搭的火車再過半小時就到站，我得去火車站接她。我不確定這個週末在牛津要做些什麼，唯一的既定行程是在一場心理衛生研討會上演講，但我無法想像這種天氣會有人出席；不過我已經收到車票（而且是頭等艙），主辦單位也幫我訂了一家很棒的旅館。

我把文件放進公事包裡，從櫃子拿出過夜用的旅行袋，將辦公室上鎖。布朗茵已經走了，留下一絲香水味，馬克杯上黏著一塊口香糖。

在帕丁頓火車站裡，乘客從第一西部鐵路公司的車廂湧出，我在人群裡尋找查莉的身影。她是最後一批下車的乘客，一面走一面跟一個男生聊天，他身穿粗呢大衣，兩鬢的鬍鬚剛長出來，漫不經心推著越野單車，模樣彷彿自己是法拉利車手。

男孩騎車離開後，查莉把白色耳機塞回耳裡。她穿著牛仔褲與寬鬆毛衣，上面披著德國空軍在二戰時穿的大衣。

她伸出一邊臉頰讓我親吻，靠過來接受擁抱。

「那個人是誰？」

「不重要。」

「在哪裡認識的？」

「火車上。」

「叫什麼名字？」

她阻止我，「老爸，現在是要考試嗎？因為我可沒記筆記。我該記筆記嗎？那你該提早警告我，我大可以寫一篇完整的報告給你。」

查莉這挖苦的能力遺傳自母親，也可能是在花了我一大筆錢的私立學校學的。

「只是聊聊而已。」

查莉聳聳肩，「他叫克利斯提安，十八歲，來自布里斯托，將來想當醫生，小兒科醫生，他考慮到第三世界工作一陣子，可是他不是我喜歡的那一型。」

「妳有特定喜歡的型？」

「對。」

「我可以問是哪一型嗎？」

她嘆了口氣，很不耐煩居然還得解釋，「我這個年紀的女孩永遠不會跟父母喜歡的男生約會。」

「這是定律嗎？」

「沒錯。」

我接過她的包包，查看發車時刻表，我們搭的車還有四十分鐘才開往牛津。

「有什麼我該知道的事嗎？最新進展？」

「沒有。」

「學校課業還好嗎？」

「不錯。」

「艾瑪呢？」

「她很好。」

我又在偵訊她了。查莉話不多，一向的態度就是「酷到不在乎」。

我們買了用三角塑膠盒包裝的三明治和瓶裝飲料。查莉把耳機塞回耳裡，我們上車後面對面坐下，我只聽到模糊的節奏聲。

查莉在我們上次見面後染了頭髮，額頭上掛著一撮惱人的瀏海，如常皺著眉頭。我真的很擔心她，她根本完全還沒準備好，不知為何卻似乎被迫提早嚐到人生的滋味。

準時離站的火車載著我們離開倫敦，車輪在腳下敲擊著爵士樂的節奏。房屋消失後，取而代之的是田野與冰凍而靜止的景色，煙囪冒出的濃煙與等待著穿越平交道的車燈是唯一的生意。

走道另一側有一對情侶正如膠似漆地接吻，她的腿夾在他的大腿之間。

「好噁心，」查莉說。

「他們只不過是在接吻罷了。」

「我聽得到吸吮的聲音。」

「這是公共場所。」

「他們該去開房間。」

我又看了那對情侶一眼，感覺到一股制約出現的生理反應及懷舊感。那個女孩既年輕又漂亮，讓我想起那個年紀的茱麗安、陷入愛河、屬於某人。

火車接近牛津時減速停車，車輪間歇嘎吱向前，接著突然靜止不動。查莉手貼在車窗上看著一群人在雪地裡彎腰移動著，彷彿拉著隱形的犁。

「他們掉了什麼東西嗎？」

「我不知道。」

火車繼續緩緩向前，透過滿是雨雪的車窗，我看到一輛警車深陷在覆蓋農場小徑的白雪裡，附近的河堤上則停著一輛沾滿泥沼的路華四輪傳動車，一群白衣人努力在湖邊的強風裡搭起帆布帳蓬，在圓柱頂端鋪上拱型帆布。強風打得帆布啪啪作響，直到圓柱被釘進結冰的土地裡，繩子拉緊後才停止。

火車經過時，我看到他們想遮住的東西，乍看之下以為是丟棄的衣物或動物屍體，可是我認得人體的形狀：那是一具屍體，彷彿被鎖進琥珀的昆蟲般困在冰層裡。

查莉也看到了。

「發生了什麼意外嗎？」

「看起來是這樣。」

「是從火車上跌下去的嗎？」

「我不知道。」

查莉把額頭貼在玻璃上。

「也許妳不該看，」我說，「可能會做惡夢。」

「我又不是三歲小孩。」

火車抖動一番後再度加速前進，雪花如屋頂落下的五彩碎紙般飛舞。在一剎那的時間裡，世界脫離正軌，我的內心惶惶不安，這世界少了一個人……有人不會回家了。

我在這裡。

我想大叫。

尖叫。

我在這裡

我在這裡

我在這裡！

已經三天了，塔莎還是沒有回來，一定是出事了。也許她被喬治抓到了，也許他用鏟子打她的頭，把屍體埋在森林裡，他說過，我們逃跑的話他就會這麼做。

也許塔莎迷路了，她的方向感很不好，有一次居然在牛津的西門購物中心裡迷路。我們本來約好在「蜜桃」碰面，用我的聖誕節紅包買鑲珠皮帶和一條深色的刷白牛仔褲。

塔莎就是那一天跟畢昂卡・杜懷爾吵架，並威脅拿筆戳她，因為對方跟艾登・佛斯特打情罵俏。塔莎真的說到做到，有一次她用筆戳我，結果戳破我的褲襪，我身上那個全世界最小的刺青就是證據，起因則是我弄丟了她在我十二歲生日時送的友誼戒指。

總之，塔莎的方向感很差，幾乎和她挑男友的品味一樣差。

我真的一整個冷到不行，把所有的衣服都穿在身上，包括塔莎的衣服。我知道她不會介意的。我拉過毛毯蓋在頭上，聞到自己的口臭和汗臭味，每隔一陣子就得把頭伸出毛毯外呼吸幾口新鮮空氣，然後再躲回毯子底下。

也許他們找到我之前，我就先凍死了。

一開始的那幾個星期不是這樣的，當時是夏天，我們住在閣樓裡，屋瓦下方的房間很熱，可是我們有舒服的床可睡，食物也不賴，還能看電視。當時喬治說我們很快就能回家了。他看起來不像壞人，也給我們看雜誌，還給超大塊的巧克力。

我不知道喬治是不是他的本名，喬治是塔莎取的，她說很適合他，因為他看起來像喬治・克隆尼，只是比較年輕又比較胖。我覺得該叫他佛萊迪，就像《半夜鬼上床》裡的那個傢伙，或是戴著曲棍球護具、拿著電鋸的另一個變態。

剛開始的時候，喬治一直提到贖金。

「妳們的爸媽很有錢，」他告訴我，「可是他們不想付贖金。」

「才不是這樣的。」

「他們不要妳們了。」

「不可能。」

這也是謊言，他根本沒有要求贖金。如果沒有人知道該付多少錢，那該怎麼付款？

塔莎和我被鐵鍊綁在床上，每天一起看電視、等消息，而全國人民也看他們的電視、等消息。大家都有意見，仔細分析每個謠言。根據一則報導，綁架我們的是在網路聊天室認識的戀童癖，他還要求我們脫掉衣服。怎麼可能！

一名布里斯托的靈媒說我們已經死了，屍體被丟在水裡。警方打撈亞賓頓的河水，搜索十幾口水井，抽空溝渠。

我們隔壁的鄰居賈維斯太太告訴警察說，她換衣服時看到一個男人在臥室窗外偷窺，塔莎覺得這個新聞很好笑，她說：「賈維斯每天晚上都把臥室窗簾開著，就是希望有人會看。」

一名倫敦的計程車司機聲稱他在芬奇利區郊外的電影院看到我們，還有一個上巴尼鎮的駕駛說她看到一輛白色廂型車，兩個女孩把手貼在後車窗上。

為什麼每次都是白色廂型車？好像從來沒有人看過小孩被紫色或黃色廂型車載走。

塔莎的哥哥斐登告訴記者說，他在賓罕附近的草原看到一個行蹤可疑的男人。他帶他們回到現場，指出確切的地點。他說到塔莎時差點泣不成聲，淌著眼淚威脅殺死傷害她的人。

人們誇大其實的能力令人驚訝不已，彷彿扭曲真相再容易也不過，他們幫我們編造一個夢幻版的人生，假裝這才是真的。

《太陽報》懸賞二十萬英鎊給能提供關鍵線索的人。一夕之間，布里斯托、曼徹斯特、亞伯丁、洛克比和多佛都出現我們的「蹤跡」，希望燃起後又熄滅。

根據《牛津郵報》的報導，牛津郡有九百八十四名登記在案的性侵犯，其中三百多名就住在賓罕鎮方圓十五英里範圍內。誰會知道我們附近住了這麼多變態狂？

其中一名是老普維斯先生，他就住在草原對面，總是在火車站附近告訴年輕女孩她們讓他想起自己的女兒，是個讓人毛骨悚然的老傢伙。

警方開挖普維斯先生的花園，卻只找到小狗巴斯特的骨骸；可是民眾已經集結在他家門口，叫他兒童殺人犯、戀童癖。

為了解救普維斯先生，警方把毛毯蓋在他頭上帶他離開，民眾只看到鬆垮的褲子，棕色鞋子上一邊襪子落下。有人把毛毯拉開，底下出現的是個非常害怕的老人。

接下來情況愈來愈糟。塔莎的維克叔叔列了一張清單，上面是剛搬到賓罕鎮的居民，大多是外國人。他和一個水電工朋友組成一團「憂心的當地居民」，挨家挨戶上門謊稱有人檢舉瓦斯漏氣，他們有權依法進入調查。

經過一番扭打掙扎後，警方逮捕了維克，他對著電視台的攝影機說警方做得不夠，當初不該關閉當地分局，我根本就不知道賓罕鎮曾經有過警察局。

很快地，那些容易落淚的民眾也轉而群起攻之……不吝批評，民眾指控警方犯錯、反應太慢、太急躁、鑽牛角尖、忽略明顯的線索、對家屬有所隱瞞。

隨著這些聲浪愈來愈大，警方也開始反擊，謠言四起。我們並不是眾人所描繪的天使，我們交友複雜、放蕩不羈，是不良少女。塔莎被退學，沒人管得住她，她爸爸坐過牢，納稅人幫我爸爸工作的銀行度過困境，他卻拿了一大筆荒唐的獎金。

一夜之間，賓罕鎮從山明水秀的平靜小鎮變成黑暗的核心——青少年性行為、毒品和飲酒過量稀鬆平常。參與搜索行動、寫下同情卡片、捐錢寄予祝福、做善事的那批人如今不以為然地搖頭。整座小鎮迴盪著非難的聲音，全國民眾也不落人後。

玻璃紙包的花束任憑腐爛，洩了氣的氣球落在地上，絨毛玩具浸濕了，手寫的卡片也滲了水。賓罕鎮的光彩如廉價的指甲油般褪去，只剩下醜陋與不堪。

2

牛津成了一片銀白世界，意外地沉靜。骯髒的冰雪被鏟到路邊，車道和人行道上的雪也被鏟走。迷霧包圍了夢幻般的尖塔，下巴結冰的雕像看守著，看起來異常陰鬱。

我整個早上都在藍道夫飯店大廳裡一張寬大的扶手椅上準備研討會的演講內容。大廳還有一座以小說探長命名的摩爾斯酒吧，牆上掛滿主人翁的照片。

查莉整個早上都在玉米市場路逛街買東西，這時站在開放式壁爐前取暖。

「餓了嗎？」

「餓扁了。」

「吃壽司好嗎？」

「我不喜歡日本料理。」

「日本料理很健康。」

「對鯨魚或海豚來說可不健康。」

「我們沒有要吃鯨魚或海豚。」

「黑鮪魚呢？」

「所以妳打算杯葛所有的日本產品？」

「直到他們停止所謂的科學捕鯨計畫。」

我的左臂在打顫，藥效退了，看不見的力量就像咬住魚鉤的魚一樣拉著我身上看不見的繩子。

我讀過所有跟帕金森氏症有關的報告、醫學論文、名人傳記和部落格，可以一五一十地交代我的病況。我很清楚所有的理論、症狀、預後和可能的治療方式，這些治療能舒緩病程，但無法完全治癒。我還沒有放棄尋找，只是放棄執著於這件事。

我看了查莉背後一眼，注意到門口兩名男子正脫掉大衣，一顆顆水珠灑落在大理石地板上。他們的鞋子沾著泥巴，帶著一股農家的味道。

較年長的那一名大約四十多歲，額頭上的髮線狼狽地快碰到眉毛。他的同事較年輕、身材較高，體格像沒落的拳擊手。

他們出示警徽。

「我們想找歐盧林教授。」

那名年輕的櫃臺人員打電話到我房間，查莉推我一把，「他們在找你。」

「我知道。」

「你不打算出聲嗎？」

「不要。」

「為什麼？」

「我們要去吃午餐。」

她受不了這種不確定的狀態，大聲向對方說：「你們在找我父親嗎？」

兩名男子轉過身。

「他在這裡，」她說。

「歐盧林教授？」較年長的男子問道。

我看著查莉，表現出我的失望。

「是的。」我回答。

「教授，我是凱西警佐，我們是來接你的。這位是我的同事見習警員布林多・休斯。」

「大家都叫我『重傷』，」那名年輕人露出尷尬的微笑。

「我們正要出去。」我指著旋轉門說。

凱西警佐說：「教授，我們老闆想見你，他說有很重要的事。」

「你們老闆是誰？」

「德魯宜探長。」

「我不認識他。」

「他認識你。」

一陣沉默。我對警察的態度和我對神父的看法一樣——這些工作很重要，可是他們讓我很緊張。並不是他們的工作使人坦白的那部分，我並沒有內疚之事；而是一種「我已經盡了本分」的感覺，我想拿張標語寫著：「我已付出。」

「跟你們老闆說很抱歉我沒空，我在照顧女兒。」

「我不介意。」查莉很有興趣地說。

凱西放低聲音說：「一對夫妻喪命。」

「我可以給你其他犯罪側寫員的名字——」

「老闆不要別人。」

查莉拉拉我的袖子，「爸爸，走吧，你該幫他們的忙。」

「我答應妳要吃午餐的。」

「我不餓。」

「說好要買東西呢？」

「我沒錢，意思是我得讓你內疚到買東西給我，我寧可把這些內疚點數留下來買真正想要的東西。」

「內疚點數？」

「是的，你沒聽錯。」

兩名警察似乎覺得這段對話很有意思，查莉對他們露出微笑；她很無聊，想找點新鮮事，可是這並不是一般人想像的冒險。兩個人死了，不幸至極，毫無意義。我盡量避開這種工作。

查莉不想放棄，「我不會告訴媽媽的，」她說，「讓我跟去好嗎？」

「妳得待在這裡。」

「不要，這樣不公平，我也要去。」

凱西開口：「教授，我們只是走一趟警局而已。」

飯店外頭停著一輛警車，查莉跟我一起鑽進後座。

我們沉默地穿過杳無人跡的街道，牛津就像困在雪球裡的鬼城。查莉向前靠，安全帶被扯緊。

「這件事跟冰層裡的屍體有關嗎？」

「妳怎麼會知道那件事？」凱西問。

「我們在火車上看到的。」

「小姐，那是不同的案子，」重傷說，「不是由我們調查。」

「什麼意思？」

「很多駕駛被困在大風雪裡，她可能是下了車跌進湖裡。」

查莉想像那幅景象，打了個冷顫，「他們知道她的身分嗎？」

「還沒。」

「沒有人通報失蹤嗎？」

「會有的。」

聖奧德茲警局入口有一座鐵鑄鑲玻璃的遮雨棚，上面積了一呎高的白雪。一名市政府的員工靠在梯子上用鏟子切開冰凍的白色波浪，水落在鋪石街道上後迸開成碎片。

凱西並沒有把車停在警局前，而是繼續開了一百碼後右轉，停在一家中式餐館前，櫥窗裡吊著剝皮鴨子。

「我們為什麼來這裡？」

「老闆要請你吃午餐。」

在樓上的私人包廂裡，十來個警察坐在一張宴會用的大圓桌前，轉盤上放著熱騰騰的豬肉、海鮮、麵食和蔬菜。

他們的長官襯衫領口塞著餐巾，正用銀色夾鉗打開蟹腳。他吸出蟹肉，再拿起一隻蟹腳，就算坐著也給人體型龐大的印象。他四十來歲，經歷特別升遷管道，一頭蓬亂的黑髮，臉上有刮鬍子的傷口。我注意到他的婚戒及沒燙的襯衫，他好幾天沒回家了，不過有沖澡刮鬍子。

大圓桌後方的幾張白板上貼著照片和事件時間表，最上方寫著被害者的姓名，這家餐廳已經成了案情室。

德魯宜探長拉掉領口的餐巾丟在桌上，這是信號。服務生上前把剩菜端走，德魯宜往後退，優雅地起身。

「歐盧林教授，謝謝你來。」

「我沒有選擇餘地。」

「很好。」

他打了個飽嗝，雙手伸進外套袖子裡。

「我幫你們點一些吃的好嗎？」

我看著查莉，她餓壞了。

「很好，」德魯宜說，「重傷，給她一份菜單，」他靠得更近，「小姐，那不是他的本名，他的名字縮寫是GBH，妳知道是什麼意思嗎？」

查莉搖搖頭。

「身體重傷害。」探長笑了，「別擔心，他是菜鳥，不危險的。」他轉身面向我，「教授，你覺得我的案情室如何？」

「不落俗套。」

「我鼓勵小組成員聯絡感情，我們一起喝酒、吃飯，大家都可以提供意見、承認錯誤、表達疑慮。我們是郡裡破案率最高的部門。」

你母親一定很驕傲，我心裡這麼想，隨即對探長的趾高氣揚與理所當然很反感。

他拿起牙籤剔牙，「有人向我推薦你。」

「誰？」

「一個共同的朋友，說你可能不會來。」

「你的消息很靈通。」

他露出微笑，「我們好像出師不利，請接受我的道歉，從頭開始。我是史蒂芬．德魯宜。」

他握著我的手刻意握得久了點。

「我手上有一件雙屍命案，看起來是闖入民宅，丈夫頭骨被打凹了，太太被綁在床上，有可能遭到性侵後縱火。」

他低聲說出這些話，我看到房間另一頭的查莉正把炒飯舀到盤子上。

「什麼時候發生的事？」

「三天前。」

我看了白板一眼，上面有一張白牆農舍的照片，幾乎沒有火災的痕跡。照片拍攝時正在下雪，因此影像帶著一股深沉的色調。屋頂升起的一縷煙霧蝕刻著白色天空。

「你要我做什麼？」

「我們拘留了一名嫌犯，他為這家人工作，我們也在屋內找到他的指紋。他雙手都燒傷，但否認殺害這對夫妻，聲稱是想救他們。」

「你不相信他的話？」

「這名嫌犯有精神病病史，服用抗精神病藥物。目前他非常焦慮，自言自語，抓自己的手。也許他說的是實話，也許在說謊，我只能再拘留他二十二小時，我只剩這麼點時間能成案。」

「我還是不明白——」

「我該怎麼對待他？我可以出手多重？我不希望被一些自以為聰明的辯護律師聲稱我曲解這傢伙的意思，或讓他屈打成招。」

「心理評估需要好幾天。」

「我不是要他的病史，只是要你對他的印象。」

「他的病歷在哪裡？」

「我們無權取得。」

「他的精神科醫師是誰？」

「維多利亞・納帕斯特醫師。」

我終於明白了。一年半前，我在一場心理衛生裁決公聽會上認識納帕斯特醫師，那場公聽會和她的病人有關，她說我是個傲慢、充滿優越感、厭惡女人的混蛋，因為我霸凌她的病人，使他露出本性，使他承認自己幻想跟蹤納帕斯特醫師回家並強暴她。

我霸凌他嗎？沒錯，我越界了嗎？完全沒錯，可是這位好醫師該感謝我。結果她卻威脅向英國心理醫師協會檢舉我，讓我接受懲戒。

她為什麼推薦我接這個案子？有些地方不太合理。

德魯宜在等我決定。我看了查莉一眼，真希望她是在家裡。

「好，我跟你的嫌疑犯談談，不過我要先看看犯罪現場。」

「為什麼？」

「了解來龍去脈。」

3

路華四輪傳動車在產業道路上朝著幾棵守護山脊的枯樹前進，車尾在泥巴裡打滑。犁過的田野沉浸在一片詭異的黃色燈光下，彷彿白雪是一片螢光錶面，吸飽了微弱的陽光後膽怯地反射出薄暮。那棟十八世紀的農舍依偎在山脊避風，二樓窗戶的油漆被煤煙燻黑，像歌德風少年的睫毛膏。

下車離開令人窒息的暖氣後，我感覺風拍打著褲管和領口。德魯宜領著我穿過草地，在一份文件夾上簽名，接著交給我一副手術用手套。

「被害人是四十二歲的派翠西亞・海曼與四十五歲的威廉・海曼。已婚，育有一女芙洛拉，目前就讀牛津大學。海曼太太是童書作家，海曼先生是自由編輯。他們三年前買下這棟房子，兩人都在家工作。」

「有強行闖入的跡象嗎？」

「前門被踹開，但沒有物品失竊，我們在床頭櫃的抽屜裡找到四百英鎊現金，威廉・海曼的皮夾在口袋裡，業餘小偷就是有這種問題。」

「什麼問題？」

「他們在驚慌失措下犯錯，專業小偷不會把現場弄得這麼凌亂。」

德魯宜探長先打開鎖頭再拉開一片三夾板，白雪從屋簷落下。走廊內看不出什麼騷動的跡象，打開通往客廳的雙開門後，出現的是角落的壁爐及外露的橡木屋樑，餐廳有圓拱型的天花板及中廣型鑄鐵火爐。空氣中飄盪著一絲淡淡的味道，夾雜著煙味、丁烷和漂白水味。

我幾乎不假思索地吸收這些細節，平凡家居生活的跡象：放在水槽旁晾乾的杯子、菜瓜布、橡膠手套、堆肥桶裡的菜屑、廚房流理台上放著一罐開著的巧克力飲品、鑄鐵爐灶沒有熱度。

德魯宜繼續說：「我們在這裡發現丈夫的屍體，他面朝下，後腦勺受到兩次敲擊，武器是重物或鈍物，可能是鐵鎚或斧頭。他拖著身子爬過地板試圖逃走。」

乾掉的血跡形成深色污點。

「他太太呢？」

「她被綁在二樓的床上，兇手把助燃劑潑在她身上時她還活著，可能是打火機專用煤油。」

「火勢沒有蔓延？」

「只燒到房間，沒有燒到天花板。」

這裡有濃濃的漂白水味，洗碗機旁的側門通往洗衣間，屬於母親、父親和女兒的三雙長筒雨靴排排站好，水桶裡泡著一件待洗的洋裝。

客廳茶几上放著兩個馬克杯，裡面裝著喝到一半的熱巧克力，第三個馬克杯的碎片在壁爐裡。壁爐上方放著一瓶打開的二十年單一純麥威士忌，顯然是特殊場合。

一雙單薄的皮鞋靠在晾乾架上，是查莉也會穿的娃娃鞋。

德魯宜探長接著說：「案件發生在星期四晚上的大風雪夜裡，郡裡半數民宅停電、道路封閉、電話不通。在風雪最強烈時，有人用威廉．海曼的手機打了一一九，可是總機忙不過來，只能保留來電。」

「電話保留了多久？」

「大約四、五分鐘，等接線生接聽時，對方已經掛斷了。」

德魯宜狠狠瞪了我一眼，「那天晚上出了很多狀況：十幾起意外，許多人被困在車上，四十號高速公路活像大型停車場。」

他帶我上樓，踩在防止泥濘的木板上。我們一接近主臥室，立刻撲鼻而來的是燒焦人體與人體脂肪融化所發出的噁心烤肉味。

飛舞的白雪穿過破碎的窗戶聚集在臥室一角，幾乎每個平面上都鋪著一層薄薄的黑色煤灰。火勢是從床墊開始的，一層層的寢具被掀開，露出沒有受損的布料上十字架般的輪廓，那是人的輪廓，有著雙手、雙腳與軀體。派翠西亞・海曼的身體保護床墊不受火勢侵襲。

「她的雙手被綁在頭頂。」德魯宜說。

「她有穿衣服嗎？」

「有差別嗎？」

「有。」

「她穿著睡衣和睡袍。」

主臥浴室裡的磨砂玻璃窗破了，但不是因為熱度，而是有人試圖強行開啟，絞鍊上的油漆有裂痕。放滿浴缸的冷水漂浮著一層肥皂渣，折好的成套毛巾並排掛在散熱架上，柳條編的洗衣籃裡放著一條花色不同的毛巾。

走廊另一頭是芙洛拉・海曼的臥室，衣櫃門開著，衣服散落在床上。有人翻過她的衣物，我看看尺寸。

「他們家女兒住在家裡嗎？」

「她住在牛津的宿舍裡，」德魯宜說，「週末多半會回來。」

「告訴我嫌犯的資料。」

「他叫阿吉・蕭，二十五歲，本地人，以前惹過麻煩。他到處打零工，幫人除草、劈柴、修籬笆等。海曼家搬進這裡之後他就開始幫他們工作，不過兩星期前被開除。」

「芙洛拉說，她老爸發現阿吉在家裡翻她的私人物品。」

「為什麼？」

「什麼私人物品？」

「她的內衣褲。」

「火警是誰通報的？」

「一名搜救隊的志工開車經過農舍時注意到煙霧，所以打電話報警。我們在山腳下的雪堆裡發現阿吉．蕭的車子。」

「他的母親大約一小時後來到亞賓頓警局，表示阿吉有話要告訴我們，他的雙手燒傷了。」

「他去農舍做什麼？」

「他說他去要薪水，他的遣散費。」

「冒著這麼大的風雪？」

「沒錯，根據阿吉的說法，他到達農舍時已經起火了，他試著救出海曼太太。」

「他為什麼沒有報警？」

「他想求援，可是路上結冰，車子打滑掉進水溝裡。他走到亞賓頓後直接回家上床睡覺，忘了告訴我們。」

「忘了？」

「還有更誇張的，他說他兄弟叫他不要找警方。」

「這個兄弟在哪裡？」

「他根本就沒有兄弟。我就跟你說他腦筋不太正常，但也有可能是裝的。」

我們回到樓下，我沿著農舍側面的小路來到後方平坦的花園，雪地裡鑽出被修剪到光禿的玫瑰叢。我從穀倉大門掃視到果園，不確定自己在尋找什麼。

我在圍籬間來回走了幾次，走進樹林裡要多久才會迷路？在不被發現的情況下偷窺農舍有多容易？

心理學家看待犯罪現場的角度與警察不同。警察尋找實物線索和證人，我則檢視整體的景象，注意突出的地標或特別之處。例如某些道路具有心理屏障的功能，住在一側的人幾乎永遠不會跨到另一側，鐵道和河流也一樣，疆界會改變人的行為。

重傷來到院子加入我們，他踢掉鞋子上的雪。

「有些地方就是很不祥。」他說。

「這話什麼意思？」

「塔莎・麥克班以前就住在這裡。」

「她是誰？」

「你一定記得，」他說，「就是其中一個賓罕女孩。」

我搜索記憶，卻只有模糊的印象，隱約想到新聞標題和兩名少女的照片。

「她的家人租下這棟房子，」重傷解釋道，「她失蹤後她爸媽就分開了，離婚，他們無法面對找不到女兒的未知。」

「那兩個女孩始終沒有出現？」

「完全沒有。本地人還當成謎團討論，我記得失蹤案發生時，這裡擠滿了記者和電視台的工作人員。」

「當時你有參與辦案嗎？」

「那時我只是個制服警察，見習警員。」

「你認為她們去了哪裡？」

他聳聳肩，「泰晤士河河谷區每年有五千名失蹤人口，一半以上是十二歲到十八歲的青少年，大部分是逃家，她們終究會出現……也有可能永不出現。」

德魯宜走出農舍，叫重傷把路華開過來。

「那隻狗呢？」我問。

「什麼？」

「這家人養了一隻狗。」

「你怎麼知道？」

「洗衣間裡放著一個水盆，垃圾桶裡有一只空的狗食罐頭，他們養了一隻黑白相間的短毛狗，也許是傑克．羅素梗犬。」

他搖搖頭，不過我看到他眼裡閃過一個問號。他駁回我的問題，戴上手套。

「你該見見阿吉．蕭了。」

我們失蹤之前，賓罕鎮所發生過最嚴重的事也只不過是一架瞄準倫敦的德國轟炸機差了八十英里，把炸彈丟到居民躲空襲的社區中心。政府想維持士氣，始終沒有公開死亡人數，本地的歷史學家認為有二十一人喪命。

第二嚴重的是艾登·佛斯特開車撞斷卡倫·羅曲雙腿的那天晚上，害他膝蓋以下截肢。他現在只剩大腿，大多時候戴著膚色的塑膠義肢。

塔莎聽到義肢兩個字就吃吃笑個不停，覺得聽起來像避孕套，也就是保險套的另一種說法。這讓我想起體育課老師崔曲坡小姐，她上衛生教育課時把保險套套在香蕉上。塔莎舉手說，「老師，我們跟香蕉接觸為何需要保護？」

我差點笑到尿褲子。塔莎被送去見雅各森校長（又稱阿道夫夫人），塔莎見她的次數已經頻繁到該拿違規集點卡。

塔莎和我失蹤後變得很受歡迎，家裡收到一袋袋郵件：家長、孩子、教會和學校寄來信件、卡片、詩及照片。連首相和威爾斯王子都來信慰問。

開學後，電視台攝影機駐紮在聖凱瑟琳學校門口，我們的朋友幾乎都受訪，只有艾蜜麗刻意避開攝影機，因為她是我們那個小圈圈的成員。艾蜜麗·馬丁尼茲比我們大六個月，有點過重，常常說「哇！」一開始我並不喜歡她，因為她總是裝得一副很完美的樣子，後來她爸媽離婚搶她的監護權，我又覺得她很可憐。

艾蜜麗的父親在美國工作，我從沒見過他。她媽媽有點怪，總是在看醫生和治療師。艾蜜麗說她神經很緊張，這時塔莎會抬頭做出喝酒的動作。

開學第一天，創傷諮商師如爭奪薯條的海鷗般在操場上巡邏，告訴學生心情不好沒關係，應該表達內在的情緒。電視台的攝影機獲准拍攝雅各森校長在朝會的特別禱告，她溫柔地談到我和塔莎，聲音有點顫抖。

「妳聽聽她說的話，」塔莎笑著說，「一個月前她可是等不及想趕我走。」

「現在她要妳回去。」

「真是見鬼。」

我們失蹤一個月後，喬治把我們從閣樓上的房間搬到現在這裡。當時警方已取消搜索行動，大家都假設我們是逃家。喬治不再提起贖金要求和錢。他說自己是童話故事裡的貴族騎士，救了我們，他要保護我們不受這世上誘惑與邪惡的侵擾。

你們大概覺得我們怎麼這麼笨，居然會相信他的謊言，實在非常天真、好騙兼低能。等你們被迷昏關在地下室裡，經歷飢餓、口渴、害怕，和我們流下同樣多的眼淚，和我們一樣不知所措地擠在同一條毛毯下，不再有力氣反抗或不敢置信時，再來評斷我們。

他逼我們吞下藥丸，我們醒來時已經在地下室了。他把梯子鋸掉一半，讓我們搆不到天花板上的暗門，沒有他上不去，電視和天窗也沒了。

我們表現好時他會把燈開著，表現不好他會關燈。那是一種從未經歷過的黑暗，濃厚地令人窒息，深邃地彷彿有隻怪獸在我耳邊呼吸。

我們的生活受到管理與擺布。喬治決定我們吃什麼、穿什麼，也控制燈光和空氣。有時他很仁慈，我們可以取笑他、給他購物清單、哄騙他多買一些雜誌和食物給我們。

「我可不要妳們變胖，」他控制巧克力的份量時這麼說。

我們把雜誌反覆從頭讀到尾，裡面有一些新面孔、新電影、新的流行時尚，也有熟悉的內容。布萊德和安潔莉娜；貝克漢和高貴辣妹；艾爾頓和大衛，世界並沒有改變多少。威廉王子娶了凱特・密道頓，她妹妹琵琶的臀部變得舉世皆知。

我們無從得知自己是否離家很近，我到現在還是不知道。有可能距離很遠，有可能就在樹林後面。我知道附近有一條鐵道，因為偶爾風吹來時我聽得到火車的聲音。

我想念塔莎，想念伸手到鋪位中間就握得到她的手，想念她的聲音，想念看著她睡覺。她逃跑後喬治就不曾來看過我，我知道他會很生氣，因此塔莎得趕在喬治回來前趕快帶警察來。

我的食物已經快吃完了，瓦斯罐裡的瓦斯也快用光了。

天氣實在太冷，我的手指幾乎失去知覺，也很難握著鉛筆，因此筆跡愈來愈凌亂。筆尖變禿後，我輕輕放在磚塊上磨尖。

書寫有助維持理智，可是塔莎沒這麼好運。她的身體愈來愈虛弱，不肯吃東西，指甲咬到流血。所以她才非逃出去不可。

4

阿吉．蕭坐在桌前，手臂撐著桌面瞪著眼前鏡子裡的自己。他看不到鏡子後方的我，卻似乎直視著我的雙眼。

偵訊室的鏡子所扮演的角色很有意思，人們看得見自己時說起謊來沒那麼容易，他們努力讓自己聽起來真誠而具說服力，卻也愈難為情。

阿吉起身踱步，一面比手勢一面喃喃自語，愁眉苦臉，彷彿天人交戰。他比我想像中高大，步履有點蹣跚，頭髮蓋住一邊眼睛。

他在鏡子前停下腳步往前靠，挑起眉毛又放下。他的眼睛很大，額頭很寬，在大多數男人臉上是俊美的象徵。他雙手包著白紗布，身穿藍色紙製連身服。

「他的衣服在哪裡？」我問。

「被我們送去檢驗了。」德魯宜說。

阿吉雙手合十，閉上眼睛，彷彿在禱告。

「他很虔誠，」德魯宜說，「他參加鎮上的神召會，就是那種很歡樂的教會。」

「聽起來你信這一套。」

「我贊成贖罪，讓我擔心的是旅鼠般盲目的信仰。」

我開門進入偵訊室，阿吉的視線從牆上掃到地上，就是不肯看我，他身上發出汗臭味加爽身粉的味道。

我坐下，也請阿吉坐下。他質疑地看著椅子，屈身坐下，膝蓋轉向側面對著門口。

「我叫喬，我是臨床心理學家，你以前跟我這種人談過嗎？」

「我看的是維多利亞醫師。」

「為什麼？」

他聳聳肩，「我什麼都沒做。」

「我沒這麼說。」

「你為什麼瞪著我？你認為我做錯事，要怪在我身上，所以才帶我來這裡。」

「阿吉，放輕鬆點，我只想跟你聊聊而已。」

「你會殺死我，不然就是電死我。」

「我為什麼要這麼做？」

「有些國家這麼做。」

「阿吉，英國並沒有死刑。」

他點點頭，用雙手梳理頭髮，撫平瀏海。

「你感覺怎麼樣？」我問。

「我的手很痛。」

「需要止痛藥嗎？」

「醫生開了藥給我。」

「你是怎麼燒傷雙手的？」

「發生了一場火災。」

我沒有問他火災怎麼發生的，而是專注在他的個人經歷上。他出生本地，和母親一起住在賓罕鎮，十六歲學校畢業後就打粗工、或在農場打零工。海曼家雇用他劈柴、除草，阿吉也幫他們修圍籬。

「你為什麼不為他們工作了？」

阿吉不安地抓著手上的紗布，幾分鐘後，我再試一次。

「發生了什麼事讓你被開除？」

「去問Ｈ太太。」

「阿吉，我要怎麼問？海曼太太死了，警方認為你殺了她。」

「沒有，沒有。」

「所以你才在這裡。」

他驚訝地看著我，「她在上帝身邊了，我要為她禱告。」

「你常常禱告嗎？」

「我每天都禱告。」

「你向上帝祈求什麼？」

「寬恕。」

「你為什麼需要被寬恕？」

「不是為了我，為了所有的罪人。」

「你去農舍做什麼？」

「Ｈ太太要我去的。」

「她打電話給你嗎？」

「對。」

「阿吉，那天晚上大風雪，電話線路不通，她怎麼打電話給你？」

「她叫我過去。」

「她什麼時候打電話給你的？」

「前一天。」

他露出理所當然的樣子。

我繼續問他詳細經過。他借了母親的汽車開到農舍，由於大雪而差點錯過轉彎的路口。過深的積雪使他無法繼續往上開，因此他停車步行上去。

「停電了，屋子裡很暗，我看到樓上窗戶的燈光，可是很奇怪，你知道，不像煤油燈或蠟燭，」他摀住耳朵，「我聽到她的尖叫聲。」

「是海曼太太嗎？」

阿吉點點頭，「我用力撞門，結果肩膀受傷，我上樓去，可是被火焰逼退。」

他開始呼吸過度，彷彿吸進濃煙，雙手抵著額頭又猛敲太陽穴。

「你的雙手怎麼燒傷的？」

「我不知道。」

「你打了海曼先生嗎？」

他搖頭。

「是你放火的嗎？」

「沒有，不是。」

他毫無預警起身走到房間另一頭，低聲喃喃自語，爭論著。

「阿吉，你在跟誰說話？」

他搖頭。

他蹲下來看著我的後方，彷彿有人裝扮成大野狼在我背後偷偷出現。

「是誰？」

「告訴我你兄弟的事。」

他躊躇了一會兒，「你也看得到他嗎？」

「我看不到。告訴我他的事。」

「有時候他偷走我的記憶。」

「只有這樣嗎？」

「他警告我要小心一些人。」

「他怎麼說？」

「他說他們要對我下毒。」

「什麼樣的人？」

「在空氣裡。」

「阿吉，你為什麼去農舍？」

「去領薪水。」

「我不相信你。」

阿吉彷彿懇求我似地把紗布包紮的雙手合在一起，整個頸根到髮線都脹紅。

「我說謊的話，上帝會審判我的。」

「上帝現在幫不了你。」

「祂可以，祂必須這麼做。」

「為什麼？」

「否則誰來阻止撒旦？」

德魯宜的辦公室在二樓，沒有海報，只有極簡家具。我以為牆上會掛著獎章和照片，沒想到只有一張白板，上面寫著時間線、名字和照片：這不是家譜，而是命案族譜。

窗戶凝聚著水珠，玻璃間似乎卡著一些極小的碎冰。德魯宜探長雙腿交叉靠在椅背上，撥開褲子上的棉絨。

「你對他的看法如何？」

「他患有妄想症，也許是精神分裂症。」

「你一個小時就能診斷出這些病？」

「我五分鐘就診斷出來了。」

德魯宜喝光塑膠瓶裡的水後往垃圾桶一丟，「我該怎麼偵訊他？」

「他現在卡在損害控制模式裡。他的身體很強壯，但心理很脆弱。偵訊時間宜短不宜長，多休息幾次，別針對某些問題爭辯，讓他用自己的方式吐露。他心情不好就讓他退回自己的世界，把他當成受害者，而不是加害者。」

「他會自白嗎？」

「他說不是他做的。」

「那是胡說八道吧，對不對？」

「他的確有所隱瞞，但我不知道隱瞞的內容為何。」

德魯宜眼中滿是怒意，不耐煩又不爽地看著我。他起身繞過辦公桌，全身散發出緊張的情緒。

「當晚出現百年來最嚴重的大風雪，那小子卻在大風雪中開了一英里路，我認為他是去報復的。

他對他們的女兒很癡迷，憤怒自己遭到開除。我們能證明他在場，他不但有動機、也有機會。」

「不論動手的是誰，那個人並沒有驚慌，而是企圖用漂白水及縱火湮滅證據。這是很有條理的思考方式，需要高度智慧，不太像阿吉．蕭做得出來的事。」

「那麼他的雙手是怎麼燒傷的？」

「他想救海曼太太。」

「他逃離現場。」

「因為他慌了。」

探長聽夠了，「你這是胡說八道！阿吉．蕭謀殺了海曼先生，又強暴他的妻子。他想報復，因而殺了這對可憐的夫妻，我會證明的。」德魯宜打開門，「教授，感謝你的協助，我會派車送你回飯店。」

我拿起外套，低頭看著鞋子，鞋底沾到的一層泥巴已經乾了。

「你不覺得犯罪現場有些地方怪怪的嗎？」我問。

「什麼意思？」

「海曼夫妻並不是常喝酒的人，屋子裡只有一瓶威士忌，放在壁爐上才剛打開。」

「所以呢？」

「你不會為了一個剛被自己開除的人打開二十年單一純麥威士忌。」

「天氣很冷又停電，也許海曼夫婦想喝點烈酒取暖。」

「屋裡有三個馬克杯，只有一個有威士忌的味道。」

「你的重點是什麼？」

「壁爐前的地上有一條毛毯，有人坐在壁爐前取暖，把那雙娃娃鞋烘乾，海曼太太和她女兒穿的都是八號鞋。」

德魯宜開始認真聽了，我們正在走廊上走向電梯。

「洗衣籃裡的那件洋裝比海曼太太的身材小了兩個尺碼。」

「也許她女兒——」

「她穿十二號，我看過她的衣櫃。」

「我還是聽不懂你要表達的重點。」

「有人在樓上的浴缸裡放了水，浴室裡有多的毛巾，浴室窗戶破了。」

「你忽略了明顯的證據，卻專注在多出來的毛巾和洋裝的尺碼上。」

「還有失蹤的狗呢？」

「從火場跑走了，死在大風雪裡。」

我們沉默良久，而且是令人不安的沉默。德魯宜不耐煩地按下電梯按鈕，額頭上一條小血管抽動著，彷彿是刺青。

「你不是很欣賞我吧？」我問。

他露出苦笑，「做到這個階級就是有這種好處：我不需要喜歡別人。」

「如果我說了什麼讓你不高興的話，很抱歉。」

「我沒有不高興。教授，我認為你喜歡抱持與眾不同的意見，讓你覺得自己高人一等，或比較聰明。可是我不是你想像的那種人，我並不是個不看書、以為聖女貞德是諾亞老婆的笨警察。」

這台詞不錯，讓我想起一個風格類似，曾任警探的朋友文森・盧伊茲，他對這種口頭禪也很拿手。

「你知道我辦過多少命案嗎？」他問。

「不知道。」

「你知道我看過多少屍體嗎？」

「不知道。」

「刀傷、槍傷、勒傷、溺斃、毒死、電死、被推下懸崖、裝進油桶、在浴缸支解、包在地毯裡、在車上燒死、被餵給豬吃。教授，你自以為很了解人的心理，可是我看過他們凶殘的程度，你永遠不可能像我這麼了解人類的行為。」

電梯來了，電梯門打開。

「你太太叫什麼名字？」我問。

德魯宜探長停下來，「這是哪門子的問題？」

「我只是覺得你回家前該先換掉那件襯衫，你從昨天就穿著這件襯衫，表示你昨晚沒回家，而是在另一個女人家裡，而且你左耳下方的領口沾了口紅。你沒有備用襯衫，只好穿同一件再噴上她的體香劑。」

「我也注意到你辦公室的那盒巧克力是昂貴的比利時巧克力，是打算給你太太的。你一定很喜歡這個情婦，又不希望這場外遇毀了你的婚姻。祝你好運……」

德魯宜僵在那裡。

「探長，我對屍體沒有興趣，我只對活著的人有興趣。」

逃家女孩和失蹤女孩不一樣。

逃家女孩就像掉進沙發夾層的零錢，也許總有一天會找到，但不像中樂透那麼爽。

我們掉入裂縫裡，不再是頭條新聞，眼不見為淨。喬治說除了他之外沒有人在乎，從此以後他就是我們的監護人，由他照顧我們。

我很想相信他。有時候，我期待聽到他搬動箱子、打開暗門的聲音，塔莎則一直很恨他。她比我了解他，而且她比較了解男人……他們要什麼，做得出什麼事。

塔莎和我樣樣天差地遠，卻依然成為朋友。我走路像企鵝，她像模特兒；我穿短褲和運動鞋，她穿迷你裙和高跟鞋；我喜歡跑步，她覺得運動是浪費時間。

我的牛皮癬使我身上長滿斑點，塔莎的皮膚完美無瑕，宛如櫥窗裡的人體模型，而且是正常的人體模型，不是看起來像禿頭外星人那一種。（有一次她想用粉底遮掉我的斑點，結果我看起來像《巧克力冒險工廠》裡的小矮人。）

我們在同一家醫院出生，前後只差兩個星期。我們念同一所小學，原本以為小學畢業後會分開，可是塔莎拿到聖凱瑟琳的獎學金。她父親是鷹架工人，我父親是銀行員，她媽在超市工作，我媽沒上班。

乍看之下我們之間並沒有共同點，卻還是當了朋友。我午後時光大多在田徑場上練習短距離全速衝刺，在草地上拖輪胎做負重訓練。塔莎覺得這很搞笑，不過並沒有讓我覺得自己很蠢。而且，她和我在一起的目的也不是為了有一個長得醜的朋友在身邊襯托自己，比我更醜的女孩大有人在。

我覺得塔莎喜歡我的家人更甚於她自己的家人，尤其是我媽，她根本就是賓罕鎮的模範家庭主婦。她說自己是「家管」，星期一上瑜珈、星期三打網球、星期五打高爾夫球。她說自己婚前是走秀模特兒，可是剪貼簿上的照片大多是車展時拍的。

我媽媽外型很優雅，很有氣質，總是平頭整臉，好像一個只能遠觀、不能褻玩的洋娃娃，一定要放在原來的盒子裡收藏，因為有一天會值很多錢。

我對時尚、化妝或女生喜歡的東西完全沒興趣，這一點讓媽媽很失望。有時候我不禁認為自己出生時醫院弄錯了，她該抱回家的是塔莎才對。

人們提到我時總是說「那個跑步健將」、「那個厲害的小孩」或「野丫頭」。媽媽覺得很失望，爸爸則炫耀我參加田徑比賽的獎盃，他覺得除了生兒子之外，最棒的就是我，這樣聽起來好像我是次等貨，可是我沒辦法每一項都贏。

我最後一次讀到我們失蹤的報導時，裡面提到爸爸把賞金加倍，那時我知道他一定很愛我。塔莎沉默了很久，她的父母負擔不起那種錢。

「也許妳要回家了，」她說。

「別擔心，」我說，「我不會丟下妳的。」

我向喬治求了好幾個星期，拜託他讓我們寫信，最後他終於同意。我寫了一封給爸媽，一封給艾蜜麗。塔莎寫給她爸媽和前男友艾登．佛斯特，我不知道她為何這麼做。

喬治指導我們該怎麼寫才不會洩漏線索。我們得告訴他們自己逃家、現在住在倫敦，請大家不要再找我們。我想寫其他的東西，但喬治不讓我寫。

有時候他人很好，很大方，有時卻也很殘忍。他很喜歡告訴我們爸媽不要我們了，我媽媽又懷孕時，喬治說她要生一個小孩取代我，他也說塔莎的父母要離婚了。

我叫塔莎別相信他，可是他讓我們看新聞報導，證明爸媽不要我們回家，還很高興我們不見了，因為剛好擺脫家裡那個沒人喜歡的小孩。

5

我獨自站在講台上，雙手抓著講桌，對著明亮的燈光眨眨眼。觀眾席一排排往上攀升，我從陰影中往下看著觀眾，他們臉色蒼白、禦寒裝備齊全。

大概是天冷的關係，觀眾席只坐了一半，又或許我的名聲魅力不夠：喬瑟夫・歐盧林教授——顫抖的心理學家，據說能「洞悉人心」。

這並不是我平常面對的觀眾。平常我演講的對象大多是穿著寬鬆衣物、臉色油膩的大學生；今天面對的是同僚：心理學家、心理諮商師和心理醫師。他們認為我有智慧可傳授，對人類的病痛有深刻的見解，能讓他們更了解自己的病人。

我開始演講。

「請大家想像這樣的情形：對旁人漠不關心，毫無內疚，沒有悔恨，也沒有羞愧心，一輩子從來沒有對任何自私、懶惰、殘酷、不道德、邪惡的話語或行為後悔過。

「除了自己之外，其他人都不重要，沒有人值得尊重、平等或公平待遇。他們都是沒用、無知、容易受騙的笨蛋，只是佔用空間和你呼吸的空氣。

「現在，我要你們把這個詭異的幻想加上隱瞞的能力，別人無從得知你們真正的人格，得以隱藏真實的個性。沒有人知道你們到底是什麼樣的人……你們多麼不在乎其他人……能做出什麼樣的事……

「想像你們能有什麼成就。當其他人躊躇不前時，你會付諸行動；當其他人劃下界線時，你跨越這些界線，完全不受道德、憂慮、規則或倫常所阻礙，你的血管流的是冰水，心臟是石頭做的。

「你會怎麼運用這種能力？那端看你有什麼慾望。在八卦報紙的眼裡，所有人格違常者都一樣，但事實並非如此，他們並不全都是連續殺人魔或大屠殺的主使。

「根據平均法則，觀眾席裡至少有四個人符合我剛剛描述的特點，也許你隔壁就坐著一個，也許你自己就是其中之一。」

觀眾臉上露出不安的笑容，可是沒人左顧右盼，而是專心聽演講。

「我們都是不同的個體，有些人的動力來自他們的抱負、對金錢或權力的慾望。有些人比較懶惰、有些比較笨、有些有暴力傾向，有些是懦夫。有些則如我所解釋，是人格違常者。他們既不是怪物也不是瘋子，他們照樣結婚、組織家庭、建立商業帝國、學著假裝真誠，隱藏內心的祕密。

「醫療專業常常忘記或忽略一種概念：成功的人格違常者。我們只研究那些處於社會邊緣的：退學、成就不高，這些被逮到的人格違常者既沒有聰明才智也沒有統治世界的慾望。一直到過去幾年，我們才開始調查那些成功躲在人群裡的人格違常患者。」

我環顧觀眾，認出一、兩個面孔。我和艾瑞克・諾克斯合作一個研究計畫，他坐在安德魯・尼爾森隔壁，他是大學朋友，曾追求過我妹妹羅貝嘉，傷了她的心。我注意到他們後兩排坐著一名很面熟的女子，花了一會兒工夫才想起她的名字：維多利亞・納帕斯特，她是阿吉・蕭的精神科醫生。

「我要以一個故事總結，」我說，「是關於一個和藹可親又有魅力的男人。他在紐約中下階層社區長大，隱居，獨來獨往，對人有點冷淡。他娶了初戀女友，育有兩子。

「他創立了一家財務管理公司，幫朋友和家人處理投資事宜，成功隨之而來：曼哈頓的閣樓公寓，兩架私人噴射機的股份，停靠在法屬里拉維亞的遊艇。他七十多歲時已為個人和基金會管理數十億美元的資金，不斷接受新客戶，包括慈善機構、公家機關和投資事務所。

「他鮮少與投資客戶一對一見面，但這麼做只有更增加他的魅力。他也避開曼哈頓的社交圈，助長聲譽，是個天才型的財務金融大師，華爾街的哲人。有人知道我說的是誰嗎？」

「柏尼・馬多夫，」黑暗中一個聲音說。

「這是典型的人格違常患者，前所未見的大騙子，貪得無饜的操縱者，為了累積自己的財富而不惜毀了上千人的生活，卻心安理得。

「他受過教育、有錢、有機運，智商也很高，但毫無良知，從不遲疑，也不害怕被揭發，他一手操縱史上最大的龐氏騙局，相信法律碰不了他，他的受害者則愚蠢、沒有價值、不值一提。

「馬多夫並非單一個案，社會上還有很多這種人，他們選擇商業、政治、法律、科學、金融和國際關係的行業，以無情而專注的效率在所選的事業奮鬥，不受道德的不確定性或罪惡感阻礙，也不尊重任何人。

「他們偷襲同事、暗中破壞競爭對手、毀掉敵人、偽造證據、破壞真理、說謊、作弊、偷竊、對阻擋去路的人恣意妄為。有時他們為錢結婚、為錢離婚、盜用公款、使慈善機關破產。他們發動戰爭、侵略國家、壓制弱小，使天真的人墮落。他們永遠帶著優雅的自由意志，晚上還能安然入睡。

「這些人並非你我在諮商室裡治療的人格違常者，也許這是好事，也許問題不在於治療他們，他們並沒有問題，因為他們就是這個樣子，這是一種人格特質，不是人格異常。」

一名貌似研究生的年輕人舉手問道：「難道我們的義務不就是要治療他們嗎？」

「為什麼要這麼做？」

「他們需要我們的協助。」

「萬一我們所做的只是讓他們知道如何偽裝真誠，變成更厲害的人格違常者呢？」

審問我的觀眾並不滿意，「想當然耳你是在誇大這個問題？」

我阻止左臂的顫抖，「我今天早上看報紙時讀到一則新聞報導，國內的厭食症已然是種蔓延的疫情，而人格違常者的人數是厭食症的四倍，這難道不嚴重嗎？」

我又回答了幾個和臨床數據有關的問題，警告他們不要太執著於統計數字，統計數字對科學家和學生很重要，對臨床醫師則不然，人類的行為無法被分解成鐘形曲線或圖表。

「在二〇〇〇年七月二十四日，協和客機是全世界最安全的飛機。統計專家指出，協和客機在第二天就成了全世界最危險的飛機。面對數據時務必小心看待。」

演講結束後觀眾席慢慢清空，並沒有人過來交談，納帕斯特醫師也沒有繼續上次的情誼。我感到一絲絲的遺憾，她長得很漂亮，有著一股渾然天成的魅力。三十多歲的她苗條、有格調，完全不在我的守備範圍之內。

我還有守備範圍這回事嗎？

茱麗安在三年前把我釋回自由球員名單，沒人給過我什麼值得考慮的機會，連客串出場友誼賽的份都沒有。

在演講廳外的大廳裡，大家都在談論天氣，有一個聲音讓我停下腳步。

「那些人不是阿吉．蕭殺的。」

維多利亞．納帕斯特站在門邊，身穿灰色羊毛洋裝、黑色長襪與及膝皮靴。

「我還以為你會很誠實、無所顧忌，結果你卻讓史蒂芬吃得死死的。」

「史蒂芬？」

「德魯宜探長。」

原來他們是直稱其名的交情。

「你說的是他想聽的話。」

「我提供個人意見。」

她向前一步端詳著我，眼珠移動時似乎會變換顏色，「他們申請繼續拘留阿吉．蕭四十八小時。」

「這個決定與我無關。」

「那些人不是他殺的。」

「他在現場。」

「他並沒有暴力記錄，他對狹窄空間的反應不良，上次他們把他關起來──」

「上次？」

「那是烏龍，後來他們還他清白。」

她的頭髮比我印象中還短，不再是繩子般的粗辮子，而是清湯掛麵，拂過顴骨留到後頸根。

「我很擔心他會傷害自己。」

「妳該告訴德魯宜。」

「他不肯聽我的。」

她看了我的左臂一眼，我的大拇指和食指互相搓揉著。

「我讓你很緊張嗎？」她問。

「我有帕金森氏症。」

她塗著口紅的嘴巴張成圓形，想出口道歉。

「沒關係，妳沒有理由知道。」我說。

「我今天似乎出師不利，我們可以重來一次嗎？讓我請你吃中飯。」

「也可以各出一半。」

這次她臉上出現微笑，還有酒窩。

「我知道該去哪裡，」她說完領頭帶路，我端詳她的身材，依然覺得樂觀。她帶我到富利橋邊一家叫「水源地」的酒館，打開厚重的大門，幫我把外套掛在鉤子上。接著她選了一張離壁爐較遠的桌子，點了礦泉水，問了酒單。

「我不喝酒。」

「因為服藥的關係嗎？」

「是的。」

「你吃什麼藥？」

「左旋多巴控制症狀，卡比多巴治噁心，百憂解讓我不因有重大退化性疾病而憂鬱。」

「最糟的情形有多糟？」

「今天算不錯……」

我們對坐片刻，瞪著桌面，彷彿被對方的餐具迷住。

維多利亞·納帕斯特跟我印象中不太一樣，這次衣著沒那麼女性化，比較實際，珍珠項鍊使她看起來比實際年齡大，也許她厭倦被物化，這一點並不尋常。

「你一個人來嗎？」她問。

「還有我大女兒查莉……正在外面花我的錢。」

「你結婚了？」

「分居三年，兩個女兒分別是十五歲跟七歲，跟媽媽一起住，不過我常去看她們。現在我搬到倫敦就比較少了。」

「唔。」

「什麼？」

「很有意思。」

「什麼很有意思？」

「我問了一個簡單的問題，你卻把人生故事都講完了，只差沒交代最喜歡的顏色。」

「藍色。」

「什麼？」

「我最喜歡的顏色是藍色。」

我看著菜單，維多利亞點了湯，我也是。很糟糕的選擇，我的左手會抖。

我轉移話題，詢問她的執業狀況。她住在倫敦西區，每週兩天到牛津工作，主要在國家衛生署。

「妳是怎麼開始治療阿吉・蕭的？」

「兩年前他到警局承認強暴一名女子，但其實是謊報。」

「她不肯提出告訴？」

「她從沒見過他，是阿吉幻想強暴她。我認為他真的相信自己做了，他覺得羞愧、震驚，對自己很憤怒。」

「妳及時阻止他。」

「他阻止了自己，」她用手指撫摸著杯緣，「阿吉快二十歲時開始出現問題，有幻聽、暫時性失憶、思維紊亂、長期頭痛和失眠，他聲稱每次需要做出重要決定時都會聽到相反的訊息。」

「訊息？」

「來自他的雙胞胎兄弟。」

「德魯宜說他沒有兄弟。」

「他的雙胞胎兄弟一出生就夭折了，可是阿吉相信他們的靈魂仍然相連。他說就好像他的雙胞胎被困在自己的體內不肯離開。」

「妄想型精神分裂症。」

「他的幻想有些很誇張，有些則是被害妄想。」

「處方呢？」

「抗精神病藥物：奧氮平十五毫克，安眠藥。在療程中，我試著要阿吉在精神層面切斷那條臍帶，可是他很抗拒。他認為與兄弟失去聯繫的話，他也會失去一半的人格。」

「他有幽閉恐懼症？」

「阿吉小時候常被他父親鎖在櫃子裡，他到現在還會做惡夢。他討厭密閉空間，相信裡面的空氣有毒，因此他的兄弟才會死在子宮裡。」

「妳說他沒有暴力記錄。」

「沒錯。」

「他幻想強暴女人。」

「那是幻覺。」

「他是因為翻弄海曼家女兒的內衣褲才被開除的。」

「阿吉說那是一場誤會。」

「犯罪現場到處都是他的指紋，他的雙手燒傷，他沒有報警處理火災，而是回家上床睡覺。」

她瞇起眼睛，「他慌了。」

「這就是妳的解釋？」

「他有精神分裂症，他相信自己做了壞事，但其實並沒有。」

她聽到我嘆氣。

「妳該和他的律師談談，」我說，「交出臨床病歷。」

「這麼一來律師就得把病歷交給檢察官。」

「妳用程序當掩護。」

「我只想救阿吉。」

「警方可以申請法院命令取得他的病歷。」

「沒關係，他們如果申請到，我會守法。但在那之前，我站在天使這一邊。」

我們的餐點到了，我選了麵包，不願意碰湯。

「你不餓嗎？」

「沒那麼餓。」

她招來女服務生低聲說了幾句話。過了一會兒，服務生送來一份用馬克杯裝的湯。我該覺得難為情，可是我已經學會如何安然自得。

「你願意再跟他談一次嗎？」

「誰？」

「阿吉，跟他談一談。」

「我看不出有什麼用。」

「你會知道我說得對。我治療過他，他是個無害的人。」

她對我有所隱瞞，阿吉・蕭當晚去海曼家有別的理由，他丟掉工作是因為不當行為，他被發現在東家女兒房間裡翻弄她的東西。

「跟他們家女兒有關嗎？」我問。

維多利亞・納帕斯特搖搖頭。

「不是女兒……是女主人。」

我常常猜想自己現在看起來什麼樣子。

我看得到一部分的自己：手、腳、肚子、膝蓋，可是看不到臉。我們本來有鏡子，但塔莎打破鏡子打算用來割腕，所以被喬治拿走了。

她找不到夠尖銳的邊緣，所以割得不深。塔莎亂剪我的頭髮，所以我們唯一的剪刀也沒了，她想讓我看起來醜一點、更醜一點。

刀子、指甲刀等尖銳物品都被拿走，我們好像住在精神病院裡，他連開罐器都拿走，因為他覺得塔莎可能用烤豆罐頭的邊緣傷害自己，不過後來還是還給我們，因為我們總得吃東西。

如果貼近水龍頭的話，我可以在不鏽鋼上面看到自己的倒影，可是水龍頭的弧度使我的頭看起來像胡南瓜，像遊樂場裡的變形鏡子，或用蘋果電腦攝影棚功能做出的怪照片。

塔莎很快就會回來了，她會帶著警察回來……還有我爸媽……一整團陸軍、海軍、女王禁衛軍。我每次看著水槽上方的窗戶，每次閉上眼睛都會想到她。

喬治之所以沒有出現，一定是因為被警察逮捕了。他們把他關起來，我希望他們把他揍得半死，或在監獄裡被人用掃把棍強暴。

我對自己說髒話覺得很抱歉，我的嘴巴很不乾淨。有一次，我不小心聽見我媽告訴琴恩阿姨我可能患有妥瑞氏症，我用谷歌搜尋後發現這種人會在不恰當的時間說幹，一直眨眼睛，做出奇怪的臉部表情。我想到戈登．藍西就是他媽的一天到晚這樣，但我才不會在不恰當的時機說髒話，我只是常常說髒話而已。

我穿著所有衣物蜷縮在床上。塔莎還在時我們會躺在一起取暖，說故事給對方聽。我們會想像自己在吃東西，像是炸魚薯條、麵包奶油派和印度咖哩雞，那是塔莎最喜歡的食物。

她剪掉我的頭髮後我提議幫她剪，可是她說沒關係，反正都快掉光了。她可以像變魔術一樣隨手拉掉一撮頭髮。

我小時候常常把頭髮弄濕，用梳子梳平後在鏡子前檢視自己，假裝我有直髮。我做過很多難為情的事，不過現在看起來好像也沒那麼糟了。

就我所知，我十八歲了。我完全不知道日期，可是能算出季節的更迭。去年春天的某個早晨，塔莎叫醒我，說要幫我辦生日派對，我們在地板中央鋪了毯子，吃了餅乾和加了糖的茶。

由於下雪和枯樹，我知道現在是冬天。只要站在流理台上踮起腳尖就能看到窗外，窗戶是大約二十五公分高的長方形，如果把臉貼近，能感覺得到金屬框下方裂縫裡吹進的風。一年中的某個時節，照射進來的陽光會將幾何圖案投射在對面的牆上，移動扭曲，那是我的電視、我的氣象頻道。

塔莎就是站在我的肩膀上從這扇窗戶硬擠出去的。我把窗戶卡回原來的位子，喬治才不會生氣，不過他還是會知道，我無處可躲。

我對這裡的每一寸地方都很清楚。我知道磚塊間的裂縫與裂痕，每一塊水漬、污點、剝落的油漆碎片我都瞭若指掌。

角落放著兩張很小的折疊床，塔莎和我把它們併在一起，這樣我們才能在黑暗中手牽手。對面的牆上有架子，上面放著罐頭和幾盒麥片粥。另一面牆邊有一個流理台，上面放著一座瓦斯爐，一個電熱水壺和水槽，水龍頭只有冷水。一條水管從牆上的洞穿出來，沿著水管邊緣有一點點綠葉。

除此之外，這裡只有一個綠色五斗櫃和貼著天竺葵花樣的廚房櫃子，我們把衣服放在裡面。喔，我忘了提到兩張麥桿墊椅和桌腳用竹子做的桌子。

梯子連在窗戶對面的牆上，只到天花板的一半，如果站在最上面一層平衡好，剛好能用指尖摸到暗門。梯子後面有一張布萊頓碼頭的海報，我覺得是布萊頓。下面的字被撕掉了，只剩下大海及碼頭上散步的人們。他們穿著老式衣物，女性撐著傘，男性戴著帽子。

天花板一角裝著一部監視器，看起來像母球或亮晶晶的黑色眼睛那種網路監視器。我不知道有沒有連線，也許只是喬治的另一個謊言。

整個房間裡只有梯子下面靠近水槽的地方是那隻眼睛看不到的，我在那裡洗身體，蹲尿壺。

我睡不著時會做一些強迫症才會做的事：整理櫃子裡的罐頭、擦流理台。只剩下四個罐頭了，有原味烤豆、烤豆加臘腸、烤肉醬烤豆和烤豆加乳酪，實在很噁心。我的鮪魚罐頭、玉米罐頭和餅乾都吃完了。排好罐頭之後，我數數剩下多少OK繃和頭痛藥，還有拉肚子時用來加水補充電解質的小包，喝起來應該是水果口味，但其實是藥水味。

櫃子裡只有這些東西，治療皮膚起疹、眼睛發炎、牙痛、肚子痛、經痛的東西都沒有，也沒有治無聊或孤單的藥方。

至少這裡沒有蟲子。夏天時我把小腿抓到流血，像紅豆冰棒。

我已經不介意黑暗了，這樣就看不見斑斑點點的皮膚與毛茸茸的小腿。在黑暗中我是無形的，可以假裝自己不存在、假裝喬治看不到我。他會以為我逃跑了，不管我。

有些夜晚我覺得他在看著我們。我感覺得到他就在天花板那亮晶晶黑眼珠的後方，似乎追蹤著我們在房裡的動向，可是塔莎說那只是光學幻覺。

這麼些個年月裡，他的眼裡只有塔莎而已，她之所以把我的頭髮剪掉是為了讓我醜一點，她是為了保護我不讓我受傷。

6

積雪開始融化，偶爾雪片仍像老頭子的頭皮屑般飄下。公園和路邊也出現一片片的綠地，狗兒終於有地方可以解放。

我伸出舌頭嚐到落下的晶體，來到牛津皇家法院，二十來名記者正在排隊交出手機和相機，我通過安全檢查時沒人認出我。

我還是不知道自己為什麼來。也許我對美麗的臉蛋、貼心的舉動或想貼近的身體毫無招架之力。二樓旁聽席開放給一湧而上的記者，維多利亞・納帕斯特就坐在我身邊。我們下方的法庭混合著新舊風格：圓頂天花板、紋章、麥克風與數位錄音器材。

我低聲對維多利亞說，「所以妳的意思是，阿吉暗戀派翠西亞・海曼？」

「對。」

「她的年紀都能當他的——」

「對，我知道。」

「他們有上床嗎？」

「根據阿吉的說法是沒有，可是我認為她喜歡他。」

「喜歡？」

「對，喜歡。你一定要重複我說的每一句話嗎？」

阿吉・蕭出現在下方的法庭裡，走進以防彈玻璃隔開的方形空間。人們側著頭尋找最佳視線，想一窺這起命案背後的面孔屬於哪個怪物，而不是哪一個人。

阿吉雙手上銬坐在兩名警衛之間——轉頭看著旁聽席尋找某人，視線落在前排一名嬌小的女子身上：他的母親。她頭髮蓬亂、尖鼻、不到五十歲，穿著薄薄的牛仔外套和黑色牛仔褲。

阿吉揮揮手，她露出焦慮的笑容，擔憂即將發生的事。

檢察官開始說：「法官閣下，這是一起非常凶殘的雙屍命案，身為丈夫的被害人頭骨破裂，他的妻子與孩子的母親則被活活燒死。我們當然期待速判速決，但不宜匆忙。警方需要更多時間深入調查，詢問嫌犯更多問題。」

辯護律師是名叫雷德瓦的年輕當值律師，自我介紹時結結巴巴。

「法官閣下，我的當事人已經完全配合警方，也同意必要時會繼續協助。蕭先生是本地人士，和母親住在一起，沒有犯罪記錄。不過他自童年起就罹患精神疾病，他的精神科醫師今天也在場，她相信他在監獄裡精神狀況會惡化，他患有幽閉恐懼症，害怕權威人士。」

艾克斯法官清清喉嚨說：「雷德瓦先生，可以藥物控制。」

「是的，法官閣下，不過，他的精神科醫生納帕斯特醫師向我保證他不具威脅性，願意服從定時報到的規定……」

檢察官甚至沒有坐下。

「直到兩星期前，被告都在海曼家擔任農場工人打零工，他被開除是因為海曼家女兒房裡的一些內衣褲失蹤，她擔憂自己的安全，不希望蕭先生被釋放。」

「失竊案是否報警處理？」

「沒有。」

雷德瓦先生插嘴，「我的當事人否認這些指控，他告訴我那天晚上到海曼家是為了領取薪水，恰巧碰上案件發生。他還因企圖拯救這對夫妻而燒傷雙手。」

「他逃離現場，」檢察官說。

「他前往求救，但出現暫時失憶症。」

「真方便的說詞。」

艾克斯法官打斷兩人，要他們坐下。他寫下筆記，在椅子上前後搖晃，鼻子發出哨音般的輕微聲響，好像吹得不好的笛子。

「我准許警方的要求，可繼續拘留四十八小時。」他對阿吉說，「蕭先生，你將接受更長一段時間的保護性拘留，不過我會要求警方好好照顧你。同時，我要一份完整的精神狀況評估報告。」

阿吉看了律師一眼想得到解釋。雷德瓦先生難過地對他聳聳肩。

「我什麼時候才能回家？」他大聲問。

「你得繼續接受拘留。」

「可是我要回家。」

兩名警察把阿吉夾在中間帶走，維多利亞・納帕斯特試圖向他打招呼。

「我要吐了，」他說。

「這裡不行，」警察說。

在法院外頭，維多利亞穿過大廳裡等待的記者尋找雷德瓦，在大門前攔截到他。我沒有聽到他們的對話，不過她顯然很有說服力。

「我們可以見他，」她說完把手伸進我的臂彎裡，「阿吉在樓下，稍晚才會被送到監獄。」

我們掏空口袋，簽了權利放棄聲明，法警帶領我們穿過一道黯淡的長廊，身上的鑰匙像隨身武器。門沒有鎖，阿吉雙腿交叉蹲在一張折疊床上，像一副複雜的彈簧。

維多利亞在對面的凳子上坐下，他抹抹臉頰，不願意正眼看她。

某些心理學家會說病人說的第一個字是最重要的一個字。他們一旦開始描述一件事情，緊接而來的每一句話都是同一個主題的版本，或調整錯誤的企圖。

我不同意。我將人們的說謊、隱藏視為理所當然。真相是一場流動的饗宴，隨著時間流逝慢慢現形，或從爭吵之中、從人們可以接受的事實中浮現。阿吉看起來像棲木上的小鳥，頭朝著唯一的窗戶。

「如果這件事是我做的，他們該直接殺了我，」他抓著紗布包紮的雙手，「可是我沒做這件事，我也不能待在這裡，否則我一定會死掉的。」

維多利亞伸出手，阿吉顫抖著退卻。

「生小孩的時候有很多精子，可是只有一個精子可以進入卵子受精，」他說，「其他的精子都想先到達，可是他們死掉，你知道，他們全部都死掉。」

「你在胡言亂語，」維多利亞說。

「卵子分裂，兩個精子，結果我們變成雙胞胎。」

他講的是他的兄弟。

「……細胞複製，原子發射，大腦形成……」

阿吉轉向我，「我只是不想讓人死掉。」

「什麼人？」我問。

「如果我死了要怎麼救他們？」

他左顧右盼，搖頭晃腦。

「我強暴了一個女人，你們早該聽我說。」

「你沒有強暴誰，」維多利亞說。

「我在學校強暴了五個女孩。」

「不是真的。」

他停下來瞪著我，「你是來殺死我的嗎？」

「不是。」

「你最後還是會殺我的。」

「不，不會的。」

維多利亞看著我，希望我能幫忙。可是我一開口阿吉馬上做出厭惡的反應，幾乎對我張牙舞爪。維多利亞害怕地後退，「你有按時服藥嗎？」

阿吉看著自己的雙手，「妳說我的大腦內部有化學不平衡的問題，我有妄想症，可是妳錯了，我聽到的是真實的。」他弓著肩膀，頸側一條很細的靜脈顫動著。「我認為我殺了她。」

「誰？」

「路上的女人。」

「哪一個女人？」

他用小男孩的聲音輕輕說：「她在那裡做什麼？她就站在馬路中央，」他來回看著我們兩人，「我認為我撞倒她了，一定是的，我煞車不及。」

我和維多利亞對望，她搖搖頭。

「你為什麼會認為自己撞到這個人？」

阿吉抹去嘴角的唾沫，「我努力閃避，可是我覺得聽到聲音，所以車子才掉進水溝裡，我下車找她，大聲叫她，她卻不見了。」

「你為什麼沒有報警？」

「我兄弟叫我不要去的，他說他們會怪我。」

「火災的事？」

「撞到那個女人的事。」

他下巴貼在膝蓋上，「我有找她，可是後來我看到雪人就很害怕。」

「雪人？」

「他從森林裡出現，全身上下都是雪。」

「你先看到那個女人，然後才看到他？」

阿吉點點頭。

「這個女人，她長什麼樣子？」

「她被打得很慘，你知道，可是很奇怪，她的鞋子。」

「她的鞋子怎麼樣？」

「她沒穿鞋。」

7

低矮的灰色雲層掠過陰鬱的天空，夢幻般的尖塔銘刻在南方的地平線上，彷彿巨人的模糊身影從迷霧中出現。

計程車司機靈巧地在結冰的街道上穿梭，時速維持在二十英里，除非逼不得已不踩煞車。維多利亞・納帕斯特已經跟我分開了。我一提到要拜訪德魯宜她就安靜下來，開始找藉口。

「他有家室，」她說，好像那代表什麼一樣。

計程車在一棟人字形屋頂的兩層樓房前停下，鬧門內站著一座歪斜的雪人，頭戴花帽和托特罕足球隊的圍巾。

正在車道上鏟雪的德魯宜流了一身汗，脫到剩下寬鬆的卡其褲和長袖運動衣。

一顆雪球在我腳邊爆開，一個小女孩從垃圾桶和平底雪橇搭建的臨時堡壘後方偷看。

「沒中，」我說。

她又舉起一顆雪球，「那只是警告而已。」

德魯宜靠在鏟子上，「葛蕾絲，別丟了。」

「爹地，我認為我們該逮捕他，他看起來像個壞蛋。」

「我們先聽聽他要說什麼。」

葛蕾絲戴著有護耳的羊毛帽，看起來像史努比，蒼白的雙頰長滿雀斑，鼻梁架著一副眼鏡。她弟弟坐在前門台階上，在雪堆裡推著玩具推土機。

「教授，有什麼事？」

「我有一個問題。」
「不能等嗎？」
「我又和阿吉．蕭談了一次。」
「誰授權的？」
「他的律師和精神科醫師。」
德魯宜把鏟子放在一旁，脫掉手套，「你想問什麼？」
「為什麼有一個女人走在大風雪裡卻沒穿鞋子？」
「你說的是哪個特定的人嗎？」
「你在湖裡找到一個身分不明的女子。」
「那又怎麼樣？」
「阿吉．蕭說他那天晚上看到一個女人站在馬路中央，他認為他可能開車撞到她，所以他的車才掉進水溝裡。」
德魯宜聽到似乎並不驚訝，我再試一次。
「你們在湖裡找到一名女性屍體，我從火車上看到現場，那裡距離農舍多遠？」
德魯宜沒有回答，他的妻子出現在台階上，一手放在臀部上，她懷有身孕、是個很漂亮的女人，但眼睛四周掩不住疲態。
「史蒂芬，有什麼事嗎？」她問。
「沒事，這是我跟妳說的那位心理學家。」
她露出微笑，「你該請他進屋比較暖和。」
「歐盧林教授沒有要逗留。」

她抱起小男孩，先靠在臀部休息一下才轉身進屋。

我注意到前窗的窗簾移動，她在看。

德魯宜揉揉脖子，「教授，你的重點是什麼？」

「湖裡的那個女人，她有穿鞋嗎？」

「我不知道。」

「她身上有傷痕嗎？」

「我還沒看驗屍報告，屍體整個結冰了，得等她解凍才能解剖。」

探長德魯宜用力把鏟子插進雪堆裡。

「我認為她當天晚上在農舍裡，」我說，「洗衣籃裡有一件濕掉的洋裝，壁爐前有鞋子在烘乾，有人泡了澡……」

「你他媽的像跳針的唱片一樣。」

葛蕾絲摀住嘴，「爹地，你說壞話，你知道該怎麼辦。」

德魯宜伸手進口袋裡拿零錢，葛蕾絲伸出戴著手套的手接過銀色銅板後蓋上。

「放在髒話筒裡，」他說，「馬上去。」

她滑過壓縮的雪地跑上前門台階。

「進屋前先脫鞋。」

大門應聲關上，我聽得到葛蕾絲正在告訴母親爹地說髒話。

「那個髒話筒賺的錢比我還多。」

他轉身面對我，舒展冰冷的手指。

「教授，你愛怎麼包裝都可以，可是並不能改變什麼，阿吉・蕭殺了那兩個人。」

「還有樓上床上的那些衣服，浴室裡打破的窗戶呢？」

德魯宜按住一邊鼻孔擤鼻涕。

「好，就算你說得對，這個女人在農舍裡，也許她跑掉了，也許蕭追到她。我很樂意以第三宗謀殺案起訴他。」

探長看著我背後他的房子，聖誕裝飾燈在蕾絲窗簾後方閃爍著，他的妻子離開窗前了。

「教授，我父親也是警探，他教過我最重要的一課就是，等塵埃落定才能看清一切。」探長看了手錶一眼，「我們說完了，祝你一切順利。」

8

約翰・雷德克利夫醫院太平間主管的那張臉好像咬過的鉛筆，毫無個性可言。他從椅子上起身尋找閱讀用眼鏡，但其實眼鏡就吊在他的脖子上。

「只有家屬能看屍體。」

「我不要看屍體，我只想和法醫談一談。」

「那是李斯醫師。你有預約嗎？」

「沒有。」

「你是他的朋友嗎？」

「不是。」

他瞪著我的表情好像我要求他捐出腎臟。也許他不習慣面對不是裝在屍袋中抵達的客人。我再試一次，希望自己臉上露出微笑，帕金森氏症使我永遠無法確定自己的表情。

他不甘願的拿起電話按下號碼，經過短暫的對話後，主管摀住話筒。

「李斯醫師問有什麼事。」

「是警方事務，請告訴他我和德魯宜探長談過了。」

我告訴自己這並不完全是謊言。我在訪客登記簿上簽名，看著攝影機接受拍照，照片護貝後掛在我的脖子上。

「穿過那扇門，」他說，「直走到盡頭右轉，右邊第四個門。不是儲藏室，走到儲藏室就超過了。」

寬闊的走廊裡空無一人，只有一輛清潔用的推車以及擺滿試管和樣本瓶的小推車。我瞄了一扇開著的門，注意到房間中央放著一張不鏽鋼桌，中央凹槽通往排水孔。天花板上吊著可升降的鹵素燈，上面還放著照相機和麥克風。

我回想起醫學院的訓練課程，第一堂大體解剖課我就昏倒了，那時我才知道自己並沒有當醫生所需的能力。我的記憶力不錯、手很穩，也有耐性，可是沒有那個膽量。我再等了兩年才告訴父親，那位上帝未來的私人醫生。

約翰·李斯醫師在辦公室外等著我，五十多歲的他身材高大，頭髮漸漸灰白，雙眼似乎會根據雙焦眼鏡的位置改變大小，就像那些神奇的3D圖片傾斜時會改變圖案。他工作時穿的上衣胸前口袋裡插著三支黑色、藍色和紅色的筆，我認為這個順序不曾改變。他每天早上戴上腕錶，把筆插進口袋裡，是隻遵守習慣、酷愛秩序的動物。

「你是心理學家，」他露出意外的眼神，「我不知道德魯宜探長這麼喜歡這黑暗的藝術。」

「他不介意聽聽意見，」我說，想起和他最後一次交談的內容。

李斯醫師笑了，轉頭看著我，以為我在開玩笑。他在控制板按下密碼，門應聲開啟。房內的四周牆壁放滿檔案櫃和白板，他繞過一張桌子，請我坐下。

「你有一具身分不明的屍體。」我說，希望阻止李斯醫師繼續問問題。

「其實有四具，最久的已經兩年了，我們認為她大概是外國人，可是國際刑警組織還沒有找到吻合的身分。」

「最近的那一具呢？」

「是的，當然，報紙稱她為冰美人，聽起來像童話或俄國小說裡的角色，你為什麼想知道這具屍體的事？」

「四天前，一對夫妻在賓罕鎮外的農舍遭到殺害。」

「他們是我解剖的。」

「這個案子的嫌疑犯聲稱他在大風雪中看到一個女人站在馬路中間，他差點撞到她，他說她沒穿鞋。」

「這可真巧，」李斯醫師把眼鏡往上推，「我們的冰美人也沒穿鞋，你有名字嗎？」

「沒有。」

「真可惜，」他似乎做了個決定，「她的屍體才剛解凍，我剛好要開始解剖，你可以旁觀，我有幾個學生要來。」

「我不是真的——」

「這個案子很有意思，我以前沒處理過結冰的屍體。」

「關於她，你能告訴我些什麼？」

「白人女性，身高一百六十公分上下，體重很輕，我估計不超過四十公斤。體重過輕。我在現場估計她大約二十五歲左右，不過結冰的過程改變了她的容貌，後來我幫她的手拍了X光片，用古黎克與帕爾的骨譜比較骨齡，她的骨骼生長顯示她大約十七、八歲。」

「誤差範圍是多少？」

「頂多一年。」

他歪著頭，其中一片鏡片反射燈光，似乎在對我眨眼。

「她身上穿著什麼樣的衣服？」

「羊毛上衣，內搭褲。」

「你沒有找到鞋子？」

「沒有，可是這並非不尋常。人們在失溫時會做出很奇怪的舉動。有些人以為自己身體過熱，因為他們的皮膚摸起來很熱、很癢，他們會脫衣服，而不是添加衣物。她的鞋子可能掉了，或在水裡被她踢掉。」

他拿起桌上一架模型直升機，用食指旋轉螺旋槳，檔案櫃和架子上方還有更多直升機。

「我會駕駛。」他注意到我的興趣後解釋。

「模型直升機嗎？」

「不是，真正的直升機，」他笑著說，「我有一架羅賓森出產的R-44型直升機，我該找機會載你。」

「我只在牛津待幾天而已。」

「你聽起來很緊張。我很厲害，只摔過一次，而且是機械故障。不過我可以告訴你，以前我最鍾愛的是賽車。」他看了手錶一眼，「我的學生應該到了，一起來旁觀吧。」

解剖室有一個旁觀席，可以從上方眺望解剖室，十幾張椅子呈階梯狀排列。前排坐滿了學生，他們往前靠以便看得更清楚。

李斯醫師戴上手術用手套，向他們揮揮手，檢查麥克風。他的助理拉開一道簾子，露出一具蒼白消瘦的大體，在明亮的燈光下愈見蒼白。她一絲不掛，兩手放在側邊，雙腿靠攏。

她毫無生氣的慘白膚色使她看起來像外觀滿是磨傷、擦傷、生瘡和瘀青的大理石雕像。她的手臂和小腿上有一道道胭脂紅的傷痕，眼皮像紫色染料。肋骨輪廓清晰可見，原本該是身材曲線之處，髖骨卻尖銳地突出。

李斯醫師開始解剖，讀出他的筆記。

「十二月十九日大約下午一點鐘，我應泰晤士河谷警方要求前往牛津郡亞賓頓附近發現死者的現場，於兩點四十五分在現場外圍管制登記，經由產業道路和一片田野抵達。由現場鑑識小組的資深幹員馬可斯・拉金提供簡報。

「死者是年輕女性，衣著不完整，被埋在鐵道旁一個結冰湖泊的冰層裡。大雪掩蓋了屍體，只有右手從冰層裡伸出來。

「鑑識小組在我的指示下拍了照片，她側躺，頭部靠著左肩和左上臂，右臂在關節處彎曲，放在胸前。她縮著雙腿，呈胎兒姿勢。

「她身上的衣物包括一件厚重的羊毛毛衣，一條深色棉內搭褲。沒有內衣，光腳。

「必須使用裁切冰塊的機器才能取出死者的屍體，隨後在十二月十九日傍晚被送到牛津的約翰・雷德克利夫醫院。屍體送到時放在白色的簽名密封屍袋，外包黑色塑膠布。」

李斯醫師停下來看了學生一眼，「這種解剖有幾個挑戰：冰凍的屍體解凍程度不同——先是四肢、接著是頭部，然後才是軀幹。細胞一定要解凍、沒有受損才能保存水分，降到室溫時就會開始破裂，因此我得動作快。」

他開始描述眼前所見。

「死者身材纖細，大約一百五十五公分高，外表營養不良，體重只有四十二公斤。她的捲曲金髮及肩，粗略修剪。陰毛剃光。雙耳穿耳洞，咬指甲。」

李斯醫師打開她的眼皮。

「在攝氏負十二度時，她的身體會完全變成淺白色，也許帶著一絲藍色。她的眼角膜會有一層薄冰，瞳孔呈灰色。

「她的上臂有兩個預防注射的疤痕，右上臂外側有舊的弧形疤痕，臀部最寬處的大腿外側有擦傷。」

我淹沒在他的聲音裡，抬起頭在玻璃上看到自己面孔的倒影，努力想專注在解剖以外的事物上。

我覺得很呆，近乎怯懦。我對醫學院最慘痛的回憶就是用不鋒利的手術刀切進防腐的屍體，結實度有如冷凍的奶油。外科二〇三：解剖—如何解剖大體。

我們從未被告知大體的姓名，只有死因，但我還是會想像他們的人生、他們的家人、聲音、笑聲、事業。據說這就是我的問題——過於豐富的想像力。

李斯醫師還在說話：「手臂和雙腿都對稱，外觀無急性損傷的明顯跡象。沒有注射痕跡，皮膚有點光澤……」

他用戴著手套的手滑下她的腳踝轉動，「雙腿腳踝都有瘀青的跡象，也有舊傷痕，表皮破損後癒合。」

他往上移動後停下，「左大腿的大瘀青顯示撞擊傷，重力，大約三十公分長，」李斯醫師抬頭看著窗戶對我說：「這有可能是汽車撞擊的證據，高度吻合。」

他繼續解剖程序，接著我聽到一陣驚呼，他毫無預警舉起雙手倒退，踉蹌地靠在金屬手推車上，打翻了一個托盤，工具散落地上。

他從屍體的角度抬頭看著旁觀席的窗戶，就像困在舞台中央忘詞的演員。

然後他找到了自己的聲音。

「滾出去！全部滾出去！」

學生面面相覷，沒人反應。

這次他用吼的：「我說出去！下課了。」

他轉向助理說：「給我聯絡德魯宜探長。」

李斯閉上眼睛片刻又睜開，輕微搖晃，彷彿困在不受控制的旋轉木馬上，世界東倒西歪地在眼前晃過。他雙手放在不鏽鋼手術台冰冷的邊緣，瞪著屍體。原本這只是件例行工作，現在他卻感到害怕。

小時候，我們家有一種叫「手術」的桌上遊戲，玩的時候假裝是外科醫生，用鑷子從病人體內夾出東西，像肘肩的神經、破碎的心臟或胃裡的蝴蝶。

現在我覺得好像有人從我體內取出東西，留下塔莎那麼大的破洞。我想像能用手指感覺到那個洞的輪廓。

我站在流理台上，透過窗戶底部的裂縫看外面，是白天，雪融化了，剩下泥巴和壓扁的草地。樹木就像伸出手臂的魔獸。

我需要一個計畫。萬一喬治不回來怎麼辦？萬一他把我留在這裡怎麼辦？萬一塔莎沒有成功怎麼辦？萬一她找不到回來的路怎麼辦？

通常他每隔幾天就會來，我只剩最後一個烤豆乳酪罐頭。嗯！塔莎還在的時候我們會玩「你比較喜歡哪一個」。大部分的人得選擇和祖父舌吻或吃一桶鼻涕，而我們得決定要凍死還是餓死。

我還記得來到地下室後喬治第一次出現，當時我們聽到暗門上方出現重物移動的聲音，接著聽到他的聲音說：「妳們打扮整齊嗎？」

他笑了，這是他的笑話。

暗門打開。

「小心點，」他說，一條繩索緩緩降下，打在水泥地板上。

塔莎把繩索的一端綁在瓦斯桶上，讓他拉上去後垂下一桶新的。接著他垂下一籃食物：鮪魚罐頭、烤豆、米和義大利麵。

他叫塔莎，要她爬上梯子，她叫他去死。我們瞪著黑色洞口，隨即出現一個噴嘴，是水管，他打開水閥對著我們噴水，像冰一樣冷的水噴在我們的背上和腿上。我們彼此抱著縮在角落裡想躲開水柱。

他把我們的床跟所有的衣服都噴濕了，然後關燈把我們留在黑暗之中。

我們把毯子披在梯子上晾乾，打開瓦斯爐輪流把內衣和T恤烘乾，我以為自己那天晚上就會死掉。

兩天後他回來了，垂下繩索清空尿壺後又叫塔莎，這次她去了。

因為站在梯子上搆不到暗門，她得站在最上面一格舉起雙手，他伸手下來抓住她的手腕把她拉上去，再關上暗門。

感覺上她去了很久，我爸會說比金星上的一天還久，或是比星期天都下雨的一整個月還要久。我想到可能發生在她身上的事，卻更加害怕，只好不再想。

暗門打開時，我高興到差點尖叫。

他把塔莎垂下來，她換了一件漂亮的洋裝，乾淨的內衣，用洗髮精洗了頭髮，聞起來很乾淨、很清爽。

「發生什麼事？」

她沒有回答。

「妳還好嗎？」

她爬上折疊床，翻過身面對牆壁。

第二天早上塔莎沒有起床，她身上還穿著那件漂亮的洋裝，卻不說話。

「拜託告訴我發生了什麼事。」

「沒什麼。」

「他對妳做了什麼嗎？」

「我不想說。」

我摸摸她的頭髮，我們躺著很久很久，她一下子發燒，一下子又冷得發抖。

「我們逃不出去了，對不對？」我說。

她搖搖頭。

通常都是塔莎安慰我。她會精心擬定脫逃計畫，需要鏟子、炸藥，或槍這種我們根本沒有的東西。

一星期後，同樣的事又發生了。喬治打開暗門叫她的名字，塔莎爬上梯子。

我還是一樣擔心她可能不回來，我不想一個人。

這次她帶著好康回來——巧克力、香皂和雜誌。我有一點嫉妒，她的頭髮又光滑又乾淨，腿毛刮得很乾淨，腋下也是。她聞起來就像美體小舖，而且她還吃飽了。我們永遠處於飢餓狀態。

那天晚上，我躺在折疊床上看著影子在窗戶下方的牆上移動，嫉妒著，他最喜歡塔莎，好東西都給她。

「妳在上面做了哪些事？」我問她。

「不重要。」

「妳知道我們在哪裡嗎？」

「不知道。」

「妳看到什麼？」

「什麼都沒看到。」

然後塔莎縮起身體睡覺。她沒有做惡夢，不像我。有時候她睡覺一點聲音都沒有，我很怕她死掉了，所以會踮著腳尖走到她的折疊床前，貼近她的臉聽著，不然就是對著她的耳朵吹氣，直到她抽抽鼻子翻身。

然後我才安心。

9

醫院的自助餐廳容易有回聲，擺滿了刮地板的椅子和容易擦拭的桌子。才下午兩、三點，外面已經天黑了，午餐的餐點在餐盤裡保溫：義大利千層麵、烤蔬菜、乾澀的烤肉。

約翰．李斯靠在椅背上瞪著窗外，彷彿看著什麼無法聚焦的東西。

「我從來都不懂喝酒有什麼好處，可是有時候我真希望自己會喝酒，」他說，「喝酒似乎能撫慰人心，我父親不肯碰酒，不過母親偶爾會喝雪莉酒或啤酒混檸檬水。」

「你在解剖室裡看到了什麼？」

「我得先報告警方才能說。」

「好，我們不談解剖。讓我問你一般性的問題。」

他點點頭。

「像星期六那樣的大風雪，在沒有遮蔽物的情況下，一般人能撐多久？」

「頂多幾個小時。」

「那些瘀青和割傷……」

「她在大風雪中徘徊，有可能撞到樹，跌進水溝裡。」

「沒有人報案她失蹤。」

「也許她不是本地人。」

「他們還沒找到汽車。」

李斯醫師用大拇指按住眼眶，「我不知道。有時候我很感激自己不需要了解人類的行為。」

阿吉・蕭看到一名女子光腳站在馬路中央，一定是同一個人。她不是在池塘邊把鞋子脫掉的，而是本來就沒穿鞋。她為什麼要逃跑？她為什麼在大風雪裡？她在逃避誰的追蹤？

「你注意到現場有什麼異狀嗎？」我問。

「我們找到一隻狗。」

「什麼？」

「有隻狗跟她一起結冰。也許牠跟在她後面跳進湖裡，也許她想救狗而掉進水裡。她落水後承受不了低溫，沒有力氣爬上岸。」

「是一隻黑白相間的傑克・羅素梗犬嗎？」

他瞪著我，「你怎麼會知道這種事？」

「農舍裡有一隻黑白相間的小型狗失蹤了，我猜大概是傑克・羅素梗犬。」

「是海曼家的狗？」

「對。」

「牠為什麼會跟那個女孩在一起？」

我一直在問自己同一個問題，一直想到重傷在農舍跟我說的話。

「你們這邊有失蹤人口的齒模記錄嗎？」

「當然。」

「你可以幫我查一個檔案嗎？」

「當然，什麼名字？」

「是幾年前失蹤的一個女孩，娜塔莎・麥克班。」

李斯醫師的眼珠在眼鏡後方晃動。「她是其中一個賓罕女孩。」

「她的家人原本住在那間農舍，他們在娜塔莎失蹤後搬走了。」

法醫張大嘴巴，欲言又止。

「所以那隻狗？」

「萬一是他們留下來的呢？」

10

查莉在飯店套房裡等我，懶散地躺在其中一張單人床上，彷彿人生了無新意。我吻了她的額頭，她看著我背後的電視，無言、理直氣壯。

客房單調而毫無特色，深藍色調裝潢，挑高天花板，吊燈上繞著一圈華麗的石膏薔薇花飾。

「抱歉我回來晚了，有事耽擱。」

「一整天？」

「我留言給妳。」

「跟你說話的那個女人是誰？」

「什麼？」

「你演講結束後在學院外面跟她說話。」

「她是舊識。」

「你們一起去吃午餐嗎？」

「對。」

「她長得很漂亮。」

「我沒注意到。」

「爸，別這樣。」

「別怎樣？」

「別一副蠢樣。」

就算沒有從鏡子裡看她的倒影，我也知道她對著我皺眉頭。

「她叫維多利亞．納帕斯特，是精神科醫生，她想跟我討論一個病人的事。」

「阿吉．蕭。」

「妳怎麼知道？」

「剛剛新聞報導了，他因為農舍的謀殺案接受偵訊。是他做的嗎？」

「我不知道。」

「他看起來像個喪心病狂的人。」

「我們不會用這樣的字眼。」

「他們說他把那個女的活活燒死。」

「只是宣稱，妳不該想這些事。」

「我該想哪些事？」

「別管那麼多大人的事。」

她盤腿坐在床上，雙手放在大腿，對待成人議題好像少年枕頭派對裡的告白遊戲。

我的手機在震動，是茱麗安。

「嗨。」

「嗨。」

「你的演講順利嗎？」

「沒有人睡著。」

「好現象。我整天都沒有查莉的消息，她還好嗎？」

「她在這裡，我叫她聽。」

查莉接過電話走到房間另一頭，我只聽得到她這一方的對話內容。

「昨天……還好……我去逛街……沒有，什麼都沒買……沒有喜歡的顏色……我看到靴子可是沒有我的尺寸……很無趣……他會打呼……我知道……好……會的……好。」

我女兒沒有提到命案調查，她知道茱麗安不喜歡我為警方工作，陳年舊帳，我吵不過她。

查莉把手機交給我，進浴室關上門。

「你跟她談過雅各的事了嗎？」

「還沒。」

「別拖太久。」

「我在等適當的時機。」

她發出若有所思的聲音，也許是表達疑慮。

我們的電話內容通常圍繞著家事打轉：女兒、學校、旅行、共同的朋友。茱麗安是聰明、大方的那一個，跟我分開以後，她過得更快樂。

她在內政部擔任翻譯工作。我不知道她是否有對象。有一陣子她跟一個叫馬可斯·布萊恩的律師約會。茱麗安不肯透露細節，查莉又拒絕當我的內線，我只好上谷歌搜尋他的資料，打了他的名字開始閱讀又停下來。他在國際戰犯法庭四年的工作經歷讓我很擔憂，他還免費為國際特赦組織工作。我能想像他捐出腎臟救妹妹，從起火的建築裡救出小貓。

查莉還在浴室裡，我聽得見她低聲講手機的聲音。

茱麗安還在線上，「……艾瑪本來要打給你，可是她睡了，她要在芭蕾舞發表會上演雪花。她要你來看。我跟她說你沒辦法來。」

「什麼時候？」

「開學的時候。」

「我試試看。」

「別許下無法做到的承諾。」

「這不是承諾。」

她掛掉後我帶查莉出去吃晚餐。我們沿著瑪德琳街經過殉道者紀念碑，一五五五年有三名主教在此被視為異教徒活活燒死：他們是冒犯天主教皇后的新教徒。查莉知道這段歷史。

「他們在脖子上掛著火藥，爆炸時頭都被炸掉……可是這個主教身邊的木材濕掉了，只是不停地悶燒，他一直哀求加大火勢。」

「我參加了步行導覽。」

「妳怎麼知道這些故事？」

「真的？」

「幹嘛這樣看我？」

「我覺得妳很厲害。」

「爸，我不是只會逛街而已。」

我們在貝利爾學院歌德式主建築對面的布洛德街上找到一家義式餐廳。查莉告訴我她那天做了些什麼，她不想念牛津大學，因為校園好像博物館。

「也許妳想等一年再入學，」我說。

「那我這一年要做什麼？」

「旅行、拓展見識。」

「人們應該直接說是放假就好，」查莉說，「空檔年根本就是如此。」

她什麼時候變得這麼憤世嫉俗？

女服務生彎腰點燃餐桌上的蠟燭，我瞥見她滾蕾絲邊的胸罩。查莉放在桌上的手機震動，她無動於衷，手機沒有顯示來電姓名。

「妳不接嗎？」

「不接。」

「也許是雅各。」

她瞇起眼睛。

「查莉，我知道妳跟他還有聯絡。」

「爸，這是個自由國家。」

她不想繼續談下去，我等了一會兒再試一次。

「妳媽要我跟妳談談。」

查莉嘆口氣，「我們何不節省一點時間？我直接跟媽說你好好訓了我一頓，你可以向她保證我聽懂了。皆大歡喜。」

「那不是重點。」

「爸，我不會跟他斷絕來往的，我們彼此相愛。」

「查莉，他的年紀不適合妳。」

「他才二十歲，你比媽媽大五歲。」

「那不一樣。」

「哪裡不一樣？」

「當你十五歲的時候，五歲的差距是很大的。」

「有些女生在我這個年紀都結婚了。」

「現在沒這種事了。」

「有些國家還有。」

「那是由家長作主，嫁給年紀足以當祖父的老男人。」

她叛逆地看著我，我們都選擇沉默。附近座位上一名女子笑得太大聲，兩個男人在爭論足球賽事。

「也許我們明天可以回倫敦。」我建議。

「你不是還有工作要做？」

「我已經完成他們要求的事了。我們可以搭早班火車，在科芬園吃中飯……欣賞攝政街上的聖誕燈飾。」

她點點頭，啜飲飲料。

「我也可以自己回去，待在公寓裡，你可以把鑰匙給我。」

「那妳只有自己一個人。」

「我會煮飯。」

「妳媽知道了會不高興的。」

查莉別有目的，她在測試母親的底線，慢慢離開我身邊、成長、離家。我們散步回飯店時，我注意到街上十幾個青少年：穿著緊身牛仔褲、消瘦弓型腿的女孩，還有平頭、穿連帽長袖運動衣的男生。其中一個女孩對男孩低語，在他身上磨蹭到他脖子脹紅。他給她和她的朋友一根香煙。

查莉似乎頭也不抬，卻仍然注意到他們，她加快腳步拉開我們之間的距離，他們很快轉過街角後，她又回到我身邊。

「妳的朋友嗎？」

「爸，別開玩笑。」

那天晚上，我夢到一個女孩全速奔跑衝出樹枝與灌木叢，光著腳的她凍僵了。她割傷了臉部和雙手，鮮血和汗水混在一起。

白雪改變了景觀，蓋住小徑、石頭和樹幹。她希望自己是跑在柏油路上，熟悉的街道。她分不清方向，盲目找路，足跡消失在大風雪裡。但黑暗也無法隱藏她，有什麼東西毫不留情地緊追在後。

她跌跌撞撞地往前爬過圍籬，穿過灌木叢，沿著產業道路穿過森林，雪深及膝，她感覺不到自己的雙腳，無法加快腳步。

突然，一片亮光刺痛她的雙眼，光束打在她身上，她像黏蠅紙上的蒼蠅。前方汽車往路旁旋轉，她準備好接受撞擊，整個人往後飛進一堆雪裡，白雪如棉被般覆蓋在身上。她吸入細微的雪花。

她還活著。風雪呼嘯，一片白茫茫中看不見樹林，有人大叫，她勉強起身繼續奔跑，在一排雪堆裡跌跌撞撞，逃離追她的人。

她的眼角餘光看到什麼東西在移動，那個深色的身影是一隻動物，牠越過雪地，停下腳步吠叫。她要狗別出聲，安靜，你會害我被找到。他們一起奔跑，是互相作伴的命運共同體。

深處黑暗中的她還沒看到湖邊脆弱的邊緣就跌了進去，踩破冰層。低溫所帶來的衝擊使她張大嘴巴呼吸，結果把水吸進肺裡，全都是冰。

在我的夢境裡，湖邊站著一個身影，他蹲下來等著她，伸出一根樹枝希望她靠過來，可是她沒有伸手。她不願意投降，不願意救自己。低溫凍徹入骨，她的四肢失去感覺，她無法將頭維持在水面上。

在她生命的最後幾秒鐘裡，她感受到一股令人麻痺的確定感，沒有接下來了，一切就在此刻結束。

在那第一次之後，只要喬治要求，塔莎就會爬上梯子。他每隔三、四天會幫我們帶來食物和飲水，有一、兩次過了一星期才來，最長的一次是十天。

我們的食物和飲水都用光了，最糟的是尿壺的臭味，整個地下室聞起來就像孟買貧民區的廁所。我沒去過孟買，不過我看過《貧民百萬富翁》那部電影，那個小男孩跳進糞坑裡，全身都是大便，真的有夠噁心，不過電影很好看。

每次他來的時候我們都會聽到東西拖過暗門的聲音，接著暗門打開，他命令塔莎爬上梯子。她每次回來時身上都是香水跟香粉的味道，她會帶更多禮物回來給我，牙膏、梳子、鑷子，她會穿著乾淨的衣物，吃飽喝足。

「妳吃了些什麼？」

「不重要。」

「好吃嗎？」

「不好吃。」

我愈來愈嫉妒，我也想上樓，想被寵愛……吃好吃的東西，把頭髮洗得香噴噴。

有時我非常生氣，我們好幾個小時不說話，我叫她討人厭的婊子，她說我是機車處女，這句話似乎更傷人。

她會把新衣服分我穿，可是這樣還不夠，她不願意告訴我在上面發生什麼事。

「他給妳好吃的東西對不對？他還讓妳洗澡，妳聞起來像美體小舖。」

「不是妳想的那樣。」

「為什麼？他做了什麼？」

她搖搖頭。

「跟我說嘛。」

我才不管她帶什麼禮物回來給我，她有祕密沒有告訴我，有所隱瞞。

經過一天的沉默之後，我們恢復說話。塔莎告訴我樓上的房間像舊工廠一樣，擺滿了垃圾和壞掉的家具。她說外面有一個院子，磚造地基上有一座工具棚，一道很高的圍籬前放著金屬桶。她看不到其他房子，也聽不到車聲。

「喬治說他也許會給我們收音機，多幾本雜誌。」她說，「我們可以拿多一點食物、乾淨的床單，也許有微波爐。」

喬治只實現了一點點的承諾，我們要的是小女生的東西——短上衣和短褲，他沒給棉條，只給了衛生棉。

我們漸漸拿到更多東西，枕頭、鬧鐘、香皂、新的牙刷、書本。可是不論他給了我們什麼，他都可以拿走。塔莎不喜歡開口要，因為她不確定他會有什麼反應。他可能原本很有禮貌、很關心，突然之間就拍桌叫她「他媽的閉嘴！」

「妳不知道自己有多幸運嗎？」他會尖叫，「我大可以殺死妳，我可以把妳埋掉。」

有時候他會連哄帶騙地撫摸她的頭髮，幫她整理衣服，她得維持他的好心情，在他要求時上樓，聽命於他，可是我該看出來是怎麼回事，我早該注意到塔莎的改變。

不論她在上面吃了什麼，她回到樓下後就發生反作用，什麼也不吃。她把指甲咬到流血，愈來愈瘦，不再梳頭髮，不再刷牙。

她剪下雜誌上的照片，拼貼出來的卻是詭異的怪物，動物的頭加上人的身體，然後她把這些拼貼圖案的眼睛刺到只剩下洞。

塔莎每次回來後，似乎就失去了什麼，彷彿喬治奪走一部分的她，或是留在樓上沒帶回來。

有一天晚上她尿床，我發現她在濕透的衣服裡發抖，我幫她剝下衣服，用鍋子煮開水幫她清洗。她一句話也沒說，沒有哭，連一絲嗚咽都沒有。

「我覺得今天天氣會很好，」我對她說，「我聽得到鳥叫聲。」

就是在那個時候，塔莎開始計畫逃走。我們不確定喬治是否在偷看或偷聽，因此她壓低聲音說。

塔莎把我拉到梯子下面，「我要用這個，」她伸手到背後拿出塞在牛仔褲裡的東西，小心打開包裝，「我趁他不注意的時候在樓上找到的。」

那是一支把手壞掉的螺絲起子，塔莎用破布把壞掉的那頭綁起來，這樣尖銳的那一端才不會割傷她的手。她做出刺的動作。

「妳要怎麼做？」我問。

「我要從他背後悄悄出現，然後刺進他的脖子裡。」

「萬一他不轉身怎麼辦？」

「我會把他拉過來，刺進他的肚子裡……或是他的眼睛。」

「什麼時候？」

「下一次。」

她坐在梯子下面練習了好幾個小時，用金屬頂端刺進木頭裡，刻上她的名字縮寫。要不然就是躺在她的折疊床上聽著，她說等時間到，等時間到了就沒有時間了。

我們躺在折疊床上等著，交換彼此的想法。

「萬一我發生什麼事的話。」

「不會發生什麼事的。」

「萬一。」

「不會的。」

「琵琶，別讓他碰妳。」

「我不會的。」

「妳懂嗎？」

「懂。」

這時我們聽到家具移動的聲音，知道喬治回來了，暗門打開，我們按例處理水和食物，他垂下一個水桶讓我們清空尿壺。

然後塔莎的時間到了。

我看不到上方黑暗中喬治的臉，他只是一個聲音，像摩根・費里曼在電影裡扮演上帝一樣。

「這次我要琵琶。」

塔莎看著我，我全身上下冷得要死，正前後搖晃取暖。

「拉我上去。」她說。

「換琵琶了。」

「不行，」塔莎隨機應變，「她那個來。」

喬治沒說話，塔莎爬上簡陋的木梯，伸長手臂，毛衣外套被拉到牛仔褲腰身上方，我看到那支螺絲起子塞在她的背後。

我想叫她不要做，別冒險。

我坐在折疊床上窩在後方牆邊。每一個陰影都是凋零的身體。

我禱告著。我並不是很拿手，我們不是很虔誠的家庭。我爸爸說十個宗教有八、九個都會在成立的第一年失敗。

我一面禱告一面聽著，努力想聽到上面發生什麼事，又想像最糟糕的情形，挖洞、埋屍體、慘叫聲。他總是這麼威脅我們：要把我們埋得很深，深到沒人找得到。

我不知道自己等了多久，打了瞌睡又醒來繼續聽著，對著天花板大叫。

「你這混蛋！把她還給我！不要傷害她！」

我站在流理台上透過縫隙看著窗外，月亮在某處，我只能隱約看到樹木，聽到風吹樹葉的沙沙聲。

我又在黑暗中醒來，劇烈發抖。我坐起身，還是只有一個人。我伸手到她那邊的折疊床，摸到她冰冷的毯子。當我再度醒來時已是黎明，我掀開毯子爬上梯子想平衡站好，可是搆不到暗門。

我站在流理台上，透過縫隙只能勉強看到鐵絲圍籬和另一棟建築物的邊緣，窗戶都破了，垃圾、雜草、無聲，毫無動靜。

第二天我等了一整天，時間失去意義。我又餓又冷，可是塔莎沒回來我不願意吃飯。我看著天花板的黑眼，哀求他放她回來。我不想一個人，我需要塔莎。

接著我聽到暗門打開的聲音，黑色縫隙出現，他讓她站在梯子上，她的雙腳似乎沒有力氣支撐自己。我站在下面以免她跌下來。

她畏縮著慢慢下來，臉色蒼白，洋裝前襬的血跡已經變乾變黑。她踉蹌了一下，我扶她起來。她一碰到折疊床就把身子蜷縮起來，閉上眼睛、對我閉上眼睛。她在流血。

我幫她泡了一杯茶，把一些烤豆加熱，可是她不吃也不喝。那時她已經不再活著。所有的希望都破滅了。

11

我被一個聲音吵醒：地板的嘎吱聲還是門外的低語聲？也許並不是聲音。我昏昏沉沉掀開棉被，踮著腳尖走過去，膝關節發出聲音。

我轉動門閂看看外面，飯店走廊空無一人，樓梯黑暗如洞開的虛無。我向前一步，感覺腳下什麼濕濕的東西，來自外面的融雪，有人曾經站在這裡。

我關上門鎖上雙層鎖，走到窗前拉開窗簾。外頭仍然漆黑一片。查莉還在睡，幾乎沒有聲響。她小時候我常常蹲在她的嬰兒床前擔心她沒有在呼吸。

我無法入睡了，我回到床上躺著，回想昨天的細節，忘不了那冰凍女孩的影像。我愈是想揮去這個影像，它就愈強硬地回來，愈是想忘、愈忘不掉。我們無法清空腦袋，無法遺忘。

我在七點多叫醒查莉，我們速速吃了早餐後步行到火車站，買了旅途的補給：外帶咖啡、熱巧克力和《每日電訊報》。再五分鐘就要搭車了。

火車站停車場傳來汽車輪胎高速行駛的聲音，一輛警車急煞車。德魯宜探長開門下車快步爬上階梯，像平衡木上的體操選手般跳過票閘。重傷辛苦跟上卻卡在票口，露出痛苦的神情。

德魯宜呼吸急促而憤怒地衝向月台，差點撞倒查莉。他用手戳我的胸膛。

「你到底是怎麼知道的？」

我沒有退卻，但擔心查莉。

「妳還好嗎？」我問。

她點點頭，我看著德魯宜說：「請向我女兒道歉。」

他不肯放棄，「告訴我你怎麼知道的？李斯比對齒模記錄吻合，她的確是娜塔莎．麥克班。」

「我並不確定。」

「是蕭認出她嗎？」

「不是。」

「那是什麼？」

「那隻狗。」

「你開玩笑？就因為一隻狗你就憑空生出一個名字？」

「不只是因為狗，」我急忙辯解。

「她去了哪裡？失蹤三年都沒有隻字片語，卻出現在大風雪裡。」

「我不知道。」

火車出現在遠處的彎道上，接著車廂筆直排列，鐵道發出嗡嗡聲，月台播報暫時中斷了我們的談話，德魯宜等著我開口，邊鬆開領帶。

「你該告訴我的，我不喜歡當大家胡搞的對象。」

「我有可能是錯的。」

「處長要見你。」

「為什麼？」

「他沒說。」

「我們要搭這班車。」

「還有下一班。」

湯瑪斯・傅萊爾處長身材高大，卻硬是塞進小了一個尺寸的制服裡，他臉色粉紅、眼球發黃。他的辦公室在泰晤士河谷警察總部的頂樓，藍天一覽無遺，讓他可以每天都確認自己已來到事業的巔峰。

他摘下無框眼鏡用面紙擦拭。

「德魯宜探長想逮捕你。」

「用什麼理由？」

「你害他顏面無光。」

「那並非我的原意。」

透過縱向百葉窗看得到外面的辦公室，查莉坐在一張塑膠椅上等著，一面用iPhone傳簡訊。德魯宜在同一個房間裡踱步，為自己被排除在外而憤怒。

傅萊爾戴上眼鏡。

「他是個優秀的警探，有點急躁、聒噪，可是結案率很高。」

處長坐下，制服上的銀色鈕釦敲擊到辦公桌的金屬邊緣而發出聲音。

「教授，你對賭徒有興趣嗎？」

「沒有。」

「可是你懂機率？」

「懂。」

「真正的賭徒可能會在沒什麼太大希望的賽馬上投資幾塊錢，這樣繼續玩下去才有意思，可是要他把整副家當都下在毫無希望的賽馬上，那得有內線消息才行，你懂我的意思嗎？」

答案是不，不過我沒有打斷他。

「除非有騎師或訓練師給他內線消息，否則賭客不會把全部的資金拿去冒險，」

「這跟我有什麼關係？」

「你就是那匹毫無勝利希望的馬，可是我聽過一些好事。」

「好事？」

「督察長薇若妮卡．克雷對你讚譽有加，我記得她從不說男人的好話。」

處長起身走到窗前欣賞他的景色。

「這件事，真是一團混亂……」

我不確定是否該回答。

「我們得謹慎行事，在一般情形下，在大風雪中喪命的少女不會衍生出太多問題，可是這個案子不同，她是賓罕女孩其中之一。」

「問題？」

「這一點稍後再談。首先我得先請求你的協助，我要你多留幾天，協助我們了解娜塔莎．麥克班的遭遇。」

「我得回倫敦的診所看診。」

「我們會支付你費用。」

「不是錢的問題。」

傅萊爾雙手握拳放在桌上，身體向前傾。

「媒體會大做文章，所以我們才尚未公開。我下令全面封鎖消息，但不知道還能撐多久……」

「那女孩的家人呢？」

「我們會尋求他們的合作。」

傅萊爾打破我們之間的沉默。

「教授，我有很多問題，你認為娜塔莎・麥克班是逃家，然後選錯日子回家嗎？」

「我不這麼認為。」

「我想也是，她去了哪裡？」

「我不知道。」

傅萊爾點點頭，看了一眼桌上的檔案。

「我想讓你看一些詳細資料，可是，首先我需要你保證這些資料不會外流，而且你同意協助警方。」

「很抱歉，我辦不到。」

傅萊爾似乎沒有聽到我的話，「我要你審閱原始調查資料，尋找瑕疵，協助新的搜索行動……」

「我可以推薦優秀的側寫員。」

「我要的是你，你看到別人錯過的線索。你在不到一天的時間裡就發現了二十幾個警探在一星期內查到的東西。」

「我已經退休了。」

「你這種人不用退休，只需接受召喚即可。」

他挺直身子，重心放在腳跟，用原子筆較粗的那一端抵住刮得很乾淨的下巴。

「你跟我，我們有共同的朋友：文森・盧伊茲。我曾在橄欖球比賽裡對上盧伊茲，當然，那是很久以前的事了，當時我們都是前鋒，他往我的下巴揮了一拳，害我眼冒金星一個星期。不過我活該，是我先揍他的。」

「如果你需要人協助審閱這些檔案，找盧伊茲來，我們可以聘請他當顧問，支付你們兩人費用：

一天一千英鎊，我肯定他會樂意接受這筆錢……」

處長消息很靈通，知道盧伊茲從大都會警方退休後財務狀況不是很好，年邁的母親需要全天候照護，積蓄日漸萎縮。

傅萊爾停下來，再度開口之前先回到座位打開檔案夾。

「教授，這個案子的一些元素令我很震驚，我當警察已經三十年了，很少有事會讓我吃驚。」

他遞過一張娜塔莎・麥克班的照片，她赤身裸體躺在金屬平台上，胸部用粗糙的十字縫線縫合。

「我們在人們死後對他們做可怕的事，把他們切開、挖出內臟再縫合起來，可是這個可憐的女孩生前受到的屈辱比死後還嚴重。」

他拿出第二張照片，「我勉強可以接受為什麼有些殘暴的色情變態狂會強暴少女，也許他有反社會人格、或是不舉，或只是長得太醜、找不到人上床。我幾乎可以理解他為什麼把她關起來當成玩物、揍她、因她的恐懼而激起性慾。可是這……這已經超越我的理解範圍。」

他放上最後一張照片，那是娜塔莎下體的特寫照片，陰道部位的構造清晰可見，接著我才意識到自己看到的是什麼……缺了什麼：她的陰蒂及其包皮都被割掉了。

李斯醫師在解剖時看到的就是這個，使他瞠目結舌的原因。

「死人也有權利，」傅萊爾說，「我不在乎你希望過去發生什麼事，我一點也不關心。有時候我希望自己對工作投入少一點，對人們好一點，開設流浪貓之家，可是我明白自己並不是那種人。所以，我才不在乎你是累了還是退休，那只是很虛偽、很爛的藉口。」

處長用食指戳著那些照片。

「教授，你要協助我們，因為這裡有比聲譽受損、覺得遭到不良待遇的探長更重要的事。當初失蹤的賓罕女孩有兩個，我們的任務只完成了一半。」

12

德魯宜離開處長辦公室後便不發一語，緊握的拳頭發白，眼神發狂，他大步走向電梯，用力拍按鈕，想把牆壁打出凹洞。

他的爭論還在我的耳邊迴盪，分貝大到使他人好奇地打開門，挑起眉毛。他要求更多人手、更多警探、更多資源，可是他不要一個「見鬼的心理醫生」滔滔不絕地講一些陳腔濫調、告訴他一些他媽的很明顯的事。

查莉假裝沒在聽，把iPod的音量轉大，雙腳在椅子下方晃動著，跟著音樂哼唱。這時我們在走廊上連走帶跑想追上德魯宜，他正按著電梯門，好像是正要分開紅海的摩西。

警車載我們到飯店，我重新登記住房。查莉突然陷入沉默，挑著指甲上的倒刺，整個人繃著臉。我靠過去親她的臉頰，她轉開臉。

「我不會太久的。」

「那倫敦呢？」

「也許明天。」

「我可以自己去。」

「妳母親不會喜歡妳這麼做的。」

德魯宜在樓下等待，引擎沒有熄火。

電梯門靜靜關上，我瞪著光亮鋼鐵面上自己的倒影，不知道為什麼又回到這裡，參與另一項調查。不論我的本領是什麼，這個理解人類行為和動機的本事都已變成詛咒。

人們身上充滿訊息，由毛細孔滲出，由嘴巴滔滔不絕噴出，每個習慣、小動作都會洩漏線索。不論他們靦腆、拜金、注重身體健康、膚淺、滿口陳腔濫調、愛用警句或簡短格言，每個人都有幾千種不同的方式洩漏自己。

我幾乎是下意識的接收這些訊號、解讀他們的肢體語言、消化線索。過去我很想弄清楚事情發生的緣由，一對夫妻為什麼謀殺年輕女性，把屍體埋在地下室？為什麼青少年用子彈掃射學校操場？為什麼女學生在廁所產子後把新生兒丟進垃圾桶裡？我已經不再想要了解了。我不想再擁有看清人們思維的能力。知道太多就像活得太久，過盡千帆，厭倦不已。

人類是複雜的動物：殘酷、勇敢、受過傷，容易做出令人震驚的殘忍或善意的行為。我知道原因，也知道影響。這些我都經歷過。並不是我已經不在乎，而是已經盡了力，該換別人承擔這個重任。

凱西警佐為我打開後車門，德魯宜坐在前座，我們沒有去警局，而是開到亞賓頓，輪胎壓在柏油路上發出軋軋聲，濺起一灘灘雪水。車少、人更少。

二十分鐘後，我們在一棟有著石灰泥外牆的紅磚平房前停下。德魯宜瞪著擋風玻璃外，終於開口。

「有人切掉了她的陰蒂和包皮，這帶有宗教意義，對不對？有些穆斯林團體對年輕女孩這麼做，把她們那裡縫起來……」

「跟宗教沒有關係。」

「什麼樣的變態──」

「那是懲罰、報復。」

「有人恨這個女孩？」

「或是她所代表的意義。」

「她才十八歲而已，能代表什麼意義？」

「女性、青春、美麗、性慾……」

「這是性犯罪嗎？」

「是的。」

他鼓起雙頰吐氣，搖搖頭。

「教授，我不喜歡這個安排，可是我沒有選擇。下次你有什麼理論或什麼發現的話，請先告訴我，明白嗎？」

「明白。」

「我要一份完整的心理側寫報告。我想知道娜塔莎去了哪裡，為什麼回來。她到底是逃家還是被綁架？被關在哪裡？為什麼被殘害？」

「你也不是警察，請記住這一點。」

「我是心理學家，不是靈媒。」

探長下車要我跟上去，他按下門鈴，我們等著。我聽得到電視的聲音與腳步聲，大門打開後，一名穿著T恤的年輕男子瞪著我們，上面寫著「戳吧——你知道她喜歡」，他的前臂和脖子上有刺青，放在門緣後方的手拿著什麼東西。

德魯宜拿出警徽，「哈囉，斐登，你母親在家嗎？」

「她正要去上班。」

「這要不了多久的時間。」

他們相視許久，斐登才轉頭對著樓梯大叫。

「媽——是警察。」

一陣轟然巨響，是東西掉在地上的聲音，接著傳來驚呼聲與躊躇的回答：「馬上來。」

斐登把手上的東西塞進牛仔褲腰間用T恤蓋起來。電視發出一陣罐頭笑聲，他開門讓我們進屋。

一名消瘦的白人女孩坐在沙發上，在淡淡的光線下看起來彷彿嗑了藥。她坐在一張扶手椅上抽煙，手臂彎曲，歪著頭從嘴角噴出煙霧。那是斐登的女友，看起來大約二十七歲，不過也可能只有十七歲。

斐登叫她回家，她對著眼睛上方的瀏海吹了口氣，不理會他。

「我說快滾！」

這次她抓起外套瞪了他一眼，離開時用力甩上門。

斐登坐在她剛剛坐的那張扶手椅上，拿起電視週刊翻閱，並沒有真的在讀。

擁擠的客廳有窒息感，有舊鞋和香煙的味道，聖誕樹看起來很悲慘，旁邊的壁爐上方放著聖誕卡片，假樹枝上掛著一條條閃亮的裝飾，上面再掛著廉價的裝飾。樹頂的天使太重了，最上面的樹枝像彈弓一樣彎曲。

樓梯傳來鎮靜的腳步聲，預告著艾麗絲．麥克班的出現。她穿著深色長褲、綠色縫邊襯衫與毛衣外套。口袋上別著的名牌上印著超市標誌。她大約五十歲，也許更年輕一些，身材嬌小，留著直短髮，身上散發出一絲難民般懷疑而茫然的態度，受盡風霜卻不解原因。

「我們是為了娜塔莎來的。」德魯宜說。

艾麗絲一手遮住嘴，眼中露出半信半疑的神情，不是恐懼或希望，而是瘋狂地在兩者之間搖擺。失蹤兒童有這種使人無言的效果，這個真空狀態，充斥各種層次的希望與絕望。

德魯宜在艾麗絲對面坐下，膝蓋幾乎碰在一起。她想說話卻發不出聲音，所有的悲傷與不安的揣測都在此時來到最高點。

「昨天晚上，我接到約翰・雷德克利夫醫院太平間資深法醫的電話，根據齒模記錄，他確認四天前在雷德利湖發現的屍體是妳的女兒。」

麥克班太太先看看他再看看我，「可是收音機說是個女人。」

「我們確定是娜塔莎，很遺憾妳慟失親人。」

艾麗絲搖搖頭，雙眼沒有情緒也沒有聚焦，她聽懂了，可是還沒有消化、感受到這個消息的強度。

「媽，娜塔莎死了，」斐登說。

她發出呻吟聲，一手握拳摀住嘴，另一手蓋在上面緊緊壓住。她看著我尋求確認，害怕隨之到來的一切。

然而，她的哀傷似乎迅速消失。她放下雙手放在大腿上，並沒有對德魯宜生氣，沒有辱罵也沒有指控或怪罪，只是卑微而毫無所求地低頭看著褪色的地毯。

「她被強暴嗎？」斐登問。

「我不能討論她的傷勢。」德魯宜說。

「已經三年了，她去了哪裡？」

「我們不清楚。」

德魯宜轉向艾麗絲。

「我必須問妳一些問題，我知道這不好受。妳有娜塔莎的消息嗎？」

她搖搖頭。

「沒有電話？信件？電子郵件？」

「沒有。」

「有沒有人曾經打電話來又掛掉？」

「沒有。」

「麥克班太太，我需要和妳先生談談。」

「他已經不是我先生了。」

「我還是得和他談一談。」

斐登插話，「我給你他的地址。」

艾麗絲吸吸鼻子，擰著毛衣外套的袖子，「我的寶貝是怎麼死的？」

「她遇上大風雪，在湖裡溺斃。」

「她在那裡做什麼？」

「我們認為她也許想回家，雷德利湖距離農舍不遠。」

艾麗絲身體受到些微的震盪，彷彿體內有東西以驚人的速度在旋轉。

「她想回家？」

「那只是其中一個理論，」德魯宜對我使個眼色，注意力回到艾麗絲身上，「娜塔莎認識一個叫阿吉．蕭的男人嗎？」

斐登緊繃起來，「就是這個混蛋把她抓走的嗎？」

「請回答這個問題就好。」斐登站起來，像被綁了狗鍊的狗一樣前後拉著。

「他對她做了什麼？」

「孩子，我知道你很憤怒，在這樣的情況下是可以理解的，可是你必須交給我們處理。」

斐登沒有在聽，「我在新聞上看到他，他殺了住在我們舊家的那對夫妻。我們家的塔莎是被他抓走的嗎？他對她做了什麼事？」

德魯宜看著艾麗絲，希望她也許可以干預，可是她似乎還在消化這個消息，對抗自己的情緒。

探長再試一次，「娜塔莎認識威廉和派翠西亞．海曼嗎？」

艾麗絲搖搖頭。

「他們的女兒芙洛拉呢？」

「我不知道。」

斐登從地上拿起一個抱枕抱在胸前踱步。艾麗絲瞪著無聲的電視，彷彿在讀唇語。

她低聲說：「你聽過那些故事，是不是？人們從沒放棄希望，從來沒有停止相信自己的孩子會回家……」她深呼吸，「我停止希望，我放棄了塔莎，我應該更有信心的。」

「妳能做的有限。」德魯宜說。

「你知道我有多常瞪著電話，希望它響起來嗎？我這麼做了好幾個星期，好幾個月，快一年，最後我終於說服自己她已經死了。我不再禱告，不再認為她還活著。在最深最暗的夜裡，我遺棄了自己的女兒……可是原來她一直還活著，很努力地想辦法回家。」

她啜泣著說：「我要看她。」

「我不認為這麼做——」

「我要看我的娜塔莎。」

「妳得明白，她離開很久了，外表和以前不一樣。」

「我不管，她是我女兒。」

德魯宜看了我一眼，希望我說服艾麗絲放棄，可是我看過很多種形式的哀傷，這個母親很清楚自己的想法。並不是艾麗絲不相信德魯宜，或是仍然不理性地希望塔莎還活著。她只是想說抱歉，想跟自己的女兒道別。

探長讓步了，「同時，我要指定一名警官負責聯繫，她會負責通知妳所有的進展。目前我們不對媒體公開任何消息，為了進行調查，我們希望沒有人知道湖裡發現的是娜塔莎的屍體。我們必須重新偵訊所有證人，查證不在場證明，我相信妳明白。」

「要多久？」斐登問，認為這要求很過分。

德魯宜起身離開，「幾天就好。」

「在我們離開之前，」我插話，「我有幾個問題想問麥克班太太。」

艾麗絲彷彿很意外地瞪著我。

「我想問妳娜塔莎的事。」

「她的什麼事？」

「她是什麼樣的人？我看過照片、讀過筆錄，可是我想聽妳怎麼說……用妳自己的話。」

斐登質疑的看著我，「到現在又有什麼分別？她已經死了！」

我不理會他，專注在艾麗絲身上，「我是個心理學家，我想了解發生了什麼事。更了解娜塔莎我就可以更了解抓走她的那個人。」

「你認為這是她的錯？」

「不。」

斐登想抗議，艾麗絲用指尖碰觸他的前臂，他吞下憤怒，咬著自己的臉頰內部。同時，艾麗絲開始輕聲描述娜塔莎。她談的不是外表的細節，而是提到回憶、人際關係、她的喜好。娜塔莎養了一隻狗，是她十二歲的生日禮物，一隻傑克．羅素梗犬，她叫牠「小頑固」。他們從前總是形影不離。

「塔莎有一天還把牠偷帶到學校，」艾麗絲露出微笑，「她有時候很難對付，可是我們的塔莎是個好學生，很聰明，很容易覺得無聊。他們說她被退學，可是學校原本要讓她復學，雅各森太太是這麼告訴我的。」

「她和父親處得好嗎？」

「他們曾經好過。」

「曾經？」

艾麗絲躊躇一會兒說：「你知道，父母設下規矩，孩子想打破這些規矩，塔莎迫不及待想長大，什麼事都等不及。」

「她有男朋友嗎？」

「她很受歡迎。」

「她嗑過藥嗎？」

她瞇起眼睛，斐登幫她回答。

「這他媽的有什麼關聯？你不能進來這裡問這種狗屁倒灶的問題。她已經死了！什麼樣的白癡——」

「嘴巴放乾淨一點，」艾麗絲說，「沒必要罵髒話。這位先生只是想做好他的工作。」

斐登不發一語，仍然怒氣沖沖。

一輛汽車停在屋外，我聽得到汽車音響傳出的重低音，愈來愈快的節奏撼動整個空間。過了一會兒門鈴響起，接著傳來男生說話的聲音與笑聲，信箱口的蓋子被掀開。

「嘿，斐登，我們知道你在家。」

「現在沒空，我在忙。」

「這是公事。」

斐登走向門口時差點被茶几絆倒。他咒罵著叫他們離開，提到警察，更多語助詞。

艾麗絲緩緩起身，看著德魯宜說：「我得去上班了，」她幾乎是憑記憶在移動。她伸出手，「我想謝謝你，我的塔莎失蹤時很多人對我們許下承諾，但那些承諾大多沒有實現。我想謝謝你帶她回家。」

德魯宜在玄關穿上大衣，有點蹣跚地靠在牆上支撐，閃著淚光的雙眼仰頭瞪著天花板。

「那個女人剛剛謝謝我發現她女兒的屍體。」

「我知道。」

「我痛恨這份工作。」

我們離開時，那輛歐寶騎士汽車還停在外面，音樂震天響，貼著隔熱玻璃的窗戶開了一半。兩名白人少年靠在開著的車門上，雙手插在口袋裡，拉起的連帽外套宛如僧侶。

德魯宜漫步穿過泥濘的草地。他知道這些人的名字，他們毫無理由地放聲大笑，對著彼此露齒而笑。權力的平衡很明顯，最大的大約二十幾歲，比其他人大五歲，留著小平頭。他的夥伴皮包骨，皮膚較白，緊張的猛然抽搐使得他左右張望，彷彿不斷尋找能令他安心的事物。

德魯宜回到車上，坐在方向盤後方。

「他們是誰？」我問。

「當地的野生動物，」他說，「高的那一個是托比·克羅格。他是烏鶇牧場社區的老大，身兼毒販和皮條客。兩年前我們逮捕過他，罪名是仰賴不道德收入為生，可是他手下的兩個女孩子拒絕做出對他不利的證詞。我們一年前抓到他口袋裡有一瓶迷姦藥，他喜歡昏迷不醒的女友。」

德魯宜發動引擎入檔，「我每天都可以逮捕那種人，可是沒什麼差別，這種人是浮民。」

「浮民？」

「沖不掉的大便。」

13

亞賓頓警局從不休息。警察換班，神清氣爽的面孔取代疲倦的。我們後方的門打開又關上，德魯宜不理會人們打招呼、或只是打發他們。來到案情室裡，他把外套丟在椅子上，對著聚集的警探大吼：「十五分鐘後簡報！」

我得在他的辦公室裡等候，什麼都不准碰。白板上有農舍與被害人的照片。娜塔莎・麥克班的影像放在邊緣，彷彿是主要調查的邊緣，可是現在她已經成為調查的重點。

我坐下來打量四周，一個開啟的櫃子裡塞著媒體剪報、英勇表揚狀、頒布勳章儀式的照片，德魯宜向女王行禮，我還沒看到圖說，辦公室的門就被打開，探長拿著兩杯茶，遞了一杯給我釋出善意。

他在辦公桌後方坐下。

「好，假設你說對了，當天晚上娜塔莎在農舍，那發生了什麼事？」

「她在大風雪中抵達，又濕又冷，他們幫她放了一缸水，找了乾淨的衣服給她換洗，把她的鞋子放在爐火前烘乾。威廉・海曼想打電話報警，可是總機負荷量過大。」

「然後阿吉・蕭出現了？」

「某人出現了。」

某處的教堂鐘聲響起，德魯宜抓抓頸根的短髮。

「我的小組一半人員都參與原始調查工作。」

「這樣有問題嗎？」

「我們根據手頭上最佳的證據做決定，那兩個女孩被歸類為逃家，三個月後還是沒出現，處長指派了一個小型專案小組，卻仍然毫無線索。這會引發質疑，有人得承擔責任，有人可能得付出代價。」

「這是你優先考量的重點嗎？」

探長發怒了，張嘴又閉上，嘴唇像一條線。

「我並不是來評斷任何人的，」我說，「我審閱的是證據，不是調查過程。」

德魯宜咕噥幾聲，並沒有被說服。

自從那兩名少女失蹤後，景觀已經改變，科學辦案方式有所進步，凶手也愈來愈志得意滿。人們忘了自己說謊的動機，情人提供不在場證明，但分手後的情人會收回。我可以提供這些論點，但我懷疑德魯宜聽得進去。他在保護下屬和同事的聲譽。

「教授，我可能會後悔，不過我讓你自由調閱資料，別把這事變成獵巫行動。你需要什麼？」

「我想再去看一次農舍。」

「好。」

「我需要原始調查的檔案資料。」我說，「證詞、時間表、通聯記錄。」

「你說的這些包括三百多份證詞。」

「我會找人幫忙。」

德魯宜彷彿吞下什麼銳利的硬物，「告訴重傷你需要什麼。」

「我也想重新訪問一些原始證人，和家人談一談，過濾一些成見。」

「你認為他們說謊？」

「人們失去親人時會省略一些負面說法。你聽到艾麗絲・麥克班口中的女兒是什麼形象。我需要盡可能知道娜塔莎和琵琶的事，她們是什麼樣的女孩？經驗老道還是天真無邪？有侵略性還是容易順從？外向或內向？她們有男友或前男友嗎？她們是否性生活活躍？」

「你的意思是這兩個女孩可能是從犯？」

「我的意思是，某些女性——即使是年輕的女性都會引人注意。有些刻意或無意間撩撥性慾。其他人則較不引人注意。我需要認識娜塔莎和琵琶，好像她們就坐在我對面一樣。認識她們我才能知道她們為什麼被選上——」

「你認為她們是被選上的？」

「是的。」

德魯宜深沉呼吸，鬆開肩膀瞪著我。

「教授，我以前碰過你這種人，你們研究犯罪現場和照片，以為你們能和凶手交談，試圖了解犯罪的原因和來龍去脈。我？我不在乎認識那個混蛋，我只想抓到他。」

二十來個警探大略圍成一圈，坐在桌上及椅子上，和士兵與救難人員之間有著同樣的親密感情，那是在激烈戰役或漫長值班中面對危險時形成的友誼，他們不自認是一群菁英分子或救世主，只是單純關係緊密。

德魯宜開口要他們注意。

「大家聽好，你們有些人可能已經聽到謠言了，關於大風雪後找到的無名白人女屍。我們已經確認她的身分，她的名字是娜塔莎．麥克班。」

房間裡的氣壓突然改變，彷彿有人打開遠處的一扇門，冷風從走廊灌進來。

「我還要確認幾件事，」德魯宜繼續說，「這些謠言必須立刻停止。沒有人，我強調，沒有人，可以透露消息給媒體。我宣布這個案子對媒體完全封鎖。不論你被問到什麼問題，答案是『無可奉告』。我不管問的人是不是你老婆，什麼都不准說。明白嗎？」

沒人插嘴。

「我要知道娜塔莎・麥克班過去三年在哪裡。回去審閱檔案、名字、日期、地點。我要第一次調查時完整的嫌犯名單。他們現在在哪裡？他們這三年做了些什麼？

「我們要再次搜索犯罪現場，也就是農舍及湖邊。制服警察和民間志工馬上就會被載來，搜索犬會用娜塔莎衣服上的味道尋找蹤跡。誰都不准提起她的名字。就大家所知，我們還在處理一具不知名的白人女性屍體。」

後面有個聲音問：「那阿吉・蕭呢？」

「他哪裡也不去。調查他是否認識娜塔莎・麥克班或琵琶・韓德利。」

「海曼家呢？」

「他們是案件被害人，同時也是另一件案子的嫌犯，這種情況以前也發生過。」探長看著凱西，「農舍的指紋採集進展如何？」

「我們在農舍採集了六十組像樣的樣本過濾，只剩下十四組。」

「有阿吉・蕭的嗎？」

「廚房有一個掌紋。」

「樓上有嗎？」

「臥室門口有一個部分指紋。」

「查出過去這個月裡還有誰進過屋子，工人、朋友、家人。精液殘留呢？」

「DNA結果還需要兩天，他們家女兒說她的父母分房睡，沒有睡在一起。」

「小孩不見得什麼都知道。也許他們在她背後感情很好。」

另一個警探發言：「打破的浴室窗戶和廚房水槽裡都有稀釋血液的痕跡，我們在等化驗結果。」

德魯宜看著另一名警探，「這家人的財務狀況如何？」

「有一筆房貸，負擔範圍之內。」

「很好，」德魯宜拿檔案夾拍自己的大腿，「在處長的指示下，我們歡迎歐盧林教授回來。我們要提供他完整而合理的協助，不過不要被他的理論沖昏了頭。我們要用優秀、紮實的偵查工作破獲這個案子，敲每一扇門，偵訊每個證人。」

德魯宜強調了重點，並沒有看我。

「我要把專案小組分組，凱西警佐繼續主導農舍雙屍案的調查工作。我負責娜塔莎・麥克班的調查，但兩組都由我監督。」

他叫了一些名字，指派警探工作。

「開工吧！」他說完迅速轉身離開，到了走廊才卸下面具。我看到他眼中的不確定感就像塗在鏡片上的一層凡士林。

有時我不禁忖度警察為什麼做這份工作，又從中得到了什麼樂趣？就算破案帶來成就感，也只代表接下來還有案子等著破。敵對永遠沒有休止的一天，也無法協調停戰，永遠沒有最後的勝利可言。

最後，這沒完沒了的拚鬥耗損他們——因果循環、罪與罰、罪行與清白、被害者與加害者。你永遠無法冷漠以對，但多希望自己能如此。

我是母親節出生的。

以前我媽老說我是全世界最棒的母親節禮物。別人聽得到的時候她會這麼說，可是只有我一個人的時候從來不會。

我們不會聊天，只會競爭，我們吵架、相愛，也互相憎恨。

我母親是笑臉殺手世界冠軍，她評論的範圍包括我的髮型、體重、罩杯大小，把我的自信碎屍萬段。最快樂的莫過於強調已經見鬼的很明顯的事。

爸爸會叫我不要這麼生氣，可是我一出生就這麼生氣，我來到這個世界時是倒著出生的，像鯨魚衝出水面。

我媽比我爸高，可是很瘦，她的綠眼珠很美，眼睫毛好像假的，但其實不是。

大家都說她長得很美，嫁給爸爸時說爸爸是「高攀」，我倒覺得他可以娶得更好，他大可以娶一個不那麼在乎錢，不那麼在乎別人想法的老婆。

沒有比我爸更好的人。他對我失望的時候總是表現出一副很洩氣的樣子，深深嘆口氣，好像有人拉掉塞子，他就像派對結束後的充氣城堡一樣垮掉。他寧願失望至死也不願意對我說一句重話。

媽媽常抱怨他縱容我，爸爸總是先同意她的話再對我眨眨眼。

我最後一次在家的生日被取消，媽媽說不值得幫我辦派對或給我生日禮物，因為我忘恩負義、嘴巴很髒，特別愛說「他媽的」，總是他媽的這個他媽的那個，他媽的不公平，他媽的不可置信，你真是他媽的開玩笑。

這是我想逃家的原因之一，可是你知道，我只是說說而已，並不是認真的，孩子總是有嘴無心。

天亮了，我站在流理台上面看太陽有沒有出來，半夜有沒有下雪。沒有雪，沒有陽光的下雨天，比昨天還冷。

我站在那裡時幾乎感覺得到塔莎跪在我肩膀上、然後站起來擠過狹窄的缺口。我很擔心她的身體會卡住，到時候我沒辦法把她拉回來，她會像吃了太多蜂蜜的小熊維尼一樣被卡在兔兔家大門口。

我把手指沾濕，靠在缺口前感覺微風吹上皮膚。然後我在起霧的內側玻璃上劃上一顆心形圖案。人們為什麼總是畫心形圖案？

塔莎已經離開四天了，經過三年之後可能不覺得四天的時間很久，可是有時候日子很難熬。有些時候度日如年。

因為我們沒辦法兩個都爬上去，一定要站在其中一個人的肩膀上，所以只有一個人能逃走，塔莎比較瘦，她瘦了很多。

自從喬治害她流血之後，塔莎就開始變得怪怪的。我不知道她有沒有想辦法從後面用螺絲起子刺他，她不肯告訴我。她只是一直抓手腕、咬指甲，一直睡覺……我想跟她說話……要她吃東西，可是，她連跟我爭論的力氣都沒有。

「妳這樣我很害怕，」我抱著她前後搖晃，「拜託妳回來。」

「我們快死了。」她輕輕說。

我知道她說得對，就像上帝傳來的訊息，非常令人失望的訊息，可是我不怪祂。反正一切到最後總是難逃一死，嗯，也不是所有的事，大部分的事。

塔莎似乎不害怕了，也許知道想死之後反而沒那麼害怕。有時候，不論死亡如何沉重、黑暗、使人絕望，人們還是會接受。

這個想法是我像這樣站在這裡透過缺口看外面時想到的。我注意到玻璃內側起霧的濕氣流下來，沿著窗戶下緣結冰，因而使缺口變大，迫使金屬框往上撐。我看到先前看不到的一絲光亮，以前自然科老師說水結冰後會膨脹，所以才能撐破花崗岩。

我想，如果水能撐破巨石，當然也可以撐破窗戶或牆壁。

我用碗裝了水，撕開舊衣後沾滿水塞進縫隙裡，用指甲銼刀用力壓進去，有些水從牆面流下。那天晚上很冷，破布結冰了，第二天我把它拉出來再泡一次水，接下來的每天晚上，那塊破布重複結冰，有很長一段時間我以為沒有用，縫隙看起來還是一樣大。可是有一天我推了推窗戶，結果窗戶移動了。

有時候夜晚的溫度不夠低，布料無法結冰。後來寒流來了，我們晚上冷得發抖，抱在一起取暖，每天早上那個縫隙又變大了一點點。

我把手指塞進去，很意外窗戶移動了。我再試一次，結果窗戶鬆掉了，我在它掉到地上前趕快接住，還從流理台上向後摔下來，額頭被窗框邊緣割傷，不過沒有很深。

原本裝著窗戶的地方露出了一個洞，塔莎塞不進去，只得把大部分的衣服脫掉。她先跪在我的肩膀上，然後站起來把頭跟手臂穿過窗戶，我用力推，她抓住地面，用力把自己往外拉。

可是她還是動不了，我沒辦法把她往前推，也拉不回來，這時我真的很害怕，以為她會卡在洞口，半身在雪地裡就這麼凍死。我把她穿的內搭褲脫掉，在她的臀部和大腿抹蔬菜油。

「我出不去。」她一直說。

「當然可以。」

「做不到。」

「妳屁股搖一搖。」

「我卡住了。」

「再試試看。」

「我在試啊！」

她對著我罵髒話、哭叫，我對她尖叫，拍她的大腿，用力打她，她終於一股腦兒穿過去了，小腿和腳滑出視線外。雪花飄進來，她的腦袋又出現，我抓了一些衣服塞進洞口給她。

「我會回來的，」她一本正經地說，「別亂跑。」

14

重傷抽到下下籤，被指派給我，也許這是對胖子或菜鳥的懲罰，不過他很有風度地接受，並幽默以對。他不是胖，是壯，是對抗鬆弛肌肉的肌肉男。

我跟著他下樓穿過後門到停車場，他的灰色外套有點太小，肩頭緊繃。他打開車門。

「教授，最好坐前座，有一個醉漢在後座嘔吐，味道散不了。」

他坐上駕駛座，我注意到他左耳髮線下方一個隱約的白色疤痕。手術，戒斷中心，很久以前。

警局停車場的另一頭停著廂型車和巴士等待著搜索隊員。穿著白色連身服的平民志工圍在火爐前取暖，其中一個對重傷揮揮手，脫下一隻手套握手。兩人打招呼，談到冷天氣、大風雪和搜索行動，祝彼此聖誕快樂。

「抱歉，」重傷發動引擎時說，「我認識很多牛搜的志工。」

「牛搜？」

「牛津郡搜救隊，大部分是我訓練的，包括牙醫、技工、保險業務等……都是好人。」

他把車窗開了一點縫隙，打開暖氣後開出停車場，在科威爾路繞過圓環朝亞賓頓鎮中心而去，市中心有一個單行道系統管制車流。很快的，小屋和連棟房屋變成工廠和遊戲場。

重傷很健談，指出當地的地標和餐廳，告訴我他在哪裡上小學。

「教授，我只想說很榮幸與你合作，」重傷說，「我是說，這是殊榮，你這麼有名。」

「你為什麼會認為我很有名？」

「教授，希望你不介意，但我查過你的資料，你協助找到米其．卡萊爾，抓到雷伊．何高弟的凶手，還有那個綁架你妻女的傢伙，我不記得他的名字。」

「吉地恩・泰勒。」

「就是他，你對抗邪惡，贏得勝利。」

「相信我，我沒有贏。」

「你救了妻女。」

卻失去了婚姻，我想這麼說，但沒說出口。何必破壞好故事？重傷不需要知道我太太並沒有原諒我，她怪我用自己「有毒的工作」感染了我們的家庭，讓我女兒成為一個性變態的目標。

重傷還在講，「我不知道如果我碰到那種人的話會怎麼做，」他忖度著可能性，「我是說，如果有人抓走我的妻女，我想我會想殺死他，你知道，雖然我還未婚，不過那是自然反應，來自這裡，」他敲敲胸口，「他們那種人越界了，他們不能期待同情或理解，對，我會開槍的。」

我沒有回答。

重傷看了我一眼，「我猜身為警探我不該說這種話，可是我們都是人，對不對？我們聽過關於死刑的辯論，死刑的優缺點等等，可是自己家人碰上就是不一樣，對不對？」

「我們可以聊其他事嗎？」

「當然，當然，」他說，「我不該說的，我只是很高興跟你合作，你知道，很榮幸。」

路上在施工，放置了臨時交通號誌，我看了右方一眼，看著兩組校隊打橄欖球，渾身泥巴的兩軍交錯對陣，阻擋對方搶球。

「告訴我賓罕女孩那個案子。」

重傷點點頭，先思考一番。

「她們在八月的最後一個星期日失蹤，前一天是賓罕夏日祭，當時她們還在收拾遊樂器材和表演道具。」

「嫌犯呢？」

「有些遊樂設施的工作人員接受偵訊，這種工作會吸引流浪漢和變態。專案小組也調查了一群遊客，他們在鎮外一個農夫的田裡紮營，警方在那兩個女孩失蹤的三天後突襲那個營地，什麼也沒找到。一星期後，兩輛露營車被縱火燒光，一名小女孩被燒傷。」

「為什麼大家覺得那兩個女孩是逃家？」

「根據她們一個朋友的說法，她們的確有此打算，艾蜜麗・馬丁尼茲本來要跟她們一起走。」

「結果呢？」

「那兩個女孩沒有出現，警方查了那個星期天早上的公車和火車，偵訊了司機和乘客，沒有人看到琵琶或娜塔莎。」

「你認為發生了什麼事？」

「她們上錯車。大家都知道娜塔莎會搭便車，她不是那種害羞自閉的女孩。」

「什麼意思？」

他躊躇了一會兒，拉拉襯衫領口，「你知道，有謠言說她喝酒、嗑藥、參加口紅派對，你知道那些嗎？」

「很不幸的，我知道。」

「根據那些人的說法，娜塔莎用口交賺錢。」

「琵琶呢？」

「她比較安靜，是個運動員。」

「你認識她們的家人嗎？」

「不認識，只聽過傳言，」他打方向燈左轉，「斐登・麥克班是小毒販，賣大麻和安非他命，一個星期賺的比我的月薪還多。我們每次逮捕他後他都在法官面前哭訴妹妹失蹤的故事，等等等，然後就沒事了。」

「你不相信他。」

「她失蹤前他就在販毒了。」

無線電傳出的干擾打斷了他的思緒，他把無線電音量轉小。就一個壯男而言，他有著一張娃娃臉，溫和的雙眼。每次我問問題他就歪歪腦袋。

「琵琶的家人呢？」

「他們一直沒有放棄——不停地接受訪問、上電台、貼海報、寫信給政治人物。他們每年都會舉辦一場燭光守夜，就像麥德蓮[1]的父母麥坎家，他們永遠不會停止尋找。他們設立網站，成立電子報、貼海報，你等等就會看到，就在前面。」

過了一會兒，我們經過「歡迎來到賓罕」的標誌，來到一個依偎在泰晤士河畔的美麗小村落。色彩鮮明的房屋在斜斜的光線下明亮動人，煙囪裡煙霧裊裊，新舊建築混合。村裡有三間酒館、一家藥房、一家咖啡座、服裝店、肉販、麵包店和兩家理髮廳。

重傷在斑馬線前停下，兩側的號誌上都綁著黃絲帶，還有一張用塑膠套套著的影印海報，最上面用粗黑字體寫著「失蹤」，下面一張照片，照片下方寫著：你有看到琵琶嗎？

「清潔隊員把它們拿下來，可是馬上又被貼回去，」重傷說，「教授，請在這裡等一下。」

他靠邊停車，取下一張海報交給我，塑膠套上都是雨水。

琵琶・韓德利
年齡：十八歲
失蹤日期：二〇〇八年八月三十一日
失蹤時穿著藍色牛仔褲和紅黑條紋T恤
請打電話到「打擊犯罪專線」0800555111
懸賞：四十萬英鎊

我研究那個棕眼女孩的照片，她的笑容歪一邊，一束黑髮，幾乎是藐視著相機，在快門捕捉的那一剎那挑戰著成果。

重傷開車載我們穿過村子，離開村子後開在一條狹窄的柏油路上，兩旁都是矮樹叢和一灘灘融雪。路旁倒塌或年久失修的圍籬邊偶爾有幾叢山楂樹與金雀花伸出。

馬路出現大彎道，前方一道上鎖的鐵閘門禁止進入。招牌上寫著水泥與碎石運送公司，一條條垂直的鐵欄杆後方看得到一堆堆碎石與鵝卵石。

開進小路後，路上的坑洞變深了，我們經過陰影處尚未融化的雪堆，樹木變得稀薄，我注意到一大片邊緣較白的灰色水面，不是水，是冰。結冰的湖面某些地方開始碎裂，因而造成顏色深淺不一，有些深如瑪瑙，如勇敢的水鳥般散布在湖面上。

1 編按：三歲的英國小女孩麥德蓮・麥坎的失蹤案件發生在二〇〇七年，麥坎一家到葡萄牙度假，麥德蓮與妹妹被留在公寓裡睡覺，父母則在五十公尺外的餐廳用早餐，也不時回去檢查，卻在十點鐘發現麥德蓮不翼而飛。當時各種臆測不脛而走，但至今仍無定論。

「這裡以前是砂石坑，」重傷解釋，「後來漸漸積水成湖，本來還有更多，不過八〇年代時電力公司開始傾倒迪克發電廠的煤灰，引起當地人抱怨，他們發起運動救了剩下的湖。」

「發電廠距離多遠？」

「這裡往南四英里。」

我記得在火車上看到六座巨大的水泥煙囪。

「海曼家的農舍呢？」

「直線距離大約一英里。」

他停車，「你有別雙鞋嗎？」

「沒有。」

他聳聳肩穿上一件帆布外套，我有去年生日查莉買給我的羊毛帽。

我的雙頰冷得刺痛，吹過水面的風更酷寒。這名見習警員帶路，我跟在後面。小路混雜著碎石、泥土和草地，距離湖面只有幾英尺，順著湖邊蜿蜒。

「他們就是在這裡發現她的。」他說。

白色帳棚已經撤走了，不過還用黃色警用塑膠帶標示著犯罪現場。有人在附近的圍籬綁了一束鮮花，花瓣已在嚴寒下枯萎。

湖面如碎玻璃般閃閃發亮，東側有一條鐵道。

我彎身穿過警用塑膠帶，站在機器和冰錐將娜塔莎的屍體切離冰層之處。一個不規則的洞標示著地點，如今滿是深色湖水和枯葉。

我蹲在地上撿起一片壓平的草，用食指和大拇指捏著。我閉上眼睛聽著這冬日幾乎絕對的靜默，眼前出現一個影像，昨晚的夢境重現——一個女孩光腳飛奔，穿過樹枝和灌木叢，大風雪抹去了她的腳印。

她穿過鐵道，在斜坡上跌倒，感覺到腳下的冰層裂開，落入水中。她一定努力掙扎往上爬，但低溫使她體力盡失，無法把自己拉上岸。有人追她到這裡，看著她死去。

她在冰層底下躺了兩天，直到太陽露臉，在她的屍體周圍照射出一圈碎裂的光暈。是一對遛狗夫妻報的案。

「農舍是哪一個方向？」我問。

重傷舉手指著小徑對面。

「我可以走過去嗎？」

「我可以開車載你過去。」

「告訴我方向，我們在那裡碰面。」

從這個方向看過去，農舍的外表不太一樣，周圍是湛藍的天空與犁過的田野，一條條白雪看起來像霜降紋理。巴士和廂型車都到了，搜索隊員用力踏步取暖，警犬拉著狗鍊，嗅著空氣。他們有些人已經搜索過這片田野，不過德魯宜要求重新搜索農舍到雷德利湖之間的每一寸地面。

重傷在農舍前等我，他掀開臨時的大門，我穿過房間，再度熟悉房間配置。

我停在洗衣間裡，想起浸在水槽裡那件碎花洋裝，那是夏裝，不是冬裝，已經裝袋、貼標籤、送檢驗。

「你在找什麼？」重傷問。

「我在想辦法不要找什麼。」

「啊？」

「技巧在於沒有特定目標。當你尋找特定的事物時，就無法看到更重要的細節，主觀造成成見。」

「可是你怎麼會知道找到了？」

「我就是知道。」

「我懂了。」他說，但顯然並非如此。

他打開一個小包包，遞給我一本線圈裝訂的檔案夾，裡面是犯罪現場照片。一開始的影像是從不同角度拍攝的農舍。從一百碼外的各個角度看來，白雪純潔無暇沒有足跡、輪胎痕，也沒有生命跡象。

照片拍攝的距離更接近，是在消防車的外圍拍攝的，照片中顯示碎裂的前門。內部照片看到的是乾淨、舒適的房子，除了地上標示證物處之外，並沒有明顯的凌亂。

我從檔案夾裡拿出一張照片放在客廳的椅子上，把選擇的第二張照片放在廚房餐桌上，那是威廉・海曼的照片，他側頭趴著，臉頰下方流出鮮血。

我閉上雙眼想像那一夜的情景，外面大風雪肆虐，在屋樑間呼號，吹得窗戶格格作響。停電了，海曼家在樓梯和廚房點了蠟燭，坐在燒著柴火的壁爐前。

一個全身濕透冰冷的年輕女孩敲了門，身上滿是傷痕。她沒有打赤腳，但穿著一件碎花洋裝，也許還有其他衣物，不過已經不在這裡。

賓罕女孩失蹤時，威廉和派翠西亞・海曼並不住在這個地區，他們在事發一年後才搬進農舍裡。對他們來說，敲門的女孩是個陌生人，他們讓她進門，放了一缸熱水，找了乾淨的衣服給她穿，把她的鞋子放在壁爐前烘乾。

她告訴他們自己是誰，威廉・海曼打一一九，可是總機忙線中，他的通話被保留。外面的大風雪中還有人在跟蹤娜塔莎。

攻擊來得又快又猛。海曼先生轉身想逃跑，還沒到廚房就從背後被攻擊，他爬了幾步才死，鮮血抹在地板上。

凶器？某種沉重的鈍器，也許是斧頭。我注意到農舍旁有一堆柴薪和劈柴墊。

當時娜塔莎在樓上的浴室裡。她一定是聽到了騷動，穿上衣服，打破浴室玻璃爬出去，被碎玻璃割傷。

派翠西亞．海曼衝到樓上，凶手跟上來。她想把他擋在臥室門外，可是門鎖撐不住。

我看著照片，注意到走廊沒什麼火勢的痕跡，不過進了主臥室之後火勢造成的災害一目瞭然，燃燒的面積只有幾平方英尺，可是房間裡的每一個表面都覆蓋著油膩的煤灰，製造出詭異的「地府」效果。

床上唯一沒有煤灰的物品是覆蓋著屍體的毛毯，是火災過後才蓋在海曼太太身上的。阿吉．蕭想幫她遮掩，保護她的隱私。他患有精神分裂症，詮釋他的行為很危險。不過還是不合理。他為什麼要殺了她，放火燒她的屍體，再溫柔地用毛毯保護她最後的尊嚴？

殺死海曼夫婦的凶手鎮靜、動作迅速，擦拭表面，用漂白水除去自己的蹤跡。他來的時候沒有準備，故隨機應變。他沒有事先準備，也沒有驚慌失措。他留下來清理，或是稍後才回來。

同時，娜塔莎光著腳丫子逃離農舍，流著血穿越一片靜謐的景色，她知道他快來了……跟在她後面……

有些女孩會割傷自己。

有些用劃的、有些用戳的。有些是暴食症、有些厭食症。我會跑步、寫作，我寫東西：隻字片語、購物清單、格言、名字。自從我學會寫字之後就不斷填滿練習簿、筆記本、手帳和日記。

我喜歡文字。有時它們隨機出現在我的腦海裡，或是我的眼角餘光看到，就像影子或閃光或亂長的睫毛。我有最喜歡的字。白熱化是個好字，還有奇緣、垂直（塔莎說我喜歡這個字是因為裡面有dick這幾個字母）、無畏、惡棍、逆喻、喧囂。

我在床墊下藏了三本練習簿。我躲在梯子下面的角落寫，以免被監視器看到。

當我寫下文字後，那些文字就屬於我。不像漫畫的對話方塊吊在半空中或一縷輕煙，而是成了真實的實體。對話不會長久，口語文字會褪色，我們不再聆聽，然後遺忘。

這是我今天早上寫的：

- 昨晚我夢見我有一字眉
- 腹痛，月經快來了
- 又是……義大利麵和肉丸
- 瓦斯桶快空了
- 要洗襪子，可是每一雙都穿在腳上

我被抓走前，書寫內容很不一樣，我以前常寫下不快樂的原因。

- 因為爸媽不停地吵架

• 因為我很醜
• 因為我不是吸血鬼
• 因為我的房間很亂

我的字愈來愈小，好像我的人也在縮小。真正的原因是紙張快用完了，所以我很努力不要浪費邊邊或白色的空間，把它們填滿文字打發時間。這張寫完後只剩下一頁，每個字都很重要。

填滿時時刻刻，浪費一天又一天。塔莎剪下雜誌圖案拼貼在牆上，把照片和文字貼在一起，形成這個詭異的世界，狗的頭穿著比基尼的身體。這樣真的很聰明，如果你站在房間的另一頭，就可以用更宏觀的角度看到所有隨機的影像和文字——一個年輕女孩的畫像。塔莎說那是我，可是我沒那麼漂亮，而且，才沒有人會為我畫畫像。

你可能以為我的自尊心低落。我母親教我降低期望。她首次出場是在汽車展擔任模特兒，可是卻把自己說成ＹＳＬ和凡賽斯的繆思。

她也把自己的家庭說成很有錢的上流社會，可是我知道她來自布萊頓，外公外婆在海邊開了一家民宿，送她念當地的文法學校。

我不知道我爸看上我媽哪一點——當然，除了美貌之外——不過美麗很膚淺，曇花一現，情人眼裡出西施。陳腔濫調我很熟。在他們的婚禮相簿裡，我媽看起來像娜塔莉．波曼，爸爸看起來像娜塔莉．波曼的爸爸，牽著她走上紅毯。

在愛媽媽這方面，我沒有他的耐性或他的責任感，「為了平靜的生活不惜一切，」他總是這麼說。我可以給你更多陳腔濫調：「別搗亂、別製造波瀾，或破壞一切。」

媽總是去水療中心，因為她需要充電。爸爸似乎不介意，因為他可以放鬆一星期。她回家後會舉辦奢侈的宴會，屋子裡到處是揩油客或白吃客，吃我們的食物，喝我們的酒，她則扮演莊園女主人。

我以前常常夢想離開家。我想去某個可以忘記自己的地方。賓罕不夠大，迷不了路，太無聊了，就是個無聊村。就像去親戚家，可是事先知道在哪裡吃東西、加油、唱什麼歌、什麼顏色的甜酒會害你嘔吐。當你到達的時候，有人會捏著你的臉頰，告訴你長大了好多。

我不知道為什麼要寫下這些東西，我不認為有人會找到我的練習簿，更別說是閱讀。就算他們這麼做，我不知道他們是否年輕而悲傷。那種讀者才會了解我：年輕、悲傷、寂寞的讀者。

15

教堂大門關著，我在十字形的南側找到一扇小門，李斯醫師的妻子告訴我他在這裡。我踏入教堂，先讓眼睛適應光線，接著在一排排的高背座位間尋找動作或身影。

我上方某處的管風琴發出一陣音樂，震動了空氣，搖落屋樑上的灰塵。我跟著聲音爬上階梯到合唱團的閣樓。約翰．李斯背對著我坐在管風琴前，面對一整面牆的音管和音拴。他手腳並用彈出低沉的共鳴和弦，迴盪在教堂的每一個角落。

最後一個音符消逝之後，他收起樂譜，我清清喉嚨，他轉過身眨眨眼，雙眼漂浮在厚重的鏡片後方。

「抱歉，我沒聽到你進來。」他說。

「我在享受你的音樂。」

「我每個星期天都在這裡彈管風琴，」他收拾東西。

「剛剛那一首似乎不是宗教音樂。」

他內疚地看了我一眼。

「我相信上帝不會介意我偶爾即興一下。你怎麼找到我的？」

「你太太告訴我的。」

李斯醫師看看雙手，閉上雙眼片刻。

「你回來問我解剖的事？」

「對。」

「教授，你是基督徒嗎？」

「其實我什麼也不是。」

「我曾經擔任祭壇男童，甚至考慮成為牧師，不過後來當了醫生。」

他還瞪著雙手，翻過手掌，好像第一次仔細研究。

「我做過四百多次解剖，昨天那樣還是第一次。每一具屍體都是新的挑戰，就像是在解讀破碎的骨頭、疤痕、疾病所組成的地圖，可是總是存在著一些確定性，一些你知道真正存在的事。」

我拉過角落的一張椅子，他用幾乎沒有變化的聲音提到解剖的細節，描述各種化驗、測量、藥物篩檢、胃中物的分析。

「她長年體重過輕、發育不良、貧血、缺乏維他命D和鐵質，有皮膚病灶和傷口潰爛。」

「最佳猜測？」

「她被關在沒有自然光的地方。」

「多久？」

「不止好幾個星期，而是好幾個月。」

「好幾年？」

「很有可能。她的臀部兩側都有橫向抓痕，顯示可能從某個狹窄的地方擠出來。」

「農舍的臥室窗戶？」

「不，別的地方，」李斯醫師張開手掌，「她在浴室窗戶割傷手臂，橫向傷痕是更早發生的。」

「多早？」

「幾個小時前。」

他拉下袖子，扣上袖口的釦子。

「聽過羅卡定律嗎？」

「沒有。」

「那是愛德蒙．羅卡在十九世紀所研究出來的定律，只要有人與其他物體或個體接觸，一定會有微小物質的交換。我在娜塔莎．麥克班的頭髮和指甲下發現數種纖維，深色的人造纖維，和她的衣物完全不同。」

「當你化驗阿吉．蕭的衣物時，是否發現類似的跡證？」

李斯醫師搖搖頭，「她的洋裝沾滿泥土，我做了初步化驗，裡面有很多成分——植物、動物性物質、微量的玻璃、油漆、水泥和機油……」

「有可能是工業用地？」

「裡面還有雜酚油和氯化碳氫化合物的跡證，雜酚油以前用來處理鐵軌的枕木，氯化碳氫化合物可以做成很多種東西：殺蟲劑、塑膠、合成橡膠，你想得到的都有。我已經把樣本送到瑞士一家專門辨識污染物的化驗室。也許會讓我們知道是用在哪一種工業用途。」

「她的胃部內容物呢？」

「她生前十二小時沒有進食，只剩下一點點蔬菜和肉的殘留物質，我明天才會有確定的答案。」

他躊躇片刻，凝望著我背後染色玻璃窗戶上十二門徒和最後的晚餐。

「她的陰蒂包皮都被割除。」他低聲說。

「我知道。」

「處理得很粗糙，可是需要一些醫學知識，她很有可能死於感染，」李斯醫師低頭顫抖，「凶手為什麼要這麼做？」

我沒有回答他。

「她穿著那些衣服和鞋子能在大風雪中走多遠？」

「不超過一、兩個小時。」

我計算一下：根據地勢不同大約四到七英里。

「娜塔莎腳踝掛著一條鍊子，」李斯說，「一條銀鍊，不是貴重的東西。我查了舊檔案資料裡的一份清單，她們當初可能帶走的衣物裡包括首飾。」

「娜塔莎有腳踝鍊嗎？」

「沒有……但琵琶・韓德利有。」

教堂裡更安靜了，彷彿有人把音量關小，蓋住了我們的聲音。調查報告裡很少提到琵琶・韓德利，可是她就像每一種狀況裡那個參差不齊的破洞。無聲的被害人。

來到教堂外，我吸入冷冽的空氣，聞到燒木柴和木炭烤栗子的味道。我向街角的男人買了一袋，撥開焦黑的外殼，嚐到聖誕節的味道。在濡濕的人行道上，行人低頭疾行走過我身邊，一包包袋子裡裝滿聖誕禮物和日用品，完全不知道昨天開始世界有了什麼樣的變化。

一朵灰色雲層在遠處的地平線上如鎂一般燃燒著，呈現出屋頂的輪廓，黑暗之處更加黑暗，肅靜之氣愈來愈強。

我曾經想讀大氣科學系，研究氣象的運作：氣流、風、雲，地球的循環。我以為地球會比人心容易理解。

我把重心換到另一腳，等著體內的帕金森先生追上，一起走回飯店，再次思考細節。一個女孩逃跑，另一個仍下落不明。

情勢緊急，我卻疲倦不已。

16

查莉用飯店的信紙留了字條。

參加派對，不會晚歸。

C XX

派對？字條上沒有說哪裡、幾點鐘、跟誰一起。現在才六點，「晚歸」是指幾點？她可以有社交生活，以這個年齡的女孩她算很理智、成熟，可是看起來像十七歲並不會改變她只有十五歲的事實。在這個年紀，兩年差很多，十五歲相較芭比娃娃可能喜歡布蘭妮多一點，十五歲讓我嚇得半死。

我打她的手機，沒人接。也許因為我不讓她自己回倫敦，所以她故意不理我。

我不在的時候有四箱封好的箱子送來，是原始調查的筆錄、時間線和聯絡資料。德魯宜附了一張紙條寫著：「慢用。」

我拿起第一份筆錄。

上面的日期是二〇〇八年九月一日星期一，琵琶的母親莎拉・韓德利告訴警方她在星期日早上七點左右醒來，琵琶不在自己的房間裡，她以為女兒已經去上騎馬課了。

她在九點鐘打電話到騎馬學校，其中一名教練克萊頓太太告訴她琵琶沒有出現。早先琵琶因不守規矩被沒收手機，所以韓德利太太無從聯絡她。

「起先我很生氣，」她告訴警方，「琵琶顯然從房間偷偷溜出去，和麥克班家的女孩在外面待了一整夜，她只會惹麻煩而已。我們告訴琵琶她不可以去夏日祭的遊樂場，可是她不聽話還是去了。「琵琶對娜塔莎・麥克班毫無招架能力，我不喜歡指責特定的人，可是那個女孩真的很會惹事生非。我們告訴過琵琶，可是你能對少女說什麼，啊？她們都當成耳邊風。」

我繼續往下讀筆錄，每隔一會兒就抬頭看一眼床鋪之間的數位時鐘。到了午夜查莉還是沒有回來，我如果打電話給茱麗安的話她會驚慌失措，怪罪於我。我再打一次查莉的手機，再留言，努力掩蓋自己聲音中刺耳的語氣。

派對在哪裡？查莉在牛津不認識任何人，有可能是今天認識的朋友，這一點令人非常不安。然後我想到了，真蠢！她不在牛津，她在倫敦。

我撥電話給茱麗安，努力鎮定自己，她馬上醒來。

「出了什麼事？」

「妳有雅各的電話號碼嗎？」

「為什麼？」

「我認為查莉和他在一起。」

「你最後一次見到她是什麼時候？」

「今天早上。」

「天啊，喬！」

我知道茱麗安有很多話要說，還好她克制著沒說。我能想像她穿著消防車那種紅色的法蘭絨睡衣，輕聲走進查莉的臥室裡翻找她的書桌、軟木公告板、通訊錄。

「你為什麼認為她和雅各在一起？」

「她說她要去一場派對，不會晚歸。」

「什麼派對？」

「就是啊——我認為她是去了倫敦。」

「你一整天在哪裡？」

「我整天都在忙。」

聽起來是很爛的藉口。

「我找不到電話號碼，」她說，「她的朋友可能知道。」

「不用，等一下。找出上次的手機帳單，上面會有查莉打過的電話號碼。」

茱麗安下樓到廚房裡，我們的帳單、支票簿和護照都放在同一個抽屜裡。我聽著她的呼吸聲，彷彿帶著指控的意味在批評我。本來應該由我解決這個男友不適合的問題。

茱麗安低頭看著一連串的號碼，告訴我有一個號碼出現特別多次，那一定是雅各。

「你要我打給他嗎？」她問。

「不用，我來打，」我抄下號碼。

「回電給我。」

「一有消息馬上。」

這下子她睡不著了，她會醒著一直擔心。

我打那個號碼，第一次進了雅各的語音信箱，第二次他接了，音樂震天響，他得大吼才能被聽見，他一定是在派對或夜店。

「喂？」

「我要找查莉。」

「什麼？」

「我是查莉的父親。她在哪裡？」

他遲疑了一下，「誰是查莉？」

「雅各，我知道她在那裡，叫她來聽電話。」

再次遲疑，我可以想像他削瘦、五官分明、穿著垮褲和皮外套。我腦門充血，感覺得到手指緊緊握著電話。

「我不知道你在說什麼，」他神智不清的說，想必是喝醉或嗑了藥。

「雅各，你給我聽好。目前為止我都沒有理由討厭你或想傷害你。查莉才十五歲，你成年了，有法律可管。」

「我沒做錯事。」

「雅各，那個地方有賣酒執照嗎？查莉有喝酒嗎？你帶壞未成年少女，法律禁止誘拐未成年少女。」

「滾蛋！」

「查莉告訴過你我的事嗎？她有沒有提過我為警方工作？他們在追蹤這支手機，可以追查到十五碼之內的範圍。雅各，我在給你機會幫自己一個忙，讓我跟查莉說話。」

他停了一會兒，叫我等一下，我聽著哀怨的合成音樂和震天響的重低音，那是舞曲還是鐵克諾音樂？我永遠分不出來。

查莉來聽電話。

「喂？」

「妳還好嗎？」

「我沒事。」

我壓抑住情緒，「妳在哪裡？」

「倫敦。」

「倫敦哪裡？」

「肯頓。」

她開始解釋，開始聲淚俱下。

「我本來該回去了，以為可以搭上火車，你就不會知道我來倫敦。可是雅各想去這個派對，現在他神智不清……我手機沒電……也沒有火車可搭了。」

我能想像她雙腳微微內八站著，撥開遮住眼睛的瀏海。我的情緒一擁而上，難以啟齒。

「查莉，沒關係。」

「你很生氣。」

「沒有。」

「拜託不要生氣。」

「我們以後再談。」

「那表示你真的很生氣。」

「妳身上還有多少錢？」

「十一鎊。」

「派對的地址在哪裡？」

「你要打電話報警嗎？」

「我找別人過去。」

文森・盧伊茲在鈴響第二聲時接起電話，失眠症取代了他第三任妻子的地位，也許他在大都會警局時已經把覺睡完了，等他交出警徽、離職時才真的清醒過來。

盧伊茲是我的朋友，不過我們八年前認識的時候並不喜歡對方。這是人生的一種直覺：遇見我們似乎注定要認識的人。盧伊茲就像那樣。我們一開始的互不信任逐漸變成尊重，緊接著是敬佩，然後變成真正的感情，最後是犧牲。盧伊茲願意為我付出很多，也許甚至他的生命，不過他會拖著十來個人一起走，因為他不會不戰而降。

「最好是很重要的事！」他對著電話大吼。

「我是喬，我需要你幫忙，查莉遇上麻煩了。」

我聽到他坐起身。一面把雙腿甩下床一面詛咒，整個醒了。

「出了什麼事？」

「撞到腳趾頭。」

他在找筆，我給他地址。

「你要我怎麼處理？」

「去接她，送她上床。我很感激你，我會搭早班火車。」

「我馬上出發。」

這正是我喜歡盧伊茲的地方。他不會合理化或辯論某個狀況的優缺點。他仰賴直覺辦事，也很少出錯。其他人需要自我感覺良好，通常要別人付出代價才肯幫忙，或保留一些人情。盧伊茲不會。我和茱麗安分居時，他既沒有選邊站也沒有批評，而是和我們兩人都繼續維持朋友關係。

他掛斷電話前說：「嘿，教授，你聽說他們剛推出新款『離婚芭比』嗎？裡面附了肯尼所有的東西。」

「去接我女兒。」

「知道了。」

第一聲鈴響還沒響完，茱麗安就接起電話。

「查莉沒事，盧伊茲去接她了。」

「她在哪裡？」

「跟雅各在一起。」

「在哪裡？」

「他帶她去派對，結果自己玩昏了沒帶她回家。她很難過。」

「她應該難過。」

「對不起，我該看著她的。」

茱麗安沒有回話，我知道她很生氣，我只有看好查莉這個任務，結果只證明自己的無能，一點用也沒有，沒用，不中用，一點意義也沒有，沒有目標。

我希望她對我大吼大叫，結果她說晚安。

我躺在床上睡不著，三點多盧伊茲才打來說查莉在他的客房睡著了，不過我也不用睡了。我收好查莉的東西，查了火車時刻表，打算搭開往倫敦的第一班火車，再開車送查莉回家。我們會在車上想好說法，檢查漏洞，直到有茱麗安可以接受的說法。

我想念這些，我知道聽起來很奇怪，畢竟今晚才發生了這種事，可是我想念婚姻生活裡每天發生的這些事件，日常家居生活的一點一滴。我們已經分居三年了，可是出了什麼事茱麗安還是打電話給我。發生緊急狀況的時候她找的還是我——她生命裡最重要的人。

當然也有缺點，她要我處理的都不是什麼好事，而且還很棘手。

我沒有聽到他來。

我沒有聽到他移動家具打開暗門的聲音，很奇怪，因為通常我很淺眠。我真的醒來時，以為那一定是塔莎帶來救援的警察，他們找到我了。可是接著我聽到他的聲音，我的心往下一沉，冰冷的感覺擴散到指尖。

他已經爬下梯子站在我面前，抓住我的頭髮把我拉下床，甩到牆上，我的頭撞到磚牆又彈回來。他再甩一次，抓住我的頭髮，拿我的頭撞牆，一字一句說出來。

「妳們……以為……自己……他……媽……的……很……聰……明！」

我倒在地上想爬開，可是他抓住我的一條腿把我拉過水泥地，我感覺得到膝蓋和胳膊的擦傷。

他用手臂鉤住我的脖子，拉住我背靠在他的胸前，緊緊握住我的頭髮。

「對不起，對不起。」

「妳對不起什麼？」

「拜託不要傷害我。」

「告訴我，妳對不起什麼？」

「我不知道。」

刀子壓著我的左眼下方，陷進皮膚裡。

「妳記得我怎麼割她嗎？妳希望自己也一樣嗎？」

我搖搖頭。

「妳什麼時候才會學乖？」

「我會的。」

「我是在救妳，」他幾乎是在哀求我，但手臂仍然緊緊箍住我的脖子，「我是在救妳不被自己害死。」

我想點頭，可是動不了。

「妳好臭！」他把我推開，「妳都不洗澡嗎？」

「對不起。」

「妳一直這麼說，妳以為我那麼笨嗎？」

「沒有。」

「妳以為妳幫她逃走很聰明，她不會回來了。她死了，妳殺了她，都是妳的錯。」

我不相信他的話，他騙人。

我躺在地上，還沒縮成一團他就踢我，我還是縮成一團，抱住頭想保護自己。

我聽到他走動的聲音，可是沒有抬頭看。我聽到金屬桶裡水流的回聲，他站在我面前，慢慢把水從我頭部和手腳倒下去，冰冷得我無法呼吸，他又裝滿水，我一動也不動。

又來了，他又踢我。

「翻過來！雙腳打開！」

我翻過身，他把水倒在我的鼠膝部，把一塊刷東西的硬毛刷子丟給我。

「把自己洗乾淨。」

我不懂。

他又踢我，「我說，把自己洗乾淨。」

我拿起刷子，刷著我的手臂。

「不是那裡！那裡！」

他指著，我把刷子放在大腿之間。

「用力刷！」

我遲疑。

「妳自己刷，不然我幫妳刷。對，用力一點！用力！」

淚水阻擋了我的視線，我幾乎看不到他。

他滿意之後拿走我手上的刷子，接著把剩下的食物放在塑膠袋裡，帶著我的最後一罐烤豆爬上梯子，關燈。

「等妳真的覺得很抱歉了我們再談。也許到時候我會開燈。」

暗門關上，黑暗生意盎然地對著我的耳朵呼吸、低語、嘆息。

我手腳並用爬過房間到水槽前，吐出來的是苦水，我的衣服濕透了，折疊床和床單也是。不過我的瓦斯罐裡還有瓦斯。

我幫自己煮了一杯茶，在地下室摸索著，然後把頭對準尿壺準備好再吐。我已經不怕黑了，我已經習慣了。從前黑暗仿如死神一般，現在猶如子宮。

他說沒人要我，他說他們不再找我了，因為沒有人在乎。他說塔莎死了，我才不相信他的謊言。

我搖搖梯子，對著暗門大叫：「我要乾的毯子！」

沒有人出現。

「我需要乾的毯子。」

還是沒有。

「對不起。」

17

我到達盧伊茲位在富冷區的家時，時間還很早，泰晤士河面上一片迷霧，模糊了遠處河岸的枯樹。划船者以水上芭蕾般的舞步划水，從迷霧中出現。

盧伊茲穿著短睡袍來應門，沒穿襪子，腳上套著雪靴。

我看著他的腳，「你把死掉的羊穿在腳上。」

「觀察力真強，難怪你是心理學家。這是米蘭達送的禮物，醜到我愈來愈喜歡。」他搖搖腳趾，「我在考慮幫它們取名字：羊排和尚恩。」

他伸出雙手好好擁抱我一番，沒幾個英國男人懂得如何擁抱，可是盧伊茲做來好像握手那麼容易。我跟著他穿過走廊到廚房裡。

「你要穿件褲子嗎？」

「不用。」

「查莉呢？」

「還在睡。」

「她說了什麼嗎？」

「她大約三點時吐得一塌糊塗，我給她阿斯匹靈，讓她回床上睡覺。」

盧伊茲在茶壺裡裝滿水，用編織的茶壺衣蓋起來，在我對面坐下，然後倒茶、加奶、加糖。他就算只穿睡袍還是可以看起來很嚇人，卻又帶著一股溫柔的沉靜、無聲的尊嚴，令我敬佩。他不會沒來由地提供建議，他的兩個孩子都已成年，其中一個已婚，他下指導棋可能使人安心，但鮮少有幫助。

「你還好嗎？」

「還好。」

「有約會對象嗎？」

「沒有。」

「茱麗安好嗎？」

「她很明理，很有禮貌，真希望她向我發脾氣。」

「不是每個人都像你一樣。」

「你覺得我很憤怒？」

「我認為你憤怒極了。我認為你早上起床時如果沒有生氣的話，你會拿鏡子對著自己的嘴巴檢查有沒有在呼吸。」

我沒有上鉤，而是試著轉移話題。我不想談茱麗安的事，便開始告訴他牛津和賓罕女孩的事。他記得這個案子。盧伊茲的記憶力很了不起，對他而言，沒有忘記這回事。沒有什麼事會隨著時間的消逝變得模糊、朦朧，從邊邊角角開始磨損。有些人的思考方式是影像或是年代，但盧伊茲的思考方式像蜘蛛網一樣，把所有的細節都連在一起，所以他隨時能從記憶中找到五年、十年、十五年前的案情細節。

「四天前，娜塔莎・麥克班的屍體在結冰的湖裡被發現。」

「在那裡多久了？」

「三十六小時。」

盧伊茲吹了聲口哨。「所以她一直都活著，知道在哪裡嗎？」

「不知道。」

「你怎麼介入的？」

「他們要我審閱原始調查。」

「你拒絕了。」

「沒錯。」

「可是你還是要做。」

「對。」

「為什麼非你不可？」

「我是外人。」

「通常這一點對你不利。」

「處長很擔心造成爭端，他想避免被指控袒護。這不是獵巫行動。」

「還不是，」盧伊茲喝下半杯茶後再倒一杯。「我記得他們懷疑學校校工，他們也調查了娜塔莎的老爸，艾塞克．麥克班因持械搶劫服刑五年，交上了幾個想混幫派的康納利兄弟，他們想在倫敦幹一票，結果沒成功，麥克班願意認罪，並供出康納利兄弟以交換減刑。那兩個女孩失蹤後，警方以為綁架案是康納利兄弟設計的報復。」

「後來怎麼了？」

「他們接受偵訊，否認一切，然後綁架理論無以為繼。」

「有什麼改變？」

「還有第三個女孩，」他說，「艾蜜麗．馬丁尼茲。」

「她們的麻吉。」

「她告訴警方娜塔莎和琵琶計畫逃家，我猜大家以為她們錢用光或吵架就會出現了，可是一直沒有發生。」

「調查工作呢？」

「韓德利家持續施壓，你一定在電視上看過那母親，她不放過任何在攝影機前開口的機會。她長得很漂亮，如果你喜歡健身房裡那種健康時尚型的話。」

「不是你的菜？」

「我喜歡有份量的女人。」

「水桶腰？」

「曲線美。」

盧伊茲雙手抓住桌緣用力往下壓站起來，在烤麵包機裡放進兩片土司。

「處長說他認識你，」我告訴他，「湯瑪斯・傅萊爾。」

「喔對，傅萊爾。我有一次在橄欖球場上揍了他一拳，他很厲害，馬上爬起來。」

「他說如果我需要協助的話，他會聘你當顧問，一天一千英鎊。」

「他覺得我可以被收買。」

「我會很感激你的幫忙。」

「已經過了三年，線索都冷掉了。」

「就當成挑戰吧。」

他雙唇分開，我分不出是做鬼臉還是微笑。盧伊茲一直不是很適應退休生活，就像放牧在草原上的賽馬：其他馬奔跑時他也想追上去。

我看到查莉靠在他背後的門框上，臉色像鬼一樣蒼白，眼皮沉重，穿著盧伊茲的舊襯衫。

「小公主，妳要吐的話別吐在我的地板上。」他說。

她瞪了他一眼，一臉不悅的靠在桌上，頭埋在雙手裡。

「妳感覺怎麼樣？」我問。

「爛透了。」

盧伊茲打開櫃子尋找果醬，他的睡袍太短，查莉看到隱隱約約的臀部。

「這會兒我真的要吐了。」

「別耍嘴皮子。」盧伊茲說，把睡袍往下拉。

查莉對著我眨眨眼，「好吧，快說吧，趕快訓我一頓，說『我警告過妳，』還有『查莉，妳在想什麼啊？』還有『查莉，我們沒有教出這麼不懂事的小孩，』還有『妳禁足到十八歲。』」

「二十八，」盧伊茲說，他很享受這一幕。

查莉又瞪了他一眼。

「可是不要不講話，媽媽每次都這樣睜大眼睛難過地看著我，好像我剛淹死了一整袋小貓。」

「妳要我說什麼？」

「沒什麼，我搞砸了，好嗎？我說謊、不守規矩、不聽……」

「還有呢？」

「我再也不喝酒了。」

盧伊茲倒了一杯柳橙汁給她，查莉喝了一口後打嗝，「反正又不全都是我的錯，要是你講點道理，讓我去做一些事的話。」

「妳才十五歲。」

「快十六歲了。」

「這種年紀一個人去倫敦還太小。」

「你想把我像公主一樣鎖在高塔上。」

「我什麼時候把妳鎖起來過?」

「我是在比喻。」

盧伊茲笑了,「用比喻的話,妳看起來跟公主差很遠,除非妳指的是費歐娜公主,妳們倆的臉一樣綠。」

「滾蛋。」

「講話也像真的公主一樣。」

我要她嘴巴放乾淨一點,查莉一臉不高興,起身雙手環腰抱住盧伊茲。

「謝謝你。」

「謝什麼?」他問。

「來接我,」她轉身面對我,「對不起出了這種事。」

「我知道。」

「你覺得我要多久才會學到教訓?」

「試試看三十歲會不會。」

九點多我載她回威露村,路上她大半時間都靠在靠枕上睡覺。我偶爾看她一眼,研究她的臉蛋。她的鼻梁突起一塊,有些雀斑。

我看著她皺眉頭,嘴巴微微張開,不禁好奇現在的行為有多少來自過去被綁架監禁時所受的苦。當吉地恩·泰勒把她推下腳踏車擄上他的車時,也偷走了她一部分的童年,我說不出有多少。

心理創傷比生理創傷更難恢復。以我所有的訓練與經驗也無法修補受傷的心靈,只希望能幫助人們克服。

我們在巴斯市外停下來吃午飯。酒館裡的壁爐生著火，仿製的椽和煙燻過的黃色牆面裝飾著馬蹄和獵狐畫作。酒館老闆身材高大、動作緩慢，他擦乾品脫杯，無精打采地皺著眉，好像正試圖想起什麼重要的事。

我們點的牧羊人派和冷盤午餐送來，查莉喝了一口飲料。

「你會再婚嗎？」她突如其來問道。

「我已婚。」

「爸，她不會跟你復合的。」

「我沒有女朋友。」

「可是你想要的話……也可以，那個女的很喜歡你。」

「哪個女的？」

「你跟她一起吃午飯那一個，她跟你調情。」

「才沒有。她才不是。」

「當然是，是女人都看得出來。」

「妳指的是妳自己嗎？」

「對，爸爸，我是女人，我看得出來，」她把薯條塞進嘴裡，「如果你真的再婚，我不要當伴娘。」

「為什麼？」

「我才不要穿那種很土的焦橘色洋裝，看起來像個燈罩一樣。」

「了解。」

一條狹窄的小路通往威露河上的橋，小屋就在小路盡頭附近，但其實河不算河，橋也不能算橋。

茱麗安在門口等著，她的頭髮夾起，穿著舊牛仔褲和毛衣，還是漂亮得可以拍多種維他命或洗髮精的電視廣告。

查莉接受她的擁抱，回頭看我一眼，透過落在眼前的髮絲眨眨眼，眼神中透露出一絲心照不宣，我們之間的祕密。

她們鬆開對方，她進屋上樓回臥室。茱麗安看著她進門，如釋重負，卻顯得焦慮。

我以為她會氣得在我面前甩上門，可是茱麗安張開雙臂擁抱我。

「她搞砸了。」

「對。」

「我們該怎麼辦？」

「不怎麼辦。她犯了錯，我們都走過。重要的是她不放棄。我們要她明天醒來依然以完美的一天為目標。」

「聽你說起來好容易。」

「不容易。」

茱麗安問我要不要喝杯茶。通常我會把握機會和她相處二十分鐘，享受熟悉的環境。

「我得回去。」

「回倫敦？」

「牛津。」

我不能告訴她娜塔莎・麥克班的事，她很快就會知道，然後三下五除二就會知道我又在協助警方，她會用慣常的眼神看著我，好像代表我個人運勢的星星比以前昏暗了不少。

她親吻我的左臉頰，移到右邊時嘴唇擦過我的唇邊。

「謝謝你送她回來。」

查莉推開樓上的窗戶，身體伸出窗外。

「電視在報導那個傢伙。」

「哪個傢伙？」

「你在牛津跟他談過那個阿吉·蕭。」

「他怎麼了？」

「他企圖上吊自殺。」

我玩數數遊戲。

我從一百往前數，告訴自己數到零之前塔莎就會回來，數到零之後再重新開始。我數到個位數的時候總是慢下來，在每個數字之間仔細聆聽是否有腳步聲或說話聲。

只有風聲。

她不會回來了。

清晨的室內和屋外都很暗，暗得足以讓樹木看起來像可怕的波浪般向我襲來。

蒼白的太陽冰冷地出現時，我站在流理台上看著漸明的天空。火車經過，沒有它我大有可能是在另一個星球上。我可能已經死了，我可能是世界上僅存的人。

我的紙都寫完了，連最後一張都用完了。喬治向我噴水時，把我藏在枕頭下的練習簿都弄濕了，紙張乾掉後翹起來捲曲。我只剩短短一截鉛筆，所以我猜紙也不重要了。現在開始我得寫在腦海裡，列出我的清單，整理思緒，存檔後遺忘。

人們說我這一代缺乏想像力，無法長期集中注意力。而且我們體型過重、懶惰、沒有像樣的音樂。這些批評來自嬰兒潮那一代，他們喜歡講一九六〇年代的故事：性行為、毒品、搖滾樂，可是拿抗議標語換房地產投資和退休基金，我的父母就是典型的例子，微不足道的人過著微不足道的生活。

我進入英格蘭室內分齡冠軍錦標賽時得去伯明罕比賽，我媽媽沒有來看比賽。她說賽跑不是很淑女，暗示我有突變基因，不是來自她那邊的血統。她也開玩笑說要查一查我的領養文件，或說她一定是上了奧運田徑金牌得主塞巴斯汀・柯伊，而不是我父親。

她總是這樣奚落爸爸：「我可不是為了你的外表才嫁你的。」她會這樣說，「可是，你該貢獻給家庭的聰明才智在哪裡？」

我在全國分齡大賽拿到第二名後，爸媽送我一輛全新羅利牌腳踏車。那時我已經厭倦賽跑了，可是我喜歡這輛新腳踏車，騎著到處去，沒有盡頭。

那個月我祖母去世，我聽到消息後騎著腳踏車到亞賓頓車站，等著下一班特急列車咆哮著經過，我才能放聲咒罵這個世界怎麼可以帶走我的祖母。我現在就想這麼做，我想放聲尖叫，可是這次我希望世界聽到我的聲音。

18

順勢療法說水能保留記憶，牆壁呢？牆壁可以被刷洗、塗鴉、上漆、上石膏，可是在層層疊疊還保留著記憶。

走在我前面的警衛留著淡金色的頭髮，如小學生般整齊地梳過額頭。他偶爾轉頭看看後方，確定我還跟著。

「是我同事發現他的，」我們在一間囚室前停下腳步後他這麼說，「他打開監看蓋時看到犯人吊在那裡，我同事立刻發出警報。」

囚室門打開後，我該看一看，但警衛還在說話：「他雙手抱住犯人的腰部支撐他，等有人割掉繩子後才把他放下。」

警衛指著對面的牆壁，「皮帶綁在暖氣管上，他一定是站在平台上。」

房間沒有窗戶，只有空洞的牆壁與水泥地板。

「他們把他送到雷德克利夫醫院，他失去意識，但還有呼吸。我聽到其中一個救護員提到缺氧，有可能腦部受損。」

警衛瞪著牆壁後方的什麼東西，「會進行完整的調查，有規定犯人不能用皮帶或鞋帶，有人搞砸了。」

我需要出去呼吸新鮮空氣，來到停車場才發現自己一直屏住呼吸。盧伊茲在等我，嘴裡含著一顆硬糖，身上厚重的羊毛大衣使他看起來像經歷過兩次大戰。

「你找到地方了。」我說。

「我是訓練有素的調查員。」

他換了車。他曾經開過一輛早期款的賓士車，那是他驕傲與滿足的來源，可是那輛車撞上汽車旅館房間牆壁後就掛了，現在他開一輛像箱子的路華四輪傳動車，深綠色烤漆。

「看起來像坦克車。」

「沒錯。」

我們一起開車到醫院，汽車音響播放著辛納屈的歌曲，他以渾厚的嗓音唱著「古老的黑魔法」。盧伊茲對音樂的品味始終停留在五〇年代。我曾經問過他六〇年代的事，他說他忙著逮捕搭乘和平火車的嬉皮。

「所以你錯過了免費的自由之愛。」

「教授，那既不免費，也不自由。」

醫院大門外停著警車，一名高大英俊的制服警員駐守在加護病房外，護士經過時不斷對他微笑。阿吉．蕭光著上身躺在病床上，雙手銬著兩旁的護欄，眼白的微血管破裂，身邊坐著一名女性，她彎身向前，頭靠在床上，雙眼緊閉。那是他的母親，比先前更憔悴、更衰老。

德魯宜探長正在跟其中一名醫生談話。我們等著。

「我討厭醫院。」盧伊茲說，等著我問原因。

我順他的意問：「為什麼？」

「健康的人到醫院就死掉了。」

「我聽不懂。」

「在醫院裡，病人恢復健康，健康的人死掉。你想想，在報紙上看到的就是這樣：人們進醫院做小手術，結果因愚蠢的錯誤或超時工作的護士或疲倦不堪的實習醫生而死去。你沒聽說過真正病重的人死掉。」

「那是因為他們真的病得很重。」

「正是如此。」

我懶得指出盧伊茲邏輯的漏洞。

「我該當衛生署署長。」他又說，「我馬上可以解決等候名單的問題。」

「怎麼說？」

「我會在急診室門口把人擋下來，問他們怎麼受傷的。食物中毒、被狗咬或手骨折的要等十五分鐘。如果是自己割傷或吸塵器的管子插在屁眼，六小時。」

「你確定你看的不是《每日郵報》嗎？」

「我會嚴格而公平。我們有太多白癡佔用醫療資源。」

德魯宜說完後像黑手黨教父般攤開手掌，「你跑到哪兒去了？」

「我得送我女兒回家。」

「下次記得告訴重傷，他像迷路的小狗一樣跑來跑去。」

我向他介紹盧伊茲，兩人握手打量對方。德魯宜今天比較沒那麼衝，也許今天遇到的蠢蛋數量還在他的容忍範圍內。

「要不是為了琵琶・韓德利，我會希望那個男孩死掉算了，」德魯宜指的是阿吉・蕭，「企圖自殺是有罪的跡象。」

「或絕望。」我說。

探長把零錢投入自動販賣機做出選擇，一瓶水落下，他打開瓶蓋大聲喝下，用手背擦擦嘴。

他看著我，「你還是認為阿吉・蕭不可能綁架娜塔莎・麥克班和琵琶・韓德利嗎？」

「他既沒那種智力也沒有那種經驗。」

「教授，也許你說得對，不過當你在上演幸福家庭的時候，我們正在調查附近地區的註冊性侵犯，並針對裡頭那個自殺男孩做完整的背景調查，結果出現了一個很有意思的名字：他老爸衛斯理．蕭曾經面對八項性侵兒童的指控，可是成功地認罪協商成一項企圖與未成年性交罪。你知道賓罕女孩失蹤那天晚上他人在哪裡嗎？他就在遊樂場裡的設施工作。」

「他現在在哪裡？」

「他十八個月前去世，在史托頓路闖紅燈被公車撞扁。」

德魯宜把空瓶子丟進金屬垃圾桶裡。

「衛斯理．喬治．蕭還有幾個別名：W G布佛特、大衛．威廉．柏佛特、喬治．威斯特曼。一九六〇年出生，父親駐紮亞賓頓空軍基地，是負責維修戰鬥機的飛機技工。二十四歲時因意圖性侵而首次遭到逮捕，沒有起訴。第二次被逮捕是意圖買春未成年妓女。教授，你明白我的意思嗎？一開始我們就注意到衛斯理．蕭，可是他老婆提供他不在場證明，幫他說謊。」

「她是這麼說的嗎？」

「她剛剛證實。」

「那兩個女孩失蹤時他還活著，他大有可能計畫整件事，綁架她們，阿吉只是接手而已，虎父無犬子。」

走廊盡頭的一扇門打開，維多利亞．納帕斯特出現。她身材高挑、臉色蒼白、露出意志堅定而充滿怒氣的表情。她和德魯宜正面對決，貼近他的臉。

「我警告過你。」

他舉起雙手，卻被維多利亞撥開。

「我告訴過你會發生什麼事。」

「我們到別的地方去談，深呼吸，鎮靜一點。」

「別叫我鎮靜。」

他對她的態度比我預期的溫和許多，「很抱歉，有人搞砸了。」

「你這樣告訴他的母親嗎？沒有，因為可能造成訴訟、賠償。所以你支持自己人，和他們共謀、串通好故事。」

「這裡時間地點都不對。」

他低聲下氣，抓住她的手臂想把她拉走，說話的語氣像老朋友一樣。她被他一碰就發抖，讓他很失望。

「別呼嚨我，」她說，「絕對、絕對不要呼嚨我。」

她氣沖沖地沿著走廊離開，守衛的警察緊盯著她的臀部看她走遠。

「警員，你在看什麼？」德魯宜怒吼，「眼睛看前面！」

19

聖凱瑟琳學校位處亞賓頓北郊的樹林與鞋印斑斑的運動場之間，距離九〇年代除役的舊皇家空軍基地有一英里遠。

一名學生悶悶不樂地獨自坐在行政辦公室，塑膠椅下的雙腳晃來晃去，等著因行為不檢接受處分。她穿著灰裙、白襯衫、深紅色V領毛衣，我們伴隨一陣冷風進門時她抬起頭，門關上後她又低頭。

一名學校祕書坐在拉門後方，重傷拿出警方證件要求見校長。祕書一陣慌亂之下撥錯號碼兩次，也許心裡掛念著一張沒繳的罰單。

身材高大的雅各森太太穿著米色洋裝，染過的頭髮往後梳，用髮梳固定。「進來、進來。」她把我們當幼稚園學生一樣趕進辦公室，鞋子在鑲木地板上引起回音。

「是關於琵琶和娜塔莎的事嗎？有消息了嗎？」

「這個案子有一些進展，」年輕的警探說，「為了保護調查工作，詳情必須保密。」

「當然，我了解。請坐。喝咖啡或茶嗎？餅乾請自己用。真是太糟糕了，我們的女學生經過很長一段時間才恢復，有些還需要諮商，不過我們聖凱瑟琳這裡的學生都很冷靜。」

我們進來後盧伊茲就不發一語，有人幫他找來椅子。重傷拿起巧克力餅乾咬一口，碎片落下，他努力接住時發出一點聲音。雅各森太太走到一旁的桌子拿了一個盤子和紙巾回來，默默警告他小心食用。然後她回到辦公桌後方坐下。

「我無法想像親愛的琵琶為什麼會逃家。他的父親非常慷慨，母親很美麗，非常有趣。」

「不像麥克班家？」盧伊茲問。

校長微微一震，「你說什麼？」

「娜塔莎的父親因持械搶劫服刑五年，想當然耳妳知道這件事。」

「我們聖凱瑟琳並不會歧視學生家長。」

「我們也不會。」盧伊茲說。

他們的表情都不是很和氣。

「我們希望能和教過琵琶和娜塔莎的老師談一談，」我說，「還有看看她們的學生檔案。」

「檔案恐怕是機密文件，不過教過她們的老師大多還在，我們的員工流動性不高。」

「校工呢？」盧伊茲問。

校長遲疑了一會兒，「如果你指的是史托克斯先生，他已經離開聖凱瑟琳了。」

「他被開除了。」

「是的。」

「為什麼？」

「我看不出有什麼關聯。」

「他拍了女學生的不雅照。」

「那是一起不幸的事件，我們做了完整的查證。」

「史托克斯先生現在在哪裡？」

她冷冷地瞪著盧伊茲，「我們沒有保持聯絡。」

他們眼神對峙了一會兒，雅各森太太看了她的小金腕錶一眼，「午餐時間到了，你們可以在休息室找到大部分的老師。」

等候室裡的女學生被交代帶我們去。她的名字是莫妮卡，走路內八，肩膀下垂。我們上樓後沿著走廊經過教室和實驗室。

我放慢腳步讓盧伊茲跟上，他今天跛得比較厲害，是槍傷留下的影響。他太驕傲而不肯用枴杖。真是虛榮。

「你為什麼這麼為難她？」

「她讓我想到以前的物理老師。」

「就這樣嗎？」

「你沒見過我的物理老師。」

莫妮卡敲敲休息室的門找麥卡登老師，這位女英文老師約三十來歲，穿著深色長褲，襯衫上有咖啡漬，手指沾滿藍色馬克筆的墨水。

一群群老師佔用了大多數的桌子，他們吃著三明治或重複加熱的湯，我們在角落坐下。

麥卡登老師緊張地看著我。

「這不是正式偵訊，沒有人做記錄。我是一名心理學家，正和警方合作。我想盡可能知道琵琶和娜塔莎的事。」

她的喉嚨深處發出嘖嘖的讚嘆聲，「很可愛的女孩子。」

「什麼意思？」

「抱歉？」

「妳不假思索地回答說她們是很可愛的女孩子。」

「的確是啊。」

「怎麼個可愛法？」

「她們很友善。」

「她們朋友很多嗎？」

她遲疑了一下，「有幾個。」

「所以不是很多？」

「你是想和我爭辯這件事嗎？」

「我只想知道真相。」

這位老師用控訴的眼神看著我，「你是說我在說謊嗎？」

「是的。麥卡登老師。是這樣的——」

「叫我克絲蒂就好。」

「克絲蒂，從大部分的資料看來，娜塔莎・麥克班是個野孩子，總是惹禍上身。」

「她只是比較不羈而已。」

「妳看，妳在幫她找藉口——道歉、模糊真相、掩蓋缺點。」

她狠狠瞪了我一眼，繼續說：「娜塔莎有時候很難帶，很難控制。」

「在哪方面？」

「她不尊重權威，我認為聖凱瑟琳不適合她。」

我等著她繼續說，她嘆了口氣，「其實我不該說的，我自己念書時也很會惹麻煩，不過沒有娜塔莎那麼糟，可以這麼說，不過我爸媽總是被叫到學校解釋或道歉。

「有些女孩在這種地方覺得好像快窒息了，受不了這些規矩和例行公事。我們談很多牧靈工作，不能丟下任何一個女孩，可是卻得承認我們希望學生讓我們有面子，而且不會難以管教，還要她們考試成績優良……」

「娜塔莎不合群。」

「她是個很優秀的學生，天賦異稟，是那種不用努力就可以得獎、拿到獎學金的學生，」老師聲音放低，「可是她也坐立不安、心事重重，常常很粗魯。她沒有找老師麻煩的時候就是在跟他們打情罵俏，男女都有。」

「她也跟妳打情罵俏嗎？」

克絲蒂露出老練的笑容，「娜塔莎喜歡挑釁，可是生理成熟度與心理成熟度還是有落差，她做了很多錯誤的決定。」

「琵琶呢？」

「她完全不一樣，是個天生的說故事好手，是我教過最棒的創作家。她會做白日夢，常常被我抓到發呆出神或瞪著地上，好像那裡有著無法跨越的河流。她會用一種獨特的方式碰東西，用指尖輕輕敲打，好像在玩什麼祕密遊戲。」

「她的功課呢？」

「不是很好。」

「她是那種會逃家的女孩嗎？」

克絲蒂沒有馬上回答，而是轉向窗戶看著外面遊戲場上的女孩。

「娜塔莎是那種非常罕見、真正不在乎別人看法的人，不論讚美或批評，她的反應都一樣。琵琶比較害羞，我想跟英雄崇拜有關。」

「娜塔莎的反應是什麼？」

「她很喜歡被崇拜，琵琶就像她的忠實侍從。」

「她們為什麼朋友不多？」

「她們有一些問題。」

「例如？」

克絲蒂有點支支吾吾，「我認為那件意外發生後很多事都變了。」

「什麼意外？」

「兩個當地的年輕人發生爭執，其中一個開車撞傷另一人，害他變成殘障，駕駛被捕，以意圖殺人罪名受到起訴。」

「這和娜塔莎有什麼關係？」

「那是她的男友，他們為了她吵架。」

「這是什麼時候的事？」

「大約她們失蹤前四個月，你們真的該問問艾蜜麗．馬丁尼茲。」

「她今天在學校嗎？」

「我不知道，她常常缺課。」

盧伊茲從口袋裡掏出一本陳舊的筆記本抄下資料，他並不需要提醒，因為他不會忘記，不過舊習難改。

克絲蒂轉向重傷，「有什麼消息嗎？」

他沒有回答，不過她還是感受到了，恐懼使她說話的母音加重。

「她們死了嗎？」

「我不能評論。」他說。

她看著我，「天啊，你們讓我做了一件很可怕的事。」

「妳不過是說出實情而已。」

鈴聲響起，外面走廊上漸漸擠滿人，來去的女生、笑聲、音樂聲、句尾音調上揚的說話聲。英文老師得走了，她起身撥撥長褲，摸摸一邊眼角和頭髮。

「我們都有逃家的理由，」她轉身前說，「只不過大多數的人找到力量留下罷了。」

20

盧伊茲關掉引擎，我們靜靜坐在車上看著空無一人的街道。鐵路網公司的標誌指著雷德利車站入口，下方的布告欄貼著一張海報宣傳即將到來的馬戲團。

公車站後方是「弓匠徽章」連鎖酒館，牆面褪成淺色。盧伊茲摸摸口袋撈出一罐糖果，他選了一顆，若有所思地含著。

「可以解釋一下我們來這裡做什麼嗎？」

「根據艾蜜麗的證詞，她們本來約在這裡碰面，」我說，「她們說好星期天早上十點在這裡會合，可是沒有出現。」

我拿出一份原始失蹤人口報告的影本，根據艾麗絲・麥克班告訴警方的說詞，她最後一次看到兩個女孩是八月三十一日星期三早上快八點時，琵琶去完賓罕夏日祭後在娜塔莎家過夜，艾麗絲敲了娜塔莎的房門叫她們起床，娜塔莎早上十點該去亞賓頓咖啡座上班，可是沒有出現。

「她們為什麼想逃家？」

「娜塔莎在學期末最後一個星期被退學，原因是對幾個老師惡作劇，細節沒有公開，她們失蹤後退學處分就撤消了。

「根據艾蜜麗的說法，她們原本打算去倫敦，行李已經打包好，也存了錢，可是隨著暑假一天天過去，這個想法似乎失去了吸引力，卻在賓罕夏日祭的最後一夜再度出現。琵琶都已經被禁足了，她還是等父母上床後從臥室窗戶偷爬出去，就是非得去遊樂場不可。

「那天晚上有十幾個人看到她們，遊樂設施十一點關閉，艾蜜麗接到電話後比她們早一個小時離開，她的母親健康出了狀況，被送進醫院。」

「什麼樣的狀況？」

「不清楚。琵琶和娜塔莎快十點時出現在村裡公園的入口附近。」

「誰看到她們？」

「一名巡邏警察。」

盧伊茲嘴裡的糖果在牙齒間格格作響，我繼續說。

「午夜過後不久，琵琶．韓德利去敲艾蜜麗的臥室窗戶，她心情很不好，卻不肯說明原因，只告訴艾蜜麗她們要離開了，要逃家。艾蜜麗想來的話，十點鐘在那裡跟她們會合。」

「艾蜜麗看到娜塔莎嗎？」

「沒有。艾蜜麗九點五十分來到雷德利車站，可是娜塔莎和琵琶並沒有出現。她等了快兩個小時才回家。」

「她沒有警覺到出事了嗎？」

「沒有。搜索行動到星期天傍晚才開始，警方偵訊了火車和市區三十五號公車的乘客，沒有人記得見過她們。」

「她們的手機呢？」

「娜塔莎的手機在星期六晚上十一點多就關機了，琵琶沒帶手機。」

「農舍距離這裡多遠？」他問。

「大約半英里多。」

盧伊茲還在打量著遠處的酒館，「也許德魯宜對阿吉．蕭的看法沒錯。」

「阿吉沒有聰明到做得出這些事。」

「他老爸呢？」

「衛斯理已經死了一年半，就算兩個女孩是他綁架的，我看不出阿吉如何能獨力處理，她們需要食物、水、暖氣、安全措施……」

「為什麼要留著她們？」

「有很多可能的原因。和性有關，不過絕對有報復的成分在內，也和佔有慾有關，想擁有、完全掌握什麼特別的東西。」

一輛公車在我們眼前停下，不同年齡的學生下車。我注意到一對少女走在步道上，一個像模特兒一樣高挑，一個較矮壯、留著棕髮。

盧伊茲下車。

「小姐，還好嗎？」

她們露出微笑打招呼，但保持距離。

「我可以問妳們一個問題嗎？」

「當然可以。」高挑的少女說，她的藍色書包上有閃光貼紙。

「經過這裡的公車星期天早上有開嗎？」

「每小時一班。」

盧伊茲拿出筆記本寫下，「我只是在做點偵查工作，」他解釋，「幾年前有兩個女孩子在這裡失蹤了，妳們記得賓罕女孩嗎？」

「大家都知道，」棕髮少女說，向前幾步看著車內，「你們是真的警探嗎？」

「我們在辦案。」

「琵琶・韓德利是跑步健將。」高挑少女說。

「妳們是同校學生嗎？」

「不是。」

「娜塔莎．麥克班呢？」

「她就是……你知道的……」

「我不知道。」

她翻白眼，「她的名聲就是……很賤。」

「想在網路上成名。」棕髮少女說。

盧伊茲看了我一眼，已經厭倦這段對話。

「我爸爸覺得她們應該是，好像，死掉了，」高挑少女說。

「好像死掉了跟真的死掉了一樣嗎？」盧伊茲問。

她們茫然地看著他。

我看到遠處的路上一輛熟悉的歐寶騎士汽車減速靠邊，窗戶貼了隔熱紙，加寬輪胎。車上有兩個人：托比．克羅格和克雷格．顧德。顧德穿著時尚垮褲，皮外套，過大的T恤，好像是隔了一個大海的洛杉磯幫派分子。克羅格穿著兩天前我看到他時的同一件棉質連帽外套和泛白牛仔褲。

「小姐們，午安，」他抓抓牛仔褲的褲襠。「這些老變態在騷擾妳們嗎？」

高挑少女聽了咯咯笑，棕髮少女站在後方，抬頭挺胸。

我打開車門加入步道上的盧伊茲。

「妳們認識這些小丑嗎？」他問。

「是本地的年輕人兒。」

克羅格把帽子拉過棒球帽的帽沿。

「我喜歡你的連帽外套，」盧伊茲說，「小賈斯汀有一件一模一樣的。」

兩個女孩都咯咯笑。

克羅格想了想該如何回應，張嘴露出金牙。

「有兩個女孩在這附近被綁架，所以我們看到兩個老傢伙想勾引我們的女孩子，我們很關心，」他先對顧德然後對棕髮少女眨眨眼，「我們就像守護天使一樣。」

「真是親切，」盧伊茲說，「他們是天使，我怎麼沒看到翅膀？你們知道他們是怎麼說小翅膀的天使嗎？」

克羅格先瞪大雙眼、站穩腳步，然後才揮手出拳。他的拳頭打到盧伊茲的側頭，那是他唯一的機會。他沒機會再出手，肚子就已經被揍了一拳，痛得彎腰，腹部空氣盡出。

盧伊茲輕而易舉的把克羅格的手臂彎到背後，一顆襯衫鈕子鬆掉，像瓶蓋一樣滾到水溝裡。

我沒看到顧德動手，他用力往我的臉部揍一拳，我彈到車上往後跌在地上，下巴同時發麻又像火燒。

盧伊茲把我拉起來，另一手還抓著克羅格，顧德則在一旁的人行道上抱頭捲成一團。

「你們居然是十萬顆精子裡面最厲害的，真是令人不禁要質疑達爾文的理論，是不是？適者生存，物競天擇。」接著他對著兩個女孩說：「也許妳們該走了，小心走路。」

她們迅速離開，短裙拍打在大腿上。

「這是傷害。」克羅格哀怨地說。

「不是我先出手的。」

顧德還躺在地上呻吟著，牙齒像一排骯髒的小石頭。

盧伊茲又說：「小子，我們有兩個方式可以處理，我們可以叫警察，做筆錄，提出告訴，在法庭碰面……你們也可以趕快回家。」

克羅格和顧德互望一眼，盧伊茲模仿鈴聲，「時間到了。」

他走開打開車門。

「小子，別讓你們的腦袋胡思亂想，它們太小了，容易迷路。」

如果一面破掉的鏡子會帶來七年的厄運，那麼傷害一個人身體的處罰又是什麼？如何斷定這種罪惡的等級？要唸幾次「萬福瑪麗亞」和「我們的天父」？

卡倫・羅曲跛了腳，艾登・佛斯特入獄，塔莎的人生從此天翻地覆。他們說單一事件就能改變一個人的人生：偶然的相遇或錯誤或好運。沒錯，我不相信命運或天注定，可是完全突如其來的厄運……那就另當別論了。

事件發生時，塔莎和艾登・佛斯特有點算交往了三個月，我說「有點」是因為沒人把這種事形式化。不像那種美國少年電影裡貼上徽章或交換大學畢業戒。

艾登比塔莎大四歲，是斐登的朋友，艾登若沒有在中學畢業考後離校到父親的車行裡當學徒，就會是斐登的同學。他的手指總是很髒，我覺得很噁心，可是塔莎似乎不介意。

她喜歡讓他嫉妒，而且輕而易舉就做得到。艾登嫉妒她的衣服，因為它們整天都黏在她身上，他是這麼說的。他甚至在口袋裡放她的內褲，而且是穿過的，真是噁心死了。

他根本就是個大色胚，頭髮上膠往後梳，好像站在狂風裡或在跳傘。他以為自己很風流倜儻。他在樂團裡彈吉他，他們以前會到派對表演，大多是朋友邀請的十八歲生日派對或二十一歲生日派對。

所以我們才會去亞賓頓的那個派對，就是因為有人生日。我向爸媽謊稱要在塔莎家過夜。艾登開車接我們，他開車時全程都把另一隻手放在塔莎的大腿之間。

派對在亞賓頓鎮中心的一棟老舊大屋舉行，門窗上都有圓拱。裡面很多大學年紀的人，他們留著小平頭、穿著皮外套，女生穿著小洋裝，身上有潘婷的香味和煙味。

塔莎心情很好，她是裡面最年輕的女孩（也是最漂亮的），可是沒有人會趕她走。斐登給了她一點東西責，她在路上就先試貨。雙眼像黑色大理石，搖搖晃晃地咯咯笑。

一個叫賽門的傢伙一直說黃色笑話，企圖搭訕我，但他說了一半就被我打斷，我說我聽過了。

「那笑點是什麼？」

「想不起來，」我說，「可是我知道我聽過。」

「妳上次大笑是什麼時候？」

「昨天早上十一點三十四分，我明天想到你的時候也會哈哈大笑。」

他喃喃地自言自語走開了。

大家都在抽煙喝酒嗑藥，我認得有些是同校的，但他們要比我進入狀況多了。塔莎和艾登跳舞，在他身上磨蹭，直到他在她耳畔流口水。艾登的朋友也在看著，尤其是托比．克羅格和克雷格．顧德。克雷格總是用奇怪的眼神看著塔莎，好像他很餓，而她是大麥克加薯條。

艾登和塔莎消失了一會兒上樓去了，十五分鐘後塔莎拎著鞋子回來，雙手抱我吻我，用力把舌頭伸進我嘴裡，然後又推開咯咯笑。

音樂非常大聲，男孩子一直慫恿她。

外面有一座露台和雙人搖椅。我正在透氣，喝冰銳調酒，看著三個女生和兩個男生抽大麻，他們分我抽，我們彼此自我介紹。我屏住氣把煙吸進肺裡結果嗆到，可是我還是一直試，因為我希望他們喜歡我。

就在此時，我看到塔莎在院子裡嘔吐，卡倫．羅曲幫她拉住頭髮，她彎著腰以免弄髒身上的洋裝。卡倫又高又壯，是足球隊員，塔莎已經挑逗了他一整個暑假。我記得她在運動中心穿著比基尼在他面前散步。後來她在肩膀抹防曬油時，故意把比基尼上衣拉開一角讓他看到胸部。卡倫看起來很難為情，塔莎笑了。

現在他在照顧她，幫她拿了一瓶水，幫她擦臉，拉開綁太緊的皮帶。

艾登眼神猙獰、面露凶光地出現，要卡倫把他的「娘砲雙手」從塔莎身上拿開。

醉得一塌糊塗的塔莎叫艾登滾蛋，他聽不進去。

「就娘砲來說他算好幹嗎？」他大叫。

「比你厲害，」她說，「也許你該找他指點一番。」

「什麼？這個沒蛋的天才？」

「至少我還找得到他的老二。」

托比·克羅格和克雷格·顧德大笑，艾登想甩塔莎一巴掌，可是被卡倫推開。接下來艾登又揮了一拳，卻差了十萬八千里，大家都笑了，艾登悶悶不樂。

卡倫是開他媽媽的車來的，他提議開車載我們回家。塔莎打開窗戶，頭靠在門上呼吸新鮮空氣醒酒。我頭昏眼花地坐在後座，很高興離開派對了。

我們回到農舍時塔莎還想吐，要卡倫再開車帶她繞一繞。她把頭靠在他的肩膀上，「我想親你，可是我的嘴巴都是嘔吐物的味道。」

「沒關係。」

「我可以做別的事。」

「妳什麼都不用做。」

這時塔莎想到她的包包還放在派對那裡，裡面有她的手機和一些斐登的東西，她不能把包包留在那裡，我們開車回亞賓頓，卡倫進屋去拿。

他出來後我看到他四處張望。克雷格·顧德和托比·克羅格對他大叫，我注意到艾登的車子不見了，卡倫打開駕駛座的車門，我看到艾登的速霸陸往我們這邊衝過來，我大叫，可是來不及了。

艾登沒有煞車，因此沒有方向盤鎖死或輪胎打滑的聲音，只有金屬撞到骨頭的喀嘎聲，令人作嘔。撞擊力道把卡倫彈飛越過艾登的引擎蓋往後飛。就像看雜技演員翻跟斗一樣後空翻，近乎優雅，接著他重重落下，動也不動。

艾登還沒放棄，碎石四濺。

卡倫躺在柏油路上，兩手張得開開的，頭髮有血跡，嘴角流下無辜的鮮血。

塔莎不斷尖叫，一直到沒有聲音為止，就像孟克那幅畫裡融化的面孔在尖叫，我們上藝術課的時候研究過，她看起來就是那個樣子。

我抓住塔莎把她拉開，沿著路邊一直拉，讓她坐在房子之間的草地上，用力敲門、大叫著要人叫救護車。

艾蜜麗也在場，我差點忘了她。她一直大哭說她媽媽會殺了她，她爸爸會拿這件事來當爭監護權的藉口。

大門打開，人們紛紛湧到街上。我不記得他們的面孔，只想逃走。我知道聽起來很蠢，可是我以為如果跑得夠快，就能跑在所有的事情發生之前，卡倫就不會死，我也不會看到他被撞飛，聽到他的身體落在柏油路上的重擊聲。

他沒死，可是當時我並不知道。救護車把他送到醫院，醫生用藥物使他昏迷，用機器維生，維持心跳。可是他們救不了他骨頭碎裂的雙腿，一腳已經斷了一部分，醫生只好乾脆截肢。

這些回憶一擁而上、充滿胸口，使我難以呼吸。我用力吸口氣，看著自己緊握的雙手，指甲在皮膚上留下紅色指印。

混濁的光線穿透了窗外朦朧的景色，一天又開始了。

21

艾塞克・麥克班住在建築工地旁的破屋裡，有霉味和潮濕的木頭味。盧伊茲敲敲門，沒人應答。

我透過骯髒的前窗看進去，在朦朧中看到客廳堆滿分不清的家具、一座酒吧用冰箱和五十吋平板電視。這人的優先順序倒是分得很清楚。一面牆上放滿唱片：數百張黑膠唱片垂直放在架子上，畢生收藏的音樂依照字母順序分類擺放。

「小子，有什麼事嗎？」

說話聲來自一個留著小捲髮的高大男子，他站在鐵絲圍籬後方，穿著耐吉長袖運動衣、寬鬆長褲、昂貴的球鞋，用截短的狗鍊拉著一隻鬥牛梗犬，小狗齜牙咧嘴撲向圍籬，不過沒有大叫，可能聲帶被割掉或打架受傷。男子用力拉狗鍊，小狗被拉得舉起前腿。

「我們要找艾塞克・麥克班。」我說。

「誰說他在這裡？」

「他兒子。」

這名男子比較注意盧伊茲。

「你們是討債的嗎？」

「不是。」

這一定是娜塔莎的叔叔維克・麥克班。

「是關於娜塔莎的事，」我說，「艾塞克告訴過你嗎？」

「有，他告訴我了，娜塔莎在雷德利湖做什麼？」

「我們不知道。」

一陣冗長的沉默，鬥牛梗犬安靜下來。

「好狗。」盧伊茲說。

「牠可以撕裂你的喉嚨。」

「有小孩養這種狗一定很不錯。」

維克擦擦嘴，「你看起來像條子。」

「以前是，」盧伊茲說，「現在接點案子做，時間比較自由，規矩也比較少。」

「艾塞克今天沒上班，怪不得他。」

「知道他會在哪裡嗎？」我問。

「大概已經喝醉了，自我醫療，消除痛苦。」

「他通常在哪裡喝酒？」

「亞賓頓的白天鵝。」

維克．麥克班轉身穿過一排排鷹架和木材之間泥濘的工地，小狗跛著腳跟在他後面，好奇地聞聞金屬汽油桶，隨性地抬起一隻後腿。

只有當地人或迷路的遊客才找得到「白天鵝」這種地方，我們問了兩次路才找到。室內唯一的照明來自酒吧上方的霓虹燈，還有兩扇打開的門露出的光線，上面並列寫著男士與女士。女酒保留著藍色龐克頭，一邊剃光，手上塗著黑色指甲油。

盧伊茲整個人靠在酒吧上研究著酒牌。「外面的招牌說你們有數種純麥酒。」

「所以呢？」

「你們只有賣手打的莫蘭原產純麥啤酒，這根本不算『數種』吧？」

她看著我，「他有什麼毛病？」

「他覺得自己是品酒師。」

艾塞克・麥克班坐在酒吧另一頭，上面掛著英國國旗。他的雙手之間放著一品脫的啤酒和一杯威士忌，中間則是搭配的硬紙板杯墊。他做出選擇，拿起烈酒杯一口氣喝下。

我們拉開他兩側的凳子，艾塞克緩緩轉身，眼裡滿是酒醉的迷濛。

「我沒心情聊天。」他大著舌頭說。

「你弟弟告訴我們你在這裡。」盧伊茲說。

「他打電話告訴我你們要過來。」

「很遺憾你慟失親人。」我自我介紹，他沒理會我伸出的手，我又收回來。

艾塞克緩緩眨眼，我聞到他頭髮飄出一絲灰燼的臭味，眼前這個男子用不同方式在折磨自己。要是當初他沒有入獄呢？要是當初他當個好父親呢？他的女兒是否還會活著嗎？他有可能保護她嗎？

這些問題已經困擾他三年了，讓他在夢境中汗流浹背，每當他轉過街角，看到某個長得像娜塔莎的人就佔據他的心思。

「他們讓我看她的遺體，」他低聲說，「你知道，那具屍體看起來不像塔莎，我是說，有像，但也不像。你知道，她長得很漂亮。」

他咕嚕咕嚕大聲喝掉半杯啤酒。

「他們說她遭到囚禁。」

「是的。」

「有人讓她活著。」

「對。」

「還有……對她下手？」

「對。」

他的表情痛苦扭曲，我看得出他的體內在尖叫。

「我要抽煙。」他起身捧著啤酒穿過後門來到後院，這裡有幾張木桌椅。他點起香煙，白煙圍繞著他的手腕。

「很多人都怪我，」他說，「甚至是警方，所以她們失蹤時警方才會要我們開記者會。他們在研究我，分析我說的話，我的肢體語言。」

「那是標準作業程序，」盧伊茲說，「從家人先查起。」

「對，嗯，結果大家都懷疑我，他們洩漏我坐過牢的消息，你知道，以前一起喝酒的同伴突然不想站在我身邊喝了。我家附近的酒館老闆說我得去別的地方喝，結果我只好來這種鬼地方。」

女酒保出來抽煙，「我聽到了。」

「滾蛋。」

我看到艾塞克眼神中的閃光，知道自己正在目睹他的另一面，也就是害他進監獄的不羈，塔莎遺傳到的不羈。

「我早就惹惱警方了，娜塔莎和琵琶失蹤後，我們自己安排搜索，有好幾百人志願：朋友、鄰居、陌生人，大多是維克召集的。我們急著開始，警方卻一直要我們等。然後我不小心聽到有個警探說他不想破壞證據，好像他認為兩個女孩已經死了。」

「我跟他吵架，『拜託，那是我女兒，我們一定要找到她，有那麼難嗎？』這個傢伙要我站到一邊小聲一點，我沒有，然後他威脅要逮捕我，都是狗屁不通。」

我們讓艾塞克繼續說，發洩怒氣。

「你們知道嗎？警方還是認為是我幹的，他們來問我大風雪的時候人在哪裡，偵訊我好幾個小時，想讓我動搖，以為我可能會坦承一切，以為我會怕。我在監獄碰過的比他們凶狠多了，我根本不怕警察。」

「你為什麼入獄？」盧伊茲問。

「來了。」

「只是問一下而已。」

「持械搶劫，判刑五年，我服刑三年。我不迴避這個話題，沒必要，在這種小鎮裡大家都知道。不過請告訴我，盧伊茲先生，這個線索要怎麼幫助你抓到殺我女兒的凶手？只是問一下而已。」

「我無意冒犯，只是不知道你是否有敵人，也許有人想報復？」

艾塞克吐了一口煙霧，「你指的是康納利兄弟，不必拐彎抹角。」

「你提供對他們不利的證詞。」

「我只是說實話而已。」

「也許娜塔莎這件事是報復。」

「康納利兄弟不會拿小孩當復仇的對象，」他用腳跟踩熄香煙，「如果他們要懲罰誰，對象會是我。」

「也許他們的確在懲罰你。」我說。

他搖搖頭。

「康納利兄弟沒有綁架塔莎和琵琶，他們沒必要復仇。」

他閉上雙眼，彷彿在想像過去的一幕。

「我前妻也怪我，她覺得我辜負了塔莎，我應該做更多。可是，不是每個人都有辦法阻止塔莎去實現她下定決心要做的事。」

「我進去的時候她才十歲，出來的時候她已經不是小女孩了。你知道，我們是陌生人。我知道她討厭學校、想離開這裡，可是她不會不告而別，所以我才知道她不是逃家。」

「就算她是逃家也會留下一封信或寄卡片，她很愛她媽媽，她會打電話報平安。這麼多個生日、母親節、聖誕節來來去去……毫無隻字片語，完全沒有。塔莎不會這樣的。」

他沮喪地嘆口氣，轉身回酒館裡，「現在我們知道為什麼了，是吧？」

「可以請你喝一杯嗎？」盧伊茲問。

「不用，謝了。幫我一個忙就好，找出是誰這樣對待我的塔莎。」

22

大門打開，但門鍊還拉著，我看到一隻眼睛和少女的瀏海。
「妳是艾蜜麗・馬丁尼茲嗎？」
她沒有回應。
「妳媽媽在家嗎？」
「不在。」
「妳爸爸呢？」
她看了我後面一眼，「他快回來了。」
「艾蜜麗，我們是來找妳的。」
她瞪著我，「我不能讓陌生人進屋。」
「這是很明智的做法。也許我們可以在這裡談，妳待在屋裡，我們留在外面。」
她推開瀏海，我看到她的雙眼和嘴裡的牙套。
「妳今天沒上學。」
「我不舒服。」
「我跟麥卡登老師談過了，她說妳常常請假。」
艾蜜麗聳聳肩，她的小鼻子長得很端正，不過有點雙下巴。
這時，一輛黑色凌志汽車開上車道，下車的是一名中年男子，用手指翻弄著鑰匙串。他大約四十出頭，人高馬大、五官英俊，宛如電影場景走出來的人物，穿著熨燙筆挺的卡其褲與襯衫。捲髮帶著一絲金邊。

他一次跳上兩階，露出陽光般的笑容。

「看起來時間正好，我們並沒有約人。」

他握握我的手，艾蜜麗拉開門鍊開門，馬丁尼茲先生把公事包和外套交給她。

「很抱歉，我們該先電話聯絡的。」我解釋，「我在協助警方調查一件案子。」

「是娜塔莎和琵琶的案子嗎？」

「你為什麼會這麼想？」

他看著艾蜜麗，「不然還會是什麼事？」

「我想和艾蜜麗談一談。」

「喔我知道了，小艾今天請假，她今天早上頭暈又發作了，」他一手摟著她的肩膀，「親愛的，妳感覺好些了嗎？」

她點點頭。

他繼續說：「她已經幫警方做過三次筆錄了。」

「對，不過我在用不同的角度調查，不用很久的。」

馬丁尼茲先生看了艾蜜麗一眼，「妳覺得呢？」

她點點頭。

「好，我們進去吧，外面很冷。小艾，去燒開水。」

客廳是個天花板挑高的狹長房間，裡面布置著昂貴的家具與畫作，扶手椅的木腳刻著動物雕刻，好像這些動物趁大家在睡覺時過著祕密的生活。

艾蜜麗進了廚房，菲利普．馬丁尼茲打開瓦斯暖爐，拍拍沙發上的抱枕。

他的五官如女性般柔和，眉毛淡得幾乎看不見。

「這整件事真是太不幸了，年輕女孩逃家，不知下落，不禁讓人懷疑……」

「什麼？」我問。

「抱歉？」

「不禁讓你懷疑什麼？」

「她們的家人，」他一副理所當然的樣子，「如果家裡沒問題的話，她們就不會逃家了。」

「如果她們是被綁架的呢？」

「嗯，這就完全不同了。」他端詳我一會兒，我的左手臂在抖動。

「第幾期？」

「什麼意思？」

「你的帕金森氏症第幾期？」

「第一期。」

「多久了？」

「八年。」

「你很幸運，病情惡化得很慢。」

「我也這麼覺得。」

「帕金森氏症並不真的屬於我的領域。」

「你的領域？」

「我是研究科學家，在大學生物醫學科學系工作，我們研究很多基因治療，包括糖尿病、阿茲海默症和肌肉萎縮症。帕金森氏症是其中之一。我有一些同事在進行重要的研究，你該過來看看，我可以安排你參觀。」

「謝謝你。」

「就是因為這樣，艾蜜麗才對陌生人很防備。」

「我不明白。」

「我們的研究包括動物實驗，大部分是黑猩猩，興建實驗室時出了一點問題，發生抗議行動、丟汽油彈等威脅。」

「你受到威脅嗎？」

「我上一輛車被澆滿酸劑，你該看看我收到的信。我教艾蜜麗要時時警惕。」

「希望我們沒有嚇著她。」

「喔，她很好，但非常緊張，有點像她媽媽。」

艾蜜麗用托盤捧著茶壺與茶杯出現，馬丁尼茲先生接過來。

「我讓你們慢慢談，我得回覆電子郵件。我會在樓上。」他轉向艾蜜麗，「小乖，如果妳知道什麼有用的消息，告訴他。」

艾蜜麗點點頭，聽著父親上樓的腳步聲，想像他在房子裡穩定地走動，更高，更遠。她滿意了之後撫平大腿上的裙子，坐在沙發邊緣把玩著毛衣的袖子，警惕而緊張。她的身上散發出一種自暴自棄的氣息，認為自己隨時會受到訓誡。

我看過她的筆錄，艾蜜麗的說法並沒有改變過。可是我的經驗告訴我人看事情的角度會隨著時間改變。我溫和地請她先談談琵琶和娜塔莎、她們認識的過程，在一起的時候做些什麼。

她咬著大拇指的皮膚，偶爾點頭或搖頭。她不想跟我談，我也沒有密碼可以解除她的防衛。這個神祕的密碼由信任與共同經驗所組成，可以讓一個少女天真地對朋友說個不停，當成人走進房間時卻馬上閉嘴。我要是知道這個密碼就能和自己青春期的女兒溝通了。

「艾蜜麗，妳們有祕密嗎？」

「什麼意思？」

「妳知道什麼叫祕密？」

她緊張地點點頭。

「我們都有祕密，祕密的躲藏地點，祕密單戀，祕密後悔的事。我們有不希望其他人看到的一面，只讓朋友看到。」

艾蜜麗像失憶症患者般茫然地蹙眉看著我。

我再試一次，「妳們為什麼想逃家？」

她聳聳肩。

「妳一定有理由。我知道娜塔莎在學校有點問題，妳呢？」

「沒有。」

「那是在家囉？」

她躊躇片刻，看了樓上一眼，擔心她父親可能會聽見。

「我媽媽生病了，她精神崩潰。」

「妳媽媽現在在哪裡？」

「倫敦的旅舍裡，她好一點了。」

「很好。」

艾蜜麗拉拉格紋裙的裙襬，她的茶一口也沒碰。

「逃家這件事是誰先提出來的？」

「塔莎。」

「妳們原本打算去哪裡？」

她又聳聳肩。

「妳們一定想像過新生活。」

「對。」

「妳不喜歡現在的生活嗎？」

她又看了樓梯一眼，「起先只是說說而已，我不覺得我們真的會這麼做，至少不是認真的。只是很興奮而已……不一樣的事……可是後來……」

「後來怎麼了？」

「塔莎愈來愈認真。」

「為什麼？」

「艾登．佛斯特撞傷卡倫．羅曲那天晚上之後，學校跟家裡的生活都一塌糊塗，所以我們就相約一起逃家了。」

「家裡為什麼一塌糊塗？」

艾蜜麗抬頭看著天花板。

「妳爸媽要離婚了。」

她點點頭。

「塔莎本來有點失去興趣，後來又在學校惹上麻煩，雅各森校長說她暑假過後不能再回學校，塔莎沒有告訴她爸媽，她打算在他們發現前逃家。」

「賓罕夏日祭那天晚上發生了什麼事？」

「什麼意思？」

「妳跟琵琶還有娜塔莎在一起。」

「到十點而已。」

「後來發生什麼事？」

「我接到電話說媽媽在醫院，就直接回家了。」

「可是妳後來見到琵琶？」

「她叫醒我，我聽到她敲臥室窗戶，馬上知道出事了，可是她不肯告訴我發生什麼事，只說她們早上就要離開，我說媽媽在醫院，我走不了。」

「可是後來妳改變心意？」

「對。」

「為什麼？」

她聳聳肩。

「妳們打算怎麼在倫敦生活？」

「塔莎有錢，她說她以前幫她叔叔工作，他還欠她錢。」

「做什麼？」

「在他的辦公室歸檔。」

「我以為她是服務生。」

「她也有當服務生沒錯。」

「她和叔叔處得好嗎？」

艾蜜麗的反應好像被打了一巴掌，手握著臉頰。

「怎麼了？」

「什麼？」

「妳剛剛那個動作是什麼意思？」

「什麼動作？」

「我問到塔莎和她叔叔時妳的反應。」

艾蜜麗發出像鳥叫的聲音，搖著頭說：「我什麼都沒說！我沒說！是你們扭曲我的話。」

「對不起，我不是故意要讓妳不舒服的。」

她鎮定下來，整個人靠在沙發上。

「談談那件意外。」

「我們去亞賓頓參加一場派對，是艾登的朋友辦的，艾登．佛斯特是塔莎的男友。派對上很多大學生，還有一些很驕傲的女生，把我們當成幼稚園學生。」

「告訴我艾登是什麼樣的人。」

「他還好，我猜。年紀比我們大，有車。塔莎不喜歡搭公車，所以她有點是在利用他。艾登在派對上喝醉了，塔莎跟卡倫．羅曲調情，他比我們大幾歲，不過是不同學校。

「艾登很生氣，像神經病一樣抓住卡倫，然後又大笑。」

「妳看到了？」

「當時我在屋子裡，是後來琵琶告訴我的。」

「後來發生什麼事？」

「塔莎吐了，卡倫願意載她回家，可是他又回來找她放在樓上的手機，卡倫正要回車上時艾登開著他的速霸陸轉進來，直接撞上他。」艾蜜麗用力咬下唇，「他被撞飛了，飛過車子落在地上，我們還以為他死了。」

「他的傷勢如何？」

「他兩條腿都沒了，只能坐輪椅。」

「艾登呢？」

「入獄。」

「他還在服刑嗎？」

艾蜜麗聳聳肩。

「妳父親會知道嗎？」我問。

她瞪著天花板，「我不想問他。」

派對結束的第二天早上，兩名警察來塔莎家裡，帶她去醫院檢驗血液中的酒精濃度與藥物反應，然後到亞賓頓警局做筆錄。

艾登．佛斯特當天傍晚才由父親和大律師陪同到警局，他被控意圖殺人，第二天交保。他們扣押了他的車子，要他不得聯絡證人。

星期天警察來我家問了很多問題。由於我未成年，因此接受偵訊時有一名社工在場。我唯一沒說的是嗑藥的事，我很怕他們會因為我抽大麻而把我抓起來。

那天晚上，我聽到爸媽在樓下吵架，他們說我「變壞了」、「變野了」，遲早會被關或發生更糟的事。第二天早上沒人叫我起床上學，媽媽也沒來敲門，我穿著制服下樓時她叫我回房間換掉，這時我才注意到廚房一角的行李箱。

兩個男人來接我，他們的廂型車乾淨得亮晶晶，車身和車頂都反射著白雲。我以為要去警察局，他們卻帶我到有花園和高牆的某種寄宿家庭。不是在牛津或倫敦，四周都是田野，一邊面海。

第一天媽媽陪我一起去，可是她沒有留下來。

「請妳乖乖的，很快就可以回家了，」她說。

我緊緊抓住她的手臂，哀求她不要走。

「我們這麼做是因為愛妳，」她說。

父母總是這麼說，什麼「這麼做我比妳更難過」，怎麼可能是真的？

那天晚上，我聽到他們鎖上我的房門，每隔幾個小時就有人穿過走廊，透過一個小窗口來檢查，就算我想關燈也沒辦法。第二天我踹了一個護士，她威脅要把我銬在床上。起先我不相信她，直到她在我眼前揮舞著手銬。

那天他們幫我做了很多測試，給我看照片和圖形。有些只是電腦上閃過的影像，我得依照影像給我的感覺按下紅色或綠色按鈕。我假設紅色象徵憤怒，綠色象徵平靜。我想弄亂結果，因此看到小狗的照片就按紅色，看到暴動的照片就按綠色。

我的治療師叫維農，他問我會不會碰自己。我想像塔莎會怎麼說：「一天到晚碰。我用黃瓜、蠟燭，找得到的東西都用上。」

還有跟其他女孩一起做團體治療，但絕對沒有男生。有些患有厭食症或暴食症，或有自殺傾向、或割傷自己。治療師在團體治療時不會說那麼詳細，永遠只是「感覺」。

「你想知道我的感覺，我對於自己來到這裡很憤怒！」我告訴他們，結果被罰那天晚上不能看電視。我告訴他們我他媽的一點也不在乎電視，結果我一星期不能吃甜點。我失去很多福利，但我根本搞不清楚有哪些福利，因為我還沒享受到就被禁止了。

我們每個人都有一張工作輪值表，得負責排餐具或整理碗盤、在廚房裡幫忙。還得整理床鋪、打掃房間，就像在寄宿學校一樣，連折襪子都有規定的方式。

「不要打結，折起來露出微笑。」舍監說。

「我的襪子笑得像妳的屁眼一樣。」我告訴她。

這下子我被禁止進遊戲室。

至少他們還讓我寫信，他們鼓勵我們寫信。我得寫一長串喜歡自己和不喜歡自己的地方，比如我的外表，比如我喜歡罵髒話、我的脾氣、我的數學很爛……

我每星期可以打一次電話給爸媽，我苦苦哀求他們，以淚相逼，希望他們因內疚而讓我回家。爸爸開始顫抖得說不出話，媽媽會在他崩潰前從他手上搶過電話。

我沒有手機、不能跟塔莎講電話，也問不到卡倫或艾登的情況。幾天變成幾星期，一個月，兩個月。治療時間愈來愈長，課程包括認識並拒絕藥物和酒精。

我爸媽以為我吸毒上癮，或是快了。他們說我正在「走上險路」。

他們八個星期後才讓我回家，而且在我爸媽來的半小時前才通知我，舍監只淡淡地說：「打包行李。」

媽媽進了會客室，爸爸站在外頭的車子前等著。就這樣，我們沉默地開車回家，我直接回到房裡，看著自己的電腦和手機，沒有打電話給塔莎，也沒有寫電子郵件給任何人。我拿出所有的舊玩具，幫芭比娃娃梳頭髮、換衣服，我已經很多年沒這麼玩了。

我的英文老師麥卡登小姐很喜歡我寫的故事，她總是叫我寫作時不要寫消極的角色，她說要讓角色主動積極，而不只是被動地讓事件發生在他們身上。

這時候我才明白她是什麼意思。我是自己人生裡的被動角色，讓事情發生，而不是主導人生、找到屬於自己的路。

我決定再也不消極被動了，再也不。

23

校工不算難找，他沒有故意躲藏或消失無蹤。現在這個時代大家都用電子郵件、臉書或推特，已經沒有什麼人是很難找的了，他們留下的電子足跡相當於虛擬空間裡的老鼠屎。

尼爾森・史托克斯是牛津市政府雇用的清潔工，在機器無法進入的行人徒步區與狹窄巷弄裡推著獨輪車。

三十八歲的他留著長髮，方形臉，穿著格呢羊毛襯衫和反光背心。他的獨輪車靠在一家商店外，他正在捲煙。店裡的一名年輕女店員踮著腳尖把盒子放在高處的架子上。史托克斯看著她的大腿和短裙下圓潤的臀部。

「你是史托克斯先生嗎？」

他慢慢轉頭，「我認識你嗎？」

我遞了一張名片給他，他仔細看了看，思索著我是個麻煩還是機會。我看過他的警方檔案，讀起來很令人喪氣。他在二十幾歲時因接受贓物被捕兩次，認罪協商。那之前他在大學念工程系，但大一考試作弊遭到退學。從此後便打零工，結了婚又離婚，經商失敗。他在聖凱瑟琳學校當了兩年校工後也遭到開除。

根據警方的檔案，聖凱瑟琳有十來個高年級學生抱怨史托克斯拍攝她們的照片，原來有些女學生上完體育課後選擇在體育館後面很快地換衣服，而不是去樓上的更衣室。史托克斯用數位相機拍下她們更衣的照片，包括娜塔莎在內。

校工被收押兩天，偵訊了八小時，不過兩個女孩失蹤的那個星期天早上他有不在場證明。

史托克斯用掃把撐著獨輪車，在公車站坐下來，點燃香煙。

「我想跟你談談賓罕女孩的事。」

「跟你有什麼關係？」

「我被要求審閱這個案子。」

「跟我沒關係。」

「你認識這兩個女孩子。」

「找到她們的屍體了，是嗎？」

「你為什麼會這麼認為？」

「很合理，」他用嘴角吐出煙霧，「失蹤了這麼久，一定是死了。」

他舉目看著對街，一群女學生在星巴克外聊天，我注意到他眼神中的憤怒和沒洗澡的體臭。

「我知道照片的事。」

「我從沒碰過那些女孩，連一根汗毛都沒碰過。」

「你拍了照片。」

他彈開煙灰，「就這樣而已。你為什麼又提起？那些小賤人又提出控訴嗎？想告我？儘管告吧，反正我沒錢，只剩下獨輪車而已。」他笑著對著掃把點點頭。

史托克斯對欺騙不是很拿手。如果想讓自己有說服力，攤開雙手讓人知道你手上沒有武器，微微向前傾展現決心，目不轉睛。

「大風雪那天晚上你人在哪裡？」我問。

「星期六？我應該在洗頭。」

「這就是你的不在場證明？」

「我為什麼需要不在場證明？」他露出哀傷的微笑，嘴角一絲苦澀，「他們該調查的是那個叔叔，我告訴過警察，我看到的都告訴他們了。」

「你告訴他們什麼？」

「我告訴他們那個女孩跟她叔叔維克．麥克班的事。」

「他們之間有什麼事？」

「我看過他們在一起。有一天他送娜塔莎上學，他們坐在前座，她坐在他的大腿上，我看到他們接吻，不只是親一下而已，不是臉頰啄一下，是嘴對嘴接吻。你知道我指的是什麼嗎？一開始我還以為是高年級的學生跟男友，後來娜塔莎下車我才看見她親的那個傢伙，她完全不當一回事地去上課。」

「你確定那是維克．麥克班嗎？」

「確定。我跟娜塔莎談過，她說她知道我拍照的事，如果我說出去她就要告訴警察我碰她。那是謊話。我從來沒有碰過任何一個女孩。」

「你告訴警方這件事？」

「對，我告訴過他們。」

「你告訴誰？」

「一個警探，我不知道他的名字。」

我看過檔案，裡面並沒有提到維克．麥克班和姪女之間不當關係的指控。

史托克斯揉揉香煙，讓紙和餘燼散落，再用棍子掃到畚箕裡。

「那個麥克班家的女孩有時真的很賤，一副自以為是的樣子，走在路上還當自己是伸展台上的模特兒，十四歲就懂得勾引男人，十五歲逃家，那個女孩就是個麻煩。也許她活該。」

「活該什麼？」

他沒有回答，而是轉身從獨輪車上拿起硬毛掃把。

「我得工作了。」

24

盧伊茲的胳膊之間放著一品脫的健力士黑啤酒，他盯著上面的泡沫沉澱成奶油狀的一圈。我們不是在摩爾斯酒吧，他選擇了街角的酒館，比較便宜，歡樂時光兩倍長。

「我對電視偵探沒有意見，」他解釋，「他們同樣狗屁不通，你看看可倫坡。」

「彼得・福克？」

「那個傢伙二十年來都穿同一件雨衣，假裝笨拙愚蠢，讓人對他毫無戒心。我知道有些警察就這樣混了四十年，只會玩填字遊戲。你知道這些人的下場如何嗎？」

「我覺得你正要告訴我。」

「他們升職了。」

他的杯子空了。

「換你買。」他說。

「我又不喝。」

「這不能怪我，這是慣例。」

我到吧台買酒，回到座位時盧伊茲已經拿出筆記本，一面舔大拇指一面翻頁。我偵訊艾蜜麗・馬丁尼茲和尼爾森・史托克斯時，他在追查意外事件的細節。

他連珠砲般唸出資料：艾登・佛斯特，二十歲；卡倫・羅曲，十八歲。他們在亞賓頓的派對上發生口角，當天晚上佛斯特開車撞上羅曲之後逃逸。

「佛斯特第二天被逮捕後認罪，因此罪名由意圖殺人減成重傷害，已經入獄四年。」

「羅曲後來怎麼樣了？」

「雙腳膝蓋以下截肢，住在家裡。」

「他們起口角是為了娜塔莎？」

「顯然如此，」盧伊茲喝一口黑啤酒，抹抹上唇，「這事讓她不是很受歡迎。」

「怎麼說？」

「她在法院作證時民眾在法院外辱罵她，指責她。佛斯特的律師把她說成賤人村來的賤人．麥賤人。證人說她在派對上販毒。」

「所以兩家人都怪娜塔莎。」

「顯然如此。」

盧伊茲挑起一邊眉毛，知道我在尋找動機、異常狀況或警方可能錯過的角度。

「艾登．佛斯特跟一個十五歲的女友在一起做什麼？」我問。

「維克．麥克班跟他的姪女在一起做什麼？」他反問。

「我不確定我相不相信史托克斯的話。」

「他何必說謊？」

「轉移焦點。我們對維克．麥克班知道多少？」

「他和艾塞克本是生意夥伴，十年前合作創立鷹架公司，這個市場有利可圖、利潤豐厚、也很競爭。與其說維克努力爭取客戶，不如說他努力消除競爭對手。」

「怎麼說？」

「其他公司會面臨卡車被拖吊、工作取消或鷹架倒塌的問題，可是維克的生意百毒不侵。說到贏得合約，維克似乎總能以最低價競爭到底。」

「這對兄弟為何停止合作？」

「他們鬧翻了，維克買了艾塞克的公司股權，現在變成艾塞克的老闆。」

「艾塞克把那筆錢用在哪裡？」

「輸在命運之輪上，上面有紅黑號碼和跳動白球的那一種。也許他就是這樣惹上康納利兄弟的，他欠一個叫希瑞爾．杭尼的高利貸一萬五千英鎊。」

「所以他選擇最後的手段，也就是搶劫武裝運鈔車。」

「所以現在他住在破屋子裡，而維克在泰晤士河畔的產業有一百多坪的土地，在法國還有城堡。」

盧伊茲闔上筆記本再用橡皮圈套緊，「你認為史托克斯與此事無關嗎？」

「也許，我想知道他的筆錄裡為什麼沒有提到維克．麥克班。」

「你該問德魯宜探長，讓他開心。」

我的手機在響，但我不認得上面顯示的號碼，但聲音倒是很熟悉。

維多利亞．納帕斯特為她在醫院的行為道歉，問我我現在穿什麼衣服。

「妳問這做什麼？」

「我要你帶我出去吃晚餐，我想確定你穿的不是那件粗呢格紋外套。」

「粗呢格紋有什麼問題嗎？」

「穿在你身上看起來像代課老師。」

「真高興知道這一點。」

「我在華頓街上的布蘭卡義式餐廳訂了位，八點見。」

我掛掉電話，盧伊茲揚起眉毛，「有約會？」

「吃飯而已。」

「跟那個很迷人的精神科醫生。」

「她有事想問我的意見。」

「不是要你的肉體囉？」

我的朋友中只有盧伊茲從不試圖說服我和茱麗安復合。我知道他希望我們和好，可是從不說出口。雖然他開口常常扯到性事，但他人生中唯一的女人就是前妻米蘭達，她似乎認定盧伊茲是個很爛的丈夫，不過偶爾當情人則很合適。

「我得換衣服，」我告訴他，「她不喜歡粗呢格紋外套。」

「這女人顯然很有品味。」

「不在我的能力範圍之內。」

「別灰心，最爛的球員也會踢烏龍球。」

維多利亞・納帕斯特在飯店大廳等我，她戴著隱形眼鏡，身穿黑色小洋裝，看起來性感多了，褲襪和靴子讓她看起來比我還高，又一件讓我難為情的事。

那家義大利餐廳的每一張餐桌都用紅色圓球擺著小蠟燭，朦朧光影剛好可以遮掩眾多瑕疵與污點——我的瑕疵與污點，不是她的。

「阿吉怎麼樣了？」我問。

「我就是想告訴你這件事，他今天下午交保出來了。」

「去哪裡？」

「在他母親家裡。」

「怎麼發生的？」

「法官知道他企圖自殺之後非常生氣，說他不再聽任何藉口。警方未善盡照顧之責，因此他核准有條件交保，阿吉得戴電子腳鐐。」

她舉杯稍稍慶祝，把頭髮撥到耳後。

「檢察官是否提到阿吉的父親？」

「無法採納，不能把父親有做或沒做的事怪在兒子身上。」

我的襯衫袖口鬆了，無法用不靈巧的手指扣上，維多利亞注意到這一點，伸手越過桌面。

「好了。」她說。

「謝謝妳，沒有妳真不知道該怎麼辦才好。」

她給我一個微笑，露出令男人神魂顛倒的酒窩。

我們一面閒聊，注視著對方。納帕斯特是猶太姓，她的曾祖父母在一九三五年逃離波蘭，她是個受寵的獨生女，也是書蟲，在格拉斯哥長大，念寄宿學校，擔任學生代表。她的父親製作企業錄影帶，母親是語言治療師。

我一面聆聽，一面提醒自己記得和美麗的女人聊天這微微調情的感覺。我沒有提到：今晨在床上勃起時幻想的是納帕斯特醫師把她很漂亮的短裙撩到臀部以上，我的陰莖底部摩擦著她的恥骨。

「真抱歉，好像都是我在講話，」維多利亞說，「你不介意吧？」

「一點也不。」

「騙人！」

「是真的。」

接下來她繼續告訴我她在學校表演擔任主角，考慮當演員。我們的對話愈來愈投入，也愈來愈自在，討論各自編輯潤飾過的人生故事。然後她突然問：「你記得我們第一次見面嗎？」

「記得。」

「你告訴心理衛生裁決公聽會，我的病人幻想強暴女人……強暴我。」

「里安還好嗎？」

「讓我說完，」她很堅決的說，「公聽會之後他的釋放被駁回，他回到戒備森嚴的單位裡。六個月後他又申請了一次，這次獲准在有人陪同的情形下離開監獄，但不能在外過夜，還有週末可以離監之類。兩個月後，他在帕特尼公園挾持一名遛狗的幼稚園老師企圖性侵。」她低頭輕聲說，「他割傷她的脖子，不過她掙脫他的攻擊。你說得對，我該聽你的意見。」

我思索著該說些什麼，卻無法提供隻字片語，還是沉默比較仁慈。

我們步行回飯店，這是我最害怕的一部分。自從茱麗安和我分手後，我曾經跟兩個女人在一起過，兩個都是一夜情，一個是查莉學校的老師、一個是舞蹈課認識的離婚婦人。你可以說是同情炮或是寂寞炮，飢渴而悲傷：兩個都努力想遺忘，而不是建立新的關係。

為什麼我現在在想這些？我想太多，做就對了。

維多利亞．納帕斯特幫我做了決定，她把我拉到一家商店門口，像少女一樣吻我，然後她拉起我的手繼續走。

「在你邀請我上樓之前，」她說，「我先警告你我要說不。」

「喔。」

「只是警告而已，你還是應該開口。」

「重點在於？」

「我會覺得受到恭維。」

「所以妳喜歡我。」

「當然，你人很好……」

「聽起來好像有個『可是』。」

「我覺得你還對某個好女孩念念不忘，而那個人不是我。」

「我可以對妳念念不忘。」

「我不是很有耐性，也不喜歡排隊。」

「我們沒有不該上床的理由。」

「你這算是在邀請我嗎？」

「沒錯。」

她又笑了，吻了我又後退一步。我一把抓住她拉過來，聽到她輕輕嘆息，張開嘴，不需言語。

那天晚上，或者該說第二天早上，她躺在我身邊，頭靠在我的肩膀上，右臂橫過我的胸膛。

「我還以為妳會拒絕。」我說，手指撫摸著她胸部的輪廓。

「我毫無自制力。」

「也許我該道歉。」

「來不及了，」她親吻我的指尖，「的確很不一樣。」

「好的不一樣嗎？」

「絕對值得重複。」她滾下床，「可惜今晚不行，我明天得早起。」

「所以妳很喜歡我，卻還是得離開？」

她在浴室著裝，「不是那樣的。」

「是怎樣？」

「很複雜。」

「妳在跟別人交往？」

「這大概是個錯誤。」

「別把它說得好像一場悲劇，目前還沒有人受傷。」

她仔細端詳鏡子裡的自己，調整頭髮，女人打扮的時候很性感。

「妳已婚嗎？」我問。

「沒有。」

「那到底是什麼原因？」

「沒什麼。」

她穿上大衣親吻我的臉頰。地上有一張門縫塞進來的紙條，她撿起來念出名字，皺著眉頭。

是德魯宜手寫的字條。

封鎖停止：風暴開始。

我沒有聽到他進來。

他坐在陰影裡，只有雙手和膝蓋被光線照到。我心頭一驚，顫抖地吸口氣，跳到折疊床床尾。

他往前傾，露出面孔。

「小公主，早安。」

他的眼角有皺紋。

以前我們有兩個人時，他從來不曾爬下樓梯。現在只剩我一個人，他比較有自信。我已經很久沒機會近距離研究他的樣子了，經過這麼多年。他很容易讓人遺忘，見過兩次都不會記得，更別說一次了。

「妳一定餓了，準備好上樓了嗎？」

我搖搖頭。

「我放了一缸熱水等妳，還有熱騰騰的食物。」

他的微笑帶著同情和很乾的幽默。

「塔莎呢？」

「不用擔心她。」

「她還好嗎？」

喬治看了窗戶一眼，「妳真是有夠蠢才會幫她逃跑，我知道妳們做了什麼事，我知道妳們是怎麼做到的。」

我的膀胱滿了，我得上廁所。

他在地下室走來走去，在水槽前停下，檢視空罐，彷彿害怕會染上什麼疾病。

他指著梯子，「我要上去了，妳知道如果妳不跟著來會發生什麼事嗎？記得水管嗎？」

他抓住梯子輕而易舉地爬上去，在最上面那一層平衡，像體操選手一樣跳上去，再從洞口往下看。

「琵琶，來吧，妳知道妳想來的。」

「你會傷害我嗎？」

「我怎麼可能傷害妳？」

「你傷害了塔莎。」

「那是因為她不聽話。」

我環顧地下室想找個東西、武器或出路。

「琵琶，別讓我等。」

我並不想爬上樓梯，可是我已經住在這個洞裡三年了，我想看看不同的牆壁。

「我有食物，」他又說一次，「還有熱水澡。」

我一格一格爬上去，愈爬愈高，接著往上伸長手臂，他伸手下來抓住我的手腕，輕而易舉把我拉上去，穿過暗門後把我放下。

他放開手，房裡很暗，我站在一組鐵樓梯下方。喬治穿過一扇門走進第二個房間裡，揮手要我跟上。他穿著一件外套和燈芯絨長褲，我父親也會這麼穿。

我們在某種工作室或工廠裡，天花板很高，牆壁上方有一排狹長的窗戶。牆壁剝落，天花板也壞了，我注意到一台冷凍庫上面的紅燈一閃一閃，還有一張桌子，兩張塑膠椅，金屬桶。接著我聞到食物的味道，烤雞肉還是熱的。

他撕開袋子，我覺得自己已經餓到發昏了。包裝袋寫著亞賓頓的雞肉小屋，我會知道是因為那裡的老闆娶了一個菲律賓的郵購新娘，看起來只有十七歲。

「也許妳該先洗澡，」喬治說。

我搖搖頭。

他拉開一張椅子給我，我雙手顫抖，胃抽筋，眼前是油膩膩的熱油、金黃色的外皮、飽滿的雞腿……

他在對面坐下來看著我吃，我擔心他可能會拿走，不斷把雞肉塞進嘴裡。

他打開一罐檸檬汁。

「喝點什麼嗎？」

「妳這樣等下會吐，也許妳該吃慢一點。」

可是我停不下來，來不及咀嚼就吞下去，差點噎到。

他抓著防油袋的一角從我面前拉走，我的視線和手跟著食物，他打我的手腕要我吃慢一點。

我無法回答，喉嚨卡著一塊食物無法呼吸。他站起來用手臂抱住我，用力擠出我肺部的空氣，我吐出一塊咀嚼過的雞肉。

他把我放回椅子上。

「下次要聽話。」

這時我開始嘔吐。他急忙退後，但來不及救到鞋子，我沒聽清楚他罵我什麼，把整個胃裡的東西都翻出來，感覺好像五臟六腑都跟雞肉和檸檬汁一起吐到地上。

我用袖子擦擦嘴巴和鼻子。

「塔莎在哪裡？」

「我抓到她了。」

「她在哪裡？」

「被我殺死了。」

「我不相信你。」

他笑了，「她在另一個房間裡——跟這間一樣。」

「我可以看她嗎？」

「不行，我在懲罰她。」

「我願意替她受懲罰。」

他沒有回答。

「拜託讓我見她。」

「不行。」

「你為什麼要這麼做？」

他還是沒有回答。

「我要回家，拜託放我們走，我們不會說出去的。」

「我以為妳已經放棄回家的念頭了，」他聽起來很失望。

「讓我見塔莎。」

他一巴掌飛過來抓住我的臉，我的下巴好像要碎掉一樣，他把我舉起，我的腳趾幾乎碰不到地上。

「閉嘴！懂嗎？別再抱怨了。」

他的聲音很輕，在我的腦海裡迴盪。

「聽懂了嗎？」

他上下打量我一番才放手。我不知道自己怎麼還有辦法站直。他聞聞自己的指尖，鼻子皺起來。

「該送妳去洗澡了。」

他把我從桌前牽到一張床和一座古董四腳浴缸前。一座燒柴薪的爐子提供暖氣和熱水。浴缸的水已經半滿，他打開水龍頭，浴缸散發出熱氣和泡泡。床尾有一箱打開的行李櫃，裡面放著洗髮精、香皂、沐浴乳、乳液、潤髮乳、保溼、香水、泡泡浴，他好像把全國每一家旅館的免費沐浴用品都搜刮殆盡。

他在流動的水裡加入更多沐浴乳，看著它起泡，接著他打開第二個行李櫃，拿出一條又大又軟的毛巾。

「妳還沒脫衣服。」

「我不想脫。」

「為什麼？」

「我不要在你面前脫。」

「我哪裡也不去。」

「拜託。」我用快哭的聲音哀求。

我看著浴缸再看看打開的行李櫃，蓋子內側裝著一面鏡子，我看到自己的樣子，頭髮全都黏在一起，雙眼泛紅。

水放好了，他用指尖試試水溫。

「妳身上沒什麼是我沒看過的。」

那並不是真的。他沒看過我光著身子，沒有近看，沒有這麼近。

他又抓住我的臉，強迫我看著他的雙眼，深邃地看穿我的腦袋。他手指使力，我的眼淚掉到他的手背上。

「琵琶，不要違抗我，妳知道我的能耐。」

我脫下衣服，他用食指和大拇指拎著放進塑膠垃圾袋裡。我用手臂遮住胸部。

他指著我又髒又黃的內褲。

「還有那件。」

「我想穿著。」

他搖搖頭。

我把內褲往下推，轉過身很快跳進水裡，沉入水面下捲成球狀。他把椅子拉近，膝蓋靠在浴缸上。

他遞給我一支粉紅色的拋棄式刮鬍刀。

「刮腿毛。」

我躊躇了一會兒，他伸手進水裡抓住我的左腳踝，舉起小腿。我來不及抓住浴缸邊緣，整個人滑進水裡。他把我的腿舉高，我頭還沉在水裡，無法呼吸，也許從此都無法再呼吸了。

他放下我的小腿時我噴出水拚命咳嗽、流鼻水、眼睛刺痛。

「妳自己刮，不然我幫妳刮。」

我聽他的話刮腿毛，一次一邊，腿靠在浴缸邊緣。他在一旁看著我顫抖的在泡沫上刮出一條痕跡。

接著他叫我站起來，我用手遮住胸部和下體，他指著我的陰毛。

「我們得處理那裡。」

我不明白。

「刮乾淨。」

我的手在顫抖，我做不到。

從來沒有人碰過我那裡，沒有人。唯一試過的是傑洛德．布萊恩，他在牛津的電影院裡把手伸進我的裙子裡，結果肚子被揍了一拳。

我沒有揍喬治。我動也不動地站著，嚐著流進嘴角的淚水。他一面進行一面說話，我一句也沒聽進去。他做完後拿起一條毛巾蓋住我的肩膀，輕輕幫我擦乾身體，手臂、雙腿、腳趾之間……

他讓我披著毛巾，打開行李櫃移開上層，下面放著胸罩、內褲和內衣。他選了一件睡衣。

「穿這件。」

「為什麼？」

「因為我要妳穿。」

我舉起雙手讓衣服滑下，難為情的站著，感覺好像沒穿衣服。他把手放在我的肩膀要我坐下，幫我梳頭髮，把我的臉拉近，幫我塗口紅。

他一手握著我的下巴舉起頭，要我看著他，用大拇指和食指壓住我的臉頰，使我的嘴巴變形。我不想直視他的雙眼，因此努力專注在他眼睛上方的某個點，額頭上一塊乾燥的皮膚。

「妳看起來可真漂亮。」他叫我去照鏡子。

他要我站起來。

「轉一圈。」

我笨拙地繞一圈，他把帶我到床前要我往前彎，雙手急切地把睡衣拉高到臀部以上，在我的腰部捲成一團，他的手指很忙碌，呼吸愈來愈急促。

我該反抗，該咬他、抓他，該用手指戳他身上軟的地方，可是他的手指侵入我時，我像小貓咪一樣嗚咽。

我不知道接下來發生了什麼事，我整個人一片空白。他跟我說話，可是聲音很遙遠。我在腦袋裡寫字，隨機的把字句連在一起。

我變成一個不同的人，在另一個地方……，一個安全的地方。我為什麼不憤怒，為什麼不反抗，打他踢他？我為什麼不放狗咬人，我連放狗咬人指的是不是真正的狗都不知道，如果是的話聽起來很嚇人。

他解開皮帶脫下長褲，我的臉壓在軟軟的東西上，是毛皮做成的毯子，又軟又溫暖。

「琵琶，妳知道自己躺在什麼東西上面嗎？」他低聲說，「很多很多的動物，很多死掉的小動物全部縫在一起，它們以前是活的，現在死了。」

這些話在我的腦海裡迴盪。

「兔子、小海豹、狐狸、海狸，我該告訴妳它們是怎麼死的嗎？它們是被打死或電死後剝皮，再從流血的頭部扒下來，無毛的小小身軀被丟成一堆，有些還在呼吸、眨眼、慢慢死去……」

他的嘴唇貼在我的耳邊。

「琵琶，如果妳敢不聽我的話……如果妳敢逃跑……，我會剝掉妳的皮，把妳的的屍體丟在那漂亮的小動物屍體堆上。」

他伸過一手摀住我的口鼻逼我頭往後仰，我抓住他的手，腦袋裡只剩下咻咻聲，蓋過沉默的尖叫聲。我沒有感覺到痛，腦袋一片空白。他碰不到我了，他進不了我的腦袋裡。

我找到了藏身之所。

25

在一個冰封的早晨裡，新聞迅速傳開，賓罕街上平凡的早晨如被嚇飛的鳥兒般消失。居民就著早餐讀新聞頭條或觀賞晨間新聞報導。

娜塔莎·麥克班，失蹤三年，死亡五日。

到了十點鐘，轉播車停在賓罕的公園草地上，記者挨家挨戶採訪鄰居和朋友的反應，撥弄著前夜的零星火苗般重拾記憶，對主角的觀點及名聲則重新改造。娜塔莎·麥克班已不再是逃家的麻煩精與不良少女，而是個被害人。她遭到綁架、囚禁、性侵。居民之中住著一個掠奪者，也許是自己人、鄰居、同事，或是馬路對面那個地下室徹夜亮燈的怪男人。

警車穿過聚集在舊牧師宿舍大門外的一群記者，兩名警員把他們趕回街上，再度關起閘門。重傷把車開上鋪著大理石碎片的車道，在一座雙車庫前停車。我們眼前的花園有兩英畝大，點綴著巨大的老樹、花床與一片片工整的草坪。還有一個池塘、一座網球場與一座槌球場，溫室裡放滿春天的種苗。

「真是了不得，」他說，「一定值不少錢。」

「戴爾·韓德利是個銀行家。」我說，這句話足以說明一切。

我看了警員一眼，告訴他他的外耳還沾著牙膏，他歪頭看照後鏡檢查，很不高興。

「那些傢伙在我桌上的電話筒塗上牙膏，」他解釋，「老狗變不出新把戲。」

德魯宜探長已經在屋裡了，正努力向琵琶的家人解釋為什麼沒有通知他們找到娜塔莎的消息。

戴爾·韓德利是個精幹短小的男子，頭髮灰白、眼角深邃的皺紋、肩膀和腰際一樣寬，身型怪異，故衣服顯得不合身。他握著拳頭在廚房踱步。

「警方還有什麼消息沒告訴我們？你們還隱瞞了什麼？」

「韓德利先生，我知道你很不高興，可是封鎖新聞是必要的。我們得調查嫌犯的地點，建立不在場證明。」

「包括我在內！所以你們的警員才來問我大風雪那天晚上我人在哪裡。」

「你得明白——」

「不，你才得明白，我不會被當成他媽的犯人對待。我女兒已經失蹤三年了，一點消息都沒有，連一絲絲的線索都沒有，現在卻被我發現你們把消息保密。」

「我絕不會對你說謊，」德魯宜說，「可是有些事情警方必須有所保留。」

我透過一扇開著的門看到幾層台階下的客廳裡，一個年約十一歲的女孩正用雙手摀住弟弟的耳朵。

「爹地！」她說。

「菲比，對不起。」

孩子們繼續看電視。

戴爾．韓德利又轉向德魯宜，「你們一定知道她大概在哪裡。」

「我向你保證我們還在找。我的警員在挨家挨戶尋訪，幾個志工在搜索農舍附近的田野。他們會持續搜索，我向你保證。」

「什麼農舍？」

「我們認為娜塔莎想回家，很可能不知道父母離婚搬家了。」

韓德利先生的臉像白色橡皮面具般扭曲，「喔天啊，所以琵琶有可能和她在一起，她們有可能一起逃出來了。

「現在下結論還太早。」

「你們一定有線索。」

「我們在偵訊某人。」

「誰？」

「娜塔莎被發現時人在附近地區的一名男子。」

「他叫什麼名字？」

「我不能告訴你。」

「他知道琵琶在哪裡嗎？你問過他了嗎？他把她留在某個安全地點嗎？」

德魯宜攤開手掌，「我無法回答這些問題。」

一名剛梳妝打扮好的女性走進來，手上抱著身穿七彩褲襪和鮮紅色背心裙的幼童。

她告誡丈夫：「戴爾，你們不該在這裡談，不要在孩子面前談這些事。」

莎拉．韓德利是個高挑美麗的女人，四十來歲的她穿著深色絲質裙、喀什米爾毛衣外套，可能從沒穿過的名牌牛仔褲。

「菲比，妳可以餵一下潔希卡嗎？」她問，「她要吃脆米香，記得幫她穿圍兜。」

菲比接過妹妹，讓她坐上兒童椅。

莎拉堅持在會客室談，這個裝飾得宜的房間裡擺設著沙發和扶手椅，中間放著一張胡桃木茶几。一株裝飾成白色的聖誕樹佔滿了窗前的空間。

莎拉坐在扶手椅邊緣，雙手放在大腿上，膝蓋併攏。她的眼白有些血絲，氣息帶著一股甜味：她喝了一杯酒壯膽。

「警方逮捕了一個人，」韓德利先生說，「他們認為他可能知道琵琶在哪裡。」

「我沒這麼說，」德魯宣說，「在這個階段臆測是不明智的。」

莎拉轉過頭，視線越過聖誕樹瞪著窗外的花園，露臉的太陽把結霜的草地變成一地的鑽石。

「娜塔莎比較堅強，」她輕輕說，「如果連她都無法生存，琵琶還有什麼希望？」

她的丈夫要她別這麼說，伸手握她的手，但被她近乎直覺性的抽開。這對夫妻很不搭嘎。莎拉看起來像選美皇后，無瑕的皮膚上幾乎看不到毛細孔，化妝技術高明到看不太出來。戴爾精幹短小、月亮臉上還有痘疤。

每個人對新聞的反應似乎不盡相同。戴爾讓自己長久以來第一次抱著希望，此刻只想出去踹門引起注意，從屋頂大聲呼喚琵琶的名字。

莎拉在過去三年裡不斷宣傳琵琶失蹤的消息，讓民眾不要忘記她，她不停地接受訪問、貼海報、經營網站，卻被娜塔莎死去的消息重擊。

我見過幾百對被失落淹沒的夫妻。有些能直視對方，不需言語；有些像長途火車上的陌生人；有些倒在地上尖叫；有些紋風不動，似乎毫無情緒；有些責怪自己；有些尋找責怪的對象；有些則藉酒澆愁，假裝一切沒有改變。

我能想像這對夫妻晚上並肩躺在床上，情緒心靈都被淘空，不知道琵琶是否還活著，一個已經放棄希望，另一個則還緊抱著不放，直到今天，兩人的角色才互換。

這一切我都經歷過。我曾經躺在床上瞪著天花板，累到骨子裡，知道吉地恩·泰勒綁架了查莉，不知道她是否還活著。我經歷過各種層次的哀慟，知道它並不是非黑即白。

戴爾·韓德利帶我上樓到琵琶的臥室裡，他在門外停下腳步，似乎不願意跨過門檻。

「自從她失蹤之後，」他解釋，「我就沒進過這個房間，琵琶很重視隱私，不喜歡人侵犯她的空間，」他說最後一句時，兩手手指勾起來表示這是琵琶說的話。

「她總是遮遮掩掩的嗎？」

「她們不都是這樣嗎？我是說這些少女。」他抓抓沒刮鬍子的下巴，「我們讓她在房門裝鎖，可是她和娜塔莎惹上麻煩之後就拿掉了，她們去一個大學生辦的派對……發生了一件事。」

「我聽說了。」

「我們知道琵琶喝酒，也抓到包包裡有藥丸，所以她才被禁足。她想去夏日祭，我們說不可以，她還是偷溜出去。那是最後一次……你知道，」他嘆了一口氣，「她對我說的最後一句話是她恨我。」

「她不是那個意思。」

「我知道，」他看了一眼房裡的單人床，「我們怪娜塔莎，她一直是個野孩子，你知道女孩子總是喜歡裝大人，穿媽媽的衣服，踩高跟鞋？娜塔莎總是一副早就長大的樣子，不只是早熟而已。她真的是個麻煩。為了把她們分開，我們把琵琶送到那種管教不良少女的地方，還是沒用。」

「你們想辦法讓她跟娜塔莎分開。」

「我們做錯了嗎？」

「你們不該懲罰自己。」

「為什麼不？也許是我們的錯。」

他閉上眼睛，眼角滿是皺紋。戴爾・韓德利和艾塞克・麥克班一樣，花了三年的時間和「如果」、「要是」交戰。當時他還能怎麼做？當時他如何能改變情勢？

琵琶的房間和她離開時一模一樣，桌上教科書依大小順序排好，布告欄上釘著照片，大部分是娜塔莎。這是典型的少女房間，放滿唇蜜、手鍊和青春痘乳液。在我看來並無奇怪或不尋常之處，唯一特別的是海報和照片裡都沒有男孩樂團或性感偶像。

到處都是少女歷險的證據：一把怪異的筆、一些小裝飾品、鑰匙圈和廉價首飾。我用手指劃過書架，其中一格放著布面封面的筆記本。

「她喜歡寫作，」還站在門口的戴爾解釋，「她失蹤後，我們發現這些東西到處都是——藏在散熱器後面、床墊下、抽屜夾層，有的用封箱膠帶包起來，不讓妹妹偷看。」

「你都交給警方了？」

「當然，」他嘆了口氣，「她寫了一些很傷家人的話，你知道少女就是這樣，可以同時既愛且恨。」

我拿起其中一本日記，「我可以借走嗎？」

「請便。」

他心不在焉的看著手錶，「我得打幾通電話，辦公室的人應該已經聽說了，我該說點什麼……」

他轉身離開，舉步在水底走動。

我拿著日記，穿過走廊到小型家用辦公室裡，這裡是「尋找琵琶」行動的「控制中心」。牆上貼著海報、新聞剪報、電子郵件和琵琶每一個階段的照片。

在其中一張照片裡，她從泥濘的河岸挖出蚯蚓，專注地皺起眉頭。這微不足道的一刻就這麼凍結，可是這個構圖與展示的方式卻為琵琶帶來近乎神聖的意味，彷彿她是個為了更崇高目的而被選上的小孩。

我意識到房間裡還有別人，菲比盤腿坐在辦公椅上，目不轉睛地看著我。

「哈囉。」

「哈囉。」

「妳一定是菲比。」

「你怎麼知道我的名字？」

我拍拍鼻尖。

「你是偵探嗎？」她問。

「不是。」

「你在找琵琵嗎？」

「沒錯。」

「你找到她之後，我還會是隱形的嗎？」

「什麼？」

「你覺得到時候媽媽會看到我嗎？」

「妳覺得妳是隱形的？」

「我跟琵琵不一樣，她是大家談論的對象，她才是他們想見的人，不是我、也不是班恩、也不是潔希卡。我們是隱形的。」

「我很確定不是這樣的。妳的母親很愛妳。」

菲比彎身向前，雙腳放在地板上。我聽到她的弟弟班恩在樓下叫她。

「再見，」她說，「我很高興你看得到我。」

莎拉・韓德利不在屋子裡，我在屋外的院子裡找到她，她正朝著練習網揮高爾夫球桿。我能想像她夏天時在鄉村俱樂部裡，古銅色的修長雙腿穿著合身的短褲。

她揮桿擊出，球桿揮到背後維持這個姿勢不動，襯衫往上拉後露出平坦的腹部。

「很棒的揮桿。」

「我以前是郡代表隊。」

乍看之下她的膚色是金黃色，幾乎毫無瑕疵。可是這時我注意到她眼角的皮膚緊繃，做過修補。她從玻璃杯裡喝了一口什麼飲料，酒精使她雙眼迷濛，但沒有麻木其他部分。

「也許妳該少喝一點，」我對她說。

「來不及了，今天早上之前，我已經戒酒兩年了。」

「我可以幫妳介紹適當的人。」

「治療？試過了，都沒持久。」

「妳先生的立場是什麼？」

「他幫我找藉口，並不抱怨。」

她又揮了一桿，這次飛到右邊，「你知道這一切最可悲的是什麼嗎？」

「是什麼？」

「菲比不會騎腳踏車，因為我們沒有教她，她從來沒有搭過校車，也沒有自己去過商店。我很擔心只要讓她離開眼前，她就不會回來了。」

「這是可以理解的。」我想起菲比和我的對話。

「你知道，這件事對她有影響，我看著她一點一滴地退化。她一直是個意志堅定的小大人，可是現在我卻害她無助，做惡夢，一邊哭一邊大叫著醒來，戴爾得安撫她。」

「不是由妳安撫？」

「她在我身邊沒那麼容易鎮靜下來。你該看看她的臥室，她留著大家送的每一隻絨毛動物，閣樓已經爆滿了。戴爾想捐給慈善機構，但菲比不肯讓他這麼做。」

莎拉轉頭看了一眼背後的房子，她以家人為傲，但無法解釋婚姻所帶來的複雜感受。透過會客室的窗戶看得到聖誕樹。

「我們每年還是幫琵琶掛上長襪，她生日時我們也會吃蛋糕，該插幾根蠟燭就插幾根。我們一直假裝一切如常，可是現在看起來更真實……比昨天更真實。」

她又放了一顆球，抓好球桿先練習揮桿。

「我已經習慣人們瞪著我的目光，在我背後低語——他們以為我只是想出名。有一天，菲比放學回家說有一個男孩子告訴她琵琶已經死了，我該閉上嘴巴，不要再談她的事。

「人們是這麼想的。他們認為我們家的女兒已經被謀殺或逃家，因為我們是糟糕的父母。他們認為我在浪費時間，毫無意義的繼續努力、貼海報，不讓他們忘記。你知道我為什麼從不放棄嗎？」

「不知道。」

「我找過一個媒介……靈媒，她說琵琶和娜塔莎還活著，她說她們在一起，很努力地想回家。她說：『她們在地面下，但不屬於地面的一部分，在黑暗之中。』」

「妳怎麼找到這個靈媒的？」

「當時維克・麥克班在跟她交往。」

「娜塔莎的叔叔？」

莎拉點點頭，臉上閃過一絲紅暈。我看不出她像那種會將希望寄託在靈媒冰冷解讀上的人，可是三年沒有消息是很長的時間，絕望是一杯冷咖啡。

「這個靈媒還說了什麼？」

「她說她看得到閃光燈、高樓，像煙囪或沒有扇葉的風車，她們兩人在地底下，可是不是在裡面。活著，她是這麼說的，絕對還活著。」

練習網後方的灌木叢出現聲音，接著出現一張臉，年輕、厚臉皮，記者的膝頭還沾著泥巴。

「韓德利太太，我跟斐登・麥克班談過了，他說娜塔莎被戀童癖性侵、殘害，妳擔心琵琶遭到同樣的命運嗎？」

莎拉抓緊球桿大步走向記者，像開山刀一樣對著記者揮舞。

「你這卑鄙的小人，」她尖叫，「你是禿鷹……食屍鬼……滾出我們家！」

他轉身逃跑，跳上牆壁，鞋子在潮濕的磚牆上掙扎著尋找著力點。

莎拉把一顆球丟到草地上，擺好姿勢，瞄準記者，以優雅的圓弧形揮棒。他才剛爬到牆頭，舉起雙手慶祝脫逃成功，高爾夫球就打到他的肩胛骨之間。他像被砍斷的樹一樣倒下，倒在鄰居的花園裡時還發出哀號聲。

26

「從今天早上六點開始，我們已經接了五百通電話，」德魯宜瞪著車窗外，「每一通都必須登記、分類、追蹤……我很贊成民眾支持，可是每一個瘋子、每一個想做善事、或者跟鄰居有過節的納稅人都打電話進來了。」

「是誰打破新聞封鎖的？」

「斐登・麥克班接受了太陽報的三十枚銀幣。」

「這條新聞遲早會走漏風聲的。」

德魯宜反感的搖搖頭，沉默良久。他的工作愈來愈難了。人們很害怕，家長想要安心的保證，快速的解決之道。媒體要求答案、進展、每日簡報，隨著失敗而來的是咎責。

離開賓罕鎮的路上交通繁忙，一陣陣的煙霧噴進冰冷的空氣裡。德魯宜要重傷開警笛，用路人讓路，便衣警車擠過去。

莎拉・韓德利的話還在折磨著我，三年來，悲傷佔據她的心思，使她不至於倒下。娜塔莎的新聞並沒有使她恢復信心，相反的，還使她動搖。

「我要問你維克・麥克班的事。」我說。

探長回過頭來，「他怎麼樣？」

「尼爾森・史托克斯聲稱看到娜塔莎與叔叔在他的車子前座接吻，不是臉頰親一下而已。他說他告訴警方了，我在他的筆錄裡卻找不到這一段。」

德魯宜似乎在忖度我的問題，決定該說多少。

「我們調查過維克．麥克班，」他面對著擋風玻璃說，「你知道流程，當一個小孩失蹤或被謀殺時，我們會先調查家人，接著是朋友。百分之九十與實情相去不遠。」

「為什麼這項指控不在史托克斯的筆錄裡？」

「麥克班威脅說，有人重複這項指控的話他就要控告警方。」

「警方調查過這項指控嗎？」

「當然。」

「所以並不是事實——」

德魯宜打斷我，「他給了娜塔莎一些不恰當的禮物。」

「什麼樣的禮物？」

「比基尼、酒、保險套。」

「這並不是叔叔會送姪女的禮物。」

「我三年前見過維克．麥克班，為了找到娜塔莎，他不惜翻遍整個鎮，兩個女孩失蹤那天早上他也有不在場證明。」

「大風雪那一夜呢？」

德魯宜失去耐性，「教授，如果你有新的資料就說來聽聽，不要跟我玩問答遊戲，我沒那個時間。」

「莎拉．韓德利說她和靈媒談過，是維克．麥克班介紹給她。這個靈媒聲稱娜塔莎和琵琶被關在某處，她用的措詞是『在地下，可是不是土地的一部分』。」

「別告訴我你相信這種靈媒狗屁？你知道我們目前為止聽過多少靈媒和神祕人士嗎？幾十個。」

「這一個可能不一樣，這個靈媒看到煙囪跟風車，法醫在娜塔莎的衣服上發現重金屬殘留物。如果告訴她這些細節的是維克．麥克班呢？」

「他為什麼要這麼做？」

「我不知道。不過還有其他事讓我覺得不對勁。當兩個女孩計畫逃家時，娜塔莎告訴艾蜜麗叔叔欠她錢。我問艾蜜麗原因時她絕口不提，而且情緒很激動。」

「你認為娜塔莎在勒索叔叔？」

「有可能。」

「好吧好吧，我們會再調查看看，」德魯宜捏捏鼻子，鼓起雙頰，好像在調整頭部的壓力。「我得了傷風，嚴重鼻塞。我女兒傳染給我的，如果問我的意見，大家都把瘟疫怪在老鼠身上，我怪小孩。」

菲利普・馬丁尼茲在警局一樓和值班警員爭吵，引起一陣騷動，因血壓升高而面紅耳赤。十幾個人等著被警方約談，艾蜜麗躲在後面，雙手插在厚重短外套口袋裡。

馬丁尼茲看到我如釋重負，「歐盧林教授，你會懂的。」

「我會懂什麼？」

「我們有重要的線索，艾蜜麗有。她有件事沒告訴警方，她收到了一封信。」

「一封信？」

「琵琶的信。」

正在脫外套的德魯宜好像被雷打到一樣突然轉身，對著值班警員大叫讓馬丁尼茲先生和艾蜜麗進去，有人按了按鈕開門，父女倆很快被帶進探長的辦公室裡。

艾蜜麗沒有抬頭，她的穿著不像大多數的同齡女生，沒有笨重的鞋子、鮮艷的裙子或青色口紅，而是穿著長裙和寬鬆毛衣。

我注意到她的包包露出一本樂譜。

「妳彈什麼樂器？」我問。

「鋼琴。」

「第幾級？」

「第六級。」

「她放假時加課，」馬丁尼茲說，「她的老師說她有完美音準。」

艾蜜麗看起來很難為情，希望父親不要說話。

德魯宜走進辦公室裡，為延遲而道歉。我從旁看著艾蜜麗，尋找更多內心折磨的跡象。

馬丁尼茲開口：「她今天早上才告訴我信的事，我想辦法不要碰到，所以把它放進塑膠袋裡，你知道，我以為上面可能會有指紋或DNA。」

德魯宜拿起那封信放在他的辦公桌上，紙張品質很差，皺褶處幾乎碎掉，可是還看得出字跡，鉛筆筆跡快褪色了。

親愛的小艾，拜託，拜託絕不要跟別人說這封信的事，我的父母或警察都不可以。妳要保證。這是我們的祕密。現在大家都知道我們逃家了，希望他們很快就會停止尋找。對了，我們住在倫敦，就像我們說的。房子很大，不過我不該告訴妳地址。塔莎很好。我們都很想妳。對不起我們讓妳在火車站等那麼久，不過妳留下大概比較好。等我們十八歲了我們可以找個地方住在一起。我猜我媽現在比較快樂了，她可以專注在菲比和班恩身上，沒有我妨礙。他們應該有比我乖的小孩，真希望我對他們好一點。希望能再見到妳。很多的愛，琵琵XXOOO

我認得那是琵琵的筆跡，圓滾滾的字體和方型的大寫字母用鉛筆用力寫在廉價的紙上，在凹陷處留下閃亮的鉛筆粉。

「妳什麼時候收到這封信？」我問。

艾蜜麗撥開眼前的瀏海，她的父親替她回答：「我已經告訴艾蜜麗她做錯事了，她很後悔，這種事不會再發生了。」

「到底是什麼時候收到的？」

馬丁尼茲先生又回答，「信封上有倫敦的郵戳，日期模糊，不過有可能是二〇〇八年十月。」

我看著艾蜜麗確認，她點點頭。

「妳為什麼沒有給別人看？」

「琵琶教我不要這麼做，她要我保證。」

「艾蜜麗，這不是藉口。」她的父親說，「妳該告訴我的。」

德魯宜打電話要求鑑識小組來取信和信封，他們會分析紙張和郵票。

「這封信有什麼地方讓妳覺得很奇怪嗎？」我問艾蜜麗，她茫然地看著我。

「琵琶怎麼知道妳在火車站等？妳在火車站並沒有見到她，妳在火車站這件事也從未公開。」

她眼中充滿迷惑。

「還有誰知道妳在雷得利車站等她們？」

「沒有人。」

我看著菲利普・馬丁尼茲，「你知道嗎？」

他搖搖頭。

「艾蜜麗，妳告訴過任何人嗎？」

「應該沒有。」

「當時妳見到什麼人嗎？」

「沒有。」

「妳後來去了哪裡？」

「我試著打電話給塔莎，可是她沒接。我傳簡訊、還去她星期日上班的咖啡座，以為她可能會出現。」

「妳在那裡見到誰？」

「我不記得了。」

「用力想一想，很重要。」

「我跟經理還有另外一個女服務生說過話。」

「還有別人嗎？」

「娜塔莎的叔叔正在咖啡座吃早餐，他看到我的包包，說看起來很重，開玩笑說我要離家出走。」

「妳覺得他知道嗎？」

艾蜜麗聳聳肩，我看了德魯宜一眼，觀察他的反應。我覺得這件事哪裡不對勁，通常少女不會寫信的，她們會選擇電子郵件、傳簡訊或打電話。

德魯宜問艾蜜麗娜塔莎是否談過她的叔叔，她異常堅決地搖頭。

「她和他處得怎麼樣？」

「我猜還好，」艾蜜麗看著父親，「我們可以走了嗎？信已經給他們了。」

探長還沒問完，「你們計畫逃家時身上有錢嗎？」

「塔莎有錢。」

「哪裡來的？」

「她有工作。」

「她幫哥哥販毒嗎？」

艾蜜麗似乎屏息，彷彿只要不吐氣就不用回答這個問題。她點點頭，呼吸，「只是藥丸之類的。」

「在哪裡？」

「派對上，她又不是賣給幼稚園學生。」

菲利普・馬丁尼茲沒有掩飾自己的反感，「別幫她說話，這是錯誤的行為！」

艾蜜麗視線移開。

她的父親起身，「我認為她說得夠多了。」

德魯宜不放棄，「她隱瞞警方調查的重要證據。」

「她犯了錯。」

「她辜負了兩個女孩的家人。」

艾蜜麗強忍住淚水，看起來難過至極，「對不起，對不起，我以為她們在倫敦。」

馬丁尼茲先生站起來，「我們要走了，來吧。」他手搭在艾蜜麗的肩上，她頓時縮小。德魯宜並沒有打算阻止他們。

馬丁尼茲推開門後又轉向我，「跟你提到的那個研究，我會詢問同事，還有名額的話我可以推薦你。」

「謝謝，」我聽到這個公開提議很難為情，「我會查一查。」

德魯宜坐在椅子上往前靠，用大拇指按摩太陽穴，思緒混亂。

「那封信是真的嗎？」

「是的。」

「所以她們在倫敦？」

「不盡然。」

我再研究那封信的語法和句子結構，信上的筆跡沒有問題，不過語氣缺乏琵琶慣有的豐富詞藻、自我貶低的幽默感、宿命論或髒話。

「我認為這封信是聽寫的。有人告訴琵琶寫什麼，叫她盡量不動聲色。」

「到底為什麼要寄這封信？」

「讓我們假設信件是十月寄出的，那是兩個女孩失蹤兩個月後。警方正好在這個時候排除逃家的理論，也許綁架者想混淆警方。」

「他以為信件會到警方手上。」

「你不這麼認為嗎？」

德魯宜起身走到窗前，呆滯而迷惑地瞪著樓下的街道。

我還有問題：「琵琶怎麼會知道艾蜜麗在車站等她們？」

「艾蜜麗說沒有碰到其他人可能是在說謊。」他說。

「她看起來很懊悔、害怕。」

「所以你的理論是什麼？」

「有三種可能：有人看到艾蜜麗在車站、艾蜜麗自己告訴某人、或綁架者掌握了警方沒有的消息。」

「當時維克．麥克班在咖啡座，」德魯宜說，「我要開始監視他。」

「還是有可能是巧合。」

「對，嗯，你知道巧合是怎麼一回事……有些能透過很多計畫來安排。」

他沒有強暴我。

我又吐了……吐在他的那些小動物屍體上，烤雞吐出來的速度比吃下去還快。

喬治打了我一巴掌，我感覺到鼻子滴下溫暖的液體，然後他把我丟回我的洞裡，把毯子拿走。

他留下一個無線電對講機，短短的天線，綠色塑膠殼上有一個按鈕，看起來像小孩玩的東西。

「等妳對我好的時候就可以把毯子拿回去。」他關上暗門，把重物挪到上面。

我蜷縮在折疊床上，很痛。我靠在冰冷單薄的海綿床墊上，骨頭痠痛，終於迷迷糊糊地睡著，可是半夜醒來時覺得怪怪的，全身發冷。我馬上想到塔莎。喬治說他在懲罰她，這表示她在另一個房間裡嗎？她像我一樣醒著躺在床上？在猜測發生了什麼事嗎？

我拿起無線電對講機按下按鈕。

「哈囉？有人聽得到嗎？」

毫無反應。

「哈囉？有人在嗎？」

他回答時我嚇了一跳，「妳準備對我好了嗎？」

我丟下對講機，它在水泥地上彈了一下，一小片塑膠掉下來，不過還能用。喬治又說話了，可是我無法回答。我蜷縮在折疊床上，用枕頭蓋住頭。最後他走開了。

我明白塔莎為什麼爬上樓梯跟喬治一起。她是為了保護我。她知道我是處女，沒經驗、天真。可是每次回到地下室之後，她都少了點什麼。彷彿喬治留下她的一部分當紀念品，或是她遺失了什麼留在樓上。

塔莎很愛我，和我愛她的方式不一樣，可是我不在乎。我知道愛一個人又無法告訴她是什麼感覺，因為會破壞友誼，和那個人當朋友比完全失去她要好。

塔莎就是這樣。起先我以為只是女學生的單戀，妳知道，女生那種，可是後來我發現不只是這樣。塔莎總是想辦法介紹男生給我，可是我對他們沒有興趣。我只想和她在一起。

大家都喜歡塔莎：男人、男孩、祖父。那些請塔莎當保母事後開車送她回家的、雇用她的老闆、還有和她調情的老師。我抓到我爸爸偷瞄她。我以前也常常瞪著她看。

對塔莎而言，這一切只不過是個遊戲。她打情罵俏、打扮自己、戲弄對方、提高他們的期望再無心或故意粉碎希望。期望塔莎改變就像要教宗不再禱告。她充滿矛盾、太過早熟、又帶有赤子之心，走在危險邊緣。

她曾經告訴過我，當她來到「再下去便無法回頭的那個點」時就會停手，可是對我來說，這句話一點道理也沒有。到了「再下去便無法回頭的那個點」時就停不下來了。妳就在邊緣，就要掉下去了，地心引力不會改變主意的。我曾經聽說過一個故事，有一個女的從克里夫頓吊橋往下跳，結果長裙吹起來變成降落傘。我記得當時覺得她真是個幸運的賤B，不過她自己大概不這麼認為。

我曾經想過自殺，不是結束自己的生命，而是想像大家在我的葬禮上，使我的生活糟糕透頂的每一個人。現在看來這個想法似乎很幼稚。那時我的生活也沒那麼糟。當妳被關在地下室的時候，一切都是相對的。

還有比死亡更糟糕的事：看到卡倫・羅曲坐輪椅出院回家。我經歷過那種黑洞。看著最要好的朋友凋零、放棄希望。

卡倫回家時，救護車後面放著一塊斜板，他爸媽在家裡周圍也蓋了小斜坡，把餐廳變成臥室，讓他不用上樓梯。

很多人去歡迎他回家，他看起來卻很難為情，而不是高興。他希望大家不要打擾他。

他出院時剛好趕上艾登・佛斯特的審判，出庭作證。攝影師拍了他穿著西裝抵達法院的照片，由他的父親推著輪椅。那時他還沒有裝義肢，兩條空蕩蕩的褲管茫然地拍打著。

羅曲先生面無表情坐在旁聽席上，冷漠地像石頭一樣，說他是石頭雕出來的也不為過，他的表情和羅斯摩爾山的總統巨像相去不遠。

艾登穿著西裝出庭，梳得像聖歌班男孩的髮型還旁分。他並沒有大搖大擺地走進法庭，而是低頭夾在父母之間。

艾蜜麗先作證，由於她的父母在爭奪監護權，她已經習慣上法院了。我在外面大廳等著，坐在我爸旁邊，他一直捏我的手說：「說實話就好，他們只要求這樣而已。」

他們傳喚我時，巨大的門伊呀打開，我穿過板凳和桌子。艾登坐在一格小包廂裡。我得舉起右手按著聖經發誓。接著一名律師開始問我那天晚上的事，我看到什麼，我告訴他們事發經過。然後艾登・佛斯特的律師接著問我問題。他想知道塔莎喝了多少，嗑了什麼藥。他把她說成某個販毒組織的領袖，每次我想說一些她的好話他就揚起眉毛，好像一個字都不相信。

「妳覺得說實話很難嗎？」他問。

「不會。」

「嗯，回答我的問題就好——是或不是。」

「不是每個答案都那麼簡單，」我說，「複選題呢？」

人們笑了，可是審判律師忘了怎麼笑。只露出尖銳的牙齒。

法官讓我離開證人席後，我可以坐在法庭裡聆聽。塔莎進場時像個電影明星，走上證人席時摘下太陽眼鏡，一面把雙腿交叉，一面把太陽眼鏡掛在洋裝上。

艾登・佛斯特的律師等不及要起身。塔莎作證時他扮鬼臉、心神不寧，表現出他的挫折感。換他交叉質問時，他在法庭上假笑、奉承、諂媚。

每個問題似乎都有雙重意義。每當塔莎想回答兩種可能性時，他告訴她：「麥克班小姐，回答是或否就好。」

過了一會兒，她開始覺得很迷惑，要說不卻說出是。只要他發現一點點瑕疵就緊追不捨，把這把隱形的大刀刺進她體內再扭動，偶爾看陪審團一眼，確定他們全神貫注。

接受審判的不是艾登．佛斯特，而是塔莎。她所說的每一句話都被曲解、誇大、賦予不同的意思。她愈來愈生氣，說髒話，法官叫她注意，律師對著陪審團微笑。

在這場慘況中，塔莎就像個無力招架的可憐動物，交叉質問就像血淋淋的運動。除了我之外沒人同情她。

她離開古老的石造法院時，艾登的朋友和卡倫的盟友對著她大叫、罵髒話、吐口水，他們因面對共同的敵人而團結，把所有的責任都怪在塔莎身上。

伊麗．克魯祥克想甩她巴掌，不過被一個警衛推開。塔莎沒有反應，只是一直往前走，好像一點問題也沒有。

那天晚上她來敲我的窗戶。

「我要離開了，」她說。

「什麼時候？」

「盡快。」

「去哪裡？」

「隨便。」

他們說，當妳年輕時流的是痛苦的眼淚，老的時候流的則是快樂的眼淚。所以我才想趕快長大。

27

盧伊茲在飯店大廳等我，他整個早上都在讀原始調查資料，尋找模式或完全不同的細節。他所佔據的桌子和扶手椅使他看起來很嬌小。

「八千次訪談、三千份筆錄、超過一百萬小時的警力，」他說，「我可以花十年讀這些東西，還是會錯過他媽的那些有夠明顯的線索。」

「有什麼地方特別引起你的注意嗎？」我拿起一份檔案夾問道。

「沉默，」他說，「兩個女孩在星期日早上大約七點四十分左右失蹤，那是艾麗絲的上班時間。沒人看到她們走步道進賓罕、穿過田野、或在火車站等車，我覺得這一點很奇怪。」

「她們一定沒走多遠就被載走了。」

「那表示她們一定認識歹徒。這個年紀的女孩子不會上陌生人的車。」

「也許她們被制服了。」

「那需要一個以上的歹徒。」

「這一點並不常見。」

盧伊茲餓了，我們出去找提供全天候早餐的咖啡座。

太陽露臉，鴿子拚命拍打著翅膀、爭奪人行道上的麵包屑。女服務生瞪著人的眼神很夢幻、髮絲從夾子上脫落。盧伊茲點了整套英式早餐，搭配蘑菇、熟番茄和烤豆。

「全麥土司，」他說，「醫生要我吃健康一點。」

她沒有微笑，盧伊茲用紙巾擦刀叉。

「我倒是看到一個細節——阿吉．蕭一定認識娜塔莎．麥克班。」

「為什麼？」

「海曼家搬到農舍時，阿吉已經幫麥克班他們家剪草坪了。」

「他老爸呢？」

「我找不到關聯。不過德魯宜手下有十幾個警員在調查。」

「我還是不認為那兩個女孩是阿吉．蕭綁架的。」

「也許你說得對。也許因為你的新女友是他的心理醫師，所以你才站在他那一邊。」

「不關你的事。」

「聽起來很有搞頭。」

他露出傻笑，把茶包在熱水裡晃一晃。

「你會很高興知道我也能打情罵俏。我在郡法院的接待辦公室跟一個人很好的中年離婚婦女聊起來。」

「理由是？」

「我瞄到艾登．佛斯特的開庭記錄，他意圖造成重傷害，陪審團認定有罪，法官判他七年徒刑，四年內不得假釋。」

「他現在在哪裡？」

「女王陛下所屬的布靈頓監獄。」

「卡倫．羅曲呢？」

「他還住在當地。」

盧伊茲伸手進外套口袋。

「我趁機在圖書館研究了當地報紙，找到這個。」

他遞給我一疊影印的《牛津郵報》報導，大多和審判有關。其中一份剪報有娜塔莎在法院的照片，快門捕捉了她被護送穿過憤怒群眾的那一剎那，她在辱罵之下退縮，面無表情的警衛推開人群。

「他們把責任怪在她頭上。」盧伊茲說，下午才吃的早餐已經送來，他撐開雙臂，像個囚犯一樣吃將起來。

我讀著那些報導，最後一篇寫到卡倫・羅曲獲選英國殘障奧運代表隊。照片裡的他抱著一顆籃球坐在輪椅上。

盧伊茲推開盤子無聲的打嗝，「變成跛腳是很強烈的動機……入獄也是。我懷疑娜塔莎・麥克班失蹤時艾登・佛斯特曾為她流下很多眼淚。」

「也許我們該問問他。」我回答。

「我的動作比你快多了，」盧伊茲從皮夾抽出一張十英鎊紙鈔壓在茶壺下面，「我已經約好探監時間，訪客時間四點半結束。」

布靈頓監獄位在牛津東北方十八英里的拜斯特南郊，屬於C級監獄，安置介於連續殺人犯（高警戒）和出醜閣員（開放式監獄）之間的囚犯。

女友與妻子們已聚集在訪客中心，有些帶著孩子，他們坐立不安、吵架、想去別的地方。我們一進去就被搜身、驗明身分，隨身物品被收走放進置物櫃裡。帶來的禮物需事先檢查，若是身上衣物與監獄獄服類似則會被要求更換。

程序結束後，我們被護送到一座巨大的附屬建築，裡面的桌椅都固定在地上。訪客必須待在裡面，直到囚犯從囚室裡被帶出來，檢查簽條，門打開後訪客和收容人必須保持距離，膝蓋不能相碰，當然也不能接吻。可以牽手，小孩可以抱過分隔線。有些小孩還好、有些大哭、有些不想離開母親安全的膝頭，偷看著坐在對面的陌生人。

艾登．佛斯特已經二十三歲，不過看起來比實際年齡年輕，淡金色頭髮用髮膠塑成地震圖表般的尖峰，雙腿打開坐著，彷彿睪丸懸掛著重物。他是個刻意裝大人的男孩，想在這個地方生存，看起來像男孩的男人可能會被視為女人。

他注視著四周，期待看到別人，皺起額頭，在他的腦袋裡，地板似乎歪斜遠離他。

他無精打采、姿態鬆散、微微搖晃，我注意到他脖子上的瘀青和眼袋。他撐得很辛苦，但距離假釋已經不遠。

盧伊茲從口袋裡拿出一個紙袋，裡面裝著兩包香煙和口香糖。艾登看看裡面，像在檢查學校午餐，把香煙疊在桌上，口香糖放最上面。

我和盧伊茲自我介紹。艾登沒有反應，想讓我們以為他非常自在。他脖子上掛了一個小小的銀色十字架。

「我們想跟你談談娜塔莎．麥克班。」我說。

「她的屍體被發現了嗎？」

「你為什麼會這麼說？」

「不然你們來這裡做什麼？」他露出微笑。

「艾登，你好像沒有很難過。」

「喔別擔心，我的內心在哭泣。」

他又露出微笑，盧伊茲不以為然地雙臂交握。他見過很多伶牙俐齒的無知小夥子，卻從來沒有失去想揍他們一拳的慾望。

某些人似乎和他們的聲音不搭嘎，艾登・佛斯特就是其中之一，他說話的音調太高，但努力壓低嗓音讓自己聽起來比較凶狠。我看過他的警方檔案與法庭作證的記錄，對他這一型很了解。他不放過霸凌別人的機會，時機恰當時就扮演受害者。我認識過他這種人，一個叫馬丁・佩恩的傢伙在寄宿學校讓我生不如死。馬丁畢業後從軍，在波士尼亞和科威特服役，贏得女王英勇獎章。雖然有這些英勇表現，我一直認為馬丁是最容易受到隨興想法影響的人。果不其然，我是對的。在喝了十四品脫啤酒之後，他跟朋友打賭自己能跳過倫敦地鐵的兩個月台，這縱身一跳有可能讓奧運跳遠金牌鮑柏・比蒙引以為傲，但馬丁差了六呎，就在鐵軌上喪命，以極端愚蠢的行為結束生命。

艾登靠在椅背上，抓抓鼠蹊部。我指著他脖子上的十字架。

「上帝幫你晚上好眠還是讓你在保釋委員面前加分？」

「這裡的牧師對我很好。」

「我們談談娜塔莎吧。」

「她怎麼了？」

「她踩破冰層掉進結冰的湖裡。」

「在倫敦嗎？」

一陣沉默之後，盧伊茲才針對那明顯的疑點問道：「你為什麼認為她在倫敦？」

艾登遲疑了一會兒，準備謊話。

「你有她的消息嗎？」我問。

「沒有。」

「那為什麼這麼說？」

一陣很長的沉默後，盧伊茲先開口：「艾登，既然你還有六個月要蹲，讓我給你一些免費的建議。這裡大部分的騙子都沒受過教育，他們是暴力、沒用的毒蟲和慣犯。他們知道怎麼鑽系統的漏洞生存。可是你，艾登，你是菜鳥，你對這種地方來說太年輕也太漂亮。我敢打賭那些色狼一定打探過、等著帶你進入一段短暫的監獄羅曼史。」

「他媽的不可能，老兄。」

房間遠處有東西落下發出重擊聲，艾登像中彈一樣轉身。但大家只靜了片刻就繼續聊天。艾登想聳聳肩無所謂，卻已失去原先的自信。

「淋浴時間一定是一場惡夢，」盧伊茲說，「你怎麼做？你抵抗的話他們會懲罰你，早餐排隊被插隊，睡覺時有人往你床上灑打火機煤油。艾登，你睡得好嗎？我不會，我會緊緊貼著牆角睡。」

艾登睜大眼睛。

「也許你已經幫自己找了個戶頭，有人可以照顧你。你拿什麼回報？艾登，你彎腰給誰上嗎？還是幫人運毒或安排其他菜鳥？」

「你都想錯了。」

「我在想，不知道你的朋友聽說你是某人的監獄情人時會怎麼想。」

「不可能，老兄！我不是誰的情人。」

「這種謠言很難甩掉，女生從此對你另眼相看。你光是看她們一眼，她們就會要你做愛滋病篩檢。」

艾登雙眼泛起淚光，「你說的都是狗屁！」

「你知道我沒在唬你，」盧伊茲說，「也許你的朋友怎麼想並不重要，就算他們在你背後八卦又怎麼樣——關於哪個兔唇扁鼻的獄友發現你一個人在浴室裡，在你耳畔呢喃甜言蜜語。」

「他媽的才沒有發生。」

「我相信你，真的，」盧伊茲看著我，「我不知道這些謠言是怎麼開始的。」

沉默維持了十幾次心跳的時間。

「她寄了一封信給我，」艾登說。

「誰？」我問。

「塔莎。」

「什麼時候？」

「她失蹤後幾個月，」他瞇著眼睛看著天花板，「她說她和琵琶在倫敦，她們住在廢棄屋裡，她幫某個在蘇荷區開店的傢伙工作。」

我看看盧伊茲。

「她為什麼要寫信給你？」

「她說她很抱歉。」

「抱歉什麼？」

「你他媽的認為呢？」

「那封信還在嗎？」

「當然，我把它放在剪貼簿裡，跟壓花刺繡放在一起。」

艾登覺得很好笑，他想要觀眾。

「你有回信嗎？」

「我為什麼要寫信給她？她害我進來這裡，她害卡倫·羅曲坐輪椅。要不是那個小賤人，這些事都不會發生。」

我看得出盧伊茲襯衫下的肩膀拱起，他討厭的不是艾登的牢騷，而是他的傲慢與狂妄自大，把自己無可比喻的愚蠢行為怪在一個女學生頭上，因為另一個選擇需要太多自我分析與責任。

「你為什麼沒有告訴別人這封信的事？」我問。

「我何必？又沒有人給我好處。」

我從外套口袋拿出一張照片，放在桌上他的雙肘之間。那是娜塔莎死後的照片，她瘦弱的身體躺在不鏽鋼平台上，浮腫、毫無遮掩、雙眼空洞。艾登瞪著我，不願意看照片。他的視線緩緩落下，先是遲疑，接著恢復正常。

「她現在沒那麼漂亮了，」他的目光離開照片。

「你還是認為這是她自找的？」盧伊茲問。

艾登露出悲傷的微笑，臉上的同情就像海豹棲息地裡的鯊魚。

「我進來後開始上教堂，學了一些事，就像聖經說的：『人種的是什麼，收的也是什麼。』男人、女人都一樣。她的遭遇是自找的。」

我們離開監獄時，盧伊茲從罐子裡拿了一顆硬糖用力吸，彷彿要吸出嘴巴裡的惡臭。

「你知道監獄裡大多數的囚犯都是活該坐牢。」

「對。」

「有些人比其他人更活該。」

28

那天傍晚，我開車穿過牛津凝重的霧氣。街上滿是汽車與遊覽車，學校快放假了，最後一批聖誕購物人潮還在買禮物。在大學裡，家長接小孩回家，把行李箱運下狹窄的樓梯，放進後車廂裡。

這幅景象使我想起自己的大學時光。我期待的是四年的睡衣派對，充滿性、酒精和大麻之類的軟性藥物。可是我卻愛上好幾個得不到的女孩，她們覺得有我在身邊還不錯，但上床的話就算了。她們似乎比較喜歡橄欖球員或叫魯伯特的男生，他們的父母在鄉下擁有莊園。通常我只能提供永恆的愛情和一瓶溫的蘭布斯科白酒。

我想到維多利亞・納帕斯特，她害羞的眼神、太寬的嘴。我在她的眼中看到與自己同樣感激的眼神，我感激她在場，而我沒有讓自己難堪得一塌糊塗。

我把車子停在運動中心外，推開雙門，聽到籃球在籃框裡搖動的回音。櫃臺有一名穿著運動服的清瘦女子，眼角起碼累積了二十年曬傷的痕跡。我找卡倫・羅曲。

她指著另一道門，「他和老大在裡面。」

「什麼？」

「他老爸席歐。」

三個並排的籃球場只有一個在使用。席歐・羅曲在場邊踱步，大聲指示球員閃避或穿梭，彷彿在打假想拳，或在看台上打球。他的右手臂有一個傘兵刺青，已經褪色成藍色污漬。

「嘿，卡倫，注意快速空檔，對這樣……掩護他。」

我從沒看過輪椅籃球，很意外球員的速度這麼快，手臂一晃就能飛快地滿場來回。

我認得照片裡的卡倫。他坐在一張輕型輪椅上，向內傾斜的輪子彷彿要倒向他的大腿。

席歐大叫：「擋得好！看誰有空檔。就是這樣，上……上！」

卡倫把球放在大腿上，推兩次輪子運球前進，帶領一群強壯的守備和模糊的輪子進攻。

「直接上！」席歐大叫。

卡倫投籃進球，和對手相撞往旁邊倒下，輪椅似乎轉了三百六十度，他又翻身起來，笑著和隊友擊掌。

席歐彷彿取暖般搓搓雙手，接著抬起頭問。

「有什麼事嗎？」

「我想和卡倫談談。」

「球賽快結束了。」

我在凳子上坐下，外套放在一邊的大腿上。席歐對比賽的專注力被我打斷，一直朝我的方向看，終於忍不住好奇。

「我是卡倫的父親，有什麼事嗎？」

「你聽說娜塔莎．麥克班的事了？」

「當然。」

「我在協助警方調查辦案。」

「這和卡倫有什麼關係？」

我拖延回答，裁判吹哨音犯規罰球，填滿我們之間的沉默。席歐的圓臉像棒球帽底下的派盤。他在我身邊坐下，膝蓋發出嘎嘎聲。

「我們家有個規矩，不能提那個女孩的名字。」

「為什麼？」

「理由還不夠明顯嗎？」

「卡倫並不是娜塔莎弄跛的。」

席歐不發一語，目光游移，研究電燈上的蜘蛛網。我又注意到他的刺青。

「你待過陸軍。」

「沒錯。」

「參戰嗎？」

「福克蘭戰役。」

他舔舔嘴唇，雙手放在大腿上，「教授，你有小孩嗎？」

「兩個女兒。」

「幾歲？」

「十五歲跟七歲。」

他點點頭，「多謝老天賜福。你讀到一些報導，有些女人像佩茲糖果盒一樣，孩子一個接一個蹦出來，可是他們根本養不起。我說的不只是非洲和貧窮國家。看看這裡的單親媽媽——她們從不工作、依靠救濟金、和不同的男人生下三個小孩。你知道，真他媽的惡劣。」

我沒有回答。

席歐用三根手指抓抓臉頰。

「卡倫通常不打這種程度的球賽，他是奧運代表隊成員。」

「恭喜。」

「對他而言是很重要的一年。」

他眼裡泛起淚光，「他以前踢足球，十二歲就被帶到兵工廠隊參觀他們的阿酋航空主場，見過幾個球員，當時提到合約。」

「後來怎麼了？」

「貝琪不要他離家，他只是個孩子，你明白嗎？」

「明白。」

「我們吵了幾次，可是她是對的。卡倫十六歲時她才讓他參加青年訓練隊，你該看看他的速度跟架勢，他可以神不知鬼不覺的到位、突襲。」席歐深呼吸一口，瞪著自己的鞋子。「本來這個男孩子是要一飛登天的，結果某個嗑藥的瘋子開車撞他，撞掉他兩條腿。我還記得那一天，我可以告訴你時間地點，那種細節你不會忘記。你不會忘記有人怎麼害你兒子一輩子坐輪椅，毀了他的夢想。」

「我跟艾登．佛斯特談過了。」

席歐點點頭，看了球賽一眼。

「他明年該出獄了。」

「對，嗯，他服完刑了，」席歐說，「他們會放他出來，他一輩子都有兩條健康的腿。不重要，他永遠都會是懶惰的人渣、失敗者的代表。」

「你也怪娜塔莎嗎？」

「開車的不是她。」

「那不是回答。」

他看著我，臉頰鼓起，「藥是她提供的，爭吵是她引起的，你覺得呢？如果那個小賤人沒有……如果她……我兒子還是……」他無法說完句子，「啊幹，我不想談這件事。」

他沉默許久，看著球賽，並不專心。

「艾登・佛斯特一通電話也沒打過，沒有寫信、沒有道歉。等等，不對，是有。他的律師跟我們聯絡過，想安排卡倫和艾登見面、和解，結果他們帶著電視拍攝小組一起來，想拍下整個過程給法官看，讓艾登得以減刑。如果艾登沒有帶攝影小組來的話，也許我會相信他的誠意。」

裁判吹哨時間到，球員紛紛握手、擊掌。卡倫推著輪椅離開小圈圈，穿過光滑的地板。他是個英俊的男孩，蝶泳選手般的肩膀，一撮金髮被他往後撥，在有彈性的地板上灑下汗珠，該幫開特力運動飲料拍廣告、出現在BBC體育益智節目或跟辣妹約會。席歐把毛巾丟給他，卡倫咕嚕咕嚕喝下水瓶裡的飲料，擦擦嘴，把空瓶丟向袋子裡，丟歪了。

「今天第一次沒進，」他笑著說。

「這位是喬・歐盧林，」席歐說，「他和警方合作，想問你『某人』的事。」

「爸，你可以說她的名字。」

卡倫和我握手，為手上的汗水道歉。

「我告訴他你什麼都不知道，」席歐說。

「為什麼會有人說我知道？」卡倫問。

「我就是這麼告訴他的，我說你不知道。我說你有更重要的事要思考，那個女孩就只是麻煩而已。」

「爸，別這樣說她，她已經死了，發生的事都過去了。」

卡倫轉過輪椅面對我，「她怎麼了？我是說……她這段時間都在哪裡？」

「我們不知道。」

「警方一定有一些想法。」

「你呢？」

沉默的長度令人不安，卡倫搖搖頭。

席歐要他穿上長袖運動衣以免著涼。

「奧運代表隊——很了不起，」我注意到他袋子上的英國代表隊標誌。

「是的，沒錯，」他往後倒，用兩個輪子平衡輪椅，「輪椅籃球是我爸提議的，他帶我去看了一場球賽，因為我說一定要雙腳站著打球我才要。」

「那你為什麼改變心意？」

他聳聳肩，「這件事發生之前，對我而言運動是很自然的事，足球、訓練，我都不用思考。受傷後，我比較注意自己的身體狀況和健康情形，剛開始是為了健身，現在則是因為打球讓我很快樂，讓我得到尊重。」

「你一定有遺憾。」

「遺憾什麼？」

「殘障。」

「我失去了雙腿，現在我有這個，」他打開袋子讓我看兩條膚色的義肢，看起來像真的一樣。運動鞋套在腳上。

「你怪罪誰嗎？」我問。

「我一定得怪誰嗎？」

「大部分的人都會。」

「為什麼？」

「這樣比較容易接受發生的事。」

「你是說給他們藉口？」

「也許。」

他搖搖頭，「我在醫院醒來後，低頭看到以前雙腿還在的地方，經歷一整段頑固、為什麼是我的反應。我拒絕接受、哀悼、大叫不公平、想爬進黑洞裡，就這樣過了一段時間。我恨艾登・佛斯特、恨娜塔莎・麥克班、恨每個身體健全，用兩條腿走路的人。」

「後來為什麼改變？」

他聳聳肩，「時間過去，我不再找藉口，贏家從不找藉口。我在籃球場上時，瞪著一排樓梯時——我不找藉口，而是找方法。」

他套上義肢，捲下褲管，用毛巾擦擦頭髮，擦乾汗水，席歐去開車。

「如果你見到麥克班先生和麥克班太太，請幫我轉達我對他們慟失親人的遺憾，告訴他們我並沒有怪娜塔莎。」

「你父親呢？」

他看了一眼雙開門，露出悲傷的微笑，「不要對他太嚴苛，他在一場跳傘意外時傷了膝蓋，軍隊要他退伍，那種痛是不會過去的。」

「你母親呢？」

「她好幾年前就離開我們了。」

「離開他還是離開你？」

「有什麼差別嗎？」

外面響起喇叭聲，席歐在等。

卡倫平衡在輪子上，轉過輪椅，他的肩膀像朝著沙包揮拳的拳擊手一樣拱著，得轉身才能後退穿過搖擺的雙開門。

櫃臺那名女子大叫再見，其他人祝他好運。卡倫露齒而笑，揮手示意，挺直身子坐在輪椅上——這個男人失去了雙腿，卻想站得和夢想一樣高。

只要塔莎打定主意，她就不會放棄。逃家是她的新計畫，她講到我們要怎麼住在倫敦，和名人混在一起，打從眼底閃閃發亮。

塔莎愈講愈興奮，每個句子都用「然後」開始。

「然後我們會找地方住，不是廢棄屋，在富冷區的好地方，也許諾丁丘，然後我們會找工作，我可以當演員或模特兒，我不介意脫衣服。像凱蒂・普萊斯那樣脫上面就好，妳知道，魅力照。很多女生都這麼做，賺很多錢。」

「我記得十八歲才能當魅力模特兒。」我說。

「我看起來像十八歲，我有假證件。」

「有些攝影師真的很滑頭。」

「妳要跟我一起來，我們互相照顧。」

「如果他們在《太陽報》的第三版看到妳的話不是會來找妳嗎？」

「到時候他們就不會再找我們了，妳可以跟妳父母脫離關係，妳知道，合法的那種，妳只要找律師上法院要求法官就可以了。」

「我們會受邀到每一家很酷的夜店，不用排隊，直接到最前面。然後我們會自己買房子住，我要圓的床，會自動上下的電動窗簾，然後我要當貝克漢和大衛・田納特的朋友，還有『北極潑猴』裡的那個傢伙，我不記得他的名字。」

塔莎只去過倫敦幾次，說起來卻總像個專家。她很清楚自己想住在哪裡，要花多少錢，那些名人住在哪裡。她是凱蒂・普萊斯專家，讀過她所有的書和雜誌報導。

我們的英文老師麥卡登小姐曾經說，塔莎如果念書有讀雜誌那麼認真的話，一定會直上青雲。反正她的功課都是A，所以老師也沒什麼好抱怨的，我才是笨得不得了的那一個。

阿道夫夫人會對我這麼好只有一個原因，那就是爸爸安排他的銀行優惠貸款給學校，這樣才能蓋新的禮堂。在我們學校，每個人都有特別的名字。物理老師費爾丁先生叫豆豆先生，因為他牙齒咬合不正，開的是迷你汽車。體育老師凱恩是「崔曲坡小姐」，因為她以前是標槍選手（你如果沒讀過《瑪蒂達》就不知道那是什麼意思。）

學校裡每個人都知道崔曲坡太太和豆豆先生有一腿。以前我們常看到他們在操場上打情罵俏，塔莎看過他們在凹室裡接吻。所以她才想出一個狡猾的計畫。她在體育老師辦公室的窗台上放了一台數位錄音機，當時是七月中，窗戶都開著。

聽錄音時可以很清楚的聽到他們在做什麼。口齒不清的豆豆先生說：「喔對，對，對，」崔曲坡小姐的聲音則大到我們分不清她是在被幹還是被施以酷刑。

本來應該這樣就沒了——笑一笑，無傷大雅——可是崔曲坡小姐在體育課時取笑塔莎，只因為她不肯做側空翻就說她有公主病。其實塔莎是因為突然月經來，內褲髒掉了，所以才不肯做側空翻。

後來塔莎就把錄音上傳到影音網站，還從學校網站下載了豆豆先生和崔曲坡小姐的照片。

我警告過她，可是她不肯聽。

學校雇用了電腦高手追查上傳檔案的人。雖然塔莎馬上就刪除檔案，他們還是繼續找，花了三天才找到她，她馬上被叫到校長室接受責難。

豆豆先生憤怒的臉擠成一團，「看看她的眼睛，」他說，「她根本嗑藥嗑到茫了。」

阿道夫夫人嘖嘖地問：「塔莎，妳有嗑藥嗎？」

「沒有。」

「妳在說謊。」

「我沒有。」

阿道夫夫人說，否認說謊並不會使謊言成真。我記得自己疑惑地想，承認事實是否會使其更真實。

阿道夫夫人已經做出決定，這間學校已經不歡迎塔莎了。

歡迎？塔莎什麼時候受歡迎過！

29

我在過去三個小時裡讀了琵琶寫的故事和詩。她的筆跡不止圓滾滾，還會旋轉，並夾雜著圖畫、塗鴉和情緒圖案。有時候我覺得好像在偷看自己女兒的生活，不過並不覺得有罪惡感。也許我會學到什麼，更深入了解琵琶。

大部分的筆記都沒有日期，不過看得出在她失蹤前那幾個月裡，這些筆記愈來愈亂，愈來愈神祕。有些我看不懂的暗號，一些人的外號。有一個老師是「豆豆先生」，另一個是「崔曲坡小姐」。

她寫信給自己和父母，很多充滿焦慮及憤怒。

親愛的爸爸和冰女王，等你們找到這封信時我已經離開了。也許我已經自殺了，也許我沒用到連這一點也做不好。我把所有的事情都搞砸了。無論如何，我已經不是你們的問題，媽，現在妳該高興了。菲比是妳最完美的女兒，妳還有最漂亮的兒子，最醜的那一個已經不會再破壞家人合照或成為阻礙。我以前曾經認為自己是領養的，我到現在還是這麼認為。後來你們生了自己的小孩，發現我和你們完美的家庭不搭。也許你們該趁有機會時把我還給領養機構。我覺得你們最好忘了我。請好好照顧菲比和班恩，告訴他們我愛他們。對不起，再見。一如往常，琵琶。

琵琶的另一份日記是從她十四歲生日開始寫的，在她描述為「我一生中最糟糕的一年」之後。

有時候我覺得如果沒辦法成名的話根本沒必要活下去。我討厭只當個平凡的無名小卒。我無法想像過著安靜的生活然後黯然離開，沒有人記得我。有一天我讀到這個句子：「如果妳發現童年是一生中最美好的時光，那麼你已經不是孩子了。」如果真是如此，那請給我一把刀。

繼續讀下去後，我發現琵琶的喜惡、最喜歡的電影、最糟糕的時尚錯誤（吉普賽裙子和黑色網狀背心）、最酷的樂團，可能的事業選擇。「恨母親的理由」、「為什麼該把妹妹放在油裡滾」。偶爾，我讀到她的某些觀察會大聲笑出來──剪壞的髮型使她看起來像「嚇壞的倉鼠」，有些在青少年比賽遇到的男生「智商比石頭還少兩分」。

我在一本日記的夾頁裡發現一張護照尺寸的照片，是琵琶和塔莎在自動快照亭裡拍的，她們坐在彼此的大腿上，對著攝影機做鬼臉，抹著深紅色口紅大笑著。

這是我看過琵琶的照片裡唯一一張她沒有難為情的，反而看起來很放鬆，享受當下，快樂無比。我看了那疊日記一眼，並沒有比較接近她的祕密。塔莎的房間裡發現了保險套和兩支大麻煙，她的男友年紀較大、有性生活、參加派對也嗑藥。琵琶知道這些事，但沒有寫下來。

賓罕這種小村莊常常被人誤當成鄉村田園、養育子女的理想環境。人們懷念這種小村落，緬懷過去的日子，想念那個由矮柵欄、角落酒館、派出所所構成的世界。

實際情況則大不相同。較大的小鎮擴張後吞掉村莊，變成衛星郊區或通勤帶。有些地區凋零後成為貧民區，居民失業、家庭暴力、無所事事。

青少年的感受最深刻。尚未成年的他們不能喝酒或開車，但沒有電影院、商店或青年中心，他們只好尋找其他娛樂，參加派對或實驗性事、軟性藥物及酒精。對娜塔莎這樣的年輕女孩而言，同齡男孩較為沉悶、害羞、見識不夠，因而被年紀較大的男性吸引，較年長的男性有車、有錢可以揮霍在餐廳和昂貴的衣服上。成年男子居然會對她們有興趣，這也讓女孩子感到興奮，可是她們的年紀無法理解撩撥男性慾望的危險。

不知什麼時候，我穿著衣服睡著了，一本日記攤開放在胸口。電話聲打擾了我的夢境，手機鈴聲響著，螢幕出現的名字是維多利亞．納帕斯特。

我還沒開口她就先說話，在電話線那一頭大叫。

「拜託，拜託幫我！他們在外面！」

我聽到背景有人大叫的聲音。

「妳在哪裡？」

「在阿吉家裡……外面有人……他們想殺死他，他們要放火逼他出去。」

「警察在哪裡？」

「我打電話了。」

「阿吉呢？」

「他在這裡……和他的母親。他們很害怕，我也很害怕。」

「門窗都鎖著嗎？」

「對。」

「好，不要靠近他們。我馬上來。」

盧伊茲沒有接電話，我留了言，一面穿鞋襪一面衝向電梯下樓。街上空無一人，聖誕燈飾在商店櫥窗和蕾絲窗簾後方閃閃發亮。

我在無人的十字路口闖紅燈，超越在路上撒鹽的卡車，十五分鐘內就到了。屋外至少有五十個人，他們分散在步道和通常安靜街道的草地邊緣。還有更多車輛抵達。

十幾名警察在那棟兩層樓房屋前一字排開，寡不敵眾的他們很緊張，大聲要群眾回家，可是這場抗議已經聚集了太多能量。斐登・麥克班處在群眾的中心，叔叔與他肩並肩。

「他是個殺童犯，」維克・麥克班大叫，「我們不要他在這裡！我們街上有小孩，我們不要這個邪惡的變態狂碰他們，這是我們的村子，我們的孩子。」

他每說一句群眾就歡呼強調，開始唱誦。

「人渣！人渣！人渣！人渣！」

我奮力向前擠，認出其中一個警員，努力大聲喊讓他聽到。

「其他的警察在哪裡？」

「他們在路上。」

「我可以進去嗎？」

他點點頭打開閘門，維多利亞應門後很快關上，如釋重負又充滿恐懼的擁抱我。我看了走廊一眼，阿吉從廚房裡偷瞄，一半身子躲在門框後面。他身旁的母親穿著睡袍，頭髮凌亂，皮膚蠟黃。

「還好嗎？」

他們點點頭。

阿吉的雙眼如母親般深邃黝暗，可是他就算最從容時目光也不斷飄到一旁。他的雙手已經沒綁紗布了，不過擦著乳液的皮膚呈現粉紅，看起來很痛。

外面的唱誦聲音量愈來愈大，我到前面房間將窗簾拉開一點縫隙，更多警察出現了，他們手勾手形成人牆，但人數差距太大。一個瓶子在柏油路上爆炸，噴濺出鑽石般的綠色玻璃。

我回到廚房裡，努力安撫他們的情緒，「來杯茶怎麼樣？」

維多利亞拿電熱壺裝水。

「他們為什麼不能放過我們？」蕭太太問。

「他們生我的氣。」阿吉說。

維多利亞搖搖頭，「不是你的錯。」

「那是誰的錯？」

「你根本就不該去農舍的，」阿吉的母親說，「你該離那些人遠遠的。」

她把睡袍的帶子拉緊，看看食物櫃想找一包餅乾，「我知道我還有餅乾，」接著她對阿吉說：

「你把餅乾吃掉了嗎？」

他低下頭。

更多警察抵達，但抗議者的人數也增加，他們丟瓶子、磚塊，被迫後退又重新整隊再前進，每次唱誦「人渣」都使阿吉畏縮。他雙手摀住耳朵想阻絕聲音，輕輕用小男孩的聲音說：「是我的錯，我可以救他們的。」

「你可以救誰？」我問。

「他們每一個人，」他一隻手指放在額頭上旋轉，彷彿想鑽進頭骨，「我沒辦法從火裡救出海曼太太，我救不了哥哥，我救不了那個女孩。」

「娜塔莎？」

「雪人把她帶走了。」

「你為什麼叫他雪人？」

「因為他是雪做的。」

前面房間的一扇窗戶被砸破了，蕭太太大聲尖叫，伴隨著樓上玻璃砸碎的聲音，磚塊和瓶子打在牆上。

「大家留在這裡。」我說。

我屈著身子，沿著走廊跑到前面房間，窗簾被風吹動著，地毯上的碎玻璃閃閃發亮。我移到窗前看外面，警方已在一陣陣的飛彈攻擊下棄地投降。

瓶子和磚塊彈在路邊的汽車上，偶爾砸到窗戶。一輛警方廂型車開到一半就被棄置在馬路上。抗議者將它左右搖晃製造動能後推倒，成了柏油路上的金屬，眾人歡呼。

一塊大石頭砸到我頭上的窗框，另一顆砸碎了壁爐上的一個相框。

我爬到玄關，將耳朵貼在前門，聽到外面的警察用無線電求援，聽起來很絕望。我將門打開一個縫隙，他鼻梁上的傷口流血滴到嘴唇上。

「先生，請待在屋裡，」他下令。

我看到半塊磚頭打在他的臉上，他頭往後仰，整個人倒下，頭盔滾動在台階上。同時我也看到黃色閃光，落地時發出轟的一聲，充滿前面房間，汽油引燃，火焰，光亮。

「失火了！」蕭太太尖叫。

「待在廚房裡！」我叫回去。

我沿著走廊後退，關上門進入廚房，我看看窗外，注意到後院有一道柵門。

「那扇門通往哪裡？」

蕭太太片刻之間露出迷惑的神情，「有一條巷子，沿著房子通往羅威路。」

「阿吉呢？」

「我以為他跟你在一起。」

「沒有。」

「他一定是在樓上。」

「我去找他。你們出去，穿上外套，到了巷子後打電話給消防隊。」

「沒有阿吉我不走。」他的母親說。

「我去找他。」

我掩住口鼻，一次兩階爬上樓梯。樓上有三個房間，兩間臥室裡塞滿家具。我叫阿吉的名字，他沒有回答，我也看不到他。

我繞過床鋪踩在衣服上，透過破掉的窗戶看了街上一眼。北邊有一隊警察頭戴鋼盔，身穿黑色防彈衣整隊前進。援軍來了，他們把群眾往後推，像人型推土機一樣清理街道，背後的路上散布著破碎的磚塊和玻璃，警方廂型車在燃燒。

我找不到阿吉。衣櫃裡和床底下都沒有他的蹤影。濃煙密布，我的眼睛在流眼淚。我爬向樓梯口，頭撞到牆壁。我用手指摸到踢腳板，摸索著往浴室前進。

我摸到洗臉台打開水龍頭洗眼睛，成功的將一扇窗戶打開幾吋，把臉貼在縫隙前呼吸新鮮空氣。我轉身注意到右邊有一個深色人影，阿吉坐在浴缸裡，雙手抱著膝蓋。

我抓住他的手臂大叫：「我們得出去。」

他看著我，臉頰滿是淚痕。

「跟我來。」

他推開我的手。

「你不能留在這裡，我們得出去。」

「我不能，」他指著腳上的電子腳鐐，「法官說我不能離開這間房子。」

「現在的情況不一樣，你可以出去。」

「可是我出去他們會殺了我。」

樓下又出現轟然巨響，火焰掃過玄關的天花板，木頭裂開、燃燒，窗戶無法開到足以讓我們離開的寬度，我抱不動阿吉，他不肯跟我走，他太害怕了。

我不能把他留在這裡，但我也不能留下。

我打開水龍頭沾濕一條毛巾，蓋在他的頭上。

「別動，我去求援。」

他沒有回答。

我又沾濕一條毛巾蓋住自己的頭部，四肢並用爬到樓梯口，頭朝下滑下樓梯，失控撞到肩膀後繼續滾動。燃燒的天花板成渦漩狀陷落。

我吸進的濃煙多於氧氣，盲目地爬到廚房，可是一切都變成慢動作。我的頭一直撞到牆壁，找不到門，很暗，毒氣，很熱。

我蜷曲在地板上，嘴巴靠著地毯想吸到乾淨的空氣，只要讓我吸一口就好，我就可以繼續前進。

我感覺得到小腿後方的熱度。

木頭裂開，氣壓改變，氧氣助長火勢，火苗穿過前房的門。一隻強壯的手把我一把抓起，抱我穿過走廊。我想幫忙，可是撐不住自己的體重。

我的雙腿在台階上顛簸，感覺到身體下方柔軟的泥土與新鮮空氣，我被拖著穿過院子，翻過身平躺、咳嗽、吸進空氣，我睜不開眼睛，不過認得盧伊茲的聲音。

「裡面還有人嗎？」

我點點頭，說不出話。另一個又問了一個問題，重傷和他在一起。我指著樓上，每扇窗戶都被火勢點亮，消防隊員出現在巷口，把水管拖過柵門。警員對著他們大叫：「還有人在樓上！」

消防隊員點點頭，用無線電呼叫呼吸器材支援。窗戶迸出火焰，火舌燒到屋簷。盧伊茲扶我站起來，我不想離開，我向重傷伸出手想感謝他，可是他已經離開，忙著發號施令，衝鋒陷陣。

盧伊茲帶著我沿著巷子穿過消防車和警車。在黑暗中我看不到濃煙，不過橘色亮光照出屋頂的輪廓，火星像臃腫的螢火蟲在熱空氣裡飛翔。

群眾一片靜默，不再丟武器，而是像站在營火前的孩子般看著火勢，臉頰紅通通、眼神裡有亮光，能量消失。

一群年輕人在街道遠處逗留，喝著罐裝啤酒。我認得其中兩人：是托比．克羅格和克雷格．顧德，克羅格看到我露出笑容舉起啤酒。尼爾森．史托克斯是另一個旁觀者，他凝視著火勢，彷彿沒有達到預期的效果，他根本就不該出來浪費時間。

盧伊茲還在我身邊。

「你怎麼知道的？」我問。

「我聽到你的留言就盡快趕來了，你女朋友告訴我你還在屋裡。」

「謝謝你。」

「我猜我們扯平了。」

「這怎麼算扯平？」

「總有一天你會救我一命的。」

維多利亞．納帕斯特坐在警車裡，車門開著，肩上披著一件灰色毛毯。

她看起來如釋重負，接著目光搜尋我背後的街道，「阿吉在哪裡？」

「他不肯出來，我試過了，對不起。」

她的第一個反應是憤怒，接著是傷心，然後悲傷。她走進我的懷抱裡，頭靠在我的胸前，用毛毯一角擦鼻子。

「他們殺死他了，」她的聲音低得幾乎聽不到。

我是這樣醒來的，小心翼翼地溜出夢境、聆聽每一個聲音、注意陰影。上次他趁我不注意時偷襲我，這種事不能再發生。

我把褲子拉到膝頭後蹲下，聽著滴水聲，凝視著窗戶黯淡的白色方塊，外頭靜謐、沒有鳥叫聲。完了之後我爬到流理台上，看著蒼白光禿的天空。

不知道喬治今天會不會來。塔莎離開之前，我並沒有想過自己會寂寞，而現在我都快被寂寞逼瘋了。我能面對飢餓與寒冷，可是對寂寞沒輒。我需要喬治，下次我會對他好一點，他會帶食物、瓦斯和更暖和的毛毯給我。如果我對他好的話他會讓我洗澡，給我乾淨的衣服穿。

我知道他要什麼，我已經不在乎了。他可以用他骯髒的老二幹我，可以用噁心的舌頭親我，我只想知道他會回來。我想跟人說話，我不想一個人孤單地死在這裡。

我嘗試用無線電對講機，不過不是壞了就是沒電了，把電池拿出來再放回去也沒用。攝影機依然從天花板監視著，我不知道有沒有開，喬治是否在看。我哀求他回來，可是什麼事也沒有發生。

天氣很冷，我穿了三層衣服站在瓦斯爐前，可是瓦斯罐空了，水管也結冰了。得等到外面天氣暖一點，水管才會融化。

像這樣肚子餓的時候我就會想家，想到牧羊人派和烤梨子，想到菲比和班恩。以前我能鉅細靡遺的描述舊牧師宿舍的一切，每個裂縫，每一個會發出嘎吱聲的地方，每一扇搖晃的窗戶。可是我已經漸漸開始遺忘了。

如果非常專注的話，我能想像丟石頭到池塘裡，聽見確實的落水聲，緊接著泥濘的泡泡冒出水面。然後我可以聽到母親叫我進屋裡吃早餐，可是我一直站在院子裡不想離開，看著第一道陽光照射在草地上，照向溫室。

菲比是晨型人，習慣早起，總是嘰嘰喳喳聊著天，把每一天的開始都當成新的冒險。如果是星期六早上她會窩在沙發上看電視，身邊放滿枕頭。她會幫班恩弄早餐，因為他等不到爸媽起床就餓了。

我有一個新的小妹妹，我不知道她的名字，喬治沒有告訴我爸媽幫她取了什麼名字。我不太記得菲比小時候的事，可是班恩是我十二歲的時候出生的。我去醫院看他時他躺在嬰兒室的小床裡，我覺得他看起來像魔戒裡的咕嚕。

我頭頂有聲音，是箱子在移動，有那麼一瞬間我希望是塔莎回來了，可是我聽到他的聲音。

「親愛的，我回來了，」他從暗門的另一頭唱著。

我好像快拉肚子了。蠢蛋，蠢蛋，我真是蠢蛋！我原本希望他來，還為此祈禱。現在我收回，我收回一百萬次。

暗門打開後他的臉出現。

「妳準備好了嗎？」

我倒退，搖搖頭等著。

「我聽到妳在找我。」

「塔莎在哪裡？」

「我有食物。」

「我要見她。」

「別管她了。她在接受懲罰。妳對我好的話我會讓妳跟她說話。來吧，爬上來，對，舉起手，一、二、三、唉呦喂呀。」

30

救護人員沖洗我的眼睛，檢查肺部。維多利亞・納帕斯特等著我，靜靜坐在警車上沉浸在自己的思緒裡。

德魯宜探長跨過水管，甩掉外套肩膀上的水珠停下腳步看著房子。前面的兩、三個房間已經完全燒光，不過主結構還在。

他避開一堆水管找到資深消防隊員，他正在解開掛勾，把水桶放在消防車後面。消防隊長留著濃密的絡腮鬍，看起來像馬戲團的指揮。他脫下鋼盔，抹去額頭上的煤灰，在瀏海下面留下一片深色污漬。

「樓上浴室裡有一具屍體。年輕男性，腳上戴著電子腳鐐。」

德魯宜好像胃食道逆流般愁眉苦臉。他吞了一口口水，轉身大步走向警戒線，不理會水花，茫然不覺，對凱西警佐大呼指示。

「把這些人弄走，找現場鑑識小組來，封鎖現場。」

「我們沒有人力。」凱西說。

「把他們叫醒。」

德魯宜注意到我，揚起一邊眉毛，「你怎麼了？」

「我在裡面，重傷和盧伊茲把我拉出來的。」

「你在這裡做什麼？」

「她打電話給我。」

他轉頭認出維多利亞．納帕斯特，眼神突然變得柔和。他向前彎，蹲在打開的車門前對她輕聲說話，伸手抹掉她右邊臉頰上的煙灰污點，她顫抖著撥開他的手。

「很抱歉，」他說，「我們該派出更多警力……沒人料到這種狀況。」

維多利亞狠狠瞪著他，考驗他的誠實。

「是誰放的火？」德魯宜問。

「我不知道。」

「從屋外還是屋內起火的？」

「他們從窗戶丟東西進屋想殺死他。」

德魯宜搖搖晃晃地站起來，膝蓋僵硬，關節如盔甲。他瞪著房子一會兒後轉向凱西。

「申請逮捕令。」

「我們要逮捕誰？」

「斐登和維克．麥克班。」

維多利亞．納帕斯特讓我開車送她回家，她想嘔吐，我們只好在路邊停車。新鮮空氣讓她覺得舒服一些，我們沉默地走在河畔，遠處的河岸裹在一片迷霧之中，運河裡的船拖拉著繩索，發出聲音。我們的肩頭相碰，德魯宜想擦掉她右臉頰上的灰漬，但還看得出來。那是個親密的舉動，他的眼神中帶著模糊而明亮的情緒，是一種痛苦的著迷。

那麼多的跡象，我該早點看出來的。德魯宜看起來像個正在外遇的已婚男人，維多利亞的表現則像個想逃離外遇的女人。現在我明白她為何不願去探長家裡，因為她不想見到他的妻小。難怪她在警局對他的反應那麼激烈，在醫院也是，她對探長期望較高，因為自己付出太多。

我並不意外。雖不認同，但我有什麼資格批評？我要求她誠實嗎？並沒有。誠實這種品格評價過高，謊言使枯燥的世界更有趣，引出意外的發展，增加曲折與層次。

維多利亞把外套領口拉得更緊。

「妳跟德魯宜怎麼認識的？」

她沉默許久，「我幫一名被告做了精神狀況分析，在法庭作證。那是史蒂芬的案子，他贏了之後帶我出去喝了一杯，就從那裡開始。」

又是沉默，這次更久。

「妳愛上他了嗎？」

「沒有。」

「他愛上妳了嗎？」

「他說是。」

「現在妳覺得困住了。」

她抬頭看著我又轉向運河，「差不多。」

風拍打在她的身上，把外套緊緊貼在她的身上，也吹飛了她的髮絲。我們來到小徑上的轉彎處，前面有一家酒館，百葉窗關著，門框掛著閃亮的燈飾。我緊緊貼著她，笨拙地吻她，手伸進外套裡找到她的胸部。

她的嘴巴有煙味，還有發酵味和某個有趣的味道。幾年前我會把這種又深又從容的吻當成理所當然，現在則覺得是稀罕的禮物。維多利亞輕輕推開我，看著我的背後，我覺得她似乎看得到我背後有人在陰影裡偷看我們。我常常有這種感覺，她似乎魂不守舍，或在尋找什麼，但鐵定不是我。

「我們上床了，」她說，「不是好主意。」

「為什麼不？」

「總是有利益衝突，你在評估我的病人，有可能被誤解……」

「上床這碼事？」

「對。」

「我知道不是什麼驚天動地的經驗，沒人會因此寫詩或畫壁畫，不過我很樂意再做一次。」

她笑了，「喬，你是個很棒的人，比你自己打的分數好多了。」

「然後呢？」

「你完全不知道自己惹上了什麼事。」

我很想說，我才是生病的那個人。

我們呼一口氣，彼此的氣息壓縮結合成一團霧氣。

我注意到她背後有一個無人的公車站，想到娜塔莎和琵琶。她們那個星期天早上本來應該和艾蜜麗碰面，卻在娜塔莎的家裡和雷德利車站之間失蹤，這半英里的距離大多在田野旁和步道上。

我努力再次想像那個場景，可是沒辦法專注。我去過她們的家裡，了解她們的個性，卻依然無法想像她們走這一段。

幾乎是同時，我嘴裡嚐到不同的東西。

「她們根本沒有去那裡。」我大聲說。

「什麼？」

「那兩個女孩根本沒去那裡。」

「你還好嗎？」

「不，我得去見一個人。」

「現在是凌晨三點。」

「我知道。」

我們快步走回車上，倒車迴轉，開往亞賓頓，沿著白線飄過減速坡。路旁的灌木樹籬在車燈下變成黯淡的顏色，鄉村急速迎面而來。二十分鐘後，我們在熟悉的碎石牆屋外停車，街上停了三輛警車，大門開著，燈光閃爍，兩名警察帶著斐登・麥克班走出屋外，被上了手銬的他露出微笑，聚光燈把他的牙齒照得雪白。

艾麗絲・麥克班對著他們大叫：「放開我兒子！他沒做錯事！」她的雙眼模糊，臉上滿是淚痕。德魯宜走到她面前說：「把他的衣服裝袋，搜索房子。」

街上其他房屋門廊的燈光亮起，窗簾撥動。

凱西警佐站在打開的車門前，按著斐登的頭讓他上車，接著關上車門鎖好。

我穿過草坪及樹籬的缺口，感覺好像走上明亮的舞台。起先，麥克班太太沒有認出我，還想繞過我身邊。

「那天早上妳有看到她們兩個人嗎？」我問她，但聽起來像在控訴。

艾麗絲看了我一眼，繼續擔心正被載走的斐登。

我再試一次，「妳說那個星期天早上妳跟琵琶和娜塔莎說過話，妳敲過娜塔莎臥室房門，叫她們起床。」

「妳有看到她們嗎？」

「那又怎麼樣？」

「當然有，」她說，這次沒那麼確定。

「妳有打開臥室的門嗎？」

艾麗絲皺著眉頭努力回想。

「妳怎麼知道她們在臥室裡？」

「我敲了門，她們回答的。」

「誰回答的？」

「我不記得。」她被自己的話惹惱。

我幾乎看得到她的腦袋運作，皮層下的神經活躍的運轉。

「妳聽到什麼聲音？」我問。

「她們在聽音樂。」

「娜塔莎有收音機鬧鐘嗎？」

「有。」

「她設定幾點？」

「七點半。」

「妳七點四十分去敲門，可是沒人應門。萬一妳聽到的是收音機，不是她們兩人呢？」

艾麗絲斜著眼看我，不確定我是否在設計她。她想爭辯，努力思索，但一無所獲。

德魯宜在她身邊，「你們在談什麼事？」

「這一點改變了一切，」我說，「如果星期天早上兩個女孩不在屋子裡呢？艾麗絲沒有見到她們，她聽到的是收音機鬧鐘。」

「你的意思是她們沒有回家。」

「她們前一天晚上就失蹤了。」

他把我拉近，他沒刮鬍子的臉頰刷過我的額頭。

「妳像冰塊一樣，我幫妳暖暖身子。」

他一手像抓繩子一樣抓著我的頭髮，另一手伸到我的脊椎底部。

「唔，」他說，「妳抱起來很舒服。」

他在我身上披了一件毛毯，指著打開的門。我光著腳丫，雙腳在地板上發出拍打的聲音。我知道他就在我後面，我還是沒有看著他的臉，他的眼睛。

放了水的浴缸冒出蒸氣，衣服都擺好了。

我的嘴裡有銅板的味道，不知道是不是咬破了舌頭。

「我餓了。」

「這次先洗好再吃。」

他一面哼歌一面準備毛巾。我脫了衣服滑入水中，頭靠在浴缸邊緣，感覺得到他的眼神在我身上游離，像用刀剖開一樣拆開我的身體，把我切成一塊一塊的碎片。

我要對他好。我要發出呻吟聲，跟他說他讓我覺得好舒服。如果我對他好，他就會讓我見塔莎。我們又會在一起，我會照顧她。如果我對他好，他會降低警覺，我可以找機會離開這裡。

他一面幫我洗澡，一面叫我「可憐的瑕疵小猴子」，我沒感覺到他的手。

洗完澡後我讓他強暴我。我讓他做的話還算強暴嗎？

他弄破我的處女膜，害我流血。他射的時候我看著他的臉，他看起來不像人類，扭曲的表情愁眉苦臉，看起來像橡膠面具。

後來他讓我吃東西，雞肉和牛肉沙爹，這次我吃得很慢，雙腿之間很酸。放在桌上的茶已經冷掉了，底部沉著一個膨脹的茶包。

他如常鎮靜，一點差別也沒有。他坐在那裡瞪著我、喝著茶，好像什麼事都沒發生。

「我可以見塔莎了嗎？」

「你說我可以見她的。」

「不行。」

「時間還沒到。」

我很想哭，「你騙我。」

「她需要幾天的時間。」

「我照你的要求做了。」

他嘲諷地笑了，我瞇起眼睛瞪著他，結果是個錯誤。我很清楚他的脾氣，他多麼輕而易舉就能傷害我，那種感覺像爬在皮膚上的蜘蛛一樣爬上我的脊椎。

後來他在我身旁睡著，我的腳踝鎖著鐵鍊。我看著他蒼白的身體平躺著，聽著他喉頭發出呼嚕聲。他的右手懸空在床墊外，左手放在我的大腿上。

我沒有睡，而是想保持清醒。我想用手摀住他的口鼻，直到他停止呼吸為止，我想用刀子刺進他的心臟。有那麼一刻，我靜靜躺在他身邊，聽著他喉頭的咯咯聲，思索著恐懼成真時多麼的截然不同。以前我很喜歡遊樂場那高速上下的設施，可是那只是包裝著愉悅的恐懼。這種恐懼沒有驚喜或幸福的結局。

他醒了，搔搔癢。我強迫自己依偎在他身邊，他的嘴巴聞起來像酸掉的牛奶。

他摸摸我的臉頰。「想念我嗎？」

「你離開了好久……我好害怕。」

他聽了很高興。

「我不能跟你一起去嗎？我不會逃跑的。」

「不可能的，我的小猴子。」

我問到塔莎，她在附近嗎？我什麼時候可以見她？

就像開關一樣，他突然情緒大變，他甩了我一巴掌，拿我的頭敲牆壁，接著舉起手讓我看他的手掌，挑戰我，看我敢不敢。

「忘了她。」

「我很孤單。」

「我再幫妳找一個朋友。」

「什麼？」

「找一個來陪妳好嗎？」

我的腦袋突然一片空白，他的意思和我猜的一樣嗎？

「不要……誰？」

「我可以去找。」

「不要！不要！拜託不要！」

他從皮夾裡拿出一張照片，「我帶她來如何？」

我的喉嚨緊縮，我以前看過這張艾蜜麗做鬼臉的照片，那是我們在牛津車站的快照亭拍的。

「她是妳的朋友嗎？」

「不是！」

「妳寫了一封信給她。」

「我不要朋友。」

雖然我嘴巴這麼說，我知道自己心裡一點也不相信。我希望有說話的對象，我不想一個人。我推開這個想法，害怕極了，恨我自己。

「我只想見塔莎，不要別人。」我說。

「不可能的，她還在接受懲罰。」

他帶我回到暗門，吻我後把我放下，讓我雙腳踩到梯子才放手。

「如果妳要朋友的話，我保證幫妳找一個。」

「不要，拜託讓塔莎回來。」

暗門關上。

「這一點我可不能保證。」

31

火災發生已經過了十六個小時，我大半的時間都在睡覺，醒來發現又下雪了，人行道和公園染上一片白雪，成為銀色世界。

諷刺的是，阿吉・蕭也許人生第一次成了令人同情的對象，是受害者而不是壞人。《衛報》怪罪警方反應不及，《每日郵報》則說阿吉・蕭根本就不該被保釋，顯然法官不是與現實脫節就是精神錯亂。

我把報紙放在一旁。我在房間四處的椅子上和電視櫃上放了十幾張照片，接著在房間中央坐下來，就在娜塔莎和琵琶的照片前，她們並肩坐在教室裡，深淺膚色，金髮與棕髮，鹽和胡椒。娜塔莎是典型的美女，散發出脆弱與性感。相較之下，琵琶有點孩子氣，表情生硬。

我漸漸開始了解這項罪行，幾乎一直在觸手可及之處的細節如今終於現形。綁架者不再是個虛構的人物、不再神祕，也不再只是我想像中的一部分。我可以從他的角度觀看、聆聽這個世界。

他是個收藏家，喜歡擁有東西：稀有物品、昂貴的工藝品、過去得不到的東西。收藏家愛上偉大的藝術品，少數幾位就算知道自己永遠無法轉賣這麼有名的藝術品或公開展示，還是會安排偷竊到手。是否公開不重要，重要的是擁有，代價多高不重要。重要的是擁有得不到的東西並沉浸在它炫目的完美之中。

他是個唯美主義者，渴望在失序的世界裡得到控制與秩序，是個自律甚嚴的男人，訓練自己用理性與計算，卻沒有道德感。他不相信自己和他人受同樣的規則限制，但願意守法，因為這麼做有助隱藏他的慾望。其他人不會了解「擁有」某件東西是什麼感覺，能夠完全控制某個人的生、死、明、暗、溫暖、冰冷與食物。

造成這種渴望的原因是什麼？從哪裡開始的？可能性很多：無力的童年、混亂的過去、達不到的期望，很多很多，但漸漸發展出一種天經地義的感覺，對於自己的權利受到否定感到憤怒。

我閉上眼睛想像他，不是他的臉，而是他的心靈。就在那裡！我看見你了！你是個聰明的小偷，膽大包天，抓走兩個從小認識的少女——她們在同一家醫院出生，念同一所小學，是同班同學。你事先計畫過，從幻想開始，漸漸增加現實世界裡的元素。

可是為什麼要選這兩個女孩？想當然耳妓女比較適合你的目的，也比較容易取得，不那麼明目張膽。妓女失蹤很平常，也很少上新聞頭條或引起全國關注。失蹤的女學生不會被遺忘，她們是被珍惜的，人們為她們祈禱，有人等她們回家。

你選擇琵琶和娜塔莎是因為她們對你有意義，或代表某人。一開始的動機是佔據與擁有，只不過後來這個動機改變了。也許色慾漸退，愈見乏味，也許兩個女孩沒有你希望的那麼聽話。現實永遠比不上幻想。

這時你發現另一種形式的控制，也就是懲罰，加諸痛苦。你看看自己對塔莎做了什麼事？沒有什麼懲罰比奪走一個女人最女性化的部位更親密了。你切除她的陰蒂，否定她的性愉悅。她也許仍是性感尤物，但永遠無法以同樣的方式享受性事。

你以為自己會覺得毛骨悚然……感覺到罪惡感或悔恨，卻沒有發生。你感受到的反而是最純粹的歡樂，因為你從來沒有體驗過這麼親密、侵害性如此強烈、如此震撼之事。這是你一生中最具啟發性、最有成就感的一刻。

如今你失去了其中一項擁有物。塔莎成功脫逃，差點回到家，差點揭露你的身分，破壞你精心策畫的祕密生活。

你會受到懲罰，你會躲起來。如果琵琶還活著，而且是一個人，那麼此刻的她脆弱無比。我們愈靠近你，她所面對的危險就愈大。為了保護自己，你會抹去她所有的蹤跡。

我拿出一本筆記本，開始寫下重點。

- 三十五到接近六十歲。
- 中上智力。
- 獨居，或與長輩，或順從的妻子同住——某種家庭的安排，沒有人會質疑他的行蹤或無法解釋的缺席。
- 專科資格或訓練，需要自律與準確性的科目。
- 對當地很了解（兩個女孩一下子就失蹤了。）
- 對被害人很了解（他選擇她們是有原因的。）
- 他不認為自己是怪物，這是他應得的獎勵。
- 一開始他專注在與女孩的互動，可是已經變成殘虐的色情狂。
- 他渴望在失序的世界裡得到秩序，卻不斷地失望，因為沒有一件東西，沒有一個人能達到他的期望。
- 他了解人體，謹慎，熟練。

計程車讓我在亞賓頓警局下車。德魯宜探長在監視器控制室裡，他沒有回家換衣服，腋下有一圈汗漬，體味像毒氣一樣如影隨形。斐登・麥克班和叔叔被關在不同的牢房裡，隨他們咒罵或安靜。控制室有六個電視螢幕、一個控制台，看起來像《星際爭霸戰》裡的場景。大家專注在其中一個螢幕上：在四十五秒的粗粒子黑白畫面裡，一名穿著連帽長袖運動衣和棒球帽的男子正從停靠的汽車汲取汽油。

梳著衝天髮型的操作員調整控制鈕，「這座監視器離那棟房子只有四條街而已。」

「我看不到他的臉，」德魯宜說。

「畫素不夠，再拉近的話畫質會變差。」

「可以試試看嗎？」

操作員調整明亮度和反差。

德魯宜轉向我，「那是斐登·麥克班嗎？」

「有可能是任何人。」

「天啊，真是一團混亂！」

德魯宜的小組聚集在樓上做簡報，他們睡眼惺忪地啜飲著外帶咖啡，我認得好幾個，不過不知道名字。其中一名女警佐自我介紹是凱倫·米德頓。眼睛太高，妝太濃。

重傷在擦白板，確定馬克筆和蓋子成套。他和盧伊茲一拍即合，兩人都拿著特大杯咖啡。

盧伊茲對著德魯宜舉起自己的杯子，「早安可倫坡。」

「你的長相還比你的笑話好笑。」

盧伊茲露齒而笑，「還早呢，等咖啡因發生效果再說，我是認證過的開心果。」

德魯宜走進一圈警探之中，脫掉夾克，捲起袖子。大家沒有錯過這個象徵意義，不過也沒必要。

他身邊的警探靠在桌上或反坐在椅子上。

「你們都知道昨晚發生了什麼事，」德魯宜說，「現在我們手上有另一件命案要調查。」

「你一定是在開玩笑，」一名警佐說。

探長慢慢轉過頭，「警佐，你看見我在笑嗎？」

「沒有，老大。」

「昨晚有一個男人被殺害了，有人犯下罪行。」

「是，老大。」

「這宗罪行必須受到調查，你如果不想做分內的工作，現在就可以滾蛋了。」

「是，老大。」

簡報繼續，德魯宜把專案小組再分成小組，十幾個警探負責調查暴動和火災，其他人審閱賓罕女孩失蹤的原始調查檔案，以新的時間點做基準。

「我們現在相信，那兩個女孩子的失蹤時間可能是星期六晚上，而不是星期日早上。這表示我們得重新查證不在場證明、偵訊嫌犯、研究賓罕夏日祭的照片。」

「我要用這個新的時間點去跑電腦資料庫，看看內政部重大犯罪資料庫會出現什麼資料。她們星期六晚上去過哪裡？跟誰交談過？誰看見她們？」

傅萊爾處長穿著全套制服出現在案情室裡，脫下皮手套。他的體格高大，充滿自信，任務在身。

警探紛紛起立，傅萊爾眼裡只有德魯宜。

「現在就去你辦公室！」

警長注意到盧伊茲時停下腳步。「文森？」

「湯瑪斯。」

「你變胖了。」

「沒有你胖。」

他們兩人瞪著對方。

「我們該喝杯啤酒，」傅萊爾說完轉頭大步邁向德魯宜的辦公室。他用力關門，結果門又彈開，大家都聽得到他壓抑的憤怒。

「你他媽的逮捕斐登．麥克班是什麼意思？你聽到廣播了嗎？他們把我們大卸八塊，說我們逮捕了一個命案被害人哀痛的兄長。我們花了三年才找到這個女孩，你知道這情況看起來多糟嗎？」

探長努力堅持立場，「長官，恕我不敬，我們不能讓暴民統治街頭。阿吉．蕭死了，有人往他家窗戶丟了汽油彈。」

「有人？你不知道是誰？」

「暴動是麥克班和他叔叔教唆的，我們有目擊證人。他沒有權利自行執法。」

「探長，別跟我說他的權利，」傅萊爾壓低聲音，「阿吉．蕭有機會逃出屋外嗎？」

「有的，長官。」

「所以他的死是自找的。」

「火災並不是他引起的。」

「探長，我接受這一點，可是回答我這個問題：你相信海曼夫婦是阿吉．蕭殺死的嗎？」

「相信，長官。」

「他是否綁架了娜塔莎．麥克班？」

「很有可能，長官。」

「史蒂芬，阿吉．蕭很可能是我們所希望的答案。把這個案子和海曼的案子都結案，讓法醫去決定娜塔莎．麥克班發生了什麼事。」

我敲敲開著的門，「你的決定是個錯誤，阿吉．蕭並沒有綁架賓罕女孩。」

傅萊爾的面孔脹紅。「你很確定嗎？」

「真正的歹徒年紀比較大、比較有經驗、了解這個案子。」

「什麼樣的了解？」

「警方並沒有公開艾蜜麗・馬丁尼茲星期日早上等待兩個女孩的事。不論綁架女孩的是誰，他知道這件事，表示此人一定和她們家很親近，或與調查工作有接觸。」

傅萊爾揮揮手套打發我，「你才來幾天就做出這麼重要的判斷。可是這個案子已經經過兩次警方調查，一次司法調查。」

「你如果現在結案就是放棄琵琶・韓德利。」

「教授，我一直對此案保持開放的心態，可是沒有任何可信的證據顯示琵琶還活著。如果她和娜塔莎・麥克班一起逃出來，我們早該找到她了。如果她沒有逃出來，那麼問題是為什麼沒有？我猜那是因為她死了。她在三年前或這三年間死了。」

「你不能確定是如此。」

「教授，坦白說，你也不知道。」他的聲音放軟，「你是那種在牌桌上會加倍下注的人，因為你輸得很慘，覺得這樣才能翻身。其實並非如此。贏的時候才是加倍下注的好時機，不是輸的時候。相信我，放手吧！」

處長轉向德魯宜，「你打算怎麼行動？」

「我和韓德利夫婦安排了記者會，同時我們再度搜索那個區域，查證不在場證明，重新偵訊證人。如果沒有新的線索，我會在聖誕節前縮減調查行動，為法醫準備檔案。」

傅萊爾點點頭表示認同，「很明智，面面俱到。」

32

盧伊茲跟我一起沉默地搭電梯下樓。我的藥效快退了，我感覺得到體內的另一個「男人」醒來，準備像醉漢一樣跳舞。

「他們不相信琵琶還活著。」我說。

「也許他們是對的。」

「她應該值得警方更多的努力。」

大門打開，我的右腳卻停止擺動，害我往前倒。幸好盧伊茲及時抓住我，我挺起身子，肩膀往後仰，努力假裝什麼事也沒發生，不過從大門旁的大片玻璃看到我們的倒影——一個跛腳，另一個手臂抖動。兩個都很驕傲、兩個都是受損商品。

「你不必留下來，」我說，「你該回倫敦，你要去哪裡過聖誕節？」

「克萊兒邀請我去她家，我擔心米蘭達可能會在場。」

克萊兒是盧伊茲的女兒，米蘭達是他上一任前妻，他還在跟她上床的那一個。

「我還以為你們倆已經床尾和了。」我說。

「我對上床沒有怨言，可是她要我有感覺。」

「感覺？」

「我告訴她我有三種感覺。」

「哪三種？」

「我會餓、好色、疲倦——依照這個順序產生。」

「結果她的反應如何？」

「不怎麼好。」

我們走出大門時，我想起一件事問他：「你那個電腦高手朋友。」

「超能瓊斯。」

「你們還有聯絡嗎？」

「他的靈魂屬於我。你需要什麼？」

「你可以請他調出牛津郡的空拍地圖和空照圖嗎？我有興趣的是過去和現在的工廠，製造殺蟲劑、塑膠或人工橡膠那種。化驗報告顯示娜塔莎的指甲底下有重金屬和氯化碳氫化合物的跡證。」

「搜尋範圍呢？」

「從農舍開始約四、五英里的範圍，」他不以為然的看著我，「你認為我是飢不擇食。」

「無神論者不該要求奇蹟。」

在樓下處理逮捕的辦公室裡，維克·麥克班被羈押十小時後釋放，他穿著藍色連身服，在釋放表格上簽名後接過封在塑膠袋裡的衣服和個人物品。

「希望你們洗燙過了。」

「沒有，不過我們查了催化劑的殘留物。」凱西警佐說，對他的諷刺無動於衷。

麥克班打開塑膠袋，拍拍褲袋，拉出香煙和打火機，以連續動作打開蓋子打火，舉著火苗，對警探露出笑容後才又闔上。

「哪裡可以換衣服？」

凱西指著走廊另一頭，麥克班經過時認出我，他眨眨淡色的眼睛。

「你在看什麼？」

「看你。」

我直視著他，他推開我走過去。

「我可以問你一個問題嗎？」

「老套了。」

「我不是警察。我們沒有被錄音錄影。我只想弄清楚幾件事。你為什麼給你姪女保險套？」

麥克班看著我良久，鼻孔撐大，嘴唇捲回，好像和他說話的是聾子或笨蛋。

「她向我要的。」

「為什麼？」

「她爸媽不肯買給她。」

「你不覺得有點奇怪嗎？你的年紀買保險套給少女？」

「她開始有性生活，我希望她注意安全。」

「她的對象是誰？」

「我猜是她的男友。」

「你猜？」

「你到底是什麼意思？」

「尼爾森．史托克斯看到你送姪女上學時在汽車前座和她接吻。」

「誰他媽的是尼爾森．史托克斯？」

「校工。」

「她只不過輕輕親我臉頰而已。」

「而你卻把舌頭伸進她嘴裡。」

麥克班整張臉皺起來，「你這個變態！你公開這麼說我就告你誹謗。」

「你和你姪女上過床嗎？」

「給我滾！你沒有權利進來這裡說這種話。」

麥克班拉上褲子繫好皮帶，先把手伸進T恤再把頭套進去。

「娜塔莎失蹤前一天晚上去找你要錢，她勒索你嗎？」

「沒有。」

「所以她沒有去見你？」

「沒有。」

「為什麼艾蜜麗會對這種事說謊？」

「有時候塔莎的確幫我做事，歸檔之類的。」

「你是否曾在賓罕夏日祭那天晚上見到塔莎？」

「有，我見到她。」他蹲下來綁鞋帶，「我不知道這有什麼大不了的，塔莎星期日早上才失蹤的。」

「這你就錯了。艾麗絲・麥克班弄錯了，她那天早上並沒有見到兩個女孩，她聽到的是塔莎的收音機。」

他突然省悟到這句話的意義，嘴巴打開又闔上。

「你星期六晚上幾點和娜塔莎說話的？也許你是最後一個見到她的人。」

這時他不說話了，內心衡量著所有可能性。

「你那天晚上沒有不在場證明對不對？就像大風雪那天晚上你也沒有不在場證明。」

「我跟我哥哥在一起。」

「你才沒有。」

他打開門大步走向走廊，我努力擋住他的去路。

「維克，聽我說，警方開始調查你了，他們會仔細檢視你的一切，不找到證據不會罷手。大風雪那晚你人在哪裡？」

他繞過我身邊穿過大廳到大門。大門自動打開後，記者和攝影師將外面的一輛車團團包圍，車門打開，莎拉與戴爾．韓德利出現，很快被警探護送進警局裡。

這對夫妻走向門口時，維克．麥克班停下腳步往後退。莎拉．韓德利抬起頭，他們的目光接觸，她卻避開。在那一刻，他們之間出現某種交流——那是超越熟稔的共同經驗、是痛苦與傷痛。莎拉拉著先生的手穿過旋轉門，嘴角的妝有髮絲般細微的裂縫。麥克班看著她走進電梯裡，研究她的身體，看著電梯門關上，接著低頭駝背轉身走過媒體群。

我看過那個表情，在鏡子裡看過，昨晚德魯宜無法安慰維多利亞時也看過。當一個男人無法使女人快樂時，會頓時矮了一截……當他使她不快樂，世界不再豐富而多采多姿時，他只能看到事物貧乏的那一面。

我不禁思索這是怎麼發生的？我想像莎拉．韓德利站在琵琶床前，手上拿著她的衣服，彷彿發現了女兒不為所知的一面。她回憶最棒的時刻，努力讓女兒活著。莎拉不放過每一件錯誤的線索或謠言，徵詢靈媒或算命師的意見。維多．麥克班把自己聲稱有這種天賦的女友介紹給她。她告訴莎拉兩個女孩子還活著，為她帶來安慰與希望。

哀悼有其孤獨之處，哀痛卻可以分擔。莎拉無法直視自己的丈夫，因為他讓她想到琵琶。維克．麥克班理解這一點。某天晚上他們聚在一起，也許在某個偏遠的旅館房間裡，或像笨手笨腳的青少年般在汽車後座將就。我不知道誰先勾引誰，這一點並不重要。維克．麥克班使莎拉能再度當她自己——不是那個努力遊說的母親或媒體發言人，或當地女性在超市看到她推著推車時同情的對象……

在這幾個小時的時間裡，她擺脫這些低語與注視，沒有身分，在幻想和現實之間停留，感覺愉悅而非失落，也許什麼都不用感覺。

莎拉・韓德利努力地遊說，做出那麼多犧牲，但厭惡自己的程度就像二十五號環狀高速公路的範圍那麼寬。她為了錢嫁了一個不起眼的男人、一個愛她的男人，卻沒有報以相同的感覺。她靠上床一路來到中產階級，卻沒有登頂。她大可以接受這一點，承擔後果，可是她的女兒卻失蹤了，使她責怪自己，認為不幸福純屬自己活該。一段已經靠機器維生的婚姻、在眺望廉價地毯倉庫的廉價旅館房間裡的骯髒性事，覺得一切都是自己應得的。

維克・麥克班走到街角等著交通號誌改變。我追上他。

「我知道你在隱瞞什麼？」我說。

他沒有回答。

「告訴我一件事就好，然後我保證不再煩你。大風雪那天晚上你和莎拉・韓德利在一起嗎？」

這名強壯、沉默的男子瞪著我，無言以對。

「我不會告訴她先生的，」我說，「沒有人需要知道。」

他一隻手指抹過眼角。

「她值得跟比我更好的男人在一起，」他說，「她值得找回女兒。」

33

在會議室的玻璃門後方，一群閃光燈的亮光穿過霧狀隔板，從外面看彷彿沒有聲音的槍戰。記者和攝影師擠在過熱的房間裡尋找每一個制高點。

戴爾和莎拉．韓德利夫婦從側門進入，似乎被這些閃光困住。菲比抓著母親的手，眼睛看下方。更小的孩子留在家裡由親友照顧。

這家人在一張長桌前坐下，相機快門繼續響個不停。琵琶．韓德利再度成為全國矚目的焦點，她的命運再度成為鄰居之間，酒館、辦公室和餐廳裡討論的話題，將她與高知名度的綁架案相比，如莎賓．達典、伊麗莎白．史茅特、娜塔莎．坎普旭，以及那些奇蹟似返回的人。

德魯宜探長坐在韓德利夫婦身旁，等著快門聲停止。

「警方六天前在雷德利湖尋獲的屍體已經由齒模記錄證實身分，也已通知死者家屬。我現在可以正式宣布死者姓名。我們調查的是娜塔莎．麥克班的命案，十八歲的娜塔莎於二〇〇八年八月三十日那個週末在賓罕村失蹤。正式死因為溺斃。」

一串連續閃光。

「我們有理由相信娜塔莎死前被監禁於某處，她以前的家，也就是賓罕村外的農舍是星期六晚上一起雙屍命案的現場。我們現在確定娜塔莎當晚曾出現在農舍裡。我們不知道她是否在威廉．海曼和妻子派翠西亞的命案扮演什麼角色，但她顯然在火災發生前逃離農舍，掉進冰凍的湖裡，不敵嚴寒而死。

「我相信大家都很清楚娜塔莎．麥克班並不是單獨失蹤的，當天失蹤的還有十五歲的琵琶．韓德利。我想代表她的家人請求民眾協助這兩起案件的調查。

「有人知道琵琶發生了什麼事，有人知道她和娜塔莎被監禁在哪裡。也許你見過那兩個女孩，或曾經看過可疑的人。可能你的朋友或鄰居或親近的人有不為人知的祕密，他們不准你進入地下室或倉庫。也或許有些人在奇怪時間出入。」

德魯宜停下來。

「我手下有八十幾名警員和志工搜索附近的農地。我們使用直升機、搜救犬和探地雷達設備。我們會持續搜索，直到排除所有的可能性為止。」

一名蹲在地上的記者大叫：「有接到任何形式的聯絡嗎？」

「沒有。」

「你有證據證明琵琶還活著嗎？」

「沒有。」

「所以她有可能死了？」

莎拉・韓德利以鋼鐵般的聲音面對發問者，「我們的女兒還活著。」

德魯宜一手放在莎拉的肩膀上，她靜下來。

「由於出現新的線索，處長已下令重新審閱原始調查檔案，我們特別在尋找二〇〇八年八月三十日星期六晚上見過琵琶・韓德利和娜塔莎・麥克班的人。那是賓罕夏日祭的最後一天。」德魯宜直視著電視攝影機，「你見過這兩個女孩嗎？你跟她們說過話嗎？你看到她們上車嗎？請不要理會先前公開的消息。不論你聽過、讀過什麼，請不要假設警方知道琵琶和娜塔莎最後的動向。」

德魯宜從口袋裡拿出一張紙，攤開放在桌上。

「今天，我要採取不尋常的步驟，公開一份由喬瑟夫・歐盧林教授所撰寫的心理檔案側寫報告，他是一位協助調查的臨床心理學家。考量到警方的調查行動，我不公開完整報告，但我要公開某些細節，希望會勾起記憶或鼓勵證人出面。

「根據歐盧林教授的報告，我們在尋找的嫌犯大約介於三十五歲到五十五歲之間，中上智力，對附近地區很了解。這並不是隨機綁架案，他選擇琵琶和娜塔莎是有理由的，他很可能認識她們。

「他很可能獨居，或有特定的家居安排，因此沒有人質疑他的活動或無法解釋的缺席。他擁有隱密的房屋、祕密隔間或地下室以囚禁娜塔莎．麥克班。他給她食物、水、衣服……一定有人看過他來來去去。

「上星期六晚上他出現在大風雪中。也許你看過他。他也許身上有煙的味道，或衣服有髒污。如果你認為自己可能有線索，請出面聯絡警方。」

記者又開始問問題，德魯宜舉起單手要大家安靜。

「拜託，我會留時間回答問題。目前我們請韓德利夫婦發言好嗎？」

他把麥克風推到一旁，戴爾．韓德利往前靠。

「首先，我想要……我是說，我們想要……我們想感謝大家的支持與好意。我們也想向娜塔莎的家人致上慰問之意，對於她沒辦法成功回家表達遺憾。我知道他們一直沒有放棄希望。」他握著莎拉的手，「我們也沒有，所以我們來懇求大家的協助。不論歹徒是誰，他撕裂了我的家庭，所以如果你真的知道什麼，如果你懷疑某人，如果你看過或聽過什麼可疑的事，請拿起電話。」

閃光燈閃個不停，所有的抽搐、顫抖，最細微的痛苦表情都一覽無遺。拿起麥克風的莎拉身上有一股冷酷與脆弱，彷彿成為結晶的冰塊，支撐她、使她不至於崩潰的力量就是搜索行動。其他的事物都可能崩解，但她想找到琵琶的慾望不會消散。她不會停止，不會睡覺，直到查明真相為止。

當吉地恩．泰勒綁架查莉時，我經歷過那種確定感。他把她撞下單車，用鐵鍊綁在水槽上，用封箱膠帶包住她的頭，在她嘴裡插進呼吸管。我記得這些事情發生時自己的喉嚨緊縮，想拉肚子，每個柔軟的器官都感到驚慌失措，唯一確定的只有一件事：除非找到她，否則我永遠不會停止。

莎拉直視著攝影機，「如果是你抓了琵琶，如果你在聽或看這場記者會，該放她走了，讓她回家。」

在地板上的記者大叫著發問。

「妳怪罪警方嗎？」

「妳會考慮採取法律行動嗎？」

「妳和娜塔莎・麥克班的父母談過了嗎？」

「妳為什麼這麼肯定琵琶還活著？」

回答愈來愈短。對。不。不知道。媒體記者會縮短了，警方同樣護送這家人從側門離開，差點忘了菲比，她低著頭跑步追上。

這家人在警局後門停下腳步等著，菲比抬頭注意到我。

她露出微笑，「你會找到琵琶嗎？」

「我會努力。」

「你覺得她還會喜歡我嗎？」

「為什麼不會？」

「媽媽說她還跟我們在一起，所以我們掛上聖誕節長襪，在餐桌上擺她的餐具，她生日時買蛋糕，可是這樣讓我有一點點害怕，因為她好像鬼一樣。沒人坐的椅子，沒人睡的床，可是她還在這裡。」

「人們面對失落的方式不一樣。」

菲比點點頭看著父母親。

「怎麼了嗎？」我問。

她聳聳肩，「他們是變得不太一樣了。」

「怎麼個不一樣？」

「他們講到琵琶的時候變成另一個人。」

「他們只是關心她。」

菲比雙手放在臉上，用手指揉揉額頭。

「所以我不該再擔心了。」

「對，不要再擔心了。」

她注意到洋裝袖子上的污漬，想用大拇指揉掉。

「我晚上聽到他們上樓的聲音，」她說，「他們刷牙、關燈，可是不說話。」

「菲比，妳希望怎麼樣？」

她的聲音變得很低，「我希望他們像以前一樣。」

我的牙齦在流血。

媽媽總是說我不吃水果將來會得壞血病。現在我什麼都不吃了，從昨天開始就沒吃，我決定開始絕食，直到他讓我見塔莎為止。

我不要洗澡也不要爬上梯子，我不要讓他碰我。

他可以打我，可以用水管潑水，可以關燈，可以拿走我的毛毯，我寧願餓死或凍死也不要繼續過沒有塔莎的日子。

我唯一拿手的是跑步，以前常常想像跑得夠快的話可以看到自己的未來。也許跑過一個轉角或跑上山峰，看到自己消失在遠方。但現在我被困在這裡，沒辦法這麼做。既看不到、也無法想像未來。

我躺在折疊床上想起快樂時光，像那天我們去找塔莎的叔叔，他讓我們在牧場開他的旅行車，在坑洞上彈跳，壓扁牛糞。我們開著窗戶，調高音響的音量，假裝在南法那條有名的公路上兜風，有懸崖跟隧道的那一條，葛麗絲・凱莉發生死亡車禍的那一條。她是另一個悲劇公主。我長大時聽的童話故事裡，大家都從此過著幸福快樂的日子，可是現實生活的公主卻在車禍中喪生或離婚或賣減肥藥。

塔莎曾經告訴我，大部分的人都妥協、選擇次好的。也許這是有原因的，第二名也沒那麼糟，我在全國比賽得的就是第二名。得第二名就不用一直往後看，也不必擔心過度誇大的期望。

我做惡夢夢到喬治帶著艾蜜麗回來。他一定在監視她，否則為什麼會有她的照片？他說他綁架我們之前就在觀察塔莎了，可是我不記得那天晚上之前看過他。

我伸手到枕頭底下，摸到那支竹子做的沙爹棒，是那天我趁喬治不注意時從桌上偷拿藏在髒衣服裡的。現在我的手指撫摸著木製長棒，碰觸尖銳的頂端。我有武器了。

除非刺穿他的眼睛或耳朵，否則這東西大概殺不了他，也許我該等到他睡著再攻擊。

我想到那支壞掉的螺絲起子，塔莎也想到同樣的方法，打算從背後下手。她就是那次回來後大腿流血，蜷曲在折疊床上，她就是那次放棄了希望。

我平躺著瞪著天花板，努力平穩而緩慢地呼吸。不是絕食，我要逃走的話需要體力，得吃東西，就這樣而已。

我滑下床到櫥櫃前找一罐烤豆，開罐器鈍掉了，我花了二十分鐘才打開罐頭。加熱時我拿了一捲膠帶，用指甲挑起黏性的那一邊，小心地在竹籤周圍包上一層膠帶，只露出尖尖的那一頭。

我用掌心握住膠帶黏住的把手部分，試著揮舞，並不覺得很有自信，再試一次。然後我想像塔莎躺在折疊床上痛苦蜷曲著，這次試刺變得很容易。我想到媽媽和爸爸，菲比和班恩還有他們用來取代我的小妹妹，一直在空中揮舞著竹籤。

我的腦海裡不斷想像這一幕，想像我如何用竹籤刺他的背，如何把他推下暗門，叫他變態的混蛋，他抬頭看著我，臉上露出意外、受傷、害怕的表情。

我從來沒有對人做過這麼暴力的行為，可是我要為喬治開先例。我要傷害他，要他為他所做的事付出代價。

34

「解釋給我聽，」重傷的手指在方向盤上打著拍子，「人們為什麼常常說一輛車可以在多快的時間內從零加速到六十？我是說，每小時六十英里的速度有什麼大不了？好像人們以為外星人降落地球也只能開時速五十九英里，除非我們能在十秒內從零加速到六十，否則他們會吸出我們的大腦。」

他停下來等待回答。

「我從沒這麼想過。」我說。

「車迷都沒大腦，」他又說，「外星人不會有興趣的。」

假日的車速慢如爬行，汽車在交通號誌與圓環間匍匐前進。

「你一直都想當警探嗎？」我問。

「喔不，教授，我很晚才加入，」他很樂意回答這個問題，從內袋裡拉出一張皺掉的照片。

「上面那個就是我，」他說，「左邊數過來第二個。」

照片上還殘留著他的體溫，上面有一群穿著戰鬥服的青少年蹲著休息，武器夾在膝蓋中間。

「你是陸軍軍校學生？」

「是的，教授。」

「你為什麼沒有加入陸軍呢？」

「體檢沒過，」他指著左耳上方的疤痕，「我有一顆良性腫瘤，壓迫到內耳的一部分，所以那邊耳朵聽不到。二十一歲以前人們都以為我很遲鈍，你知道，很笨。」

「所以你才把頭轉向一邊。」

「什麼？」

「我剛認識你的時候注意到你聽人說話時頭會歪一邊。」

「習慣使然，」他笑了，收回照片，「我無法加入陸軍，後來先當了一陣子護士才成為法警。在那裡看到警察在刑事法庭上作證，我想，對，我做得到。我猜我想挑戰……改變世界。聽起來像陳腔濫調嗎？」

我搖搖頭。

菲利普．馬丁尼茲的車子停在屋前，但沒有人應門。窗簾拉上，燈關著。我正要放棄時聽到車庫傳來嘟嘟聲。我敲敲巨大的雙門，門閂拉開，右邊的門打開一個縫隙。

馬丁尼茲過了一會兒才認出我。

他道歉，「是你敲門嗎？真抱歉，我太專心了，」他背後的鈴鐺發出聲響，他把門打開，「這是我的嗜好，」他解釋，「有點難為情……大男人在玩火車。」

火車模型軌道佔滿了車庫地面的空間，好幾層模型來回扭轉，還有山、河流、街道、地下道、隧道、車站、圍籬、路標、火車車廂、引擎和馬車，細膩的程度相當驚人，生動但不能移動的小小人像與動物住在重建的世界裡。

他建造了整個城鎮，裡面有工廠、倉庫、鐵路調度場、商店、郵局、餐廳和電影院。行人在穿越人行道，汽車等著交通號誌改變，鎮辦公廳的時鐘平穩地準備報時。

我看到他的工作檯靠在一面牆上，上面排著一片片西印度輕木和切剩的木塊，還有電動工具、電線、一疊疊鋼鐵火車軌道。小瓶油漆依顏色排列，裝著伸縮架的放大鏡彎曲在工作台上，後方是明亮的燈光。

警員跟著我進入車庫，研究著他的做工。

就連那些丟在垃圾桶的模型看起來都很完美，一定是某些微小的缺陷或瑕疵讓它們落得被丟棄的下場。

馬丁尼茲先生調整一個掉在月台上的人像，是穿著制服拿著旗子的站長。

「今天只有三條鐵軌在運轉，」他解釋，「通常有五條，你們想參觀一下嗎？」

「想。」

他帶我到控制台，打開幾個開關啟動引擎，平交道柵欄升起又放下，火車在平交道停下來，哨音響起，鈴聲大作。這些動作和聲音使模型栩栩如生，我幾乎可以想像那些小小的人像移動。

「這些花了你多久時間？」

「好幾年。」

「完成了嗎？」

「我一直改變心意，增加新的東西。」

「是進行中的工程？」

「比較像薛西佛斯。」

重傷拿起一輛餐車，「嘿，裡面有小人，他們的盤子上還有食物。」

「請不要碰，」馬丁尼茲先生說，「有些物件很脆弱。」

警員放下餐車，擦去指尖的油。

我注意到車庫牆上有艾蜜麗的照片，相框裡的照片折起，蓋住了照片裡的另一個人。

「我想跟艾蜜麗談一談。」

「她今天上班，在亞賓頓打工。」

「我可以問你一個問題嗎？艾蜜麗為什麼想逃家？」

馬丁尼茲先生沒反應，而是打開更多開關啟動另一輛火車，「那時我在辦離婚，過得很辛苦。」

「艾蜜麗的母親住在倫敦。」

「對。」

「你們不是共同擁有監護權嗎？」

馬丁尼茲先生停下來，用食指和大拇指捏捏太陽穴。「我太太幾年前自殺未遂，其實早有跡象，她酗酒，而且仰賴藥物，主要是止痛藥。她已經不是負責任的成年人，因此我才訴請監護權。」

「她提出抗告嗎？」

「是的，常理最終獲勝。」

「她自殺未遂是什麼時候？你勝訴之前還是之後？」

他的笑容消失已久，「這種問題讓我很不舒服。」

「對不起，我的措辭不太恰當。」

「教授，我懷疑你是無意的。在我看來，你不像是個講話不經思索的人。」

「你說話帶有一點點美國口音。」我改變話題。

「我在美國工作了七年，雅曼達一直沒有習慣那裡的生活，酗酒問題愈來愈嚴重。某天我回家才發現她和艾蜜麗已經收拾行李回英格蘭了。」

「你跟著她們回來。」

「不是馬上，我的工作太重要了。」

「和艾蜜麗分開一定很辛苦。」

「我盡量撥時間回來看她，雅曼達不肯讓艾蜜麗一個人搭飛機到美國。最後我犧牲一切回來——我的研究計畫與研究資金。」

火車還在繞圈圈，燈光一閃一閃，哨音響起。

「我是因為看到當時的狀況才為了艾蜜麗這麼做。雅曼達酗酒的問題愈來愈嚴重，有一陣子她參加匿名戒酒會，可是一直破戒。她一直有點瘋瘋癲癲的，容易緊張，後來卻變得非常嚴重。吃藥、昏睡，有兩次艾蜜麗叫不醒她，得打電話叫救護車。所以我才爭取艾蜜麗的監護權，一直都沒放棄，直到贏回她為止。」

「你把她說得像獎品一樣。」

他給我最斷然的表情，「所有的孩子都是禮物。」

「可是你的女兒想逃家。」

「我們花了一點時間才熟悉對方，一路上有崎嶇之處。」

「崎嶇？」

「雅曼達的病情復發被送進精神病院，艾蜜麗怪在我身上。」

「為什麼？」

「我不知道。你該問她。艾蜜麗可能是因為雅曼達入院才留下來，她每天都去醫院看她，同時我們對彼此的認識加深，生活輕鬆了一點……她懂規矩。」

「規矩？」

「只是很平常的——不能喝酒、不能抽煙、不能嗑藥、不能吃垃圾食物、不能夜歸……她的體重太不像話，學校成績也不好，換我掌控之後，一切都改變了。」

「她只是在經歷青春期。」

「沒錯。青少年不該被當成成年人對待，他們無法管理好自己的情緒和思緒。這個國家有一半的問題在此——缺乏監督、小孩在街上遊蕩。看看倫敦暴動，年輕人打破窗戶、砸毀汽車、偷平板電視，只因為他們無聊，因為家裡沒有好榜樣。」

「另一半的問題是什麼？」

「什麼？」

「你說這個國家一半的問題來自孩子。」

他停下來道歉，「你講到我熱中的話題。」

「火車大概是比較好的嗜好，」我想出去呼吸新鮮空氣。

他帶著不真誠的微笑看著我，「教授，我覺得你好像不認同我的方法，可是我女兒愛我。我很高興她沒有跟那兩個女生一起離開，否則可能也被綁架了。你有孩子嗎？」

「兩個女兒。」

「養育小孩……很難。這個世界愈來愈複雜，他們從雜誌、電視節目、網路、社群網站和即時傳訊得到更多訊息，我們得擔心網路色情、網路霸凌、還有網路上的戀童癖。他們都想成名，認為自己有權利。外面的世界很可怕。」

我想問他外面指的是哪裡，可是聽厭了他的抱怨和偏執。我的左臂在顫抖，但身邊有太多脆弱的東西，如果跌倒的話可能壓垮整棟大樓，毀掉街道，使火車脫軌……

「你介意我和艾蜜麗談談嗎？」我問，走向門口。他給我她工作的藥局名稱。

「告訴她我今晚要煮她最喜歡的義大利扁麵。」

35

太陽似乎靠在屋頂上休息，從擋風玻璃斜斜地照進來。重傷小心翼翼地在炫目的陽光下開車，被計程車司機、深色寶馬和奧迪汽車霸凌。

盧伊茲鈴響第一聲就接起電話，他在戶外，像個戒煙的老煙槍一樣拚命打噴嚏。

「你知道牛津郡有多少廢棄的工業用地靠近鐵路嗎？」

「這是腦筋急轉彎嗎？」

「我目前去過九個，每一座都該被剷平。」

「我還以為超強瓊斯要找空照圖和地圖。」

「空照圖上什麼狗屁都看不到，十層樓的建築看起來像網球場。」

「所以你就去爬圍牆。」

「我被兩隻狗追，還有某個長舌的老女人威脅要找警方逮捕我。」

「真有魅力，我需要超強瓊斯再幫個忙。」

「你剛好碰到我現在心情好。」

「我需要菲利普．馬丁尼茲的背景資料，他是牛津大學生物醫學系的研究科學家。」

「為什麼突然對他有興趣？」

「他讓我覺得很反感。」

「就這樣？」

「他是個自以為是、充滿怨恨的社會保守派，在離婚協議裡把女兒當銀行帳戶一樣藏起來，不讓前妻知道。」

「你照實對他說嗎？」

「我比較有禮貌一點。」

「你用舌頭幫他擦鞋嗎？」

「禮貌是種專業態度。」

盧伊茲大笑，結束通話。我的手機幾乎立刻響起，來電的是茱麗安，她在車上，我聽得到小女兒艾瑪跟著兒歌一起唱。我每次聽到茱麗安的聲音都有一種心痛的幸福，真希望能想到什麼話對她說，讓她充滿興奮或驚奇的話。

「嗨。」她說。

「嗨。」

「你好嗎？」

「我很好。」

「我想問你明天幾點會到這裡？」

「明天？」

「聖誕夜，笨蛋，你要來跟我們一起過。」

「好，當然。」

「她們兩個想等你來才掛上襪子──嗯，艾瑪這麼希望。查莉還是不肯跟我說話，我要煮大餐，她們上床前我們讓她們先拆一份禮物。」

「就像以前一樣。」

「你是在諷刺嗎？」

「不是。」

「所以你幾點會來？」

「我不確定。」

「嗯，盡量避開車潮，不用買禮物給我。」

「好。」

她掛掉電話，我突然開始想可以買什麼禮物給她。她一定會買禮物給我，她一定想過，而且提早計畫，我不論怎麼做都比不上她的用心。

重傷在藥局附近靠邊停車，指著馬路對面。

「我要去那裡吃點東西，」他拍拍肚子，「我有穴居人的基因，總是處於飢餓狀態。我女朋友要我婚禮前都得遵守這份飲食計畫，把我的冰箱裝滿健康的垃圾——芹菜、美生菜、鄉村乳酪……沒有啤酒也沒有披薩。現在我可以為了漢堡加一大盤薯條殺人。」

「殺人有點極端。」

「你說的對。我會把某人揍得很慘，讓他動彈不得。」

他拉下遮陽板拿出泰晤士河警方的標誌。「我會在這裡等你。」他鎖好車門。

艾蜜麗正在打開一箱箱洗髮精和潤髮乳上架，調整標籤朝外。梯子上放著一支打標籤的槍。她看到我時眼裡閃過一陣冷顫。

「我在上班——不能說話。」她說。

「這件事很重要。」

她看看背後，咬著下唇，「也許我可以休息一下。」

我們到馬路對面的咖啡座，她點了低脂無糖熱巧克力，仔細考慮要不要點瑪芬蛋糕，使她的選擇看起來很叛逆。我不覺得她父親會贊成她點超大型藍莓瑪芬。

她穿著黑裙白襯衫，胸前口袋掛著名牌。她坐下來縮著身體捧著飲料，好像被看見跟我在一起是件很難為情的事情。

「我得再跟妳談談那天晚上的事。」

「哪天晚上？」

「夏日祭那天晚上妳和琵琶和娜塔莎在一起，妳最後一次看到她們是什麼時候？」

「她們在碰碰車對面的一個投籃遊戲，塔莎想贏一隻熊貓。我記得她跟那個傢伙吵架說遊戲有詐，因為那些球的彈性太好，不是進不了籃框就是一直彈出來。」

「那時候是幾點？」

「九點多。」

「她們跟誰在一起？」

「沒有人。」

「有人在附近逗留嗎？」

「她們跟幾個男生說話。」

「誰？」

「我不知道他們的名字，他們是斐登的朋友。」

「斐登也在場嗎？」

「沒有。」

「還有誰？」

「那是賓罕的重要活動，鎮上大大小小每一個人都在。」

我盡量試著問出名字，努力推測那天晚上兩個女孩的行蹤，艾蜜麗睜大眼睛說著，偶爾微微點頭。

「當時有人讓妳覺得很不舒服嗎？」我問，「有人看起來很奇怪或很突兀嗎？」

「我不知道。」

「塔莎的叔叔呢？」

「他在管賓果遊戲的攤子，他很幽默，能讓人們聽了多買幾張。」

「妳還看見誰？」

「有些同學……牧師和他太太……卡倫・羅曲和家人在一起，人們同情他，因為他不能去玩那些遊樂設施。」

「他跟塔莎或琵琶有交談嗎？」

「應該沒有。我聽到他的父親說到塔莎。」

「他說什麼？」

她撥著瑪芬，挑出藍莓，「很難聽的話，說她是個撩人精、花癡，大家都知道他有多討厭她。」

「琵琶那天晚上去妳家時，塔莎在哪裡？」

「我不知道。」

「琵琶說了什麼？」

「我知道她們出了事，因為她的衣服髒了，膝蓋、牛仔褲和手臂上都有泥巴。我以為她跌倒了，她坐在我床上，在床單上留下污泥。」

「當時她受傷了嗎？」

「沒有。」

「哭過？」

「琵琶從來不哭。」艾蜜麗用手指梳理頭髮，撥到耳朵後面。

「妳九點就離開遊樂場了，為什麼？」

「我媽進了醫院。」

「誰打電話給妳的？」

「我爸。」

「妳說妳媽現在住在倫敦。」

「對。」

「妳多久見她一次？」

「爸爸讓我去見的時候。」

「妳希望多久見她一次？」

她臉上閃過一絲受傷的無助，眼前的盤子上只剩蛋糕屑，「我得走了，我只能休息十五分鐘。」

「最後一個問題就好，」我說，「妳們三個有什麼常去的特別地方嗎？」

「你是說像夜店嗎？」

「最喜歡的地方。」

「你這樣說好像我們只有八歲，還在用通關密語。」

我笑了，「琵琶和塔莎帶的東西太少了，所有的衣服都還在，妳說妳們計畫逃家，所以我覺得她們可能藏了一包衣服在哪裡。」

「本來是的，」她看著窗外的街道，「那年夏天我們常去運動中心的游泳池，塔莎以前會把東西藏在那裡的置物櫃裡。」

艾蜜麗推開空杯，她說太多了，「我得走了。」

她隨即拿起大衣，我看她看看左右來車後快步穿越馬路，心中浮現一股不安，就像戰鼓一樣重複而低沉的打擊著，每天愈來愈強烈。

她在馬路另一頭停下腳步，回頭看著我片刻，好像擔心留下什麼，但決心拋諸腦後。

我爸曾經告訴我，人們處於生死交關的狀態時，會做出不可思議的事。母親可以為被困的嬰兒舉起汽車，人們也曾從飛機上摔下而存活。

當時機來臨時，也許我也會做出不可思議的事。我每次想像刺殺喬治時就會喉嚨緊縮，感覺好像心肌梗塞，雖然其實我也不知道心肌梗塞是什麼感覺。我想大概就像胃食道逆流一樣，只是嚴重一百萬倍，因為胃食道逆流不會死掉。

我知道那是恐慌症發作。以前發生過，是塔莎幫助我度過的。她會在我的嘴巴放一個袋子，要我慢慢呼吸，要不就揉揉我的背，要我想像快樂的事、地方或人。

我現在就是這麼做。我想像自己躺在我家院子池塘邊的草地上，陽光普照，菲比在我身邊，我幫她用三葉草做了一個王冠，搭配手鍊和項鍊。媽媽在廚房煮我最喜歡的雞胸肉奶油捲。

我知道這一幕聽起來很老套，像洗衣粉廣告，可是可以讓我在恐慌症發作時轉移注意力，幾分鐘後又恢復正常呼吸。我到水槽前洗臉，用鍋子燒水煮義大利麵，用一湯匙的油攪拌。我太緊張了，只吃了幾口就吃不下。

我看著暗門，仔細聆聽。如果他今天沒有來，也許明天會來。

我把空的烤豆罐頭洗乾淨拿來當聽筒，把空罐靠在牆壁上，耳朵貼近罐底，希望聽到塔莎就在另一邊。我甚至想像她也在做同樣的事，聽我的聲音，也許我們的頭幾乎靠在一起。

我們終於決定逃家的那天晚上就是把頭靠在一起互相保證。我以為塔莎是永遠不會崩潰的，可是那天晚上她碎成一百萬片，我則很努力地撿起這些碎片。

自從艾登．佛斯特的審判之後她就開始說逃家的事，被退學只是進一步確認了逃家時間表。她說我們在賓罕還有最後一個暑假，開學時就要離開。

暑假最後一個週末就是夏日祭，有遊樂設施、攤販和賓罕公園的表演。當地的騎馬俱樂部也會表演，由崔佛牧師擔任馴馬比賽的裁判。

一整天的慶祝活動由早上在舊牧師宿舍舉辦的花園茶會開始——這是爸媽買下時同意的條件之一。根據當地的歷史學家（我指的是好管閒事的那些人），顯然過去一百六十二年來牧師宿舍都在早上為莊園工人和鎮民舉辦晨間茶會。

我不知道什麼是莊園工人，不過大部分的客人都是教堂的長舌老女人，她們坐在草地上的長桌前，眼前擺著司康、海綿蛋糕、三層布丁和夏日蛋糕，用棉布蓋著防蒼蠅，預防有人偷吃。潔絲敏．陶德抱著新生兒來參加，小寶寶的頭髮東一簇西一簇，看起來好像在換毛，可是每次打嗝時大家的讚賞之聲還是不絕於耳。潔絲敏是我小時候的保母。

午餐時，鎮上的肉販史望森先生架好旋轉烤架烤全豬，那隻豬看起來真的好像沒穿衣服的人，我流口水時覺得自己像食人族。

爸媽整天都要我做事，送茶點和蛋糕，清理盤子，清洗餐具。我把椅子疊起，草皮有破洞就補起來，同時聽著搖滾樂那邊傳來的尖叫聲，看到人們爬上很高的溜滑梯，聽到廣播叫父母去哪裡接走失的小孩。

最後我還是忍不住發脾氣了。我說他媽的真不公平，跟媽媽說她是個愛報復的賤人，爸爸像洩氣一樣肩膀下垂，我又讓他失望了。

我被送進房間裡禁足，聽到爸媽爭吵要再把我送走。媽說我失控了，爸叫她不要小題大作。塔莎從手機傳了一封電子郵件給我，附了一張她跟艾蜜麗在海盜船上的照片，海盜船前後搖晃時她們頭髮都飛起來了。我的手機被沒收了，連簡訊都沒辦法傳，接下來他們要沒收什麼？

八點半時我假裝刷牙準備上床。菲比和班恩已經睡了。我一聽到爸媽在客廳看電視的聲音就打開臥室窗戶，從屋頂爬到舊馬廄上，再從樹上滑到柴堆上。我穿過花園，要青蛙和蟋蟀閉嘴，從側門偷偷溜出去，距離公園只有兩分鐘而已。

塔莎和艾蜜麗在玩橡皮彈簧床。她們坐過雲霄飛車，笑著講到每次雲霄飛車倒轉時身上的洋裝就整個飛起來。

當時九點鐘，遊樂場到午夜才結束。我們手勾手走在表演旁，塔莎興高采烈，眨眼甩頭髮。不分年齡的男人都看著她，有些表情像小狗，有些像掠奪者。

九點多時，艾蜜麗接到一通電話說她媽媽住院了。這並不是第一次，我們已經習慣馬丁尼茲太太生病。我記得希望我媽被送進醫院，現在讓我覺得很有罪惡感。

塔莎伸手進褲子裡拉出一個裝藥丸的小盒子，把我拉到一頂帳棚旁。

「我只有一顆，我們得一起吃。」

她把藥丸塞進嘴裡，用手臂勾著我親我，她的舌頭用力壓在我的舌頭上，直到藥丸碎掉，旋律像阿斯匹靈一樣融化。她咯咯笑著拉開，我的臉好燙。

「我覺得妳很喜歡，」她逗我，我已經感覺到快樂丸所帶來的化學變化，我嚐得到音樂，旋律像檸檬雪果一樣在大腦裡跳動。

她又牽起我的手。

「我們去游泳。」

「可是游泳池關著。」

「我知道可以從哪裡進去。」

她說的是運動中心。塔莎拉著我的樣子好像拖著我走。想到可以跟她一起游泳我的內心就湧上一陣陣快樂。公園入口處有幾個喝醉酒的青少年在跟警察說話，塔莎拉著我避開他們，我們一路跑到運動中心。

那天晚上很熱，昆蟲叫聲很大，還有忍冬和茉莉的味道。我所有的知覺都變得很靈敏，不只跑得比以前還快，還可以跑整夜，一直跑到下星期。

唯一奇怪的是我的聲音聽起來不像自己。

「我們得離開這裡，」塔莎假裝是無聊的家庭主婦，疲倦地說：「這裡又小又自私又……」

「無聊？」

「我們如果不逃走會無聊到發瘋，被困在這裡結婚懷孕買房子，像我們的父母一樣在這裡困上五十年。」

她在街上轉圈圈，張開雙手大叫：「我們會自由！」她一直轉一直轉，最後搖搖晃晃地跌到草地上，頭昏，不可抑制地笑著。

運動中心有兩座小型戶外游泳池，一座圓頂下的大型室內游泳池，燈光把泳池照成藍色，在內牆打上圖案。

我們沿著外面的鐵絲圍牆走著。有人在磚塔旁的行政區後面停放工地廢料車。

塔莎攀上廢料車。

「妳得推我一把，」她拍拍裙邊，我看到她的丁字褲，「不准偷看。」

我雙手交叉讓她踩在我的掌心，然後一撐往上跳到磚柱上，她像船長一樣擺姿勢瞪著遠方。

「我看到水了。」

「我怎麼辦？」

「沿著圍牆走，我讓妳從大門進來。」

外面很黑，我的脛骨撞到單車架，痛得罵髒話，一腳跳著，揉著另一腳。我叫塔莎的名字，她沒有回答。

我從圍籬間看進去，不知道她去了哪裡。接著我看到她在大門附近，洋裝鬆垮的掛在身上，頭髮歪掉了。透過我被藥效影響的雙眼、透過昏暗夜色，她看起來像個沒有尾巴，正在學走路的美人魚。

她轉頭看看後方，接著起跑，像初生小馬一樣踢著腿。起先我以為她想從我身邊跑開，然後才發現她是朝我的方向跑來，她沒有減速，因而直接撞上圍籬彈開，她爬起來想往上爬，可是不夠強壯，使不上力。

「快跑，琵琶，」她說，「快跑！」

36

聖誕夜前夕，德魯宜從辦公室窗戶凝望著冬日灰濛濛的天空，一陣微風吹來，雲層似乎過於厚重、沉重而無法移動。也許夏天永遠不會來。

「不是維克・麥克班，」我說。

探長似乎沒在聽。經過一陣漫長的沉默之後，他轉身面對我，深深吐一口氣，彷彿把身上的重擔從一肩換到另一邊。

「你為什麼改變想法？」

「大風雪那天晚上他和一名女子在飯店裡，他不想暴露她的身分。」

「我們需要名字。」

「這個名字會公開嗎？」

「如果不相關就不會。」

「是莎拉・韓德利。」

「他告訴你的？」

「對。」

「你相信他？」

「相信。」

德魯宜環顧辦公室，視線聚焦在辦公桌、椅背和窗台上，可是其實心不在焉。也許他在思索自己的外遇，或努力想起人們沒有令他失望的時候。

「我不知道明天還剩多少人手，」他說，「大家都想回家過聖誕節，我的預算超支，付不出加班費。」

「搜索行動呢？」

「我們重複搜索過的區域，我要縮減規模。」

一陣騷動打斷他的話，他轉身面對窗戶，一群人在外面的步道上聚集，是電視攝影機、記者和攝影師：他們圍繞著斐登．麥克班。他穿著藍色外套，梳了頭髮。

「我妹妹死了，他們居然還敢逮捕我，」他指著警局大叫，「他們把我關起來，威脅我，要我閉嘴。哼，我才不會保持沉默。我要告這些混蛋非法逮捕、個人傷害和精神損失，我要告他們破壞名譽。」

德魯宜額頭靠在玻璃上，留下油漬印記。

「看看那個人渣，」他喃喃地說，「他找了個經紀人，像麥斯．克里佛德那種，把自己的故事兜售給出價最高的人。他該被起訴的。」

「那只會使情況更糟糕。」

「應該有法律明文禁止他從中獲利。」

又有人打斷我們，這次是大衛．凱西。

「老大，你該看看這個消息，天空新聞台剛在網頁上貼了娜塔莎．麥克班的新照片？他們說那是她失蹤前一晚拍的。」

凱西在桌上型電腦上打下網址，網頁上出現照片，上面的標題寫著：「娜塔莎的最後一支舞。」影像畫質很差，是用手機拍的，不過很容易認出照片中的人物，娜塔莎．麥克班穿著夏天的短洋裝，顯然在跳舞，轉圈圈，裙子飛到腰際。

她的面前有一群男性觀眾看著她跳舞，不過看不清楚面孔，他們或坐在板凳上、或站在她身邊。

這是不幸少女娜塔莎・麥克班最後的影像，她在三年前和最要好的朋友琵琶・韓德利一起失蹤，照片拍攝的時間就在二〇〇八年八月三十日她失蹤前幾個小時，地點在牛津郡的賓罕夏日祭。上星期，娜塔莎的屍體在距離她家半里遠的結冰湖泊裡被發現。

「我要看原始檔案，」德魯宜下令，「我要知道是誰拍的。」

十五分鐘後，一通電話接到電視台新聞部副主任納森・波特的桌上，他一口友善而和藹的伯明罕口音，電話按了擴音。

「探長，我能幫什麼忙？」

「你手上娜塔莎・麥克班的照片是哪裡來的？」

「由民眾所提供的。」

「我需要名字和聯絡地址。」

「我們的資料來源希望保持匿名。」

德魯宜努力控制脾氣，「波特先生，這不是維基解密，這是命案調查。」

「天空新聞台有義務保護我們的新聞來源，在自由社會裡……」

德魯宜拿起電話假裝摔在桌上，波特還在說話。

「……媒體獨立性是民主制度重要的支柱……」

兩人之間任何的善意都已蕩然無存。

「波特先生，我們嚴肅一點，你不是在保護民主，你是在保護一個殺害少女的凶手。」

「冷靜一點，」新聞編輯說，「我認為你誇大事實，我們只不過找到一則好的新聞報導而已。」

「對你來說只是一則好的新聞報導而已。一個女孩死了，另一個失蹤，你有十五分鐘可以提供警方消息來源的身分。如果你拒絕合作，我會再召開一場記者會，宣布你們這個新聞機構隱瞞有利案情的重要證據，我很肯定韓德利夫婦會感謝有這個機會做出評論。」

接下來是漫長的沉默，有些沉默有自己的文法結構與句型。

新聞編輯先開口：「請等一下。我在徵求律師的意見。」

「時間不等人。」德魯宜說。

我們等著，聽著天空第一台聖誕節目的廣告。

五分鐘後，波特回到線上。

「似乎發生了一些誤解，」他為延遲而道歉，「是一場誤會。」

「怎麼說？」

「我們原本就打算交出照片，我們絕不希望妨害或阻撓警方辦案，也許做為提供協助的回報，警方可以考慮讓我們獨家訪問韓德利夫婦。」

「不可能，」德魯宜說。

「也許你願意接受訪問。」

「波特先生，你不會想這麼做的。」

「何不？」

「我可能會說一些讓你後悔的話。」

「原來如此。」

「照片是誰給你的？」

「一名男子打電話到新聞部提供這些影像，他說自己叫約翰・史密斯，顯然是假名。他要現金，我們付了五百英鎊。」

「就這麼簡單？」

「他來取款時，我們的監視器拍到他的畫面，給我一個電子郵件地址，我把擷取照片寄給你。」

「娜塔莎的照片呢？」

「那是用手機拍的，他給我們四張似乎是連續拍攝的靜止畫面，很有可能是影音檔。我現在傳送電子郵件了。」

「波特先生，謝謝你的合作。」

「探長，隨時樂意效勞。」

德魯宜掛斷電話，按到收件匣，在新視窗開啟附件影音檔下載。監視器畫面顯示一名男子進入旋轉門，穿越大廳。他穿著連帽外衣，戴著棒球帽，寬鬆的牛仔褲，雙手插在口袋裡。他跟櫃臺小姐說話，拒絕接受拍照製作訪客通行證，因此在大廳等候一名穿著中等長度裙子的女性記者出現。他研究她，仔細看她的小腿，他們交換物品，他轉身離開。

「那裡！」德魯宜說。

影片暫停，那個自稱是約翰・史密斯的男子抬頭看著監視器，在千分之一秒的時間裡揭露了自己的身分。

「可惡！」德魯宜從椅背上抓起外套，開門對案情室大叫，「布萊克，凱西，米德頓……快來。」

37

烏鶇牧場是歐洲最大的國宅，可回溯到五〇年代，當時都市計畫師認為解決低收入的問題就是把這些貧窮人口從公寓和破落的社區搬到城鎮邊緣的綠地，眼不見為淨。

然而，這烏托邦似的想法卻製造出水泥和空心磚砌出的不毛地帶，和任何狄更斯筆下的世界一樣悲慘，滿是毒窟、非法工廠、妓院、廢棄屋、二手車場、賣贓貨零件的，還有窗戶鎖著鐵窗的便利商店。

這不是觀光客的牛津或學士服的牛津。這是「居民」住的牛津——住著清潔工、幫傭、工廠工人、送貨員、讓城市運轉的工匠、還有從業員、無業遊民、勞工階級和下層階級。

當地的地標是十五層樓高的溫德拉什和埃文洛德，用鐵球或二十磅的塑膠炸彈可以改善現況。溫德拉什大樓的送貨入口聞起來像破掉的垃圾袋、消毒水和貓尿。我看著十幾個身著防彈衣的警員上樓梯，另外四個搭電梯，他們看起來像前往控制艙的太空人。

托比·克羅格和弟弟住在七樓，警方已事先悄悄將鄰居撤離。霹靂小組就位，帶頭的警員頭盔上有攝影機提供現場影像。德魯宜瞪著螢幕，右耳戴著耳機。

「門打開了，有人在移動。」

「是他弟弟。」

一個不到十七歲的小孩拿著黑色垃圾袋走出公寓，門開著，他走到丟垃圾的管道前，再過三秒就會走到警員等待的樓梯口。

「他會看到他們，」德魯宜喃喃地說，接著對無線電說：「準備好行動。」

那個弟弟把垃圾袋丟了，伸手到背後，他有可能是在抓癢，或伸手拿槍。

「現在行動！」德魯宜對著無線電說，「快去！快去！快去！」

戴著攝影機的警員衝向走廊打開的門，鏡頭彈跳，左右搖晃，頭盔和武器發出閃光。

「警察！趴下！趴在地上！現在就趴下！」

警員一一衝進公寓裡，我無法想像裡面還有空間。克羅格光著上身趴在地板上，四肢張開。電視還開著，操縱桿、披薩盒、啤酒罐。

過了一會兒，雙手上銬的克羅格被半抬著出現，看來他惹火了警員。大樓他處傳來狗叫聲，嬰兒哭聲，有人大叫安靜。

整個行動只花了兩分鐘，感覺上卻好像在看慢動作。烏鶇牧場沒有改變，我看了一眼空曠的街道，注意到一名男子拿著塑膠袋走在步道上。他突然停下腳步，吸收眼前這一幕，接著栽進旁邊的巷子裡。過沒多久我看到他像靈巧的小獵狗一樣動作迅速地穿越空地。是克雷格・顧德。

德魯宜上樓搜索公寓，凱倫・米德頓留下來守著無線電。我靜靜地對她打手勢指著顧德，他正穿過兩棟大樓之間，朝反方向離開。他兩手搭在牆頭上把自己撐上去，跨過右腿，不見人影。

米德頓用無線電對德魯宜說：「老大，有人看到警車就逃跑，他剛跳過南邊圍牆，我要去追他。」

警佐把無線電放回套子裡，朝停車區域移動，這女人的身材曲線凸多於凹，短小精幹，速度快得驚人。她爬過一輛路邊的歐寶汽車引擎蓋，頭朝下翻牆甩過，不見人影。

我跟在她後面，沿著牆壁走在兩排連棟房屋之間的巷子裡，看到前面有營業和關門的商店，是加油站前庭。她跑到哪裡去了？

我右邊有一個鐵絲網保護的廢棄場。我看到一個人影、一堆破布在移動。我爬上鐵絲網，甩過一條腿，蛋蛋感覺到冰冷的金屬，再甩過另一條腿，在鐵絲網的另一邊重重落下。米德頓警佐躺在那裡，氣喘吁吁地呻吟著，下唇有傷口。

我拿起她的無線電。

「警員受傷，重複，警員受傷。」

她搶過我手上的無線電，「我自己來。」

前面的一棟廢棄建築物玻璃都破了，我的視線沿著鐵絲網來到缺口，忖度顧德不可能離我太遠。我穿過缺口，沿著小巷經過倉庫和車庫，一條步道上有兩根護欄，只准行人通行。

我在四十步之後來到十字路口，兩旁停靠的汽車結了霜發出螢光。我看看兩邊想找到他，一輛汽車突然發動引擎，發出隆隆的加油聲，顯然引擎經過調校。片刻之後一輛福特伴遊朝我衝來，開車的正是顧德，眼神瘋狂。我站在馬路中間，他閃避時煞車過猛，汽車後半部打滑撞到一輛停在路邊的四輪傳動車。顧德想調整方向盤，車子卻甩尾，失去抓地力。

他用力踩煞車，方向盤鎖死，輪胎過熱竄出濃煙，汽車側滑撞上廂型車，發出金屬撞擊聲。霹靂小組持槍出現，蹲下瞄準。顧德努力想舉起手，可是六、七輛汽車警報器狂叫，他聽不到警方的指示。

德魯宜抵達現場，眼神如黑色砂礫。

「把他抓下車，封鎖區域。」

凱倫・米德頓和探長在一起，瘀青但沒受傷。

警察把顧德拖下車上銬，塞進警車裡，有人用手掌拍拍金屬車頂，警車開走。

「你還好嗎？」德魯宜問。

「我沒事。」

「你在想什麼啊？」

「她自己一個人就衝了。」

「那是她的問題，不是你的問題。」

厚重的靴子踩在托比・克羅格的公寓裡進行搜索。警員打開抽屜、櫃子和衣櫃，把手伸到床墊底下，牆上貼著一張上空女孩和機車做愛的海報。

整間屋子都是培根脂肪和死水的味道。我在走廊看著警察從凌亂的床上拉起床單，打開DVD盒後丟在一旁。

放在抽屜裡的筆電一閃一閃休眠中。德魯宜翻開後顯示的螢幕保護程式是重金屬樂團的照片，他在左上方的蘋果圖案按兩下，由此進入控制台，不需要密碼。

克羅格的收件匣有四千三百二十七封信，寄件備份有兩千五百一十二封。

德魯宜打開「尋找」搜尋影音檔，出現一列清單，檔名是數字而非文字，需要時間才能下載縮圖。好幾百個影音檔大多是A片和預告片。

「這台電腦買不到一年，」德魯宜說，「娜塔莎的影像是在那之前拍攝的，也許他還沒有時間把舊檔案放到新筆電裡。」

「他不會刪除娜塔莎的影像的。」我說。

「為什麼？」

「你看他下載的其他檔案，大多是強暴的幻想或女性向暴力臣服，娜塔莎的影像特別重要，可以讓他獲得一種擁有感。你搜尋較早的日期看看。」

德魯宜按下「檢視選項」，選擇「建立日期」。

「他五月才登錄電腦，看看那個日期有幾個檔案？」

「他一定是從前一台電腦複製過來的，」德魯宜打開資料夾，每個影像看幾秒，清一色都是塗著口紅的漂亮女被霸王硬上弓、穿透、假裝。這種影像平庸至極，既不性感也不讓人興奮，只看得到悶悶不樂的痛苦。

螢幕上出現一段新的影像，畫質很差的影像裡先出現地板，接著是牆壁，進而聚焦在一個穿著花洋裝的女孩身上，她的頭髮凌亂，被強迫跳舞，濕毛巾打在她的小腿和大腿上。音樂來自手機，是畢昂絲的《單身女郎》。

幾個男人坐在木凳或站著，臉上戴著面罩或用手帕遮掩。娜塔莎哀求他們讓她走，其中一人把點燃的香煙彈到她的小腿上，她繼續跳舞但早已倦極，動作緩慢。

「轉個圈給我們看。」

她照做。

「妳可以做得更好。」

「快一點！」

她轉得更快，裙子飛起來，看得到內褲。

其中一名男子抓著娜塔莎的胸部，她推開他，另一雙手接近她的腰部把她舉高，有人把手伸進她的兩腿之間。

「不要，」她苦苦哀求，「拜託讓我走。」

「我以為妳喜歡跳舞。」

「我跳，可是別碰我。」

「來吧，搖搖妳的尾巴。」

影像停止後又重新開始，這次角度不同，毛巾打在娜塔莎的大腿和肚子上，現在她光溜溜的。

影音檔裡看得出六個男人，第七個拿著攝影機。

「對，給她好看！」一個聲音說。

「讓我們看妳的花招。」

一隻拳頭抓住她的頭髮，把她的頭往上拉。

「小姐，別哭，這一切結束之後，妳會有一陣子走路怪怪的，可是至少還有兩條腿。」

夢境

我聽到的。

我看到的。

我希望能忘記的。

他們一定是從遊樂場就跟著我們，可是我不知道他們怎麼進入運動中心的。塔莎被困在鐵絲網裡面，無法離開。

我飛快地跑，幾乎跑回到大馬路上，那裡有街燈、有房子，可是我被單車架絆倒，就是上次那一個。我以為腿斷了，一跛一跛地走向馬路。

我的右邊有一個影子在移動，他一手抓住我的腰部，一手摀住我的嘴巴、蓋住我的鼻子。我無法呼吸，也沒辦法出聲，我愈是踢腳掙扎，他抓得愈緊。

他把我抓回運動中心，我還以為自己會窒息。可是他把我放下來，雙手綁在背後，我坐在更衣室外面的水泥地上。

我聽得到裡面的音樂聲，他們在大笑，塔莎哀求他們讓她走。

那個男人把我的頭抓起來，在我嘴裡放了一顆平滑的石頭，「妳可別吞下去，否則會噎死的。」他在我的牙齒之間卡了一塊布，在後腦勺打結。然後他把我的襯衫往上拉蓋住臉，我覺得很難為情，因為他看得到我的胸罩。

「我們不會傷害妳的，」他說，「只是要教訓妳朋友一下。」

我看不到他的臉，可是聞得到他的汗水味和嘴裡的酒味。

我聽到裡面傳出的音樂聲和笑聲。

「甩甩臀。」有人說。

「讓我們看妳多會扭。」

「抬起頭，我想看妳的臉蛋兒。」

38

托比．克羅格雙腿外八坐著，雙手交握放在後腦勺，努力表現出一副從來不知懷疑或猶豫為何物的樣子。當然，其實他的內心波濤洶湧，也很害怕。逮捕他的速度快得使他驚慌失措，不知道什麼時候嚴重的粗心大意導致自己的命運忽然改變。

我看過他的檔案：無業、教育程度低落，家有三個小孩，父母在他七歲時離婚。祖父和父親都在考利的莫瑞斯汽車公司生產線工作，直到八〇年代的縮編減少了百分之九十的編制。

克羅格十五歲就被退學，十七歲不到就已經被捕兩次。工廠的工作沒了，礦坑關閉，生產線外移，唯一的「有薪工作」來自國宅的毒販與黑幫，政府支付福利金，卻又無法理解這樣的孩子為什麼會變成罪犯。他們雇用更多警察，蓋更多監獄，希望下層階級會縮小、消失。

我們在觀察室裡，德魯宜站在我背後，「你對這傢伙的觀察如何？」

「他會用拖延戰術，」我說，「他不怕警方偵訊，因為他以前都見識過了。」

「我很有耐性。」

「那還不夠，你得出其不意，讓他措手不及，這一點我幫得上忙，讓我旁聽。」

探長沒有排除這個想法，「說來聽聽。」

「目前，克羅格不知道自己為什麼被捕，可是他一定懷疑和照片有關。人們在心理學家面前會緊張，他們覺得我要把他們的腦袋弄糊塗，或解讀他們的想法，這一點也許足以使他不安。」

德魯宜思索片刻後下了決定，「就這麼辦。」

我們進入時克羅格沒有抬頭，我把我的椅子移到他那一邊，他側頭看我又看看德魯宜。

「他在這裡做什麼？」

「歐盧林教授是位心理學家，他來觀察你。」

「他可以這麼做嗎？」

「托比，放輕鬆。」

「可是他為什麼在這裡？」

「不重要。」

克羅格又看看我，時間過了半分鐘。

「我希望他不要這樣，」他抱怨。

「怎樣？」

「叫他不要瞪著我。」

德魯宜不理會他，打開檔案夾整理文件，克羅格抓起他的椅子移得離我更遠，手臂胸前交握。圍起，防禦。

又一分鐘過去。

「你們在等什麼？」他問。

「我在給你時間好好準備。」德魯宜說。

「什麼？」

「我在給你時間想好說詞，當你被控性侵害的時候，想好說詞是很重要的。」

「我誰也沒碰，如果她說我做了，她就是在說謊。」

德魯宜停下來，「托比，你以為我們在說誰？」

克羅格遲疑了一下，「我不知道，某個賤人。」

「娜塔莎．麥克班，我們在你的電腦裡找到她的影像。」
克羅格結結巴巴了一會兒才恢復，「那筆電不是我的。」
「我們在你家找到的，電腦連到你的電子郵件信箱。」
「是別人賣給我的。」
「什麼時候？」
「幾個星期前。」
「在哪裡？」
「一家酒館裡。」
「哪一間？」
「公牛。」
「公牛三月就關門了。」
「那一定是另一家，我不記得了。」
德魯宜搖搖頭，「托比，我已經給你額外的時間了。」
「是真的！有人賣給我的，他是金髮，很胖，大約四十歲，我覺得應該是你們聽說那些有麻煩的賭客，因為他只賣六十鎊。」
「電腦裡面那些色情照片呢？」
克羅格露齒而笑，金牙閃閃發光，「那個並沒有違法。」
「你賣掉的那張娜塔莎．麥克班的照片是誰拍的？」
「我不知道你在說些什麼。」
「監視器錄下了你向記者拿錢的影像，她指認你就是資料來源。」

他的笑容消失，緊張地看了我一眼，「那是我在電腦上找到的，那個傢伙沒有把硬碟洗乾淨。」

「你認出娜塔莎・麥克班嗎？」

「對。」

「你為什麼沒有聯絡警方？」

「我逮到可以賺幾塊錢的機會。」

「影片裡她被性侵。」

「我沒有看完整段影片。」

「也許你認為她活該。」

「不關我的事。」

「影片是誰拍的？」

「我說過了。」

「你在酒館裡遇見的胖子？」

「對。」

「托比，最後一個機會，我要真相。」

德魯宜看了鏡子一眼。過了一會兒有人敲門，大衛・凱西拿著手機進來。

「托比，這是你的手機嗎？」

克羅格猶豫不決。

「這個問題很單純，」德魯宜說，「門號登記的是你的名字，你簽的約，密碼是什麼？」

「我不需要告訴你。」

「別擔心，我們已經解碼了。」

克羅格瞪著手機，彷彿它會爆炸，「那是我的私人物品，你們需要搜索令之類的。」

「這你就錯了。」

探長用手指滑過螢幕。

「我們查過記憶卡，找到影片了。」

他把螢幕轉成直向，影片開始播放，娜塔莎在小螢幕上跳舞，克羅格不肯看。

「托比，沒有酒館裡的胖子這個人，影片是你拍的，你拍下事發經過，當時她才十五歲，我數到六個成人，包括你是七個。」

「我只是拍攝而已，沒碰她。」

「你們強暴她。」

「沒有，沒有，沒有。」他用力搖頭，哀求德魯宜了解，「我們只是嚇嚇她而已，我們用毛巾輕拍她，要她跳舞，沒有人強暴她。」

「胡說！」

「是真的，我發誓沒有人強暴她。」

「這影片在哪裡拍的？」

克羅格又遲疑，德魯宜用力拍桌子。

「你認為我們需要多久的時間用訊號定位找到你們所在的地點？我們追蹤同時間同一地點的其他手機訊號又要多久？我們會查到影片裡每一個人的名字，我們會以性侵害、綁架，也許謀殺罪名起訴他們。」

「什麼？沒有沒有，我們沒有謀殺誰，我們沒有綁架她，只是玩一玩而已，報復她所做的事。」

「她做了什麼事？」

克羅格突然住嘴，他說太多了。

「報復什麼？」德魯宜又問一次。

「沒什麼，我是說她是個撩人精，你知道，總是在找麻煩。」

「所以你們就強暴她？」

「你可不可以不要再這麼說了？」克羅格看著我希望我理解，他的反應很憤怒。「你可以不要再瞪著我了，」他雙臂交握，「我要律師。」

「托比，那是你的權利。」

「我拒絕繼續回答問題。」

「好，就照你的要求做。我以監禁和性侵害娜塔莎・麥克班將你起訴，你不必說什麼，可是你所說的話會被紀錄，可以當做證據對付你……」

克羅格想說話，可是德魯宜蓋過他。

「托比，我給過你機會了，回到牢房裡想一個比較好的故事，有創意一點。也許說你失憶或喪失心智能力。你逃不掉的。這位教授有一位同齡的女兒，所以他才那樣看著你。他可以看進你那長膿的腦袋瓜子裡，他知道看強暴的色情影片讓你興奮。

「想像一下在監獄裡的景象——上百個傢伙瞪著你，因為你強暴了未成年少女，他們想把你的蛋蛋割掉，你是個玩弄小孩的戀童癖、性侵犯，托比，他們會等著你。」

克羅格用力搖頭，「我跟你說了，我沒碰她，只是拍影片而已。沒有人強暴她。」

德魯宜靠近一點，「你一直以為有人會來救你，整件事會平安過去。你錯了，你有過機會，可是你搞砸了。你的好朋友克雷格・顧德在樓下，像艾美・懷絲唱歌一樣全抖出來了，他會認罪協商，供出名字。」

德魯宜站起來，我沒動。

「只要我走出這個房間，你接下來的十二年都要在監獄度過。」

他走不到三步。

「好啦，好啦，你坐下，」克羅格抽抽鼻子，「沒有人強暴她好嗎？我告訴你發生什麼事。」

德魯宜坐下，「影片是在哪裡拍的？」

「賓罕運動中心的更衣室。」

「琵琶．韓德利在哪裡？」

「她在外面，我們把她綁起來。」

「她現在在哪裡？」

克羅格皺眉、聳肩、揚起眉毛，聽不懂這個問題，房間裡靜得連一根針掉落的聲音都聽得到。

「我們沒有抓走她們，我們放她們走。」

「哪裡？」

「在游泳池，」他的語氣很理所當然，「我向你保證我們沒有抓走她們，」他又抬頭看著我，「是真的，我說的是實話。」

「你們做了什麼？」

「我們只是嚇嚇塔莎，逼她跳舞，然後把她丟在淋浴間幫她洗乾淨，就這樣而已，她沒事。」

「沒事？」

「你知道我的意思。」

德魯宜把筆記本丟在桌上。

「我要名字，所有的名字。」

當一切結束之後，我幫塔莎穿上衣服，洗掉她鼻子下面的血跡。她的動作很慢，有些疼痛的地方我永遠無法理解。她的大腿、肚子、背部和手臂都有快變成瘀青的紅色鞭痕。

他們警告我們說出去會有什麼後果，他們有塔莎裸體的照片和影片，會上傳到網路，把照片貼在臉書。

然後他們叫我們數到一千。我照做了，數到一千之後再數到兩千。

塔莎好像睡著一樣，什麼都沒說。

然後我聽到她很輕、很躊躇的聲音，「琵琶？」她說，「我想離開了。」

我以為她指的是回家，可是她的意思是逃家。

「我有五百鎊，妳能拿到多少？」

我沒有馬上回答。

「別擔心，我有足夠的錢。」

「我們該告訴警方。」

「不要。」

「可是妳受傷了。」

「我沒有感覺。」

「妳在流血。」

「沒關係。」

她的意思好像是有人把她身體的開關關掉，她不會再受傷了。

「艾蜜麗怎麼辦？」

「妳去她家告訴她，我們明天一大早跟她會合。她不一定要來，可是我不會改變心意了。」

我的肚子裡好像有一條蛇扭動著，塔莎看著我的眼神好像我是玻璃做的，她能看透我。

「我知道妳很害怕，」她說，「我也是。」

我想不到說什麼能改變這一切。在塔莎的心裡，她已經離開了，她只是要我趕上去。我告訴自己這種事我最拿手，因為我是跑步健將。

39

聖誕夜黎明來臨的一小時前，武裝警力在亞賓頓警局集合。經過調查後，警方查出七個地址與五個嫌犯的名字。他們將這些人拉下溫暖的床鋪，在他們家人面前上銬後塞進警車時，我才剛醒來而已。

席歐・羅曲抬頭挺胸走進警局，拒絕用外套蓋住頭部。留著深灰色的三分頭，只有下巴的鬍渣顯示日常生活受到打擾。

卡倫的哥哥魯本・羅曲身材如自行車選手般瘦長，黑色短髮如頭盔般黏在頭皮上。他說個不停，堅持是誤會一場。

卡倫的舅舅湯瑪斯・拉斯塔尼是個五十歲的保險業務員，有老婆和三個小孩，體重過重，在寒冷的天氣裡也汗流浹背，他用力敲著牢房的門，哀求和妻子說話。

史考特・艾弗瑞特是卡倫的朋友，二十來歲的他有著綠眼珠，瀏海披散在額前。他躲在毛毯底下，希望可以使自己隱形。他的父親幾分鐘內就抵達，彬彬有禮但立刻丟出大律師的名字。

乍看之下，最後一名嫌犯和艾登・佛斯特或卡倫・羅曲似乎沾不上關係。尼爾森・史托克斯是前任校工，對於被捕似乎毫不意外。他很清楚程序——什麼時候該低頭，什麼時候遮擋，什麼時候安靜。

這幾名男子被分別帶進警局，壓指紋、拍照、宣讀權利。

到了早上九點，警局洋溢著一股欣喜與期盼的氣氛——重大案件即將破案，嫌犯在押，再過幾個小時、或幾天便可真相大白。通聯記錄會把每個嫌犯鎖定在犯罪現場，也確認彼此之間的關係。他們一開始會全盤否認，但其中一人會打破沉默，認罪協商。然後他們會像傑瑞・史賓菲爾節目上的來賓一樣反目成仇。

我觀察初步偵訊，希望看到某些跡象以突顯出其中一人。他們都犯下性侵害和共謀非法監禁、違反娜塔莎的意願扣留她，不理會她的苦苦哀求、割破她的衣服、逼她跳舞。我不知道他們是否強暴或侵害她，可是綁架兩個女孩的應該在內，他們誰是那名收藏者？

根據托比．克羅格的供述，懲罰娜塔莎的計畫是席歐．羅曲想出來的，艾登．佛斯特撞跛卡倫而入獄，可是在席歐眼裡，娜塔莎也該受到懲罰，畢竟那場爭執是因她而起，毒品也是她提供的，她卻置身事外，一走了之。當席歐看到娜塔莎招搖的和男生打情罵俏，還雙腿健全地招蜂引蝶時，他滿腔怒火。有人該教訓她一頓，讓她知道自己的行為有什麼後果。

克羅格和顧德幫他找來其他人一起在亞賓頓的一家酒館裡開會討論。

「我們只打算嚇嚇她而已，」克羅格說，「席歐說要在她臉上潑酸，或在她背上刺青，可是我們不想參與這些，只同意把她頭髮剃光。尼爾森說，戰時他們就是這樣對待和敵軍親近的女人，你知道，德軍。」

我在鏡子後方看著偵訊過程，盡力得知嫌犯的一切。席歐．羅曲毫無悔意；魯本．羅曲安靜的有點詭異，他把眼鏡往上推，每個問題都使他皺眉；湯瑪斯．拉斯塔尼否認一切，只問什麼時候能回家；史考特．艾弗瑞特防禦心重，很難纏；克雷格．顧德在偵訊時哭了兩次，一直為流淚而道歉。看過事發過程的影片後他說：「我知道看起來很糟糕，可是她只不過是在跳舞而已，其他什麼事也沒發生。」

只有尼爾森．史托克斯平靜以待，並沒有表現出被追殺或佯裝悔恨或為自己想出一套說詞。他沒有拖延回答或以更多細節修飾自己的行為。他的姿態或臉部表情都看不出緊張的跡象。他甚至在玩遊戲，在紙片上寫下數字，卻拒絕說明這些數字是否為地圖上的索引號碼或密碼組成的訊息。

通常，有罪的人看起來很輕鬆，反正已經被捕了，沒什麼好擔心的。清白的人則更加擔憂，擔心審判過程中種種紕漏：證人會說謊、證據會遺失、不公平的陪審團、懸而不決的陪審團、腐敗的警察。

我再怎麼努力也無法想像史托克斯是綁架者。他是個變態、偷窺狂，可是在性犯罪的程度上，從綁架和監禁女孩到傷害娜塔莎是很大的一步。並非不可能，並非沒有發生過，但不太像。

我離開偵訊室來到樓上的案情室。凱西警佐在白板前更新資訊，把每個嫌犯連結到運動中心。

「大風雪那天晚上他們誰有不在場證明？」我問。

「羅曲兄弟、拉斯塔尼和艾弗瑞特，」他指著他們的照片說，「顧德和克羅格宣稱他們和對方在一起。」

「史托克斯呢？」

「他說不記得，這個傲慢的混蛋。」

「農舍裡的指紋呢？」

「鑑識報告還要幾個小時才會出來，DNA報告得等到聖誕節過後。」

德魯宜和米德頓警佐出現在樓上。

「顧德做了陳述，」他說，「供出其他人，」聚集的警探歡呼擊掌，「我要起訴他們，已經召集了特別保釋聽證會，我們不反對席歐和魯本・羅曲、拉斯塔尼、顧德或艾弗瑞特保釋，不過我們會要求附加條件：不得與彼此或任何證人聯絡。克羅格和史托克斯違反了他們的假釋規定，因此我們會申請繼續羈押。」

「琵琶・韓德利呢？」我問。

「顧德和克羅格都否認監禁她，其他人什麼都不說。我們會繼續追問，追蹤他們的動向，」德魯宜向聚集的警探說，「各位先生女士，任務還沒結束，趕快去忙，我們愈快起訴他們就可以愈快回家過聖誕節。」

這次我聽到他出現。

他在搬動箱子和家具。

「敲敲門，」他說，用指節敲敲暗門。

他帶著微笑出現，「妳想我嗎？我帶了禮物給妳。」

「為什麼？」

「今天是聖誕夜，我有很好喝的熱湯跟新鮮麵包，吃完還有甜點。」

「我們可以跟塔莎一起吃嗎？」我問。

他的聲音變得很冷淡，「不要又開始了。」

我爬上梯子舉起手臂，他輕而易舉的拉我上去，大拇指掐住我手腕上的皮膚。我揉揉痕跡，在他前面走進大房間裡，竹籤壓在背上，夾在內褲的鬆緊帶跟脊椎之間。我很怕竹籤滑落、然後通過牛仔褲的褲管掉到地上。

「我們該先吃飯還是先洗澡？」他問。

「我已經餓到眼冒金星了，」我說，「拜託我們可以先吃飯嗎？」

「既然妳這麼有禮貌地問，答案是可以。」

他幫我拉椅子讓我坐下，自己坐在對面。他今天看起來心情比較好，幾乎沒有煩惱，彷彿卸下重擔。

我們先喝湯，但我喉嚨很緊，吞嚥困難，可是我也餓扁了，湯的味道讓我覺得很虛弱。

他低頭喝湯，挑選麵包撕成小塊，他咀嚼時沒有閉起嘴，讓我看到牙齒和舌頭間咀嚼過的食物。

我偷偷環顧房裡，他的外套掛在椅背上，舊磚塊靠牆疊著，旁邊放著一包用在木頭鍋爐的木炭。

他閒聊著，我問起聖誕節，他有聖誕樹嗎？家人？他說當然有，可是沒再多說什麼。

喝完湯之後，他拿出四個奶油甜麵包，我聞到奶油和糖霜的甜味，想帶回地下室再吃，他卻想看我吃我的那一份。甜麵包黏黏的，很甜，奶油從我的嘴角溢出。他伸手越過餐桌，用大拇指擦掉我鼻尖的奶油。

我的手很黏，我站起來，他伸出腿不讓我離開。

「妳以為妳要去哪裡？」

「我想洗手。」

「我沒有准妳洗手。」

一陣疼痛從我的膀胱衝上喉嚨，我又坐下。

他在吃甜麵包，嘴裡滿是潮濕的麵包和果醬，都還沒吞下就說話。

「我今天看起來不一樣嗎？」他問。

「沒有。」

「妳在瞪我，妳為什麼要瞪我？」

「我沒有。」

他往後推椅子站起來，我也跟著站起來。他比我高快二十公分，彎身對我說話。

「妳剛剛分明就在瞪我。」

「對不起，我不會再犯了。」

他的憤怒突如其來，好像一直儲存著等我犯錯。我很害怕，也覺得很討厭，我並沒有做錯事。

「那是我的壞習慣，」我說。

「也許妳該戒掉這種習慣。」

「我會的。」

我感覺得到背後的竹籤，得在脫衣服之前下手，否則就會被他看到。我得在他轉身時下手。

他的表情變得柔和，靠過來親我的嘴角，可是上唇還沾著奶油，我得克制自己才不閃開。

他露出微笑，看了浴缸一眼，「妳準備好了嗎？」

「天氣好冷，」我說，「我不想洗澡，我很乾淨。」我爬上床想伸手拿枕頭，「你可以幫我取暖。」

他露出微笑，很滿意我的改變，我的心頭怦怦跳著。

他坐在床上踢掉鞋襪，解開襯衫鈕子。

「我該刷牙。」我走到洗手台前，把牙膏擠在牙刷上，看著小架子上的小鏡子，就是現在，我想……就是現在，否則就永遠沒機會了。

我脫掉衣服整齊折好，把竹籤藏在破舊的毛衣和褪色的牛仔褲之間，捧著衣服走到床上，他拿出洋娃娃睡衣給我穿，讓我看起來只有八歲！

我穿上內褲，他拉開被子，全身光溜溜，勃起。

我讓他親我、碰我，讓他躺在我身上。我的右手找到竹籤了，我握著竹籤壓在床墊上準備好，等待時機來臨。

我把竹籤用力刺進他的胸膛側邊，我認為心臟所在之處。我沒有看到自己下手，也沒有感覺到下手，但竹籤斷了，我握著把手，尖的那一頭從他的胸部伸出來。

他發出咕噥聲轉到側面，身體發抖又踢著腳，掙扎著起身。我翻過身跳到房間另一頭，他抓著傷口想坐起來，鮮血似乎使他充滿生氣，他發出怒吼聲。

我拿起一塊磚塊，以標準拋物線打到努力起身的他，磚塊用力砸在他的腦袋側面，他往後倒，磚塊用力掉到地板上。我該撿起來再打他一次，我不知道該怎麼殺人。也許他已經死了，他沒有動。

我轉身抓起衣服，穿上牛仔褲、毛衣和骯髒的帆布鞋，再抓起他又厚又重的外套。我身上每一個部位都大叫快跑，可是我得先找到塔莎，她一定在其他房間裡。我試著開門，低聲叫她的名字，可是找不到她。也許他說謊，但我不能拋下塔莎，不過我也不能留下來。

大部分的房間裡都放滿了舊機器和生鏽的油桶，有些房間鎖著，他一定有鑰匙，他的鑰匙圈勾在褲子上，褲子放在椅子上。我走向床邊，聽到他呻吟的聲音，他吸著鼻涕、轉頭張開眼睛。

他翻身想抓住我，我大聲尖叫，從床上跌下來。他躺在地板上，手抱著胸部想站起來。

我快步穿過房間，可是外門鎖著。我轉身爬上樓梯，感覺到搖搖晃晃的金屬樓梯格格作響，由於承受我的重量而搖晃，彷彿會從牆上垮下。他在我後面慢慢爬著樓梯，我伸手抓另一扇門打開，移開一個油桶和垃圾，把門關上，關上門閂。

我在一個空無一物的大房間裡，只有一張桌子和不搭的椅子，還有一扇窗戶，我透過骯髒的玻璃看到平的屋頂。

喬治用身體撞門，我聽到聲音大聲尖叫。他透過門很溫柔地說自己沒有生氣，他可以原諒我，不過我得說對不起，我得先開門。

我沒有回答，他撞門時門在搖晃。

「賤人，我會殺死妳，我會把妳割開，妳死定了。」

我想大叫回答，我已經死了三年了。

我把他的外套捲成一團用力敲窗戶，可是我的力氣不夠，無法打破玻璃。我把一張桌子拉近，先躺在上面，雙臂抱在胸前，再用光腳踹窗戶，一次、兩次、三次，玻璃碎了，碎片往前掉，在下面的屋頂上發出叮噹聲。

我用外套把剩下的尖銳碎片清光後爬到外面，感覺到金屬屋頂承受我的重量，發出嘎吱聲。我尋找往下的路，看得到下面的地面長滿雜草，滿是垃圾，我把他的外套往下丟，無聲地觸地。

我背後門打開，喬治出現在窗前。

我從屋頂大叫。

「救命！拜託誰來救我！」

「沒人聽得到妳的叫聲，」他說。

我坐在邊緣看著地面，太高了。

「妳會摔斷腿的，」他說，「然後我得把妳當馬一樣開槍射死。」

「我不在乎。」

「妳當然在乎。」

「你再靠近我就跳下去。」

「妳永遠見不到塔莎。」

「我不認為她在這裡。」

「我現在就帶妳去找她。」

「你在說謊。」

他一腳伸出窗外。

「別過來。」

「妳不會跳的。」

他還在往外爬，我轉身趴下，倒退滑下屋頂邊緣，抓住生鏽的導水槽，感覺到參差不齊的邊緣陷進手指裡。

我聽到他過來時趕緊放手，身體下墜，我還以為會摔斷腿，以為自己會死掉。但雜草和茂密的歐洲厥還有喬治的外套減緩了衝擊力道，我平躺瞪著上面的屋頂。他的臉出現，很驚訝我還活著。

我趕緊起身，拖著腳步穿過懸鉤子，衣服被鉤住。我身邊有廢棄建築物與水塔、黑色煙囪，鐵絲網圍籬上掛滿黑莓藤。

我沿著鐵絲網邊緣飛奔，看到最下面那一排有一個空隙，我跪下來挖開泥土和樹葉，把那個洞挖大一點。我一面挖一面往後看，但沒看到喬治，不過我知道他追上來了。我先把外套推過去，再努力穿過鐵絲網底下，頭部和手臂先穿過去了，但毛衣鉤到什麼尖銳的東西，刺到我的背部。我抓著泥土和雜草想把自己往前拉。毛衣破了彈到我的背後，我坐在潮濕地面一堆發霉腐爛的葉子上。

喬治從建築的另一頭繞過來，穿著沾血襯衫的模糊影子愈來愈靠近，緊追在後。

我趕快起身飛奔，奮力穿過樹叢，樹枝打在我的臉上，荊棘阻擋去路。我忘了身在戶外的感覺、忘了灌木叢和刺叢的惡毒，我是個跑步健將，在空地上一定可以跑贏他。可是在空地上他就能看得到我，在空地上我無處可躲。

我聽到喬治咒罵的聲音，他在後面拍擊著樹枝，大叫著威脅我，又苦苦哀求。

我來到一片空地上，注意到一條小徑穿過高大的樹木之間往上，我的帆布鞋愈來愈滑，在泥土和岩石上打滑。

小徑在我眼前分岔，一條比較有人走，可是我選擇另一條帶我走進森林深處，因為我想智取他。小徑愈來愈窄，往上沿著茂密的峽谷邊緣和陡峭的沿岸蜿蜒，我走在邊緣，避開水塘和掉落的樹枝。

小徑突然轉了個大彎，改變方向，我的右腳往旁邊一滑，來不及平衡而滾到岸邊，打滾的速度愈來愈快，我的肩膀用力摔在樹上。

當我停止翻滾後，我平躺在地上不規律地呼吸著，肩膀像火燒一樣，一定是哪個部位摔斷了。

突然間，我需要安靜。我靜下來等著，他就在我上面的小徑上，不到三十碼。我能透過一整片樹葉和樹枝看到他。

他停下來聆聽聲音，尋找我的蹤影、追捕我。我屏住呼吸，我們都在聽流水聲和樹林裡的風聲。

我得呼吸，於是輕輕吸一口氣，刺骨的嚴寒穿透我的衣服。

「琵琶？」

他聽著。

「我知道妳聽得到我的聲音。」

他又等待。

「如果妳現在回來的話，我不會生氣的，我會讓妳見塔莎。」

我得咳嗽，但我用拳頭蒙住嘴。

「妳回來的話我就不去抓艾蜜麗。我知道她住哪，她今天上班……琵琶？這是妳最後一次機會。」

他沿著小徑繼續走，我偶爾聽到他出聲叫我。

我平躺在水邊的岩石上，瞪著樹枝後方移動的雲朵，我的牛仔褲破了，膝蓋在流血。

我上面有一道幾世紀以來的雨水所刻出的裂縫，剛好足以容身。我滑過樹葉間，把自己拉過圓石之間卡在那裡，外套放在背後。我擠進去之後再把外套蓋在腿上，捲成球狀取暖。

我的眼皮愈來愈沉重，我只想休息幾分鐘，閉上眼睛睡一覺，然後我就能跑了。

40

賓罕運動中心的管理員走路一跛一跛，因中風而癱瘓的左手下垂。他叫克雷頓，經過復健還是口齒不清，講話大舌頭、口水四射。

「我們冬天沒開，」他解釋，「泳池加熱的費用太龐大了。」

他用嘴巴叼著一串鑰匙，一面用正常的那隻手打開鐵鍊，滑開門閂。大門勉強在緊繃的滑槽打開。他從辦公室再拿另一串鑰匙打開許多開關，霓虹燈管經過幾秒鐘的加熱後才發亮，在水上和空中發出藍色的光亮。奧運尺寸的泳池在圓頂下往前延伸，遠處有低看台，起跳台的角度朝著水面。

「警方今早來過了，」他說，「什麼都沒找到，不知道他們以為會找到什麼，」他一手拉了拉褲子，「你們想看什麼？」

「更衣室。」

「我想也是。」

他把一串鑰匙放在櫃臺上翻弄。

「來吧。」

我跟著他走在池邊，燈光反射在水面上，在牆上投射出漣漪般的波紋。

「運動中心關閉時誰進得來？」

「有四個人有鑰匙。」

「曾經發生過安全問題嗎？」

「有小孩闖進來在收銀機找現金，偷商店裡的東西。警察說和一件性侵案有關，可是那從沒發生過。他們要監視器錄影帶，更衣室裡不能放監視器，你可以想像會惹來多大的麻煩，隱私問題。」

男女更衣室在對面角落，他在控制板上打開更多開關後開門，塑膠止滑墊在泳池和淋浴室之間形成波浪狀的步道，一排排置物櫃形成凹室，中間擺著木凳。

我認得那些凳子，娜塔莎跳舞時他們就是坐在那裡，七個打算懲罰她的男人。他們提到剪她的頭髮、毀容做記號。這就是團結的力量，個人的責任感消失，暴民當道。阿吉．蕭死去那天晚上也是如此，夏天發生在倫敦的暴動也是如此。

不論如何發生、原因如何，背後的心態都是一樣的。群眾提供匿名性，個人因而無需擔負責任，也降低所謂的「自我」意識。人們並沒有失去身分，而是取得新的身分。他們團結對抗共同的敵人，有意無意地成為一個群體。

七名男子監禁並性侵一個未成年少女，我不知道他們是否強暴她。不過他們若是單獨行動的話，根本不可能考慮或做出這種事，集體行動卻賦予行為正當性，他們鞭打她，逼她跳舞，不把她當人看，而是把她當成表演的動物。

然而，我若是在不同的情況下單獨認識這些男人，也許見到的是正派、工作認真、守法的男人，愛小孩，對妻子忠實，對動物友善。我並不是在為他們的行為開脫，而是在解釋。

影片上在晚上十一點十七分停止。琵琶在午夜前出現在艾蜜麗家，她大可以去報警，卻沒有，也許是因為害怕。娜塔莎上法庭作證時被當成被告對待，琵琶被當成問題少女送去感化。

她們並沒有在娜塔莎家過夜，麥克班太太隔天早上也沒有叫醒她們，所以她們去了哪裡？是什麼時候被擄走的？當天晚上監禁與性侵她的其中一人就是綁架者，後來又回到現場或選擇適當的時機攔截兩個女孩，這是最有可能的情況。

克雷頓先生漸漸失去耐性，我跟著他沿著池邊穿過側門出去，枯葉被風吹到圍籬旁堆成一堆。冰冷的空氣很清新，聞起來有燻木與濕黏土的味道。

貼著心臟的的手機在震動，醫院的李斯醫師傳來簡訊，說他要見我。

法醫辦公室的垂直百葉窗關著，我敲門後有人揚聲叫我進去。約翰・李斯坐在半黑暗之中，半躺在辦公室皮椅上，眼睛蓋著一塊濕毛巾，一盞檯燈在桌上幾份解剖報告上投注圓形的光圈。

「偏頭痛，」他解釋，並沒有移開濕毛巾，「我從小就受這種折磨。」

他比手勢要我坐下。

「有時候我很樂意在頭上打顆子彈解脫這種痛苦。」

「比阿斯匹靈要快。」我說。

「也更一勞永逸。」

他把毛巾折起，手指在水杯裡沾一下再塗在眼皮上。我研究他桌上的照片，其中一張是娜塔莎在冰層下的照片，臉龐有柔焦效果。一抹陽光穿透雲層照在白雪上，在她的頭部四周形成光暈。她看起來近乎安詳，彷彿在冰做的陵寢中長眠。

「你要見我？」

「你聽過超重氫嗎？」

「沒有。」

「這是一種氫原子，原子核帶有兩個中子與一個質子。雖然可以是氣體，最常用來與H_2O反應形成氫化水。無色無味。並不特別危險，但被認為具有輕微的放射線，半生期是十二點三年。它的分子非常小，能輕易進入人體，被吸入、攝取，甚至穿透皮膚。」

「你跟我說這些做什麼？」

「娜塔莎的尿液分析出現微量的超重氫。她在某個時間點攝取了這個分子，大概是受污染的水源。也許她用這種水洗澡，或喝到這種水。」

「含有放射線物質的水？」

「通常在攝取後約三十天內就會隨著尿液排出，所以她一定是在過去一個月裡受到污染。」

「這種物質很危險嗎？」

「宇宙射線接觸到空氣分子時，超重氫在高層大氣自然形成，不過也會在核武爆炸時出現，或是核子反應爐的副產品。這種污染物在劑量高時會造成癌症，先天畸形或基因突變。」

「她在哪裡被污染的？雷德利湖嗎？」

「那是一個野生動物棲息地，有關單位定期檢驗水源，這種程度的污染會檢測出來。」他起身越過辦公室到辦公桌前，「我跟核電廠除役單位的人談過了，起先他不相信我，他說幾乎沒聽過有人暴露在超重氫裡，不過超重氫偶爾會意外流入核電廠的冷卻水或流入排放的廢水。」

「所以你的意思是說，娜塔莎暴露在某種核子廢水或溢出之中？」

「對。」

「來自核子發電廠？」

「那是最有可能的來源。」

「迪克發電廠？」

「迪克是煤和石油發電，」李斯說。

「那麼是哪裡？」

「我認為是哈爾維爾，離這裡十六英里以南。」

「我以為那裡很多年前就除役了。」我說。

「最後三個反應爐在一九九〇年關閉，土地修復，不過還是有存放放射線物質的倉庫，還要再過十年才能徹底清除乾淨。」

李斯醫師打開筆電叫出網路搜尋的結果。哈爾維爾是英國第一個核子反應爐，設立於一九四〇年代，政府將一個皇家空軍基地交給原子能源研究單位。

「舊的核電廠將經過處理的廢水從一個叫蘇頓・克特尼的地方排入泰晤士河，距離雷德利湖南側只有幾英里。」

他叫出谷歌地圖，螢幕上出現核電廠的照片，好像是從外太空拍的。鏡頭往地球表面移動、落到牛津郡。慢慢地停止、聚焦。

「還有這個地方，」李斯醫師說，「庫冷科學研究中心是一個研究實驗室，專門實驗核融合，是歐洲核融合共同計畫的一部分。」

「在哪裡？」

「雷德利湖以南約一英里。」

「所以超重氫有可能來自那裡？」

「我只是說有可能。」

我看著螢幕，從牛津到迪克的鐵路主線經過研究中心，娜塔莎・麥克班很有可能在大風雪中想沿著鐵路回家。

「德魯宜探長知道這件事了嗎？」

「我留了話給他。」

「警方該搜索這個地方。」

「他們現在不會搜索，要等到聖誕節之後。」

我發抖著醒來。

我不知道自己睡了多久，可是雙腳和腳指頭都沒有感覺。膝蓋上的血乾了，不過彎膝蓋的時候結痂的傷口裂開，又開始流血。

喬治說今晚是聖誕夜，我在夢裡看到家人一起坐在餐桌上：爸爸、媽媽、菲比、班恩、爺爺，還有我沒見過的小妹妹。

我趴著滑到懸吊的岩石邊緣，地上濕濕的，氣溫似乎更低了，隨時可能下雪。

我爬出裂縫從岩石上偷看，研究著小徑，頭頂的樹木像炭筆畫，我沒看到喬治也沒聽到他的聲音。

我拿起外套撥掉葉子，雙手伸進袖子裡。我折起太長的袖子，手伸進口袋裡，外套有喬治的味道。

我的手指碰到他的手機，意外到差點把手機掉到地上。我雙手拿著手機翻過來找電源鍵按下，螢幕亮起，手機發出歡迎的音樂聲，可是連一格訊號都沒有。往高處爬也許可以接收到基地台的訊號。

我爬上河岸時一直踩到外套的下襬，得拉起來夾在腋下，可是這樣沒辦法抓住樹枝，反而更難爬。

我爬上小徑後蹲在岩石後方偷看兩邊，沒看到他。我不想往回走，所以沿著小徑繼續往工廠的反方向走，尋找馬路或房子或車子。

下雨的天空霧茫茫一片，不過我看到有條小徑在樹林裡蜿蜒。我走在上坡，這樣是好現象，也許我會在高處接收到訊號。

我每隔幾分鐘就停下來看看電話，檢查訊號。一格閃了閃又消失，我等著，又閃了一下。我爬到岩石上把手機舉高，第二格出現，訊號更強。

我撥一一九，接線生接聽。

「喂，請問你需要什麼服務？警察、消防隊還是救護車？」

「警察，我需要協助。」

「請告訴我妳的名字。」

「我叫琵琶，他在追我，拜託快一點。」

「請稍等。」

這次換另一個女的回答。

「妳在跟警方通話，可以告訴我妳的名字嗎？」

「我需要你們來救我，他要殺我。」

「請告訴我妳的名字。」

「琵琶・韓德利。」

「琵琶，發生了什麼意外嗎？」

「沒有，他快來了，拜託來救我。」

「誰快來了？」

「我不知道他的名字，這是他的手機。」

「琵琶，妳在哪裡？」

「在森林裡。」

「哪裡的森林裡？」

「我不知道。」

「所以妳就這麼走到不知名的地方？」

「我被綁架了，但成功逃出來。你們得快點來。他手上還有塔莎，他會懲罰她。」

「塔莎是誰？」

「她是我的朋友，我們一起被綁架。」

「妳的朋友叫什麼名字？」

「娜塔莎·麥克班。」

「琵琶，妳的線路不清楚，可以再說一次名字嗎？」

「我說娜塔莎·麥克班。」

「這是惡作劇嗎？」

「什麼？」

「妳知道謊報緊急專線必須受罰嗎？」

「這不是惡作劇！不是！」

「琵琶，不需要大叫，妳態度不好的話我會結束通話。」

「我沒有態度不好，我說的是實話。」

「我需要更詳細的地點，我需要街道名稱或支線道路。」

「這裡沒有馬路。」

「我沒聽到街道名稱。」

「這裡沒有路，我在森林裡。」

「哪裡的森林？」

「我不知道。」

「最近的馬路呢？」

「我不知道。」

我都快哭了，她不相信我，他們不會來的。她叫我等一下，她要去找主管，另一個女人來接電話。

「好，小女孩，我叫莎曼莎，妳叫什麼名字？」

「琵琶・韓德利。」

「琵琶，妳家住在哪裡？」

「我家在賓罕，靠近亞賓頓的修道院角，叫舊牧師宿舍。」

「琵琶，聽好，不要難過，保持鎮靜，我們在試著追蹤這通電話，妳知道最近的城鎮是哪裡嗎？」

「不知道。」

「最近的郡呢？」

「不知道。」

「好，別擔心，我們會找到妳的。」

「快一點。」

「我會的。」

「天色愈來愈暗了，我很冷。」

「妳可以去比較溫暖的地方嗎？」

「我不知道我在哪裡。」

「妳看得到燈光嗎？」

「沒有。」

「妳可以大叫有沒有人嗎？」

「我只能低聲說話，我不希望他聽到我的聲音。」

「誰會聽到妳？」

「把我抓走的那個男的。」

「他是誰？」

「我不知道他的真名，拜託來救我。」

「琵琶，別哭。」

「我忍不住。」

「琵琶，妳表現得很好，我們追蹤到妳在牛津郡，我要通知最近的警局，不要掛斷電話。」

41

飯店櫃臺有一個信封在等著我，我要櫃臺準備帳單後接著走向電梯，這時注意到盧伊茲坐在摩爾斯酒吧看報紙，慢慢喝著一品脫的水。

「你昨天晚上到哪兒去了？」我問。

「我跟湯瑪斯・傅萊爾和他的一些橄欖球好友敘舊。」

「你的宿醉多嚴重？」

他指著水杯，「我已經吃了兩個培根三明治、喝了三杯咖啡、一公升的健怡可樂，可是到現在還沒小便。」

「恭喜。」

盧伊茲已經退房了，他跟著我上樓，坐在角落看我打包。我把髒衣服塞進袋子裡，收好盥洗用具。他注意到信封，對著光線舉起。

「你應該打開，」他說，「是維多利亞・納帕斯特給你的。」

「你怎麼知道？」

「我是靈媒。」

「你看到她送過來。」

「是沒錯。」

我打開信封讓卡片掉出來，閱讀上面簡短的訊息：我想再見你一次，找時間打電話給我……如果你想要的話。

她留下手機號碼，我把卡片放在口袋裡，把信封揉成一團繼續打包，一面告訴盧伊茲逮捕和偵訊的事，還有李斯醫師提到娜塔莎的尿液裡有超重氫。

「所以，你認為她一定是被關在這家研究中心附近。」

「說得通。」

「綁架她的人有可能是侵害她的其中一人？」

「很有可能。」

「你聽起來不是很相信。」

「沒錯。」

「你不認為這些人符合心理側寫檔案的描述，也許你看錯了。」

「也許。」

我看看手錶，時間剛過三點，其中四人應該已經保釋回家過聖誕節了。德魯宜不會在假期中派出監視小組。如果其中一人就是綁架者，他有時間處理琵琶或銷毀證據。

盧伊茲從浴室倒了一杯水若有所思地喝著，思索著同樣的可能性。

「超能瓊斯回覆我了，」他說，「你還對菲利普．馬丁尼茲有興趣嗎？」

「可以等。」

到了樓下，我把信用卡交給櫃臺，他希望我住得愉快。印表機熱機後列出我的詳細帳單。我看了總金額一眼，希望處長是個守信的人。

盧伊茲張開手臂，「朋友，我猜就這樣了。」

我和他擁抱，感覺像被一隻熊擠壓。

在盧伊茲背後，我看到戴爾．韓德利像自動販賣機吐出來的東西一樣從旋轉門踉蹌地走出來，他穿著寬鬆的長褲和不成樣子的襯衫，看起來分不清方向，彷彿被掏空。

我們的目光接觸，他說：「我們得談一談。」

「我正要離開。」

他抓住我的手臂把我拉開尋找安靜的地方，他拉拉門找到一間無人的休息室。

「我知道了，」他說，手握成拳頭。

「什麼？」

「我知道她做了什麼事。」

「琵琶嗎？」

「不是！莎拉，我知道她和維多．麥克班上床，她承認了，她說你知道，你怎麼知道的？」

「我猜的。」

他無法正視我，說不出話。他的身材並不壯，可是整個人像受傷一樣縮了一圈，就像動物園的籠子裡被關太久的衰老獅子或老虎。

「我父親警告過我莎拉這個人，他說當你娶一個美女回家後，就必須承擔其他人搶走她的可能性。不可貪婪人妻，不可上她。」

他在一張長沙發上坐下。

「我給了她一切，買了大房子、好車、珠寶、華服給她，我從不偷吃，想都沒想過。」

「韓德利先生，你該回家去。」

他似乎沒有在聽。「琵琶失蹤前一切都沒事，可是後來一切都變了。失去琵琶使莎拉情緒受創，她變了，我們幾乎不再碰對方，已經好幾個月……」

我不需要知道這些事，也不想知道。

「我給她時間和空間，也支持她。」

「你這樣做是對的。」

「真的嗎？你這麼認為嗎？」

「是的。」

「那她為什麼跟維克．麥克班上床？他沒受教育，既粗魯又說粗口……」

我想說因為他不是你，但沒有說出口。莎拉．韓德利看著維克．麥克班時不需要承受任何人的痛苦，她可以面對自己的憂傷，不需要再承擔別人的份。她可以直視某人的雙眼，感受到痛苦和失落以外的情緒。

「喂？」

這些我都沒有說出口，因為他的手機在響，他不認得號碼，正要掛掉又改變心意。

……

「哪一位？」

……

「很抱歉，我聽不到……可以再說一次嗎？」

……

「琵琶？天啊！琵琶！」

……

「我們擔心死了，到處找妳，我們沒有放棄找妳，我不敢相信，親愛的，妳在哪裡？」

……

「等一下，我開擴音。」

「爸爸？」

「我在這裡。」

「你得來接我。」

「我會的。告訴我妳在哪裡？」

「我不知道，可是他在追我。」

「誰？」

「這支手機的主人。我不知道他的名字，可是他在找我。我打電話報警，可是他們要我給路名或門牌號碼，我說我不知道自己在哪裡。爸爸，塔莎在他手上，她逃跑時被他抓回來，你得幫我們。」

「琵琶，妳的訊號不清楚，不要亂動。」

「現在聽得到了嗎？」

「聽得到。」

「爸爸，你在哭嗎？」

「我只是太高興了。」

「我也是，聽到你的聲音真好。」

「我也是。」

「爸爸，我沒有逃家。我們討論過，可是我們沒機會逃家就被一個男的抓走了。你可以告訴媽媽嗎？我不希望她以為我不愛她。告訴菲比、班恩還有我的小妹妹，她叫什麼名字？」

「潔希卡。」

「好好聽。」

「妳跟警方說了什麼？」

「就像我告訴你的，塔莎想逃走又被她抓回來。我找不到她，我很怕我如果不回去他會對塔莎下手。」

「別擔心塔莎，告訴我妳在哪裡。」

「我不知道。」

「寶貝，我們會找到妳的，他們會追蹤電話。」

「他還在找我，我得躲起來。」

「寶貝，妳可以等一下嗎？」

「別走開。」

「我不會的。」

我聽到他跟別人說話，有人說打電話報警。

「妳還在嗎？」

「爸爸，我還在。」

「琵琶，警察正在想辦法找妳，不要掛斷，不要動。」

「萬一他來了怎麼辦？我很害怕。」

「我知道妳很害怕，我跟一個叫喬的人在一起，他要跟妳說話。」

「哈囉，琵琶？」

「嗨。」

他的聲音很好聽，既溫柔又堅定，不像喬治哄騙似的聲調。

「妳現在在哪裡？」他問，「形容給我聽。」

「我在一座森林裡，我站在山脊上，手機沒有訊號，所以我只好爬高一點。手機快沒電了。」

「妳從哪裡拿到電話的？」

「從喬治那裡拿的。」

「就是他一直把妳關著嗎？」

「對。」

「他叫喬治嗎？」

「我不知道。塔莎叫他喬治，因為他長得像喬治・克隆尼，可是其實並沒有，除非喬治・克隆尼變胖又變醜。他變醜了嗎？」

「我太太不這麼認為。」

「很好。」

「琵琶，妳能看到什麼？」

「樹林。」

「還有什麼？地標、河流、馬路還是鐵軌？」

「沒有。」

「妳說妳逃出來。」

「對。」

「從哪裡逃出來？」

「好像是工廠，可是裡面空空的，所有的東西都壞了，長滿雜草。爸爸你在嗎？」

「我在這裡。」

「拜託來接我。」

「我會的。」

「天色很暗了，我一直在發抖。」

一隻鳥從我背後的樹上飛開，我猛然轉頭尋找人影。

「琵琶？」

「我以為聽到聲音。」

「妳為什麼那麼小聲？」

「我怕太大聲會被他聽見。」

喬說話了，「妳上次看見喬治是什麼時候？」

「我不知道時間，他說他要去抓艾蜜麗。」

「什麼？」

「他的皮夾裡有一張艾蜜麗的照片，他說要幫我找一個伴，我說我不要伴。你得阻止他，你們得警告她。」

「我們會的。喬治長什麼樣子？」

「他又老又醜。」

「他的頭髮什麼顏色？」

「棕色。」

「他幾歲？」

「我不知道——三十或四十。」

「他長得很高嗎？」

「比爸爸高，可是他的手很小。他的外套垂到我的腳踝。爸爸你還在嗎？」

「我在這裡。警方在追蹤訊號，妳不要亂跑。」

「天黑了。」

「我知道。」

「艾蜜麗呢？」

喬回答，「我們會確定她很安全。」

「開始下雨了。」

「妳可以找地方躲雨嗎？」

「我不知道。我只想縮起來睡覺。」

「不要，」喬說，「妳不能睡著，妳得一直移動。」

「爸爸叫我不要亂跑。」

「妳不能睡著，要想辦法取暖。」

「好，可是我的手指沒有感覺，我要換手……」

……

「喂？」

……

「爸爸？」

……

「喬？」

……

「你們在嗎？」

42

戴爾・韓德利雙手捧著手機，彷彿失手掉了一個無價的花瓶，而他現在正捧著碎片。
「線路斷了。」
「她會再打的。」
「螢幕沒有顯示號碼。」
「她會再打的。」
「萬一手機沒電怎麼辦？」
「他們還是能追蹤到上一通電話的訊號。」
「她很冷，我聽到她牙齒打顫的聲音。」
「他們會找到她的。」
「她已經口齒不清了，」他無助地呻吟著，「天啊，天啊，我們不能現在失去她。」
我抓住他的肩膀要他呼吸、放鬆、保持鎮定。琵琶需要他，她會撐下去，可是他也得這麼做。
盧伊茲找到德魯宜，我接過電話，聽到德魯宜對著案情室大聲發號施令，然後對我說話。
「琵琶・韓德利二十分鐘前打了一一九，可是訊號消失。她用的是手機，我們追蹤到第二通電話，兩分鐘前又追丟了。」
「她在跟她父親通話，電話斷線。」
「我們有號碼，可是那支手機已經不再傳送訊號了。第一通電話由米爾頓・凱因斯的控制中心傳送到亞賓頓，是易付卡的號碼。手機沒有GPS定位器，不過控制室有追蹤設備。三個基地台接收到這通電話的訊號，表示我們可以用三角定位找到訊號來源。」

「最近的基地台呢？」

「那是三十二公尺的高塔，在庫冷火車站以北大約半英里處的田野中。」

「李斯醫師提到庫冷。」

「為什麼？」

「他們在娜塔莎的尿液裡發現超重氫殘留，那是一種低放射線的污染源，核子反應爐的副產品。她一定是喝到含氫的水。」

「牛津郡沒有核子反應爐。」

「庫冷郊外有一個核融合研究實驗室。」

德魯宜又對著案情室大下指令，堅定而充滿活力。他嗅到線索了。

「我要取消聖誕節休假，召回警員。我可以派四十個警員出去，平民搜救小組有雙倍的人手。找到更精確的地點之前，我們先專注在最接近的基地台，我會派一組人到研究中心。路頓和班森都有警方直升機，不過天候狀況太差，再過一小時就天黑了。」

戴爾．韓德利聽著這段話，我不想說出自己的憂慮，琵琶無法在戶外再撐一夜，我們得找到她，除非她自己找到保暖安全之處。

探長要我們回警局，然後掛斷電話。

戴爾．韓德利還捧著他的手機，「也許喬治找到她了，」他說，「否則電話為什麼斷了？」

「可能有其他的解釋。」

「什麼解釋？」

「也許沒電了，也許在訊號接收範圍外。」

我帶他回想琵琶的通話內容，仔細研究每一個細節，她叫那個男的喬治，說只是外號。他身材高大、棕髮、約三十到四十歲、手很小，皮夾裡有艾蜜麗・馬丁尼茲的照片。

我轉向盧伊茲，「讓我問你一個問題：什麼樣的人會在皮夾裡放著少女的照片？」

「男朋友。」

「年紀大一點的。」

「父親。」

「少來了。」

掌管方向盤的盧伊茲煞車不及，路華四輪傳動車一陣甩尾，雨刷打在擋風玻璃邊緣。坐在後座的戴爾・韓德利瞪著手機，希望它響起。他努力回憶琵琶說的每一句話，彷彿回想他們的對話會帶來線索。沒多久前，他的腦袋被妻子的背叛所佔據，現在全拋在腦後了。

「有人會告訴莎拉吧？會不會？」他問，「警方會打電話給她？」

「我相信會的。」

「你叫琵琶要繼續移動，我們該叫她不要亂跑嗎？」

「她得保持身體暖和。」

「可是他們要怎麼——」

「就算她在移動，警方也能追蹤到她的地點。」

他點點頭，繼續看著手機。

「我可以問你一個問題嗎？」我問，「琵琶見過菲利普・馬丁尼茲嗎？」

「艾蜜麗的父親？我不知道。艾蜜麗以前和她母親一起住，她父親在美國。雅曼達精神崩潰後他搬回來。」

還在開車的盧伊茲打斷我們的談話，啪啦啪啦說出超能瓊斯找到的資料。菲利普．馬丁尼茲於一九七二年出生於曼徹斯特，上了一家有入學資格限制的文法學校，然後在倫敦的國王學院念醫學系，在波士頓念研究所。

「他沒有執業，」盧伊茲說，「而是專注在醫學研究，為芝加哥和夏威夷的藥廠和醫院工作，後來才接受牛津的職位。超能和他以前的一個老師談過，他說馬丁尼茲不缺自信，堅信自己遲早會得諾貝爾獎。

「直到他做出損害名譽的事。五年前，他在檀香山時被指控兩篇期刊文章裡對癌症的生物標記和治療數據作假。他否認，後來怪在一個為他工作的研究生身上，聲稱是她變造數據。她丟了工作，留下一張遺書後消失在大海裡。」

「馬丁尼茲呢？」

「廉潔調查辦公室進行了解，但沒有確切的結論。他得歸還二十萬美金的研究獎助金，他就是在那時搬回英格蘭。」

「馬丁尼茲太太呢？」

「雅曼達．羅在倫敦長大，是那種很隨性的嬉皮型。她的朋友表示她大學時是個激烈的社會主義派，婚後安定下來。這配對有點奇怪，因為馬丁尼茲醫生是激烈的保守派，他控制慾強、賣弄學問、明顯地很優秀。這段婚姻維持了九年，大約在研究醜聞發生時破裂。一開始馬丁尼茲並沒有爭取監護權，但他的前妻精神崩潰後他又回來。指控雅曼達濫用藥物、酗酒、調閱她的病歷。她曾經在精神科醫院住院兩次，這一點使法庭改變心意，他因而得到艾蜜麗的監護權。」

我內心的不安像有毒的雜草忽地長起來，馬丁尼茲是醫學系畢業，應該在外科實習過。根據李斯醫師的說法，殘害娜塔莎的人具有外科知識或某種程度的醫療訓練。

馬丁尼茲是研究科學家，習慣控制實驗，了解變數與去除變數。科學研究著重提問和觀察，努力在不受成見或扭曲下尋找事實。科學研究講求客觀、可重複性、精確與可展示性。

他的模型火車也是心思細膩的另一個例子。他塑造了一個迷你世界，控制所有精確的細節：燈光、開關、火車、時刻表……大多數的人格違常者在腦中塑造豐富的幻想世界，他則在現實生活中創造了一個。

路華四輪傳動車快速開過牛津郊外，街上意外的冷清。大部分的人都離開度假了，少數留下來的人抱著存糧下公車回家。

盧伊茲停在門口，車道空蕩蕩，沒有人應門，車庫裡一片漆黑。

「沒人在家！」盧伊茲檢查過後門後大叫。

我看看手錶，聖誕夜下午四點。

艾蜜麗給我她的手機號碼，我找到號碼按下撥號鍵，她沒有接，轉到語音信箱。

「嗨，是我。顯然我在做什麼很酷又很有趣的事，所以才無法接聽你的電話。請在嗶聲後留言，我也許會、也許不會回電……掰掰。」

我轉向盧伊茲。

「有什麼頭緒？」

「她可能在上班？」

查號台幫我接到藥局，一名女子接電話，忙碌得驚慌失措。

「請問艾蜜麗·馬丁尼茲今天有上班嗎？」我問。

她很不高興地嘆了一口氣，「她沒來上班，害我們人手不足。」

「她有打電話請假嗎？」

「沒有。你是她的朋友嗎？」

「只是認識而已。」

「嗯，如果你看到她，告訴她她被開除了。」

白癡！笨蛋，笨女孩！

我把手機弄掉了。我的雙手冰冷，手指合不起來，結果沒有抓住手機，反而伸腳把它踢到水坑裡。螢幕裂開了，完全沒有亮光。

手機被我弄壞了，可惡！可惡！可惡！

我按著按鈕，沒辦法開機。我用掌心拍拍手機，完全沒有動靜。

現在他們該怎麼找到我？

我看看四周想確定位置。霧散了，我下方大約半英里處的樹林後方有一片犁過的田野，蓋滿白雪。一座高壓電塔從泥濘和冰雪裡拔地而起，掛滿電纜。電纜會連到人們住的地方，把城鎮連接在一起。

我走下山脊、爬過岩石、穿過樹林。地上布滿木頭和枯枝，我不想跌倒，因此步伐很慢。天空下著濛濛細雨，像縫在羊毛上的玻璃珠一樣黏在外套上。我的腳不再麻木，但又燙又癢。

我似乎更接近那片田野，可是目前看不見。所有的樹木看起來都一樣，我驚慌了一會兒，以為自己失去方向在打轉。不過我還是繼續朝下坡走去。

那個叫喬的人說警察來了，他聽起來人很好，叫我要不停走動，保持溫暖。

樹林愈來愈稀疏，田野就在面前，看得到高壓電塔，遠處一排樹木可能是馬路，馬路會通到民家或農場，我燃起一股希望。

我爬過一棵倒樹的樹幹，再用樹枝平衡爬過圍籬。我的外套太長，我脫下來先丟過外套再跳過去。另一邊的地面並不泥濘，而是硬得結冰。雨愈下愈大，像風吹起的沙子般打在我的臉上。天空愈來愈暗，氣溫愈來愈低。

我穿過田野、跳過犁溝，在高壓電塔下站了一會兒，躲在外套裡想知道自己的方位。我抬頭看著金屬樑柱和牢固的鉚釘，電纜從我頭上掃過，往下再往上連到另一座高壓電塔，再下一座。

我不喜歡暴露在空地裡，這樣喬治可能從山脊上看到我。我改變方向離開電塔，走向那排樹木後再爬過一道圍籬到一條狹窄的產業道路上，到處都是水坑。我看到泥土裡有輪胎痕。

我看著朦朧之中馬路的彎道後方，天空下隱隱約約露出斜斜的屋頂，可能是房子也可能是穀倉。我想跑，可是空氣中的水氣飽滿，我覺得自己像個矯健的游泳選手想橫渡英倫海峽。

走路、呼吸、呑口水，做什麼事都很痛。我沿著馬路，經過彎道來到一個舊信箱前，一座茂盛的蘋果園中央坐落著一棟房子。

我試著開閘門，有些地方生鏽卡住門閂，我來回搖晃，刮傷指節，不過還是成功地打開。絞鍊大聲抗議，小徑兩旁都是雜草，蕁麻從牛仔褲的破洞鑽進來割傷我的腿。

我抬頭看著窗戶尋找人煙，房子看起來很陰鬱。門廊放著一些生鏽的機器，冰箱門、脫水機，某種焦黑的東西上面露出電線。

前門用廉價的三夾板封起。我好想哭，回頭看著來路，不知道該繼續走還是試著進屋取暖。裡面可能有毛毯，也許我該生火。

我用手指扳著三夾板來回搖晃，從腐爛的木頭裡拉出釘子，我咒罵自己沒用的雙手。空隙夠大後我雙手並用爬進去，在裡面坐了一會兒，讓雙眼習慣黑暗。

房子很舊，霉味和濕氣很重。除了破掉的天花板和棄置的家具之外空無一物，既沒有毛毯也沒有火柴可以生火。

廚房裡有一張塑膠薄板桌，我轉動水槽上的水龍頭，卻沒水出來，我好渴。

我看到骯髒的窗戶外有一座穀倉，屋頂漆黑，沒有牆壁。稻草或乾草疊到屋頂，附近一定有農舍。

我打開廚房門到外面，旁邊有一個水槽和水龍頭。我打開水龍頭讓水流了幾秒，聞到水的甜味，我把水捧到嘴邊，從沒喝過這麼美味的東西。

43

盧伊茲從前院透過窗戶看進去，用手遮住眼睛周圍，讓雙眼習慣昏暗的光線。

「看得到什麼嗎？」

「廚房地板上有什麼東西破掉了，」他說。

「是什麼？」

「花瓶或盤子。」

「意外嗎？」

「也許。」

戴爾．韓德利在車上等著，盧伊茲走回大門前，「你知道合理懷疑與相當理由的差別嗎？」

「不知道。」

「合理懷疑表示一個理性的人**懷疑**有犯罪行為發生，或正在發生。相當理由是當理性的人**相信**犯罪行為發生，或正要發生。你看得出差別嗎？」

「有一點。」

「很好，等下解釋給我聽。」

他伸腳用靴子的鞋跟踢壞門鎖，木頭裂開，大門搖搖晃晃打開，敲打在絞鍊上。他穿過開放式客廳大叫艾蜜麗的名字。廚房地板上滿是碗盤碎片，是丟的，不是掉落的。

盧伊茲搜索樓下，我負責樓上。艾蜜麗的房間在樓梯口右邊，她的床鋪沒有整理，衣服從抽屜裡撒出來，跟房子裡其他整齊清潔的部分反差很大。

這種髒亂大概是少女引起的，我家也有一個，不過在我看來，艾蜜麗並不像查莉那麼愁眉不展與雜亂無章。她的一本作業簿撕下了幾頁，垃圾桶裡有一張火車時刻表。

我打開最上層抽屜，一張裱框照片倒放在檔案夾下方，那是一名女子的獨照。美麗、露出笑容、長髮與熟悉的眼睛。是艾蜜麗的母親。

樓下的盧伊茲大叫，我跟著他的聲音到車庫，他像小學生一樣發現模型火車。

「這東西有多酷啊。」

「你是說很宅嗎？」

「少來了，你小時候不想當火車司機嗎？」

「不想。」

「我猜猜看──你長大想當心理學家？」

「這有什麼不對？」

「你真是個可憐又可悲的小孩。」

我的手機響起，我打開接聽。

「我們已經將訊號定位了，」德魯宜說，「琵琶的訊號來自泰晤士河以東、會議中心以北半英里外一片濃密的樹林裡。由於樹木可能干擾訊號，因此大約有兩百碼左右的誤差。我現在就要過去，」他大叫要人按住電梯，「你們在哪裡？」

「在馬丁尼茲家裡，」我看了盧伊茲一眼，「艾蜜麗・馬丁尼茲今天沒去上班，廚房有破掉的碗盤，你最好派鑑識小組過來。」

「菲利普・馬丁尼茲在哪裡？」

「不在這裡。」

一陣沉默之後，德魯宜停下腳步，「教授，我該知道什麼？」

「琵琶說，喬治的皮夾裡有一張艾蜜麗的照片。」

「你認為是菲利普．馬丁尼茲？」

「我認為我們在說的是同一個人。」

「琵琶為什麼不這麼說？」

「我想她沒見過菲利普．馬丁尼茲，或知道他的長相。馬丁尼茲在離婚後才搬到亞賓頓，前妻精神崩潰後才爭取監護權。」

「他為什麼要綁架琵琶和娜塔莎？」

「他花了兩年爭取女兒的監護權，不打算讓人把她帶走。他把她當財產一樣，好像他擁有她。」

「可是你說——」

「他符合側寫檔案的內容……是個控制狂，接受過醫療訓練，夏日祭那天晚上琵琶出現在他家時他也在家。有可能聽到她和艾蜜麗的談話內容，所以才知道她們打算逃家。」

「你說這起綁架案很可能是事先計畫的。」

「我說他以這兩個女孩為目標有他的理由，不是隨機的。」

「那麼寄給艾蜜麗和艾登．佛斯特的信呢？」

「可能是馬丁尼茲安排的，他以為信件會交給警方，引導你們往錯誤的方向調查。」

「可是，是他把艾蜜麗的信帶到警局的。」

「那是來試探的，他想知道你們知道多少。」

我聽到德魯宜對著話筒呼吸的聲音，他蓋住話筒對著走廊大叫：「發布艾蜜麗．馬丁尼茲的失蹤人口通知。」

天黑了。

我可以藉由感覺腳下泥土的硬度維持在馬路上，可是無法避開水坑。雨勢減緩了，但遠處的樹林上方一陣陣閃電，隨即傳來低沉的隆隆聲。

手機還在我口袋裡，我走路時摸得到。我拿出手機翻過來摸索著電池蓋的卡榫，手機背面的蓋子滑下來，我用大拇指的指甲把電池挑出來再放回去，蓋上蓋子。

我再開機一次，這次螢幕亮起來。

我撥上一個號碼。

「爸爸？」

「琵琶！感謝老天！我們好擔心。」

「我的手太冰了，手機被我掉在地上。」

「妳還好嗎？妳在哪裡？」

「警察來了嗎？」

「去了，妳在哪裡？」

「在一條產業道路上。」

「妳看得到燈光嗎？」

「看不到。叫他們快一點。」

「我會的。」

「他們找到塔莎了沒？」

爸爸沒有回答，喬接過電話。

「怎麼了？」我問。

「妳爸爸需要一點時間，他太激動了。我得問妳幾個問題。」

「好。」

「從我們上次說話之後，妳走了很遠嗎？」

「我的腳很痛，所以感覺很遠，不過我想應該沒有很遠。」

「妳現在在哪裡？」

「我在一條產業道路上，我經過一棟舊房子跟一座穀倉，可是都沒人住。」

「好，妳不要掛，我把這些資料告訴警方。」

我聽到他跟人說話的聲音。

「好，琵琶，妳從路上還看得到什麼？」

「太暗了，什麼都看不到，原本田野裡有一座高壓電塔。」

「妳看得到河嗎？」

「看不到。」

「鐵軌呢？」

「我以前在地下室時聽得到火車的聲音。」

「琵琶，這條線索很好，還有一件事，妳見過艾蜜麗的父親嗎？」

「沒有。」

「妳知道他長什麼樣子嗎？」

「不知道。為什麼？」

「妳叫他喬治的那個人，妳曾經見過他嗎？」

「應該沒有。他知道我們的事情，知道我們在艾登・佛斯特的審判時作證，知道爸爸在金融區上班，知道塔莎的爸爸坐過牢。」

「就這樣嗎？」

「對。喬，我很累，我的腳很痛，你覺得我可以坐下一會兒嗎？」

琵琶體力不濟，說話的速度愈來愈慢，也愈來愈模糊。我轉向盧伊茲，「他們在哪裡？」

他問電話另一頭的德魯宜：「多近？」

盧伊茲舉起大拇指，「他們知道那條路，車子已經過去了。」

「琵琶，妳聽到了嗎？再等幾分鐘就好。」

「唔……」她說。

「琵琶，繼續說話，妳還在嗎？」

「呃哼。」

「我有一個女兒跟妳同年。」

「她叫什麼名字？」

「查莉。」

「她在哪裡上學？」

「薛帕頓公園學校，在巴斯郊外。」

「她喜歡嗎？」

「應該吧。」

「我錯過學校太久，我猜功課應該趕不上了。」

「當然趕得上，妳是個聰明的女孩。」

她的牙齒在打顫，「喬，我真的好累，我要閉上眼睛一下下。」

「寶貝，保持清醒，警察就快到了，明天就是聖誕節了。」

「喬治是這麼說的，牛津城堡有那些燈籠的聖誕遊行嗎？」

我看著戴爾．韓德利，他點點頭。

琵琶興奮地大叫：「嘿，我看到什麼東西了，燈光，我看得到燈在閃，是汽車！」

「琵琶，繼續通話。」

「我在這裡！我在這裡！」她大叫，「他們看到我了，他們減速了，告訴爸爸我很快就會見到他了。」

「別掛斷……琵琶？」

我只聽到寂靜的空氣。

戴爾．韓德利淚流滿面，抱著盧伊茲又來抱我，再去擁抱盧伊茲，活像是個得到第二次機會的人，想攔下街上的行人告訴他們活著有多麼美好。

「他們會先把她帶到醫院，」我告訴他，「他們會想確定她沒事。」

「我們可以去醫院嗎？」

「當然，不過我們要先去一趟警局。」

44

茱麗安來電，她和兩個女孩在家，我聽得到她們笑鬧的聲音，查莉在艾瑪身上搔癢，音響播著聖誕歌曲。

「你在哪裡？」她說，「我們在等你。」

「真的很抱歉，我今天去不了了。」

我不用看到也知道她的反應，不需要言語或嘆息或陰沉的沉默。我知道自己讓她失望了，也在她意料之中。雨水斜斜打在擋風玻璃上，在玻璃邊緣飛舞著，「琵琶・韓德利還活著，」我說，「警方找到她了，正把她送到醫院。」

「所以你又當了一次白色騎士？」

「不是那樣的。」

在隨之而來的沉默裡，茱麗安責備自己不通情理，「對不起，我不該這麼說的，請原諒我。」

「當然。」

又一陣長長的沉默，我能想像她咬著嘴角站在客廳裡。她比我堅強，更確定自己在這世界上的角色，比我沒有包袱，我猜她因而比較快樂。

「我幫你留一點晚餐，萬一你來得及過來可以吃。我會把鑰匙留在老地方。」

「謝謝。」

「我真的為琵琶・韓德利感到高興，這對她的家人是個很棒的聖誕禮物。」

「是的，沒錯。」

路華四輪傳動車開進停車格裡，亞賓頓警局像太空船一樣燈火通明，斜塔就像墜毀而卡在屋頂的幽浮。

我一進門就感覺到哪裡不對勁。案情室空無一人。德魯宜不在他的辦公室裡，十幾個人擠在控制室門口，我擠過肩頭到前面去，戴爾．韓德利跟著我。

無線電傳來德魯宜憤怒而沮喪的聲音。

「好，我再重複一次，行動小組，我要代號、確切地點及人員，是誰接走了琵琶．韓德利？哪一輛車在路上？」

車輛一一回應。凱西警佐用有顏色的圈圈代表地圖上的每一部車輛。

德魯宜的聲音又傳來。

「所以你們的意思是說琵琶．韓德利不在你們任何人的手上？」

沉默。

「我要設立路障封鎖整個地區，我要每一輛汽車停下來接受搜索。包括農舍、穀倉、戶外廁所、工具棚在內，全部都要搜索。」

戴爾．韓德利看著他們的面孔，「我們聽到她說看到汽車大燈。」

「那不是我們的車子，」凱西警佐說。

「琵琶看到的閃燈呢？」

「她看到樹林間有燈在閃，」我說，「是一樣的事。」

戴爾．韓德利停下來，嘴巴張開發不出聲音，被鎖在自己無言的世界裡，他膝頭一軟，有人扶他坐下。

「德魯宜在哪裡？」我問凱西。

「回來的路上，」他轉向韓德利先生，「韓德利先生，我向你保證我們一定會盡全力找到你女兒。我們知道她最後的位置，已經封鎖了那個區域，也追蹤到她使用的手機，先前打的電話與位置。我們會將通話記錄解碼，找出她被監禁的地點。」

保證再保證，這些空洞的話語戴爾・韓德利都聽過。不到兩個小時前，他又找到了女兒，二十分鐘前他以為她已經安全了，現在卻又被抓走，他不會接受藉口或承諾。

「我會請家庭聯絡官送韓德利先生回家，」凱西說。

「不，我要留下來。」

「韓德利先生，我們會跟你保持聯絡的。」

「萬一她又打電話給我怎麼辦？我應該留在這裡。」

凱西警佐勉強同意。

「韓德利先生，你得讓我們做好分內的工作，重要的是讓我們迅速行動。」

「盧伊茲可以照顧他，」我說，「他很清楚程序。」

德魯宜探長一個人抵達，剩下的小組成員留在現場設立路障，搜索附近的田野。幾名警官向他報告最新狀況，德魯宜茫然的瞪著地上。出了大差錯，他無法解釋怎麼發生的，為什麼會發生，只希望今天重來一次，至少還有第二次機會。他走進辦公室，要我也進去。

他打開底層抽屜拿出一瓶威士忌，打開封條，在咖啡杯裡倒了一大口。他喝下後雙眼緊閉，彷彿酒精燙嘴，暖意在他的空胃裡爆發。

他舉起瓶子示意。

「不用了謝謝。」

他又倒了一點後把瓶蓋轉緊，把酒瓶放回抽屜裡。

「怎麼發生的？」他喃喃地說，「那是私人道路，一天不可能有超過二十輛汽車經過，民眾應該已經打電話通知我們了，她到底被誰接走？」

「他一定在跟蹤她。」

德魯宜胳膊撐在桌上，大拇指壓著眼睛。

「琵琶用的手機是十八個月前在倫敦南區從沃達豐電信商的店裡購買的，登記在崔佛．布萊恩名下，這是當地一名毒販艾迪．馬許的別名，我們幾個月前突襲艾迪的產業。」

「艾迪．馬許現在在哪裡？」

「他棄保潛逃，他的前女友說他人在馬貝拉。」

「馬許有性侵的記錄嗎？」

「沒有。」

「他和你起訴的那幾個人有關聯嗎？」

「我們正在調查，」德魯宜改變方向，「艾蜜麗．馬丁尼茲沒有接電話，她父親今天也沒有上班。關於他你能告訴我什麼？」

「他符合心理側寫檔案的描述。」

「我不能根據檔案就逮捕人。」

「他有聰明才智，有經驗、知識和動機。」

「這些都不是證據。」

「你會找到證據的，你會在農舍裡找到他的DNA或指紋。」

探長看起來很沮喪，「當你不用承擔失敗的時候，有信心是很容易的事。」

有人敲門，凱西警佐出現，「老大，電話。」

德魯宜接聽。

「在哪裡？……誰的房子？……你確定？再查一次。」他心裡湧起一陣陣可能性，如詭異的閃亮碎片，「有管理員嗎？……對……好……聯絡他……我立刻出發。」

他抬頭看著我。

「我們找到他囚禁兩個女孩的地方了。」

45

我們在南下往庫冷的路上經過兩個警方路障，由穿著閃光背心的警員巡邏，他們把用路人指引到路邊搜索後車廂：包括卡車、拖車與露營車。

德魯宜秀出警徽，他們揮舞閃亮的警棍讓我們通過。再過不到半英里後我們轉進一條沒有標示的道路，由一根鐵條做為閘門，一塊金屬塊壓重後再用鎖頭鎖上。一塊木板上寫著：私人道路——禁止進入。

我們開在泥濘的路上閃避著水坑，有些地方的路幾乎消失在雜草叢裡。其他車輛開出一條路，我們遇到一整排警車和一輛白色廂型車，門打開後跳出兩隻警犬，嗅著輪胎和樹木。

我們眼前坐落著一座廢棄工廠或倉庫，一部分被汽車大燈照亮。這座建築大半只有一層樓，不過排氣管和排煙道顯示也許還有更大的地下結構。枯枝和暴風打斷的樹枝壓倒了一部分以鐵鍊上鎖的圍籬。

大門口的閘門搖搖晃晃地歪斜在已經腐爛的樹幹上，後方是一大片糾纏的荊棘與細長的藤蔓，有些高度及肩，道路淹沒在後方，不過樹叢已被砍出一條小路。

手電筒在建築物之間閃動照亮一小部分，有些較為顯眼的牆壁上有塗鴉，但已年久褪色。窗戶封起或破裂，門也封起或露出空洞的黑色。

「這個地方在八〇年代被棄置，」德魯宜說，「原本是政府的緊急處置地點，萬一俄國人對哈爾維爾反應爐發動飛彈攻擊時可當成臨時庇護所，這種設施有六、七座。」

探長用手電筒照著一面幾乎與地面垂直的石牆。

「這整片以前是礦坑，建造大西部鐵路時來這裡挖鐵軌上的碎石，主幹線就在西邊，離這裡不到一百碼。」

「這裡現在由誰管理？」我問。

「原子能單位，所以是在CNC的管轄範圍。」

「CNC？」

「民用核能警察：是個保護核能裝備的安全單位，他們分不清自己是士兵還是假裝的警察。」德魯宜指著前面一小群警探，其中一位穿著制服的並不是警察，正努力和其他人打成一片。

「這位是莫瑞提警佐，」德魯宜說，「他有鑰匙。」

我看了一眼已破壞殆盡的門沒說話。

莫瑞提立正站好，挺胸縮腹，蒼白的像拔了毛的雞，防彈夾克胸口的口袋上縫著「警察」字樣。

「這裡巡邏的頻率如何？」探長問道。

「這裡並不在固定巡邏的範圍內。」

「什麼意思？」

「這裡已經三十年沒有人使用了。」

德魯宜鼻子噴氣，「真的？」

有人分發白色手術用手套，探長跟著莫瑞提穿過第一扇門，燈光開啟，大部分的燈泡都破了，但足夠的閃燈光照亮了大房間裡許多破碎的零件與暖氣管。

「這裡為什麼還有電力？」德魯宜問。

「長官，我不知道，」莫瑞提說，「我的層級不會知道這種事。」

一面牆邊的金屬水槽上方的標示寫著：「使用過的手套和護目鏡」，附近的控制板上一排紅綠按鈕，電線已被拉掉。

一座約十五英尺高的生鏽樓梯反轉連到上層，樓梯下方的鍋爐被推到一旁，遮住一扇門。莫瑞提先拉開兩個鐵桶，裡面不知名的液體發出潑濺的聲音。

第二個房間比較小，有一張桌子、兩張椅子、一張雙人床、一座浴缸和一個燒柴的鍋爐或爐子。有人用漂白水或化學清潔劑擦拭過每一個表面，腐蝕性的味道卡在我的喉嚨，幾乎腐蝕我的肺部。

我記得海曼夫婦遇害的農舍也是這個味道。

「樓上有什麼？」德魯宜問。

「都差不多。」莫瑞提說。

「帶我去看看。」

嘎嘎作響的金屬樓梯從牆面扯下更多灰泥，我和凱西警佐再巡視一次房間。舊式浴缸用滑輪放到定位，繩索在過熱的水管上留下痕跡，浴缸邊緣放著一支刮鬍刀，最近的架子上放著幾瓶化妝品。

鐵床上的床單都拉掉了，一支金屬床腳旁有一條四分之一吋寬的鐵鍊，另一頭用鎖頭固定著一條沾滿汗漬的皮手銬，可以調整以配合腰圍或頸圍。

床邊放著一座木箱，我用鋼筆打開圓弧型的蓋子，一眼望去裡面是空的，細看之下一條黑色布料卡在角落鬆脫的絞鍊上，是一條滾蕾絲邊的丁字褲。

我把內褲放進凱西警佐打開的塑膠證物袋裡。

床單被丟到角落放火燒，我蹲在焦黑的餘燼前，用筆撥開布料沾黏的部分，殘留的包括一角燒焦的披薩盒和錫箔外帶盒，我還注意到一個不到一英寸高的小塑膠人像，穿著黑色背心的火車站站長拿著一面旗子。

「我還需要一個證物袋，」我說。

「那是什麼？」

「收藏品。」

我起身看看四周，想不出哪裡讓我覺得不對勁。環顧房內，只要進入這棟建築就可以輕易找到樓梯下的門，這第二個房間並不特別安全或隔音良好。床上有一副手銬，可是有兩個囚犯。他無法不間斷地監視兩個女孩，所以他是怎麼控制她們的？

娜塔莎的臀部有生前造成的刮傷，李斯醫師推測可能從類似窗戶的狹窄處擠過，這裡沒有那種地方。

「你剛剛注意到外牆上的水管嗎？」我問。

凱西搖搖頭。

我穿過房間，推開幾個箱子後發現一個空的金屬櫃，地上水泥有刮痕，顯然是拖行櫃子造成的。

「過來幫我推開。」

凱西扶住一邊，我們把櫃子推離牆邊後露出一道暗門，門把是一條繩子。我跪下來拉開往後翻，絞鍊卡卡的。下面的房間是個黑暗的坑洞。

「手電筒借我。」

我蹲在洞口用手電筒照著，地下室如地獄般的拼圖一塊塊浮現，光線反射出塵埃：兩張折疊床、一張桌子、椅子、架子、一個水槽、雜誌、一個鍋子、一個尿壺、薄薄的灰色毛毯，衣物四散。梯子的高度只到天花板的一半，唯一的窗戶在水槽上方的高牆上並且封死，看起來並不夠讓人擠出去。

隨著手電筒的光束繼續移動，我注意到布萊頓碼頭的海報，還有用雜誌剪下來的照片拼成的拼貼。罐頭食物堆在架子上，瓦斯爐旁放著一罐茶包。

我確定地下室沒人後便往後退，很想去到室外，遠離此處。

雨又開始下了，我沒有帶傘。我離開建築物，爬上河堤從礦坑上方往下看，低著頭站在那裡，雙手下垂，讓雨水從頭皮流下眉毛到臉上。我並不崇尚大自然，雖然能欣賞大自然的美，對它的變幻莫測卻漠不關心。大自然有著驚人持久的力量，對人類的愁苦卻不為所動。

身著藍色連身服的男女在我下方的區域內移動，沿著劈開的荊棘小徑尋找血跡、彈頭、指紋和體液——任何死亡與生命跡象的殘留物。

琵琶待過這裡，她從他手中逃開卻又被他找到。他現在會怎麼做？除非這個男人與琵琶培養出感情、除非她成為他幻想中不可或缺的一部分，否則她會被除去，只會是另一個需要收拾的細節。

我凝視著天空，絕望地在厚重的雲層裡尋找星星。根據聖經的記載，兩千年前三名智者跟隨一顆星星而找到馬槽裡的救世主。我不相信奇蹟，但是今晚，琵琶．韓德利需要奇蹟。

起先汽車大燈刺眼得讓我看不見。

接著駕駛座的車門打開，他走進燈光裡，我才知道他找到我了。我完全失控，小便沿著腿流到鞋子裡。

我跑不動也哭不出聲，已經毫無招架之力。他把我牽上車，用膠帶捆住我的手腳，逼我吞下兩顆白色小藥丸。

我像小羊一樣溫馴，讓他把我放進後車廂裡。他在我嘴巴貼上膠帶，在我頭上套上袋子。灰塵使我咳嗽，呼吸困難。然後我閉上眼睛睡著了。

我依稀記得喬治停車跟人說話後又開動。我繼續睡，不認為自己會再醒來。

現在我躺在舒服的床上，穿著乾淨的睡衣。他剛把我們抓走後就是把塔莎和我帶到這個閣樓的房間裡。家具都一樣，不過黑白電視已經不見，也許被他丟掉了。

我不記得他怎麼把我帶上樓的，我醒來之後也沒動過。我疲倦地靠在白色床單上，彷彿被釘在硬紙板上的昆蟲。我曾在校外教學時參觀過倫敦的自然史博物館，我們被帶到昆蟲部門，那裡有十四萬個木製抽屜，兩千八百萬個物種。我不知道世界上有那麼多種昆蟲。我不喜歡蟲子，不過我不再把牠們壓死了。

我真的好累，只想睡覺。喬治愛做什麼都可以，我不在乎了。

我過了一陣子醒來，記得自己尖叫過，可是聲音消散了，房裡都是陰暗的影子。

「有人在嗎？」我問。

沒人回答。

「拜託跟我說話。」

「妳要我說什麼？」喬治問。

他坐在衣櫃和窗戶之間的椅子上，背靠著牆，我看不到他的臉。

「妳做了什麼惡夢？」

「我沒做惡夢。」

「妳做了惡夢。」

「我不記得了。」

「夢就是這樣很奇怪，」他說，「我也不記得我的夢。」

「我離家很遠嗎？」

「什麼意思？」

「我是說有幾英里，很遠嗎？」

「沒有。」

「我如果走一整天會到嗎？」

「也許。」

「你是為了讓我高興才這麼說的嗎？」

「對。」

46

聖誕節的清晨，唯一還醒著的人靠自動販賣機的咖啡和沒人喜歡的葡萄乾巧克力棒撐著。有空的警員全被召回，休假取消，節慶氣氛暫緩。

警方設立路障搜索了一整夜，天一亮就會繼續進行大型搜索，包括志工、搜救犬、直升機和熱感應雷達都用上。

有人在案情室的白板寫下：「琵琶・韓德利要回家了」。那是昨天的留言，時機未到，已過時，沒人有力氣塗掉。

德魯宜彷彿在走廊夢遊，在咖啡機前按下按鈕，聽著機器發出類似肺氣腫的吁吁聲，並吐出柏油般的咖啡。

他從口袋裡拿出封上的證物袋，研究裡面的火車站長模型。

「你確定這是馬丁尼茲的嗎？」

「確定。」

他用大拇指撫摸著模型。

「不能算是證據確鑿。」

「指紋或DNA鑑定報告得好幾天才會出來，琵琶等不了那麼久。」

探長的表情扭曲，「我們已經發出馬丁尼茲的逮捕令，還有他開的車的細節。」

「要不要公開呢？」

「也許艾蜜麗和琵琶都在他手上，太冒險了。」

德魯宜喝了一口咖啡又差點吐出來，把剩下的倒進水槽裡，把杯子壓扁。

「你和維多利亞．納帕斯特上過床嗎？」他問。

「什麼？」

「你聽見我的問題。」

「我不認為跟你有——」

「我就當做是有，」他的腳跟前後搖晃，手指靠在大腿上彎曲，「我認為你該離她遠一點。」

「為什麼？」

「我很擔心她。」

「你關心她？」

「是的。」

「你太太知道嗎？」

他的笑容很緊繃，沒有露出牙齒，「我太太和我有共識，我知道聽起來很老套。」

「你們是開放式婚姻？」

「如果你想這麼說的話也可以。」

「你太太也和其他男人約會嗎？」

「她可以這麼做。」

他一說出口就發現這句話有多麼自我中心、多麼沒誠意。他咬緊下巴，緊閉的嘴唇形成一條線。

「你結婚了嗎？」他問。

「我太太和我分居中，」

「我注意到你還戴著婚戒，我猜這表示我們兩個都是偽君子，不過只有一個愛現。」

他如行進上戰場的士兵般大步離開。一個這麼自大又痛恨自己的人怎麼有辦法在這種充滿低潮、成功機率又低的工作上生存下去？我為他的神志擔憂，也很同情他的妻子。

我趴在桌上睡著了，頭靠在手臂上，口水流到下巴，剛過四點時盧伊茲叫醒我，我坐起來，嘴巴很乾，口很渴。

「你睡著的時候不會抽搐，」他說，「好像你的帕金森氏症也休假一個晚上。」

可是現在我的手臂和頭部又在抖了，痙攣、抽搐。這是詭異的舞蹈，充滿自我意識又很宅。我從有兒童防護的藥瓶裡拿出兩顆藥丸吞下，盧伊茲從冰箱倒了一杯水給我。

「聖誕快樂。」他說。

「你也是，老大。」

我等著藥丸發揮藥效，然後我就會「啟動」，這是帕金森氏症特有的說法——相反就是「關閉」。

「你去了哪裡？」

「我送戴爾・韓德利回家，房子不錯，小孩長得很漂亮，像迪士尼影片裡的家庭。」

「只是有個失蹤的女兒。」

「還有邋鞦韆跟旋轉椅。」

盧伊茲有消息。兩小時前，高速公路巡邏車在史多克教堂附近的四十號高速公路上攔下菲利普・馬丁尼茲，車上只有他一個人。

「他現在在哪裡？」

「樓下，德魯宜正要偵訊他，我覺得你應該會想觀察。」

盧伊茲等我用冷水洗臉，再一起搭電梯下樓。菲利普・馬丁尼茲獨自坐在偵訊室裡，好像被困在既深且暗的井底一樣瞄著天花板，只看得到頭頂的一圈藍天。

他蓬頭垢面，面露倦容，舉起光滑的手抓抓下巴的鬍渣，一邊臉頰瘀青腫脹，慢慢在改變顏色。

德魯宜探長和凱西警佐進入偵訊室，馬丁尼茲馬上跳起來。

「他媽的也該是時候了。」

「請坐下。」德魯宜說。

「你們找到艾蜜麗了嗎？你們跟她母親談過了嗎？」

「坐下。」

「這都是那個賤人搞出來的，她已經計畫很久了。」

德魯宜指著椅子，兩個男人瞪著對方，馬丁尼茲輸了只好坐下。他翹起二郎腿，上面那條腿上下抖動著。

「我先聲明，」探長說，「我們這段談話要錄音，馬丁尼茲先生，可以請你確認你已經被告知權利了嗎？」

「是的。」

「你也被詢問是否要律師在場，可是你拒絕了。」

「是的。」

「你昨天下午兩點到三點之間人在哪裡？」

「我在找我女兒，她逃家了。」

「為什麼？」

「我們發生爭執。」

「你臉上的瘀青和抓傷是怎麼來的？」

馬丁尼茲摸摸臉頰，「她很難過，丟了幾樣東西。」

「你們爭執的內容是什麼？」

馬丁尼茲嘆了一口氣，「艾蜜麗想和母親一起過聖誕節，我說她要等節禮日才能去倫敦，她不肯聽我的。」

「她打你嗎？」

「對。」

「你也打她嗎？」

「沒有，我是說……我想阻止她傷害自己，她失控了，歇斯底里。」

「你打了她嗎？」

「她這麼說嗎？那是誇大其詞。她是個典型的少女，倔強、不知感恩、說話誇張。」

「你最後一次見到她是什麼時候？」

「昨天早上八點十五分。」

「你為什麼沒有向警方報告她失蹤？」

「我後來才知道她逃家了，起先我以為她去上班，她中午沒回家我才開始擔心。」

「當時你採取了什麼行動？」

「我開始找她，打電話給她的朋友，在她的房間找到火車時刻表，這時我才發現她去了倫敦。她的母親住在伊靈區的旅舍裡，我開車過去，可是雅曼達不肯見我，那裡的員工威脅要報警。」

「你沒有見到艾蜜麗？」

「他們把她藏起來了。」

德魯宜停下來，故意慢慢把一個封起的證物袋放在馬丁尼茲面前。

「這是你的皮夾嗎？」

「是的。」

「內層有一張年輕女孩的照片。」

「那是艾蜜麗，那又怎麼樣？」

德魯宜把第二個證物袋放在桌上。

「你認得這樣東西嗎？」

「那是我的火車站站長。我有一座模型鐵路，你們在哪裡找到的？」

「你確定這是你的？」

「確定，我提供照片請一個著名的模型師艾登・坎貝爾製作的。你們怎麼拿到的？」

「在一座廢棄倉庫裡找到的，我們相信琵琶・韓德利和娜塔莎・麥克班在這裡被囚禁了三年。」

馬丁尼茲不可置信的看著德魯宜，他眉毛揚起、手掌張開，不確定自己哪裡聽錯了。

「你一定是在開玩笑。」

德魯宜沒有回答。

馬丁尼茲揮揮手指，「喔不，你該不會是在暗示——」

「我在要求解釋。」

馬丁尼茲皺眉頭，整張臉扭曲集中在中心，「這太荒謬了，有人在開你玩笑。」

馬丁尼茲轉向鏡子，彷彿知道有人在觀察他，也許他是在看自己的倒影，需要確認這件事真的發生在他身上。

我在單向鏡的另一面觀察著他，尋找壓力或欺騙的蛛絲馬跡，他的行為並沒有什麼脫節、即興或匆忙之處。

「他很厲害，」盧伊茲說。

「沒錯，很厲害。」

「他說的是實話嗎？」

「關於艾蜜麗……也許。」我在她房間看到火車時刻表。

「我該去查查他前妻，我可以開車去倫敦。」

「值得一試。」

我和老大擁抱，又祝他聖誕快樂。

「你要怎麼辦？」他問。

「我再待一會兒。」

「茱麗安和兩個女孩怎麼辦？」

「我會打電話給她們。」

盧伊茲離開後我轉身面對偵訊室，德魯宜在菲利普．馬丁尼茲面前放了一張照片。

「你認得這個地方嗎？」

「不認得。」

「看仔細一點。」

「這是什麼地方？」

「這就是你囚禁琵琶和娜塔莎的地點。你想清理乾淨，但做得不是很好。一個皮膚細胞就能得到DNA檔案，我們在拆解水管，用吸塵器吸地板，樓下也正在拆解你的車子，我們會找到證據，把你連到這個地點。」

「這真是太荒謬了，我完全不知道你在說些什麼。」

「我在給你機會贖罪，告訴我們琵琶在哪裡，告訴我們你對艾蜜麗做了什麼事。」

馬丁尼茲想站起來，凱西警佐也照做，不過他更高大、更強壯，也更嚇人。

「我得到我女兒的監護權，她屬於我，你們為什麼沒有在找她？」

「馬丁尼茲先生，請回答我的問題。」

「我不用聽你的。」

「可是你必須坐下。」

這位既震驚又憤怒的科學家又坐下。

這個人若不是在說實話，就是說謊高手，已經熟練到病態的程度。德魯宜做得很好——施壓解釋細節，尋找常常絆倒嫌犯的小細節，因為說謊比維持真相更難。菲利普·馬丁尼茲更厲害，他的回答聽起來可信度很高，既沒有圓謊也沒有避免眼神接觸，沒有空檔或笨拙的重複。他真的擔心艾蜜麗——不斷問起她，控訴前妻策畫了女兒的失蹤。

賓罕夏日祭那天晚上，他接到醫生電話通知，前妻因幻聽住進了牛津的利透摩爾醫院，他打電話通知艾蜜麗和他在家裡碰面，整個晚上都在那裡。他沒有看到琵琶前來，所以不知道艾蜜麗打算逃家。

被問到大風雪那天晚上的行蹤時，他的說詞也一樣。他和艾蜜麗一起吃晚餐、看電視，後來停電，他們在燭光下玩了一場拼字遊戲後才上床睡覺。

他呈現了一場磅礡的表演，充滿被誣告的憤怒與沮喪。

兩小時後，德魯宜決定遵守規定休息。我到走廊上跟他碰面。

「你是否觀察了過程？」他大口喝瓶裝水。

「是的。」

「他好像知道我們會問這些問題。」

「他有三年的時間準備。」

德魯宜胸部鼓起，彷彿襯衫下有一塊塊肌肉在移動。「我突破他的心防了嗎？」

「也許你做不到。最厲害的說謊者就是善於對自己說謊的人。」

「他活在幻想之中？」

「完全不是。欺騙和自我欺騙都需要同樣的技巧。你是否曾經想過人們為什麼連玩接龍或填字遊戲也要作弊？那既不是比賽也沒有獎品，可是人們還是這麼做。」

「他們希望自我感覺良好。」

「用作弊的方式？」

德魯宜聳聳肩，「所以他們為什麼這麼做？」

「這是個進化的過程，四十年前，生物學家羅柏特・崔佛斯認為人類自我欺騙的才能可以追溯到史前時代，當我們首先形成部落時。團體生活一直都懲罰作弊和騙子，但身為高度智慧的靈長類，我們愈來愈清楚：被抓到的話會被放逐和被餵給土狼吃。這一點並沒有阻止我們說謊，只是讓我們愈來愈拿手，讓我們學到如何逃避處罰。」

「所以你的意思是，我們是進化成騙子的？」

「這是一個理論，所以馬克・吐溫才寫道：『當一個人無法欺騙自己時，他如何欺騙他人？』」

「我的孩子再過幾小時就要醒了，他們拆聖誕禮物時我想在場。」

德魯宜看看手錶。

「讓我跟馬丁尼茲談談。」

「辦不到，違反規定。」

「把我當訪客簽入，不用攝影機，沒有記錄。」

「法庭上絕不會承認這些證詞的。」

「找到琵琶更重要。」

探長左右拉拉脖子，從牙齒間吸回口水，「馬丁尼茲得同意才行。」

「問他。」

「他何必同意？」

「他很愛現，需要觀眾。」

47

門打開時，菲利普・馬丁尼茲用介於希望與恐懼之間的眼神抬頭看著我。

「警方找到艾蜜麗了嗎？」

「還沒。」

他閉上眼睛。他的睫毛很長，一臉悲慘，彷彿漂流荒島、等待救援的男人。空氣波動時，我聞到汗水在他衣服上乾掉的味道。

「你記得我嗎？」我在他對面坐下。

「當然，」他謹慎地看著我，「我該叫你教授還是醫生？」

「我不是醫生。」

「你受過三年的醫學院訓練。」

「你怎麼知道？」

馬丁尼茲露出微笑，「你跟我女兒談過三次，你真的那麼天真，以為我不會調查你的背景嗎？」

「真是用心良苦。」

「教授，我一直都很用心，我是歐洲最大研究機構的資深研究員，我手下有二十名員工，一千三百萬英鎊的預算，別把我當白癡。」

「我絕不會這麼做。」

他往後靠，對自己的首次進攻很滿意。

「我們的第一印象不太好，」我說，「如果你不騙我，我也不會騙你。」

「我還沒說過謊。」他說。

「你對自己從美國回來的原因說謊。你被控偽造治療癌症的數據，被同僚公開指責。」

馬丁尼茲紋風不動，光亮貪婪的眼珠使我想起腹語師的娃娃。

我繼續施壓，「你以不實名義接受研究資金，接著發表兩篇期刊論文，結果得繳回資金。」

他的下巴用力，眼睛炯炯有神。

「馬丁尼茲先生，你真的那麼天真，以為我不會調查你的背景嗎？」

這句話踩到他的地雷，他彎身向前，嘴唇張開，露出犬齒。

「你好大的膽子，」他嘶聲說，「你竟敢侮辱我，質疑我的道德。看看你自己！你是病人！你還能運作是因為我這種人所發現和實驗的藥物。你的狀況愈來愈差，病痛侵蝕你的神經、奪去你的平衡感、動作、語言能力，最後是你的心智。再過不了幾年，你只會是一把老骨頭，抽搐、顫抖而且大小便失禁，既不能走路也不能說話，更無法進食。你該祈禱我找到治療方法，而不是抹黑我的聲譽。你這自大、自以為是的蠢蛋，你該哀求我的幫助；你需要我這種人。」

我看著他口沫橫飛，認出典型的自戀狂、完美主義者，由他的自我與自我價值所主宰，無法接受旁人質疑他為自己謹慎打造出的完美形象。馬丁尼茲會射殺來使，而不是聽他所帶來的消息。

他往後靠，仍然怒火中燒，等著我道歉。

我滿足他這一點，「馬丁尼茲先生，很抱歉，我無意質疑你的職業道德。」

他不耐地揮揮手。

「我可以問你一些問題嗎？」

他點點頭。

「喬治這個名字對你有什麼意義嗎？」

「什麼？」

「這是個很簡單的問題。」

「這是個外號，我們剛結婚的時候我太太叫我瀟灑喬治，她覺得我看起來像五〇年代很紅的摔角選手。我們都有捲髮。」

「你臉上的瘀青是怎麼來的？」

他摸摸側頭，「我告訴警方了，我不肯接受艾蜜麗的勒索，她就拿盤子丟我。」

「她為什麼要勒索你？」

「她想和母親一起過聖誕節，我說不可以，她說除非我答應，否則她要指控我對她動手動腳。」

「她不喜歡跟你住在一起。」

「我們有些意見不合之處。」

「例如？」

「教授，我不主張溺愛孩子，我不像其他家長一樣成為子女的奴隸。我不是女兒的僕從、司機或祕書。其他父母溺愛子女，因而養出怪物，開車載他們到處去，還滿足他們所有的要求——生日派對、學芭蕾舞、足球練習、鋼琴、小提琴、網球、過動就給利他能，憂鬱就給百憂解，鼻塞就給抗生素。我不是這種人，我是家長，不是密友或傾訴的對象……絕對不是奴隸。」

「恭喜，你是年度模範父親。」

他沒有反應。

「你昨天下午在哪裡？」

「我開車到倫敦。」

「幾點到的？」

「我不知道，當時已經很晚了，也許九點或十點，你可以問旅舍的房東太太，她不讓我見我太太。」開車到倫敦要不了兩小時，他有足夠的時間抓走琵琶，打掃地下室，把她藏好後再開車到倫敦。

「你如何解釋你的站長模型掉在現場？」

他遲疑了一下，「那不是很明顯嗎？當然是有人故意想陷害我。」

「誰會這麼做？」

他聳聳肩，「以前也發生過。偽造數據那件事就是有人故意破壞我的實驗陷害我。」

「為什麼？」

「當然是為了打擊我的聲譽，」他說得很理所當然，「醫學研究領域裡充滿腐敗的人，競爭對手嫉妒我的成功，想偷走我的資金，也許擔心價值數百億的突破被搶先一步。」

「你不是真的相信競爭對手會陷害你綁架和謀殺罪名吧！」

他不耐煩地聳聳肩，「這是浪費時間，我和賓罕女孩一點關係也沒有，從沒見過她們，她們失蹤時我也不住在亞賓頓。」

「你不認為很奇怪嗎？你在艾蜜麗的東西裡發現琵琶寫的信？」

「當時我在搜索她的房間。」

「為什麼？」

「我在找毒品。」

「你認為她吸毒？」

「像我說的，我很用心。」

「你搜索女兒的房間，也讀她的電子郵件嗎？」

「碰巧沒錯，」他嘲笑我的意外，「你不同意我的方式？」

「不同意。」

「等你女兒在骯髒的國宅裡吸毒時，你可以來徵詢我對教養的意見。」

「琵琶·韓德利在哪裡？」

「我完全不知道。」

「艾蜜麗在哪裡？」

「和她母親在一起。」

他目中無人地看著我，「我沒有抓走那兩個女孩，你們這些人可以盡量栽贓，但這並不表示我有罪。」

鑰匙孔裡的鑰匙轉動。

門打開後，穿著睡袍的喬治捧著托盤出現，上面放著三明治和一杯茶。他把托盤放在枕頭旁邊的桌上，我瞪著熱茶冒出的蒸氣，看著它旋轉扭曲後消失。

我的左手腕被銬在金屬床頭上，我用另一手拉起身邊的被子，可是搆不到，一定是睡覺時被我踢掉了。

「妳該喝點東西。」

我們沉默許久。我的胸部緊縮、無法呼吸。喬治坐在我身邊，手放在我的腿旁要我鎮定，他的手愈伸愈近，手指擦過我的大腿。

「妳不該逃跑的，我要妳說對不起[1]。」

我沒有回答。

他的手碰到我睡衣上下襬中間的皮膚。

「琵琶，妳聽到我的話了嗎？」

「聽到了。」

「說對不起。」

我搖搖頭。

他突然出手重擊我的腹部，拳頭在我的肋骨下方扭轉，我覺得每個器官都碎了，血和膽汁流到我的胸部，我無法呼吸，他還在等著。

「說對不起。」

1 編按：（Say You're Sorry）此為原文書名出處。

我又眨眨眼，下一拳使我全身彈起來，他把我壓在牆上，使我全身痙攣。

「說對不起。」

「對不起，對不起，」我哭著說，努力想呼吸。

對不起你是個變態的混蛋，對不起我沒有刺你的眼睛，對不起我沒有用磚塊打爛你的頭，對不起我沒辦法把你的眼珠子挖出來。我想大叫這些話，可是沒有一句說出口，我垮在床上捲成球狀。

「這樣好一點，」他說，「現在我們可以再當朋友了。」他抱著我前後搖晃，摸摸我的頭髮，「妳想見艾蜜麗嗎？」

我想掙脫，可是他抓得更緊。

「你沒有……你答應過我。」

「我為什麼要實現承諾？」

「我已經說對不起了。」

「對，妳說了。」

「她在哪裡？」

他露出微笑，「我們得把驚喜留到下一次。」

他下床走到窗前，「我該告訴妳外面什麼樣子嗎？」

「什麼意思？」

「今天是聖誕節，妳想知道外面天氣如何嗎？」

「好。」

「今天是陰天，不過晚一點太陽可能會出來。」

「說說其他的。」

「什麼？」

「隨便。」

「我看得到教堂尖塔、還有公園，有些小孩在騎新的單車。」

「一定是聖誕禮物。」

「沒錯。」

「你最喜歡哪一部電影？」

「我看的電影不多。」

「電視呢？」

「我喜歡《舞動奇蹟》，不過聖誕節沒播。」

「你看《東城故事》嗎？」

「不看。」

他看起來真的很難過，他伸手進口袋裡拿出兩顆白色藥丸。

「我得出去一會兒，晚點會回來，妳吃這個可以睡覺，不過不該空腹吃。」

「我什麼都吃不下。」

「等妳身體恢復一點我們再從頭開始，就像以前一樣。」

48

布雷克警佐在走廊上飛奔，繞過轉角時差點失控，他得跳過一株辦公室裡的盆栽。最上面的樹葉像飄落的紙片般掉到地上。

「老大，我們找到了，」他用力敲德魯宜的門，探長正在睡覺，布雷克繼續說：「馬丁尼茲在牛津有另一棟房子，是他從美國回來時租的，他在那裡住到贏得艾蜜麗的監護權，可是一直沒有退租。」

德魯宜睡眼惺忪地出現。

布雷克還在說，「屋主在二〇〇九年去世，馬丁尼茲和他兒子談好條件續租。」

「為什麼有人需要兩棟房子？」德魯宜問。

「老大，我也是這麼想，」布雷克很得意地說，「房東的兒子還說了一件事，他爸爸有一輛舊型的路華四輪傳動車停在那邊的車庫裡。」

「現在在哪裡？」

「他不知道。」

「所以馬丁尼茲可能有辦法使用？這解釋他的凌志汽車為什麼他媽的這麼乾淨。」

探長完全清醒了，準備好行動，「十五分鐘後簡報，我要十來個警員跟我一起，給我街道和房子的空照圖，看市政府有沒有藍圖。」

「老大，今天是聖誕節。」

德魯宜咒罵，「好，不過找來兒童保護警員，我要帶一個同行。」

案情室裡的氣氛完全改變了，原本疲憊的身心又充滿能量，眾人忘卻疲勞。

我看著、聽著這一切，才發現自己與這些警員的距離有多遠，我不但是外人、平民，還是個心理學家，他們根本不信任的行業。他們想像我不停解讀他們的肢體語言、尋找弱點或隱藏的意義，彷彿我有透視能力、能看透他們的靈魂。這種恐懼既不理性也毫無根據，卻不會改變現況。有些人在警察或牧師或墮胎主義者身邊就是無法放鬆，在心理學家身邊也是如此。

德魯宜的手機又響起，他慌忙且不耐地接聽，來電的是處長。

「是的長官，我了解最新狀況，我們對琵琶．韓德利的最新可能位置有很好的線索……牛津北部……沒錯，長官……我們能將他連到廢棄工廠和兩個女孩……長官，我明白你的顧慮，不過一切都在控制之中……接下來的這個小時……只要我一知道。」

凱西走出電梯，粗呢格紋外套肩上有雨滴，濕髮比平常看起來更像頭盔。他整個早上都在搜索區域幫志工編組，他們大多想趕回家吃聖誕大餐。

「老大，你想怎麼進行？」他伸展冰凍的手指問道。

「看看你能留下多少人繼續搜索，」德魯宜說，「天黑再停止。」

簡報結束後小組在樓下集合，車輛發動引擎待命，穿著防彈背心的德魯宜上了最前面的警車，完全掌控。他沒有找我協助也沒有跟我交談，上場的是他的好戲。

我的手機鈴聲響起，是盧伊茲打來的。

「雪人和女雪人的差別在哪裡？」

「雪球（snowball）。」我說。

「你聽過了？」

「誰沒聽過。」

盧伊茲嘆口氣，努力再想一個笑話。

「有消息嗎？」我問。

「我該成立自己的偵探社。」

「你討厭當偵探。」

「對，可是我很厲害。我找到艾蜜麗・馬丁尼茲了，她和母親在一起。」

「你跟她談過了？」

「沒錯，她昨天中午來到旅舍，我花了一點時間才讓雅曼達・馬丁尼茲信任我，她以為我為她先生工作。」

「艾蜜麗對爭吵的事怎麼說？」

「和馬丁尼茲的說法一致。」

「所以他說的是實話。」

「至少這方面是。」盧伊茲說。

他繼續說，我看著公車載志工從搜索現場回到停車場，他們身著泥濘的靴子和有皺褶的白色連身服，他們下車走向自己的車子時，我想起消瘦的雪人。

我想到這個影像，指尖出現刺痛感。

「我得走了。」我告訴盧伊茲。

「發生什麼事？」

「也許沒什麼。」

我一次兩階爬上樓梯來到案情室。凱西警佐透過無線電為還在現場的搜救小組安排點心。我等他說完。

「賓罕夏日祭的監視器畫面要去哪裡找？」

「應該在資料庫裡，」他說。

「你能調出來嗎？」

他幫我登入最近的終端機再連到全國警察電腦系統，這個巨大的資料庫存放了英國所有已知罪犯和「疑犯」的資料：姓名、外號、別名、傷疤、刺青、口音、鞋子尺寸、身高、年齡、髮色、眼睛顏色、犯罪史、同夥和犯罪手法。這裡也存放著調查中案件的檔案，讓警探能交叉比對細節、找尋關聯。

賓罕夏日祭的影像被歸在十幾個目錄裡，由村子裡公園入口公車站對面的監視器所拍下。二十八秒的錄影中顯示琵琶和娜塔莎離開現場，沿著其他表演旁的巷子走出大門。

我打開另一個檔案，裡面是一名為《牛津郵報》工作的攝影師所拍下的一系列影像。他拍的多半是吃棉花糖的小孩坐旋轉馬車，不過，在碰碰車附近拍下的一些照片背景裡有琵琶和娜塔莎。

我拉近女孩的部分一格一格移動，看得出她們後方的路上停著一輛警車，一名警員靠在打開的車門上。這張影像太模糊，距離也太遠，無法認出面孔，可是姿勢很熟悉。

我想到另一張照片——娜塔莎．麥克班在牛津皇家法院外被法警護送穿過充滿仇恨的群眾。他推開人群時，臉部被舉起的手臂遮住了。

這時，想法就像灑在乾燥路面的豆大雨點般敲打著我的思緒，一個接一個……雪人、火車站站長模型、失蹤女孩……真相並不是刺目的光線或潑在臉上的一桶冷水，而是一點一滴進入我的意識裡。

我推開椅子，穿過案情室，沿著走廊到更衣室裡。每一個警員都有一個鐵製的置物櫃放制服和配備。我沿著一排排置物櫃尋找號碼和姓名縮寫。

置物櫃上都有密碼鎖，我得找個重物，我拉下卡在牆上的滅火器舉到肩高，砸在鎖頭上。門凹下，鎖頭鬆開，我看到安全裝備、警靴、閃光背心。掛在置物櫃後面的是一件白色連身服，胸前口袋繡著「牛津搜救隊」的字樣。褲腳沾著煤灰，我聞到布料上有漂白水的味道。

凱西警佐還在用無線電聽著警方在牛津北區的行動。車子接近了，街道封鎖。

「我得問你一件事，處長取消休假召回警員時，這包括每一個人嗎？」

「對。」

「重傷昨天在哪裡？」

「我在其中一個路障看到他。」

「哪裡？」

「在儲塔路。」

「今天呢？」

「還沒見到他。怎麼一回事？」

我沒有馬上回答，但問道：「他的全名是什麼？」

「什麼？」

「他的全名……完整的名字。」

「布林多・休斯。」

「受洗名呢？」

「傑拉德。」

「有人叫過他喬治嗎？」

「大家都叫他『重傷』。」

我坐在電腦前搜尋另一個證人筆錄，在螢幕更新後瀏覽名單。這則筆錄由見習警員傑拉德・布林多・休斯簽名註記日期，他描述星期六晚上賓罕女孩失蹤時負責巡邏，看到兩個符合琵琶・韓德利和娜塔莎．麥克班描述的女孩大約在十點鐘離開遊樂場。

「重傷住在哪裡？」

凱西從無線電抬起頭，「你問這個做什麼？」

「我們得找到他。」

凱西憂心地看著我，髮線愈來愈接近眼睛。

「他做了什麼事？」

「我不確定，可是我需要你相信我。如果我是對的，你可能飛黃騰達。如果我錯了……」

我沒有說完，凱西愈來愈緊張，「也許我該打電話報告老大。」

「別用無線電，他在聽。」

「誰？」

「重傷，他就是這樣找到琵琶的。」

「你在說什麼啊？」

「他監聽警方的無線電，所以才知道怎麼找到琵琶。他在無線電上聽到她的位置，搶先在所有人之前抵達。」

「怎麼可能？」

「他知道她從哪裡逃走。」

四周安靜無聲，凱西不可置信的看著我，「我們在講的是同一個人嗎？見習警員布林多．休斯？」

「我希望我是錯的，拜託，我們得趕快行動。」

49

凱西用肩膀打開對外防火門，用鑰匙指著其中一輛便衣警車，車燈一閃，車門解鎖。

「老大的電話關機了，」他把手機貼在耳朵，「行動結束後他才會開機，這是程序，只限緊急通訊。」

凱西瞪著螢幕，思索著是否該留言，幫自己留退路。

「我會向德魯宜探長解釋的，」我說完坐上副駕駛座。

我們不一會兒就開出停車場朝瑪其蒙駛去，街上冷清，人們都在室內慶祝聖誕節，吃火雞大餐和加了卡士達醬的甜點，在電視前打盹，等著看女王的演說。

「我還是不敢相信我們這麼做，」凱西說，「重傷跟大家處得很好。」

「你跟他有多熟？」

「他是同事。」

「你去過他家嗎？」

「沒有。」

「見過他的未婚妻嗎？」

「還沒。」

「她從來沒一起來酒館喝一杯，或載重傷到警局？」

「沒有，」凱西躊躇，「他沒來多久，大約六個月。」

「他原先在哪裡工作？」

「制服警察……在樓下。」

警佐在德雷頓路大轉彎，經過小公園往南開，在路口之間加速。

我的腦海裡閃過所有資料，像蒙太奇影片一樣分解後再重新組合成新的影像，呈現出不同的現實。過去重新塑型、歷史重寫、解釋翻轉。

我自言自語，解釋琵琶和娜塔莎失蹤的那天晚上重傷在值班，兩個女孩走向運動中心時一定經過了他面前，她們在牛津皇家法院為艾登·佛斯特的案件作證時，他也擔任法警。

「那可能只是巧合。」凱西說。

「記得大風雪那晚在農舍裡嗎？阿吉·蕭說他在路上看到娜塔莎光著腳，很害怕，有人在追她。」

「雪人，」凱西說。

「我認為是某人穿著白色連身服，像搜救志工，『重傷』是牛津搜救隊的成員。」

「很多人都當志工。」

「他的連身服有漂白水的味道。」

「這是你最好的證據嗎？菲利普·馬丁尼茲有動機，沒有不在場證明，那個傢伙是控制狂，你自己也這麼說，他接受過醫學訓練，做得出那種事……你知道……對娜塔莎。」

凱西不肯明說。

「重傷成為法警之前受過兩年的護理訓練。」

「你怎麼知道？」

「他告訴我的。」

「你在廢棄工廠找到的模型呢？」

「我去見菲利普·馬丁尼茲的時候，重傷和我在一起，他也看到鐵路模型，他大可以拿走一個站長模型再栽贓陷害馬丁尼茲。」

「你把他說得像犯罪大師一樣，拜託，他只是個見習警員而已。」

「就當縱容我一下，我們敲個門，打招呼，祝他聖誕快樂。」

「然後呢？」

「然後就離開，和他喝一杯就好。」

警佐並沒有被我說服，我在要求他不要信任同事，打破特殊的感情。警察互相照顧、互相幫忙。他們一起社交、度假、結成親戚。既是戰友、外人，也是處理彼此後事的人。

無線電對講機傳來牛津北區的突襲行動，警方逐樓察看，搜查地下室尋找隱藏的隧道或密室。

我們愈來愈接近，凱西在一百碼前靠邊停車，這裡是亞賓頓較新的區域，都是兩層樓附車庫的雙拼房子，有些閣樓經過改裝。明亮的上漆正面磚牆在冬日的樹蔭之間顯得很突出，有些人家在屋檐下和窗戶旁掛著聖誕燈飾。

「所以我們只是要打個招呼而已。」

「沒錯。」

「然後就離開？」

「當然。」

「你不會告訴重傷你的理論、害我難為情？」

「不會。」

我們穿過閘門，沿著小徑來到門口，凱西按門鈴，但沒人回應。

「他不在家。」

「再試試看。」

「我不該讓你說服我這麼做的。」

大門打開，重傷露出困惑的表情，但隨即露出開朗的笑容，「好傢伙，一切都還好嗎？」

「對，當然，」凱西說，「我們正好經過，來打個招呼。」

「聖誕快樂，」我說。

「你也是。」

他並沒有把門完全打開。

「你有朋友在嗎？」我問。

「沒有。」

「你的未婚妻呢？」

「她和家人一起在康瓦爾過聖誕節。」

「真可惜，我很想認識她，」凱西說，「你今天沒來上班。」

「我昨晚弄到很晚，在家補眠，老大說今天可以休假，我媽媽身體不舒服，這可能是她最後一個聖誕節了。」

「很遺憾聽到這種消息。」

「我正打算過去，她就住在附近。」

「還有時間喝一杯吧，」凱西露出溫暖的笑容，推開站在玄關的重傷，看著幽暗的客廳。

「地方不錯，住很久了嗎？」

「就幾年。」

我們被帶進玄關，走到死氣沉沉的廚房裡，一九七〇年代風格的鑲木櫥櫃、陶瓷水槽與磨損的亞麻地板。我們把外套掛在椅背上，凱西坐下，像個大男人一樣兩腿張開。

「我們該慶祝一番。」他說。

「為什麼？」重傷問。

「我們以綁架賓罕女孩的罪名逮捕了菲利普·馬丁尼茲，你錯過了大日子。馬丁尼茲還有一棟房子，他們正在搜索，尋找琵琶·韓德利，我們正要過去。」

「牛津北區是另一個方向，」重傷說。

「你怎麼知道是在牛津北區？」凱西說。

「你說的。」

「沒有，我沒說。」

他們沉默地瞪著對方，一個希望對方澄清，一個想脫身。重傷眼神中有一絲抽搐，露餡了。

「我被抓到了，」他難為情地說，「我在樓上用無線電掃描器監聽警方的無線電，就算沒上班我也沒辦法不關心這些事。」

凱西和他一起笑，「老兄，你該結婚了。」

「對，你說的沒錯，」重傷看了我一眼，眼神高深莫測，「所以你們到底來做什麼？」

「我要回倫敦了，」我說，「想謝謝你開車載我到處跑，我沒機會說再見。」

「喔，」重傷放鬆，「嗯，教授，很高興認識你。」

「你從來沒學會叫我喬，」我和他握手，多握了幾秒鐘，研究他的表情後才放開，「重傷，可以跟你借一下洗手間嗎？」

「當然，樓上右邊第一個門。」

我想向凱西使眼色，可是他在跟重傷討論廚房改建。我爬上二樓，打開浴室門之前很快看了扶手一眼。

我先打開水龍頭再打開櫃子，裡面有刮鬍泡沫、牙線、牙膏跟髮膠，沒有女性用品。我打開浴室門，穿過樓梯口到最近的臥室，聽到凱西和重傷打開啤酒罐的聲音。

這個房間是健身房，除了一張長凳之外還有架子上或掛在橫桿上的啞鈴。唯一比較特別的家具是一張舊式的有蓋寫字桌，小小的木抽屜。可滑動的桌面上有一台闔上的筆電，上層放著一台警方無線電掃描器，閃爍著綠色的數位號碼。

我穿過樓梯口到斜對面的主臥室，裡面放著一張加大雙人床，床鋪沒鋪，廉價的棉質床單丟在一旁。凸窗前放著一架平版電視，兩旁堆著DVD，是海盜電影。巨大的紅木衣櫃有三個門，中間貼著一片全身鏡，床底下放著兩雙球鞋。折好的衣服放在椅子上，一支梳子卡在髮刷上。

另外一個房間布置成客房，裡面布置著老式床單、梳妝台上有可以上下調整的橢圓形鏡子。另一個房間是儲藏室。

我回到浴室裡沖馬桶。

只剩下改建的閣樓了，我慢慢爬上一座很窄的樓梯，努力不發出聲音，我看了扶手一眼，聽不到他們的聲音。

閣樓的門鎖著，我用手指轉動鑰匙，向內打開，瞳孔過了一會兒才適應部分光線。房間兩側都是斜屋頂，遠處牆邊關著的天窗下擺著一張床，上面一堆床單。

看起來房間是空的，我正要離開時卻聽見聲響。

我穿過房間，發現床單下睡著一個女孩，她在夢裡發出嗚咽聲，腦袋左右搖晃。她在做惡夢，身體抽搐抗議。我的手指碰到她的手臂，她張開眼睛，還不清楚發生了什麼事。

「琵琶？」

她沒有回答。

「琵琶，妳聽得到我說話嗎？」

她的瞳孔擴張，她被下藥了。

「我是喬，我們昨天講過電話。」

她閉上眼睛想翻身，左手腕被一副銀色手銬銬在床頭。這是警用手銬，一定得用鑰匙或鋸子才能解開。

我打開手機傳簡訊給凱西警佐。

琵琶在樓上，小心。

我打德魯宜的號碼，他還是沒接。怎麼辦？我打一一九要求救護車和警察，接線生要我不要掛斷，我給了名字後掛掉。

我撥開琵琶眼前的頭髮，她張開眼睛。

「你說你昨天要來接我的。」

「我知道。對不起。」

「別讓他傷害我。」

「我不會的。」

她閉上眼睛，深深呼吸後又睡著了。我下樓靠在扶手上偷看，聆聽，只聽到寂靜。我下樓偷偷走向廚房。

我慢慢看見房間的景象，桌上的啤酒罐，兩個杯子。

凱西警佐坐在同一張椅子上，頭往前垂，手抓著喉嚨想阻止鮮血從指間流出，他呻吟著抬起下巴，與我接觸的眼神中看得到即將降臨的死亡。

我用手蓋住他的喉嚨，手指壓在他的手上增加壓力，可是他的頸動脈已經斷了，他在大出血，正失去意識。我想跟他說對不起，我該留在他身邊的，一起……也許……

他眼前的手機螢幕上顯示我的簡訊，他最後讀到的東西。原本嗡嗡作響的冰箱突然靜止無聲，同時他的頭往前倒，身體抖動一次後心臟停止，不再出血。在突然的靜寂之中，我感覺到體內一個不停的戰慄在震動、擴大，充滿胸腔與喉嚨。我看著走廊，重傷有可能在任何一個房間裡等著。

我可以逃跑，可以去外面等警察，可是那表示得丟下琵琶。

廚房桌上還有一樣東西，凱西的手機旁有一支小小的銀色鑰匙，屬於那副手銬。

我又看了走廊一眼。

「重傷，你聽得到我說話嗎？」

那沉默似乎在嘲弄我。

「我們該談談，」我說，「我很擅長聆聽。」

還是沒有反應。

也許他離開了，逃離現場。他把鑰匙留給我，想當然耳他不以為自己能脫罪。我在大腿上擦擦手，拿起鑰匙，回到樓上，在每扇門前停下來查看裡面。

上方傳來嘎吱聲。

「重傷？」

沒反應。

我聽到馬路對面傳來一陣笑聲，還有聖誕紙炮拉開的聲音、歡呼聲與鼓掌聲。

我爬上第一個樓梯口，踮著腳尖從一個房間到另一個房間，努力不發出聲音，就算還沒搜完，我也知道自己會找到他，我爬上最後的階梯，用腳頂開門。

重傷背靠著牆壁坐在床上，雙手雙腳環繞著琵琶，把她抱在胸前當人肉盾牌，沉睡的她頭靠在他的肩膀上。

「我還以為你逃走了，」他說。

「我也是，」我回答。

他的頭髮一邊緊緊貼著臉部，眼睛如充滿陰影與危險的黑洞。他指著床尾，床單上放著一把手槍，離我的距離比離他近。聚合塑膠槍身黑得發亮，彈匣就在手槍旁。

「那是給你的。」他說。

我瞪著手槍，想聽懂他的意思。

「拿起來，不會咬人的。」

他懷裡的琵琶像個布娃娃，頭沉到一邊，眼睛閉著，呼吸很淺。

「你讓她吃了什麼？」

他指著左邊桌上的空藥罐，「丹祈平。她什麼都不會感覺到。」

「不會感覺到什麼？」

「當然是死亡。」

「你不必殺死她。」

「現在說有點遲了，她吞了一整瓶，我們要一起死。」

他舉起左手腕，讓我看他們銬在一起，原本蓋著的另一隻手拿著刀子壓在她的身上，刀尖抵住心臟上方。

「瓶子裡至少有三十顆藥，就算幫她洗胃也不見得有用，真的沒時間可以浪費了，你如果開槍殺死我可能還有機會救她。」

「我不會開槍殺你的。」

他悲傷地看著我，吻她的額頭，「那我們一起看她死。」他用指尖捲起她的頭髮，「真可惜，她是個親愛可人的寶貝。」

「你為什麼這麼做？」

「你是心理學家，你告訴我。」

我往前一步，蹲下來拿起手槍和彈匣。

「滑進彈匣就會卡住，」他說，「現在打開保險。」

我痛恨槍枝，更從未開過槍。我知道有些人認為槍枝只是工具，就像扳手或榔頭。有很多事我沒做過，從沒在身上穿過洞、或跳出飛機、或把牛推倒。此時此刻這些事似乎都比雙手握槍，努力不要發抖更讓人想大膽嘗試。

「小心，你可能會打到人。」他笑著說。

「讓琵琶走吧。」

「開槍打我你就可以帶她走。」

我用槍指著他的頭。

「就是這樣。」

「我不會開槍打你的，沒有人會死。」

他露出微笑，身上有香水味，彷彿洗過澡、刮過鬍子，還上了古龍水。

「你沒服過役對不對？」他問。

「你也沒有。」

「我差一點。」

「那就像是說你差一點上床，重傷，要不就有，要不就沒有，中間的都是打手槍而已。」

他眼中燃起憤怒，我從沒看過他發脾氣，他隱藏得很好。

「我該叫你傑拉德還是喬治？」

「隨便你。」

「琵琶和娜塔莎叫你喬治，很適合你，」我往前一步，「我要解開手銬。」

他又給我看刀子。「你再走出一步，我就翻手刺進她的心臟。你這個心理學家有多厲害？能修補破掉的心臟嗎？」

我往後一步，找到一張直背椅反坐在上，伸直的手臂靠在最上面一格，握槍的手比較穩了。

「我犯下的罪，」重傷說，「綁架女孩，強暴她們——從長遠看來實在沒什麼多大的意義，一千年後沒人會在乎賓罕女孩或是我對她們做了什麼事，一百年後也不會有人在乎。教授，承認吧，自古以來男人就在上女人，我們就是這樣生存的。就算我們事先沒說請，事後沒說謝謝又怎麼樣？這種行為還是沒有改變，我們上女人，製造後代。」

「喬治，這個哲學論調很有趣，你的母親會很驕傲。」

「別把我媽扯進來。」

「你是在懲罰她嗎？」

「喔天啊，真是令人失望，」他嘆口氣，「你只能做到這樣而已嗎？佛洛伊德式的敵意，對母親的迷戀？拜託，我對你的期待不止如此。」

「重傷，你沒有未婚妻，她只是另一個虛構的人物，那就是你的問題，是不是？你找不到人愛，一直都是如此，自從青春期開始被荷爾蒙擾亂想法後，你就想要女朋友，可是你有一個問題。你一邊耳朵聽不到，別人說什麼你聽得不是很清楚，沒人知道原來有一個良性腫瘤在慢慢變大。

「你拒絕戴助聽器，也不願意坐在教室前排，你不想讓人知道，特別是女孩子。你想當那些坐在教室後面，比較酷的那一群，傳紙條的那種學生。

「重傷，你知道失聰和偏執想法有關聯嗎？聽不清楚時很容易以為人們在談論你，嘲笑你或開你的玩笑，看不起你，是這樣嗎？」

他沒有回答我，壓在琵琶胸部的刀子似乎更用力了。

「就連老師都認為你既遲鈍又笨，你的家人也是。每次有人笑或表現得有點不一樣，你就很肯定他們在嘲笑你，在背後低語，偷偷開你的玩笑。

「你想交女朋友，非常想要，可是她們拒絕你可悲的追求。我不是在批評你或看不起你，那不是你的錯，你很喜歡女孩，把她們當成女神崇拜，給她們很多禮物，幫她們寫詩，唱情歌。可是她們沒有選擇你，是不是？她們選擇光鮮的對象，那些襯托她們、提高她們地位、讓她們神魂顛倒的男孩。

「你幻想那些得不到的女孩，你在健身房舉重褪去那些體重時，想像的是她們。你故意挨餓。有一天醫生發現了你腦部的腫瘤，割除後你又突然聽得到了，你是個完整的人，沒有什麼可以阻止你了。」

我停下來看著他，感覺到距離真相有多近，他的嘴裡有一撮琵琶的頭髮。

「後來怎麼了？」我問。

他沒有回答。

「我猜猜看，你邀請其中一個得不到的女孩約會，她說好，她人很好，很友善，也很漂亮，沒有捉弄你也沒有罵你，沒有嘲笑你聽力的問題。你欣喜若狂，騰雲駕霧。一輩子從來沒這麼快樂過。

「你並不是想和這些女孩子上床——至少不是馬上——你只是想聊聊天，追求她，讓她知道你有什麼條件。可是後來你突然卡住了，張口結舌，耳朵聽得到也沒什麼差別，因為你從小就這麼緊張、遲鈍。你不知道該如何放鬆，做自己。你並沒有成為嶄新的人，還是以前那個傑拉德，那個遲鈍的傑拉德，疑神疑鬼的傑拉德。

「你第一次笨拙地嘗試吻她時，她是不是嘲笑你？還是整個約會就是場笑話？也許她是被漂亮的朋友慫恿的，所以你才選擇娜塔莎嗎？她讓你想起那些嘲笑你的女孩，她很愛挑逗和調情、又虛榮，遠遠超過你的能力範圍……」

他睜開雙眼，眼神中充滿仇恨與暴力，「你以為我在乎那個婊子嗎？」

「我想這已經回答我的問題了。」

「她活該。」

「所以你才殘害娜塔莎，那是仇恨，不是愛。你的慾望遭到扭曲、敗壞，變成暴力，你的慾望要求你站到一邊，否定其他人的權利，成為淨化、荼毒、支配你的信仰。你一定帶著那股仇恨好些年了，啃蝕著你的內在，你看著其他男孩追到漂亮的女孩，送她們回家，被邀請進門，掠奪那些甜美的青春肉體，事後還能炫耀。」

「教授，繼續說，你浪費的是她的時間。」

我看了琵琶一眼，她的呼吸愈來愈不均勻，血管已吸收了鎮靜劑。

「為什麼我殺死你這麼重要？」我問。

「對我而言已經結束了，我沒地方可去。」

「把琵琶交給我，我把槍留給你。」

他搖搖頭，「我要你扣下扳機。」

「為什麼？」

他露出微笑，「就像我第一天載你到賓罕時告訴你的——凶手和綁架犯知道他們什麼時候跨過界線，無法期待同情或理解。吉地恩・泰勒抓走你的老婆小孩，對她們做出可怕的事，可是你說不會扣下扳機阻止他。」

「我說謊。」

「證明給我看，開槍打我，教授，證明你做得到，體驗那種感覺。」

「我不想知道那是什麼感覺。」

他用手指撫摸琵琶的臉頰，「如果她是你女兒，也許你的想法會不一樣，也許琵琶對你沒有那麼重要。」

「那不是真的。」

他露出微笑，「教授，你認為你能看透人心，解讀人們的動機，窺探人們的內心，可是我想知道你是否曾經檢視過自己，我認為你是個懦夫，我要讓你變成勇敢的人。」

「我必須和疾病共存，這使我成為勇敢的人。」

「這給你藉口，」他不屑地說，「你無法阻止那個綁架你妻女的凶手，現在你在逃避，找藉口。她快死了，快阻止我！快下手！」

他拉開琵琶的眼皮，她的瞳孔往後翻，眼角冒出白色泡沫，每一分鐘過去都讓藥丸在胃部溶解進入血管。攝取五分鐘後她還有百分之九十的存活率，六十分鐘後已經降到百分之十五。

我手上的手槍愈來愈燙，我帶著厭惡與畏懼瞪著槍管。

「放她走。」

「開槍打我沒那麼難。你走到這邊，把槍對準我的頭部扣下扳機。別想打偏，我不想當植物人，別想開槍打我的腿或肩膀，這把刀子很鋒利，不需要什麼力氣就能刺進胸部。」

手槍愈來愈重，我看著琵琶，想像她的心跳變慢，器官衰竭。接著我想像查莉躺在骯髒的床墊上，手銬在散熱器，頭上綁著膠帶，只能用管子呼吸。為了救她和茱麗安，我會開槍十次都在所不惜，我會把彈匣裡的子彈用光再重新裝填。我會不惜一切……不顧一切……如果……

「教授，我只要一聽到警笛聲就會殺死她，你快沒時間了。」他懷抱著琵琶前後搖晃，「開槍吧，人們一天到晚殺人，你甚至可能喜歡這種感覺，可能有淨化效果，我是說，你跟你老婆分居，她離開你，你疾病纏身，什麼共度健康或疾厄的誓言也不過如此。」

「她不是因為這樣才離開我的。」

「你一定很恨她。」

「不。」

「騙人！」

我對著他大叫，用槍瞄準他的頭部，愈走愈近。

「把刀子放下！」

「不要。」

「放她走！」

「開槍吧。」

「不要！」

「滴答，滴答。」

「放她走！」

「開槍吧。」

「她快死了！」

重傷開始對我大叫：「救她！快下手！開槍！快點！開槍打我！他媽的扣扳——」

手槍往回彈，槍聲似乎直接在我腦袋裡引爆、迴盪、退散，像失速的轉盤般呻吟著，我瞪著槍，鼻尖聞到煙硝味。

我的手指還在扳機上，我動彈不得，彷彿變成岩石，而地球已經歷一萬次革命。一切靜止不動，琵琶從側邊倒下，黏膩的血液使她頭髮黏在後腦勺。

片刻之間我以為自己開槍打到她，一定是子彈彈跳到牆面又反彈，我用手摸她的後腦勺，發現那不是她的血。

重傷瞪著我，雙唇往後，嘴巴張開，最後一句話還沒說完。他額頭上的彈孔比一個五便士銅板還小，出彈口在油漆的牆上噴濺出血液和腦漿。

我笨拙地摸著鑰匙，解開手銬，伸手到琵琶身體下輕易抱起她走到門口下兩層樓梯。

我體內的腎上腺素還像搖滾音樂會的重低音敲個不停，我把她放在靠近大門的走廊上，耳朵貼近她的口鼻，手放在胸部下方。她在呼吸，可是雙眼固定，瞳孔放大。我把她翻到側面做復甦姿勢。

救護車在哪裡？我再打一次一一九，對接線生大吼快一點，鎮靜劑已在琵琶的體內將近三十分鐘了。

我得立刻採取行動，用灌洗法洗胃。我想起在醫學院的訓練——為了盡到身為後代的責任而念了三年的醫學院，只因為隨侍上帝的私人醫生要我繼續家族傳統。

我打開廚房櫃子抓了一瓶鹽巴，打開熱水水龍頭等熱水流出，在一個乾淨的塑膠盆裡混合熱水和鹽巴做出食鹽水。接下來我需要三英尺長的管子，大約小指的寬度。

水槽下方有一個濾水網，上面放著一條有彈性的藍色塑膠管，我拆下來剪斷另一頭，希望夠長。

我跪在琵琶身邊，把她的頭部轉向一邊，用肥皂潤滑管子一頭，慢慢從她的鼻子伸進去，輕輕推送，直到管子進入咽喉。我感覺到微微的阻力，把管子轉一百八十度繼續滑進她的胃裡。

我把頭放在她的胸口，從管子另一頭吹進空氣，聽她胃裡液體起泡的聲音，我把塑膠桶裝的食鹽水舉高，在底下打一個洞插進管子，讓大約三百毫克的溫食鹽水流進她的胃裡。

然後我對著管子吸一口，讓食鹽水和胃裡的液體流到地板上，重複這個程序，一直到液體變得比較乾淨，我的手機一直響，但我沒時間接聽。

德魯宜的名字出現在螢幕上。

「裡面發生了什麼事？鄰居報警說有槍聲。」

「救護車在哪裡？」

「外面，他們在等清場。」

「已經清好了，叫他們快點進來。」

「重傷在哪裡？」

「死了。」

「凱西呢？」

「我很遺憾。」

大門沒多久就打開，探長與我眼神交接。穿著防彈衣和頭盔的他有如現代戰士。在微微的燈光下，他臉頰上的疤痕看起來像胎記。

十幾名警員衝進屋內，我看到他們身後停著兩輛救護車，警笛發出亮光，但轉成靜音。四名急救人員隨著進來，兩個在琵琶身邊蹲下，比較年輕的那個看起來像農家女孩。

「她吞了什麼？」

「丹祈平。」

「多少？」

「不知道。」

「她失去意識多久了？」

「三十分鐘，也許更久，」我指著管子，「我用鼻管幫她洗胃了，她需要活性碳吸收剩下的藥物。」

「先生，剩下的由我們接手。」

德魯宜面如槁灰出現在樓梯上方，他所目睹的狀況折磨著他，兩個同事死了，一個被綁架的女孩活著，他並不覺得打了勝仗。

我們被抓走的那天晚上，

我把塔莎留在教堂裡，去艾蜜麗家告訴她我們要離開了。冬天時崔佛牧師會在星期六晚上把聖馬可的側面小門打開，這樣星期天早上早到的教友就不用在冷風中等牧師開門。我讓塔莎躺在長椅上，她像小貓一樣縮著。

我回去的時候已經過了午夜，遊樂場已經收了，遊樂設施也拆掉或收起，像變形玩具一樣。鷹架也被搬到卡車上，帳棚收成一捲一捲。

塔莎不在原來的地方，我以為她在合唱團的位子、洗禮器或找到更溫暖的地方。黑暗的教堂裡很令人害怕，可是我不能冒險開燈，所以我點起祈禱蠟燭，努力不要把熱蠟滴在手上。

我走向大門時看到喬治，他挺直背脊坐在一排座位上，塔莎睡著了，頭靠在他的大腿上。

喬治舉起一根手指到唇邊，不想吵醒她。

「哈囉，琵琶，」他輕聲說。

「你怎麼知道我是誰？」

「妳是那個跑步健將，」他摸著塔莎的頭髮說，「她在睡覺，她告訴我發生了什麼事，我在等妳。」

「為什麼？」

「我們得去警察局，我們得告訴他們發生了什麼事。」

「塔莎不想告訴任何人。」

「我讓她改變心意了。」

「你是誰？」我問。

「我是來幫忙的。」

他穿著黑色野戰褲，深色靴子鞋帶綁到小腿，防水外套下穿著深色襯衫，我覺得他看起來像政府單位的人——像士兵或警察，可是他的外套既舊且髒。

他扶起塔莎的頭讓她坐起來，頭靠在他的肩膀上。

「我的車在外面，」他說，「來，幫我扶她起來。」

我彎身去抓塔莎的手，這時他用手蓋住我的口鼻讓我不能呼吸，還用力壓。他另一手抱住我的胸部，壓住我的手臂，我的雙腳離開地面，無法呼吸，無法逃走。

「噓……」他輕輕說，「睡覺吧，小公主，很快就到家了。」

50

他們讓我和琵琶一起上救護車，她雖然意識不清，但生命跡象比較強了。他們可以幫她洗腎，淨化血液。她會復原，會看到新年，見到未曾謀面的小妹妹。

我坐在一旁的凳子上，膝蓋碰到擔架，到醫院的路上每轉個彎就搖搖晃晃。我看到鉻金屬上反射的面孔，看起來並不像我。我全身顫抖，不知道是帕金森還是寒冷還是更本能的反應，因為我殺了一個人，奪走了一條生命。

琵琶的眼皮微微顫抖，她張開眼睛，起先因震驚而瞪得大大的，直到認出我後才放鬆。

「哈囉，」我握住她的手說。

她臉上戴著氧氣罩，無法回答。

「妳安全了，我們要去醫院。」

她捏捏我的手。

她伸出另一隻手抓氧氣罩，急救人員要她戴著，琵琶堅持拿開，她張口說話，我靠近一點聽到她輕聲說。

「塔莎呢？」

「對不起，」我說，「塔莎沒有回到家，她在大風雪中喪生，可是因為她，我們才找到妳。」

琵琶緊緊閉上眼睛，一小顆晶瑩剔透的淚珠滾下臉頰，停在氧氣罩的邊緣。

這始終是最難以承受的消息，比任何人想像都要痛——存活者的內疚，知道世界少了她還是照樣運轉，再也沒有人明白她經歷過什麼。

51

我來到小屋時已經過了午夜。鑰匙在毛地黃下面第三塊磚頭底下。我開門進屋，就著聖誕燈飾的光線走進屋裡，努力不發出聲音。

我走到客廳裡，重重坐在沙發上閉上眼睛，累得無法上樓，神經緊繃得無法睡覺。

「哈囉。」

茱麗安站在門口，穿著大一號的法蘭絨睡衣，她說這樣比較舒服。睡褲垮垮的掛在臀部，沒扣釦子的上衣露出胸部之間的陰影。

「我聽到新聞了，」她說，「她會沒事嗎？」

「對。」

「他們說有一個男子被槍殺。」

我點點頭，雙手顫抖。

我看進她的眼底，體內某個微小而脆弱的東西破成碎片，淚水上湧，我努力壓抑，她在我身旁坐下，用自己的臉貼著我的臉。

我放聲大哭。

她安撫我。

「我殺了人。」

「你救了一個小女孩。」

她雙手抱著我，像小孩一樣抱著我。

「我拿著那支槍時只想到查莉。我想像吉地恩．泰勒綁架她，我感覺多麼無助，一點用也沒有。我記得妳站在這個房間裡卻無法看著我。我想不出能對妳說什麼，無法改變狀況，也無法感受妳的痛，我知道如果自己承擔妳的憂傷與憤怒，加在自己身上，只會埋葬我自己……我撐不下去的。」

「喬，不要折磨自己了。」

「對我們而言，那是所有結束的開始，我知道，妳也知道。」

「查莉沒事，我也沒事，你不能再懲罰自己了，」她撫摸我的頭髮，「我覺得你該找人談一談。」

「誰？」

「專業的。」

「妳認為我該找心理治療師。」

「對。」

「妳有在看治療師嗎？」

她點頭，「很有用。」

「是誰？」

「我才不告訴你，你會說還有更好的人選。」

我想笑，因為我知道她說得對。我們這樣坐了很久，聽著寂靜無聲，享受彼此的溫暖。

「聖誕節過得怎麼樣？」我問。

「延期了，」她指著聖誕樹，包裝鮮艷的禮物放在聖誕樹下，沒有打開，「我們不想過沒有你的聖誕節，所以延到明天……該說是今天才對。」

「聖誕老人呢？」

「喔他來過了。」

「可是艾瑪不想打開她的禮物？」

「當然想，她都忍得快死了，可是她要你在場，」她輕吻我的唇，「我們都一樣。」

「讓我睡這裡。」

「不行。」

她牽我上樓，在艾瑪房間門口停下腳步，我們看著小女兒身邊滿是絨毛玩具，還有她充滿燦爛想像力的圖畫陪她睡覺。然後我們經過查莉的房間，門口有張標語禁止妹妹和某個身高以下的人進入，旁邊很貼心地提供了身高表。

茱麗安沒有在客房外停下腳步，而是牽著我繼續向前走，帶我走進我們曾經共用的臥室，幫我寬衣。我想開口說話，她把手指放在我的唇上，拉我上床，用我的雙臂環繞住她的身體，緊緊抱在她的胸前。

我嗅聞她的髮香，感覺她的心跳，聽她入眠，一無所求。

我叫琵琶・韓德利，
我在三年前暑假的最後一個星期六失蹤。
今天我回家了。

感謝

《請找到我》是我的第八本作品，比我夢想的多了七本。一如往常，我想感謝我的經紀人馬克・盧卡斯、理查・派恩、尼基・甘洒迪和山姆・艾丁堡。還有我在英國和美國的編輯大衛・雪利和約翰・雪恩菲爾德。我感謝馬克與莎拉・戴利、烏蘇拉・麥坎錫、馬汀・佛瑞斯特、伊恩・史蒂文生、最近回到哈雷拉的哈尼一家人的款待與友誼。

我要感謝約翰・李斯慷慨支持戴麥克圖書銀行計畫協助「受威脅」兒童學習閱讀，因而將小說其中一名人物以他命名。

值得特別一提（也值得一面獎牌）的是我妻子堅忍不拔的愛與支持。她是我的頭號粉絲、我的指定讀者、我的試金石，她提醒我與現實之間的距離、也是我寫作的動力。

最後，我要感謝我在英國、美國、德國、澳洲等許多國家的讀者。有人購買、借閱、下載我的書使我感到謙卑。與另一個人分享故事是很親密的行為，是一種合約、一種約定、一種承諾。

「妳知道有多少人帶我上床嗎？」我告訴我的妻子。

她說：「小子，做夢吧。」